MANFRED BOMM

Albtraumhof

MANFRED BOMM

Albtraumhof

KRIMINALROMAN

GMEINER

Immer informiert

Spannung pur – mit unserem Newsletter informieren wir Sie regelmäßig über Wissenswertes aus unserer Bücherwelt.

Gefällt mir!

Facebook: @Gmeiner.Verlag
Instagram: @gmeinerverlag

MIX
Papier | Fördert
gute Waldnutzung
FSC® C083411

Besuchen Sie uns im Internet:
www.gmeiner-verlag.de

© 2023 – Gmeiner-Verlag GmbH
Im Ehnried 5, 88605 Meßkirch
Telefon 0 75 75 / 20 95 - 0
info@gmeiner-verlag.de
Alle Rechte vorbehalten
3. Auflage 2025

Lektorat: Claudia Senghaas, Kirchardt
Satz: Mirjam Hecht
Umschlaggestaltung: U.O.R.G. Lutz Eberle, Stuttgart
unter Verwendung der Fotos von: © ThePhotoFab / shutterstock.com; Tilman Ehrcke / stock.adobe.com; Rainer Halama (https://commons.wikimedia.org/wiki/File:Burladingen-Walzmühle_DSC1113.jpg), Collage von Lutz Eberle, https://creativecommons.org/licenses/by-sa/4.0/legalcode
Druck: CPI books GmbH, Leck
Printed in Germany
ISBN 978-3-8392-0450-4

EIN PAAR WORTE VORAUS

Gewidmet allen Lesern, die mir seit 20 Jahren die Treue halten oder jetzt gerade ihren ersten Häberle-Krimi in Händen halten. Mögen Sie an meinem bodenständigen Kommissar viel Freude haben und erkennen, dass es für vieles, was zunächst unglaublich erscheint, auch eine Erklärung geben kann. Und dass trotzdem die Frage erlaubt sein muss, ob eine Verkettung unglücklicher Umstände tatsächlich nur ein Zufall ist. Insofern möchte diese Geschichte zum Nachdenken anregen – und allen, die das Schicksal auf ähnliche Weise heimsucht, ein bisschen Trost vermitteln.

1

Es war ein eigenartiges Gefühl. Die erste Nacht ganz allein in diesem uralten Gemäuer. Modriger Geruch der vergangenen Jahrzehnte mischte sich mit den wohltuenden Düften einiger neuer Möbel. Hier im Dachgeschoss, wo sich, umgeben von Gerümpel, nur ein winziger ausgebauter Raum befand, nämlich das Schlafzimmer, knarzte das Holz, und es hörte sich so an, als sei das vergessene Bauernhaus zu neuem Leben erwacht. Als atme und seufze es und fühle sich nach einem langen Dornröschenschlaf erholt. Vielleicht hatten so alte Gebäude auch eine Seele, dachte Mary Quinbek, eine US-Amerikanerin mit deutschen Wurzeln. Sie, die eigentlich Maria hieß, war hier vor 50 Jahren auf der Schwäbischen Alb sogar geboren worden, genauer gesagt: in Heidenheim. Trotzdem tat sie sich gelegentlich mit deutscher Konversation schwer.

Seit sie als junge Frau Deutschland verlassen hatte, damals, in den frühen 90er-Jahren, war sie nur noch zweimal hier gewesen – bei Rundreisen durch den nördlichen und südlichen Teil Deutschlands, mit Besuch in Berlin, wo ihr Mann Joe bis kurz nach der politischen Wende als Soldat stationiert gewesen war.

Auf ihre konkrete familiäre Vergangenheit mütterlicherseits war Mary aber erst vor einem Jahr gestoßen. Durch ein seltsames Erbe, das ihr mit einem Brief aus Deutschland angetragen worden war und den sie wegen der bürokratischen Formulierungen nur schwer hatte verstehen können. Nie hatte sie daran gedacht, jemals noch einen Bezug zur Landschaft ihrer Vorfahren zu bekommen: auf die als karg beschriebene Hochfläche der Schwäbischen Alb. Denn sie fühlte sich mit ihrem Mann auf der gemeinsamen Farm in Arizona wohl, und auch die beiden inzwischen erwachsenen Kinder – ein Junge und ein Mädchen – standen in den USA auf eigenen Beinen. Die Tochter war in Kalifornien verheiratet, den Sohn hatte es mit einer Kanadierin beruflich nach Anchorage verschlagen, wo er als oberster Chef einen weithin angesehenen und sogar börsennotierten IT-Konzern leitete.

Für seine Mutter war das verloren geglaubte amerikanische Lebensgefühl zurückgekehrt, nachdem man vor knapp zwei Jahren den verrückten Präsidenten aus dem Amt gejagt hatte. Solange Donald Trump noch sein Unwesen im Weißen Haus getrieben hatte, waren Mary und ihr Mann Joe drauf und dran gewesen, nach Australien auszuwandern.

Nun aber war sie in Unterhöllenstein gelandet. Ein Dorf im Nirgendwo auf der Schwäbischen Alb, wo es zwar auch noch ein paar große unbewohnte Landstriche gab, aber gegen die Weite in Arizona erschien alles doch ziemlich beengt und kleinbürgerlich. Beim ersten Anblick der verlassenen landwirtschaftlichen Hofstelle, die man hier »den Eulenhof« nannte, hatte sie das Anwesen als idyllisch und ein bisschen verwunschen empfunden. Wie aus einem Märchenbuch: Ein halbes Dutzend hoch aufragender, verästelter Linden umstand das windschief wirkende, weit nach unten gezogene Dach und beschützte es vor Wind und Wetter. Am Giebel, der auf den Zugangsweg gerichtet war, ließen zwei geschlossene Fensterläden ein Obergeschoss vermuten, das sich in die Dachschräge schmiegte. Und ganz oben unterm First deutete ein kleiner, schief hängender Fensterladen auf einen schmalen Dachboden hin, den eine verbogene, altertümlich anmutende Fernsehantenne überragte.

Noch während sie aus dem Auto des örtlichen Bürgermeisters stieg, entdeckte Mary an der linken Längsseite des weit nach hinten gezogenen Gebäudekomplexes einen Querbau mit zwei großen Holztoren, an denen die Zeit nicht spurlos vorübergegangen war. Hochrankender Efeu hatte längst die verrostete Dachrinne in Beschlag genommen. Und auf dem seitlichen Zugang gediehen im Schatten der Linden wilde Gräser, dichte Stauden und mannshohe Hecken, überragt von zwei schmächtigen Birken. Marys zweiter Gedanke an diesem Nachmittag war: alles abreißen. Das naturnahe Chaos war viel zu groß.

Doch schon Augenblicke später fühlte sich alles anders an. Während der wenigen Schritte auf dem Wiesenweg, der vom Auto zu der verlassenen Hofstelle führte, war es ihr, als würde sie in ihre familiäre Vergangenheit zurückversetzt – als habe sie Verantwortung für das, was vor ihr stand. Sie bekämpfte diese aufblitzende Idee aber sofort wieder, denn nichts an diesem Haus, dessen abgebröckelter Verputz bereits großflächig die Backsteine am Giebel freigelegt hatte, erweckte den Eindruck, noch intakt zu sein und vernünftig saniert werden zu können. Also doch abreißen und das, was Generationen gehegt und gepflegt hatten, einfach vergessen? Kein guter Gedanke.

Ihre Spannung stieg, als Freudenreich, ein knorriger Älbler mit roten Wangen und dünnem Haar, vermutlich kurz vor der Rente und nur nebenberuflich als Bürgermeister tätig, das verrostete Türschloss unter Aufwendung sanfter Gewalt öffnete.

Feuchtwarme Luft schlug ihnen entgegen, dazu der herbe Geruch landwirtschaftlicher Vergangenheit. »Wie ich Ihnen bereits gesagt habe: Arg wohnlich sieht es hier nicht mehr aus«, versuchte Freudenreich, seine Begleiterin erneut auf das vorzubereiten, was sie vorfinden würden. Er unterdrückte seinen schwäbischen Dialekt so gut es ging, obwohl er wusste, dass seine Gesprächspartnerin auf der Schwäbischen Ostalb geboren worden war.

Elektrischen Strom gab es im Gebäude keinen mehr, weshalb der lange Gang nur von schummrigem Tageslicht erhellt wurde, das durch die Fenster angrenzender Räume fiel, deren Türen weit offen standen. Die üblicherweise geschlossenen Fensterläden hatte Freudenreich vor einigen Stunden geöffnet.

An einigen Kleiderhaken hingen Hosen und blaue Arbeitskittel, beim Weitergehen spürte Mary feine Spinnweben im Gesicht.

»Ich hab ab und zu nach dem Rechten geschaut«, erklärte der Bürgermeister und fügte an, dass man hier, weit weg vom Durchgangsverkehr, glücklicherweise noch nicht mit Vandalismus zu kämpfen habe. »Kein einziger Einbruch in all den Jahren. Es ist so, als wohne noch immer jemand hier«, stellte er mit seltsam veränderter Stimme fest. »Nichts wurde mutwillig zerstört. Ist ja wirklich ein Wunder heutzutage.«

Er war ihr auf dem unebenen Steinboden ein paar Schritte vorausgegangen, um ihr die bäuerliche Wohnstube zu zeigen, die so aussah, als sei sie erst vor Kurzem verlassen worden. »Wir haben natürlich alles nach Wertgegenständen durchsucht und das Gefundene sichergestellt und in einem Protokoll aufgelistet. War aber nicht viel«, erklärte Freudenreich, während Mary, die burschikos gekleidete 50-jährige Farmersfrau aus Arizona, nur einen zaghaften Schritt in die mit Holz ausgestaltete Wohnstube tat. Ein dunkler Schrank nahm die ganze Breitseite des Raumes ein. Auf Regalen lehnten einige wenige Bücher aneinander, hinter einem gläsernen Türchen waren Weingläser zu sehen. Die braune Polstergruppe wirkte speckig, bei dem Fernsehgerät handelte es sich um ein monsterhaftes, älteres Modell mit weit nach hinten ausladender Bildröhre. Als Heizung diente vermutlich ein Holzofen, vor dessen abgestrahlter Hitze ein metallener Schutzschild die nahe Polstergruppe schützen sollte. Holzscheite lagen in einem Korb bereit. Die Vorhänge an den Fenstern waren zur Hälfte zugezogen und von Spinnen umwoben, von einer Ecke links oben blickte ein gekreuzigter Jesus herab.

»Und er ist einfach verschwunden, sagen Sie?«, fragte Mary mit zaghafter Stimme, obwohl ihr Freudenreich schon ausführlich davon berichtet hatte, dass Hans Aubele seit Ende August 2004 vermisst wurde. Wie vom Erdboden verschluckt, von einem Tag auf den anderen. Sein Auto, einen Mercedes, habe man ein paar 100 Meter entfernt an einem Waldeck verschlossen gefunden. Kein Hinweis auf ein Gewaltverbrechen. Auch dieses Haus, in dem er allein gewohnt hatte, habe keine Aufbruchspuren aufgewiesen und sei ordentlich verriegelt gewesen. Ebenso die ehemaligen Stallungen und die angebaute Scheune. Nichts, was die Polizei als verdächtig hätte einstufen können. In der Wohnung sei alles relativ ordentlich gewesen, berichtete der Bürgermeister:

»Nichts ist durchwühlt worden. Aber in der Scheune drüben sieht's ziemlich chaotisch aus. Der Stall ist leer, denn Tiere waren zum Glück keine da.« In dem alten Computer, der noch im Nebenraum stehe, habe die Polizei damals ebenfalls keine Anhaltspunkte für Aubeles Verschwinden entdeckt. Und ein Internetanschluss sei auch nicht vorhanden. Der Mann habe ziemlich zurückgezogen gelebt, sei bis zu seiner Rente 2003 als selbstständiger Gärtnermeister tätig gewesen und nur selten im Dorf aufgetaucht. Die landwirtschaftlichen Flächen, die zum Hof gehörten, habe er vor seinem Verschwinden längst verpachtet gehabt. Nachdem die Polizei ein Verbrechen mit Sicherheit habe ausschließen können, seien keine weiteren Maßnahmen erfolgt, erklärte Freudenreich gelassen und ergänzte:»Erwachsene dürfen sich aufhalten, wo sie wollen. Herr Aubele war jedenfalls auch nicht erkennbar krank, sodass nicht befürchtet werden musste, er könnte in eine hilflose Lage geraten sein.« »Was er an diesem Waldeck gemacht hat, weiß man aber nicht?« Mary hatte sich in den vergangenen Wochen, nachdem sie als einzige noch lebende Verwandte ausfindig gemacht worden war, stunden- und nächtelang den Kopf zerbrochen, was mit ihrem Cousin dritten Grades geschehen sein könnte. Merkwürdig auch, dass es in der bis in die 1880er-Jahre zurückverfolgten Generationenfolge niemanden außer ihr gab.

Das Schreiben des Bürgermeisters von Unterhöllenstein hatte ihr Leben von einem Tag auf den anderen verändert. Man sei, so war ihr mitgeteilt worden, bei der Suche nach weitläufigen Verwandten des letzten Hausbesitzers nun auf sie gestoßen. Hans Aubeles Urgroßvater hatte einen Bruder namens Gustav gehabt, dessen einziger Nachkomme ein Sohn gewesen war, aus dessen Ehe ihre Mutter hervorgegangen war. Sämtliche Verwandten beider Brüder waren tot, und die Kinder und Kindeskinder schienen verschollen zu sein. Nirgendwo eine Spur von Erben. In den Wirren der beiden Weltkriege waren offenbar viele Dokumente verloren gegangen. Als Einzige aus der langen Reihe war also Mary Quinbek geblieben, deren Mutter Luise eine Enkelin von Gustav gewesen war.

Nie hatte sich Mary mit ihren Ahnen auseinandergesetzt, zumal sie als knapp 19-Jährige den in Deutschland stationierten US-Soldaten Joe Quinbek aus Arizona kennengelernt hatte. Schnell war sie mit ihm in die Staaten ausgewandert, hatte ihn in Las Vegas geheiratet und nach dem frühen Tod ihrer Eltern alle Brücken nach Deutschland abgebrochen.

Und nun stand sie hier in einem desolaten Anwesen, das vor Jahrhunderten gewiss einmal der Stolz der ersten Besitzer gewesen war. Während ihr Blick durch die Räume streifte, schien der Bürgermeister ihre Ratlosigkeit zu bemerken. »Sie können das Ganze auch verkaufen«, murmelte er und lehnte sich an einen morschen Türrahmen. »Die Immobilienpreise sind in Deutschland stark geklettert.« Mary fühlte sich jetzt nicht in der Lage, über Grundstücks- oder Gebäudepreise zu reden. »Ich könnte Ihnen beim Verkauf behilflich sein«, hörte sie die Stimme Freudenreichs wie aus weiter Ferne. »Für die Gemeinde wäre das weitläufige Areal ideal für ein Gewerbegebiet«, ließ er beiläufig durchblicken. »Und die drei Besitzer einiger Aussiedlerhöfe da drüben« – er deutete in eine Richtung, aus der Mary jedoch bei der Herfahrt nicht gekommen war – »wären auch interessiert.«

»Hat sich denn rumgesprochen, dass ich komme?«, zeigte sich Mary verwundert. Plötzlich schien es ihr so, als habe der Bürgermeister bereits konkrete Pläne, was mit dem Hof und den Grundstücken drum herum geschehen könnte.

»Man redet schon seit Jahren darüber«, blieb Freudenreich gelassen. »Wenn nicht bald etwas geschieht, holt sich die Natur alles zurück.«

»Wird sie nicht«, entschied Mary schnell und war selbst überrascht, wie locker ihr dies über die Lippen ging. Sie bat den Bürgermeister, ihr das ganze Gebäude zu zeigen. Das viele Holz, das sie in jedem Raum umgab, empfand sie zunehmend als wohltuend – obwohl alles den Charme vergangener Jahrzehnte ausstrahlte. Das Obergeschoss war gleichzeitig der Dachboden, wo im Zwielicht alte Möbel verstaubten, zuhauf Spinnweben von der Lattung waberten und ein sanfter Windzug durch die Spalten der Dachziegel strich. Nur der vordere Teil, zum Giebel hin, beherbergte ein abgetrenntes Zimmer. Zumindest deutete eine Tür darauf hin. Während sie überlegte, was sich dahinter verbarg, hörte sie Freudenreich sagen:»Sie können das alles verkaufen.«

»Und wenn ich nicht will?«, fragte Mary leicht genervt zurück.

»Das ist Ihre Sache«, brummte der Bürgermeister und ging zur Holztreppe zurück.»Aber Sie sollten sich überlegen: So ein altes Haus kann ganz schön gruslig ein.«

»Gruslig?«, entfuhr es Mary, die dieses deutsche Wort mit leicht englischem Akzent aussprach.

»Creepy«, übersetzte der Bürgermeister. Er hatte sich in Vorbereitung auf das Gespräch im Internet kundig gemacht, wie das Wort auf Englisch hieß. Das hätte es nicht gebraucht, denn Mary hatte ihre Muttersprache nicht verlernt.

2

Creepy. Das Wort war ihr nicht mehr aus dem Kopf gegangen. Aber je länger sie sich mit dem Haus beschäftigte, desto mehr wuchs es ihr ans Herz. Nach der Besichtigung mit dem Bürgermeister war sie in Merklingen, einem der umliegenden Orte, in ein Hotel gezogen, um von dort aus eine provisorische Sanierung der Wohnung zu organisieren. Sie wollte das Haus so schnell wie möglich wohnlich machen, zumal die Küche intakt und auch Mobiliar vorhanden war. Nachdem sie ihren Mann Joe in einem langen Telefonat von ihrem Vorhaben überzeugt hatte, der umfangreiche Papierkrieg erledigt und einige bürokratische Hürden mit Stempeln und Unterschriften genommen waren, leitete Bürgermeister Freudenreich die weiteren Schritte ein – obwohl damit einige seiner Pläne zunichtegemacht wurden. Wohl oder übel musste er den seit Jahren gesperrten Abzweig von der Wasserleitung, an der einige andere Aussiedlerhöfe hingen, wieder für Marys Hof betriebsbereit machen. Gleichzeitig beauftragte er das örtliche Elektrizitätswerk, die unterbrochene Stromversorgung zu reaktivieren. Die Abwasserleitung, so hatte er erklärt, sei etwa 100 Meter entfernt an einen vorbeiführenden Kanal angeschlossen, werde aber demnächst noch auf ihre Dichtheit geprüft.»Das braucht Sie aber nicht zu stören«, beruhigte Freudenreich.

Die elektronische Infrastruktur jedoch war wenig erfreulich. Marys Vorfahre, Hans Aubele, hatte zwar einen Computer besessen, aber keinen Internetanschluss. Den gab es hier draußen ebenso wenig wie ein Festnetztelefon. Selbst das Handynetz war in dieser leichten Senke auf der Albhochfläche sehr dürftig. Dass die Digitalisierung in Deutschland weit hinter den technischen Möglichkeiten anderer Länder herhinkte, hatte Mary zwar immer mal wieder staunend in den Zeitungen gelesen. Nur dass es um die Internetversorgung derart schlecht stand, hätte sie in einem angeblich so hochtechnisierten Land nicht erwartet.

Daran musste sie in der ersten Nacht denken, während der sie sich schlaflos in ihrem Bett in der oberen Etage wälzte. Zuvor hatte sie vom Erdgeschoss aus, wo es draußen vor der Tür wenigstens ein schwaches Handynetz gab, in ihrem täglichen Telefonat mit Joe von ihrem Umzug aus dem Hotel in das alte Haus geschwärmt und ihn beiläufig gebeten, ihr noch einige 1.000 Dollar anzuweisen – um ihn aber sogleich zu beruhigen, dass das »wonderful house« sehr idyllisch gelegen sei. Fotos davon hatte sie ihm bereits zuhauf per WhatsApp geschickt.

Joe wollte, sobald es die Arbeit auf der Farm zuließ, kommen. Bei Google-Earth, so hatte er am Telefon versichert, habe er das Anwesen in seiner ganzen Ausdehnung gesehen und zufrieden festgestellt, dass es trotz der Abgeschiedenheit gar nicht mal so weit von einer Autobahn entfernt liege, die direkt am Airport Stuttgart vorbeiführe. Und eine neue Eisenbahnlinie sei wohl auch gerade erst gebaut worden.

Was sie denn mit dem alten Haus zu tun gedenke, hatte er vorsichtig gefragt, jedoch keine konkrete Antwort erhalten. Er kannte Mary gut genug, um zu wissen, dass sie nicht zu bremsen war, wenn sie sich in eine Idee verrannt hatte. Und dieses Erbe in Germany schien sie voll in ihren Bann gezogen zu haben. Statt der gestrichenen Auswanderungspläne nach Australien nun also Germany, dachte er und verdrängte erst mal den Gedanken, dass es mit der Agrarwirtschaft in Europa nicht so einfach sein würde. Aber ein idyllisches Ferienhaus in Germany konnte er sich durchaus vorstellen. Mit ihrer Farm in Arizona hatten sie schließlich bisher gute Dollars verdient. Aber am Telefon wollte er mit Mary über derlei Zukunftspläne nicht reden.

Sie war viel zu aufgewühlt, um schlafen zu können. Die erste Nacht allein in diesem Gemäuer, das so viele Geheimnisse barg. Absolute Stille. Eine Stille, die sie nicht gewohnt war, denn selbst im Hotel hatte es immer Geräusche gegeben. Hier draußen, fernab von Straßen und Menschen, wirkte diese Stille beinahe bedrohlich. Schon deshalb hatte sie das Licht ihrer schwachen, nostalgisch wirkenden Nachttischlampe nicht ausknipsen wollen. Denn die Nacht würde sie mit ihrer absoluten Schwärze genauso gnadenlos einnehmen wie die Stille mit ihrer dumpfen Geräuschlosigkeit. Und doch gab es sie, diese Geräusche: Irgendwo knarzte das viele Holz, das wie ein Skelett, wie ein lebender Organismus, das Gebäude am Leben hielt. Schon war es ihr, als würden Schritte auf der ins Dachgeschoss führenden Treppe dieses Knacken verursachen.

Nein. Sie durfte sich jetzt in nichts hineinsteigern. Sie hatte für teures Geld eine stabile Haustür und im Erdgeschoss neue Fenster anbringen lassen – und auch den Zugang zu der angebauten Scheune modernisieren lassen. Lediglich die verschlossene Außentür des ehemaligen Stalls erschien stabil genug.

Trotzdem, so jagte ein Gedanke durch ihren Kopf, konnte es gerade in der angebauten, mit Gerümpel und alten landwirtschaftlichen Maschinen vollgestopften Scheune bisher unentdeckte Zugänge geben. Eine ganze Wand war mit Heu- und Strohballen verstellt – und irgendwo musste es auch einen Zugang zu einem Keller geben. So jedenfalls hatte einer der Handwerker gemutmaßt, dem eine alte, im Fußboden verschwindende Stromleitung aufgefallen war. Mary hatte dieser Feststellung keine Bedeutung beigemessen, denn ihr erschien es wichtiger zu sein, so schnell wie möglich den Wohnbereich einigermaßen herzurichten. Dazu hatte sie sogar einen Kammerjäger engagiert, der einer Ameisenplage Herr werden und auch diverse Nager beseitigen musste. In den Jahren, während derer das Haus leer stand, hatten sich allerlei Tiere durch Ritzen und Löcher Zugang verschafft. Mäuse, Siebenschläfer, gewiss auch Waschbären und womöglich Ratten. Auf dem Dachboden, vor dieser als Schlafzimmer genutzten Kammer, fanden sich zwischen Schränken und Kommoden sogar Hinterlassenschaften von überwinternden Fledermäusen.

Von einer vollständigen Sanierung war sie natürlich noch weit entfernt, das war Mary längst klar geworden. Sie hatte einige alte Möbel beseitigen lassen und sich bei Ikea neue beschafft, aber vieles, was sich im Gebäude befand, würde sie bewahren. Denn der Charme des alten Bauernhauses sollte erhalten bleiben. Vor allem der Dachboden würde mit seinen unzähligen Schränken noch einige Geheimnisse bergen.

Ihre Gedanken kreisten um ihren Vorfahren und letzten Bewohner dieses Hauses, Hans Aubele, aber auch um die Sanierungsarbeiten der vergangenen Wochen und um den Bürgermeister, der ihr einige Handwerker vermittelt hatte und sich seit ihrem ersten Treffen sehr an ihren Zukunftsplänen interessiert zeigte. Allerdings, so schien es ihr, wäre ihm viel dran gelegen, das Haus für die Gemeinde kaufen zu können. Das jedoch hatte sie mehrfach abgelehnt. Seine dauernden Nachfragen, direkt oder indirekt, ließen vermuten, er habe fest damit gerechnet, auf diesem Areal und den angrenzenden, längst von der Natur eingenommenen Ackerflächen ein Gewerbegebiet ausweisen zu können. Aber vermutlich würden dabei auch die Naturschützer ein gewichtiges Wort mitreden wollen, denn einige der Wiesen und Felder waren nicht verpachtet und somit der Natur zurückgegeben worden. Ein Eldorado für seltene Pflanzen und Tiere. Verpachtete Äcker wurden hingegen von Landwirten der Umgebung bewirtschaftet.

Das Licht der nostalgischen Nachttischlampe, das den kleinen Raum schemenhaft erleuchtete, zuckte für den Bruchteil einer Sekunde und riss Mary aus ihren Gedanken. Gleichzeitig hatte ein Balken in der Wand geknarzt. Marys Herzschlag beschleunigte sich. Sie sprang aus dem Bett, war mit zwei Schritten an der Zimmertür und drehte den Schlüssel, um sie zu verriegeln.

Doch schon Augenblicke später ärgerte sie sich über diese plötzliche Angstattacke. Dass ein Licht mal zuckte, war doch normal. Und an knarzendes Holz musste sie sich gewöhnen. Sie setzte sich aufs Bett, griff zu ihrem Handy und machte sich mit der Taschenlampenfunktion vertraut. Man konnte schließlich nie wissen, ob die erst jüngst wieder in Betrieb genommene Stromleitung zu dem einsamen Gehöft stabil blieb.

Zum ersten Mal wurde ihr bewusst, wie weit außerhalb von Unterhöllenstein sie sich befand. In Arizona stand ihre Farm zwar auch einsam in der Prärie, aber dort hatten sie einen Wachhund, und Joe, ihr Ehemann, hatte sich vor Jahren ein Gewehr und einen Revolver zugelegt. Für einen Moment dachte sie daran, sich in den nächsten Tagen eine Waffe zuzulegen. Aber legal schien dies in Deutschland gar nicht so einfach zu sein.

Sie legte sich wieder aufs Bett und lauschte. In das Knarzen des Holzes mischte sich ein anderes Geräusch. Oder war es nur die Stille, in der ihr die Ohren etwas vortäuschten? Ein Brummen oder Surren. Doch es wurde lauter. Mary erhob sich, löschte das Licht und tastete sich zum Fenster, wo sie den Vorhang beiseite zog, um das nachtschwarze Gelände draußen überblicken zu können. Ein Lichtstrahl streifte von hinten über die Felder. Dem zunehmenden Geräusch nach zu urteilen, näherte sich ein Fahrzeug.

Mary spürte, wie ihr Körper fröstelte und bebte, obwohl es gar nicht kalt war. Sie ließ den Vorhang sachte aus den Fingern gleiten, um nun vorsichtig durch einen seitlichen Spalt zwischen Wand und Vorhang das Umfeld zu beobachten. Der anfangs diffuse Schein wurde heller, tauchte den Wiesenweg in grelles LED-Licht. Ihm folgte ein von links um die Ecke biegendes Fahrzeug. Ein größerer Wagen schien es zu sein. Er verlangsamte kurz das Tempo, entfernte sich dann aber schnell auf dem Zufahrtsweg. Mary sah den roten Schlusslichtern nach, bis sie von einem Heckenstreifen verschluckt wurden. Einer der weit entfernten Nachbarn von den anderen Höfen?, dachte sie, während sie sich zum Bett zurücktastete und sich darauf sinken ließ. Um sie herum, im Abstand von ein, zwei Kilometern, gab es einige Aussiedlerhöfe, die aber ebenfalls nicht mehr landwirtschaftlich genutzt wurden. Der Bürgermeister hatte ihr davon erzählt. Während der kurzen Sanierungsphase waren einige dieser Nachbarn vorbeigefahren, ohne jedoch das Gespräch mit ihr zu suchen.

Da sie für einige Zeit hier wohnen wollte, nahm sie sich vor, die Leute in ihrer Umgebung möglichst bald näher kennenzulernen. Sie versuchte, sich in Erinnerung zu rufen, was der Bürgermeister berichtet hatte. Offenbar waren es »Aussteiger«, die diese Gehöfte gekauft hatten. Einer sei Künstler, vermutlich ein Magier, der zusammen mit seiner Frau in Kabaretts, aber auch bei Vereinsfesten als Zauberkünstler auftrete. Beruhigend empfand sie die Anwesenheit eines früheren Polizeibeamten, der seinen Job verloren habe und nun gemeinsam mit seiner Freundin eine Art Security-Dienst betreibe. Weniger angenehm empfand Mary die nachbarschaftliche Nähe zu einem Immobilienmakler, der mit einem Kompagnon vor einigen Jahren einen Aussiedlerhof erworben hatte. Immobilienmakler genossen in den USA seit der Finanzkrise vor fast 15 Jahren keinen sonderlich guten Ruf. Und nachdem der Bürgermeister angedeutet hatte, die beiden hätten Interesse am Kauf des Eulenhofs bekundet, um auf dem Areal ein Gewerbeprojekt zu entwickeln, schien ihr vornehme Zurückhaltung geboten.

Draußen war es wieder still geworden. Doch das Knarzen des Holzes blieb, manchmal leise, dann wieder so laut, dass sie erschrak. Ein Satz, den der Bürgermeister bei ihrer ersten Besichtigung gesagt hatte, war ihr nicht aus dem Kopf gegangen: »Es ist so, als wohne noch immer jemand hier.« Tatsächlich hörte sich manches so an. Was natürlich reine Einbildung war. Trotzdem spulten in ihr Geschichten über deutsche und schottische Spukschlösser ab. Nein, bändigte sie derlei Gedanken, sie war nicht in einem Schloss, sondern in einem Haus auf der Schwäbischen Alb. Zwar mochte es in diesem Landstrich Geistergeschichten geben – wie überall auf der Welt –, aber davon wollte sie sich die Freude an diesem Hof nicht nehmen lassen. Aber da war etwas, das sie beunruhigte: das seltsame Verschwinden ihres Verwandten namens Hans Aubele. Wäre er nicht seit rund 18 Jahren vermisst, würde er tatsächlich noch hier wohnen …

3

Bald graute der Morgen. Noch lange, bevor die Sonne über den Horizont stieg, wachte Mary auf und stellte beruhigt fest, dass die bedrohlichen Schatten und Geräusche der Nacht keine Spuren hinterlassen hatten. Sie fühlte sich aber matt und abgespannt, stand auf und zog den Vorhang beiseite. Das weite, leicht hügelige Land lag friedlich vor ihr. Duft von frisch gemähtem Gras drang durch die Ritzen der Fenster herein. Wirklich ein idyllisches Fleckchen, dachte sie und versuchte, die Ängste abzustreifen, als seien sie nicht real, sondern nur ein Albtraum gewesen. Sie durfte nicht hinter jedem Geräusch etwas Schreckliches vermuten. Schließlich war sie nicht im Wilden Westen, sondern auf der friedlichen Schwäbischen Alb.

Während sie die Holztreppe hinab ins Erdgeschoss ging, umgab sie wieder dieser Duft nach altem Holz. Drunten im Badezimmer, das sie mit modernem Ambiente und praktischen Armaturen aufgemöbelt hatte, blickte ihr im Spiegel ein blasses Gesicht entgegen. Sie betupfte es mit einem nassen Waschlappen und ging in die kleine Küche, für die der Verkäufer im Einrichtungshaus viel Geschick aufgebracht hatte, sie zeitgemäß auszustatten.

Nach dem spärlichen Frühstück überlegte sie für einen Moment, ob sie Joe anrufen sollte – aber in Arizona war es erst kurz nach Mitternacht. Sie warf einen Blick auf das Handy, das sich im Erdgeschoss zwischenzeitlich in das schwache Mobilfunknetz eingeloggt hatte. Offenbar hatte niemand versucht, sie in der Nacht zu erreichen, oder ihr eine Botschaft geschickt.

Beim Abspülen entschied sie, im nahen Ort Merklingen ihre bisher nur geringen Lebensmittelvorräte aufzustocken und ein zweites Bankkonto anzulegen, wofür es gewiss einige bürokratische Hindernisse zu überwinden geben würde. Denn dass Deutschland fest im Griff von Bürokraten war, hatte sie bereits als Jugendliche festgestellt – ganz sicher war dies inzwischen nicht weniger geworden. Eher im Gegenteil, befürchtete sie. Denn alles, was mit Geld zu tun hatte, war seit der globalen Finanzkrise ziemlich undurchsichtig. Überall grassierte die Angst vor Geldwäsche – obwohl die Korrupten und Betrüger, die Blender,

Mafiosi und russischen Oligarchen damit nicht zu fassen waren.

Sie spürte die Frische des Sommermorgens im Gesicht, als sie das Haus verließ, um zu ihrem Auto zu gehen, das sie in der mit hohem Gras bewachsenen Zufahrt zur rechtwinklig angebauten Scheune abgestellt hatte. Dass die meisten Kleinwagen nur ein Schaltgetriebe aufwiesen, war ihr zunächst suspekt erschienen. In den USA gab es nahezu ausschließlich Automatikgetriebe, sodass es ihr auf den ersten Kilometern mit einem gemieteten roten VW Polo schwergefallen war, immer ans Schalten zu denken. Oft schon hatte sie beim Anhalten das Kuppeln vergessen und deshalb peinlicherweise den Motor »abgemurkst«. Jetzt konzentrierte sie sich beim rückwärtigen Herausfahren aus der Scheunenzufahrt auf Gas, Bremse und Kupplung. Doch in dem Moment, als sie rückwärts vor das Haus rangierte, war ein anderes Auto da: das schwarze Mercedes-Coupe, das ihr schon einige Male aufgefallen war. Sie trat auf die Bremse, vergaß wieder die Kupplung und würgte mit einem Ruck den Motor ab. Auch der Mercedes, der von hinten herangekommen war, stoppte abrupt. Im Rückspiegel sah sie, dass ein Mann ausstieg. Anzugträger, Krawatte. Er kam forschen Schrittes näher. Mary entschied, sofort auszusteigen. Falls der Typ da hinten sie jetzt »anmachte«, bloß weil sie das Herannahen des Mercedes nicht bemerkt hatte, dann würde sie ihm gleich mal die Meinung sagen.

Doch als sie sich gegenüberstanden, blickte sie in ein braun gebranntes, freundlich lächelndes Gesicht, das ein Alter von etwa 50 Jahren vermuten ließ. Die schwarzen Haare korrekt gekämmt. So hatte sie sich einen aalglatten Immobilienhändler immer vorgestellt, schoss es ihr durch den Kopf. Und sie sollte recht behalten.

»Guten Tag, Frau Nachbarin«, sagte er charmant. »Darf ich mich vorstellen? Ich wohne da drüben«, er deutete in eine dicht mit Stauden bewachsene Richtung. »Fletschinger, mein Name, Marius Fletschinger.« Er grinste und wurde sogleich selbstbewusst seinen Werbeslogan los, den er offenbar für ziemlich genial hielt: »Hab keine Angst und sei nicht doof – ich vermakle Haus und Hof.«

Mary sah ihn verwundert an. Also doch. Sie hatte ihn richtig eingeschätzt. Ein Schaumschläger.

»Guten Morgen«, erwiderte sie reserviert und musterte ihn von oben bis unten. »Wahrscheinlich wissen Sie schon, wer ich bin. Mary Quinbek.« Sie vermied es, ihm die Hand zu reichen. Seit Corona hatte sie sich dies abgewöhnt. »Ich bin hier vor einigen Tagen eingezogen, um dem Haus neues Leben zu geben.«

Fletschinger sah an dem maroden Giebel hoch und runzelte die Stirn.

»Da werden Sie aber nicht viel Freude haben. Das kostet Mühe und Geld. Viel Geld. Ich habe gesehen, dass Sie schon mit Sanieren begonnen und einige Möbel bekommen haben.«

»Ja, das haben Sie richtig gesehen. Innen hat sich in den letzten 18 Jahren nichts verändert. Ich hab's ein bisschen wohnlicher gemacht.«

Fletschingers Gesicht wurde ernst.

»Der alte Aubele«, zeigte er sich mitfühlend. »Das war ein Verwandter von Ihnen?«

Für einen Augenblick staunte Mary, dass er dies wusste. Aber vermutlich sprach sich so etwas auf der Alb schnell herum.

»Ein entfernter Verwandter«, klärte sie auf, ohne allzu viel über sich verraten zu wollen.

»Ich habe ihn noch gekannt, flüchtig«, beeilte sich Flet-

schinger zu sagen. »Als ich den Hof da drüben gekauft hab –
vor 19 Jahren –, da hat er hier im Eulenhof gewohnt.«

»Sie haben ihn gekannt?«, wiederholte Mary wesentlich
interessierter.

»Ja, er war Jäger und ist manchmal, wenn er in seinen
Wald raus ist, bei mir vorbeigekommen.«

»Er war Jäger?«

»Ja. Hat er Ihnen das nicht gesagt – oder hatten Sie keinen Kontakt mehr zu ihm?«

Mary ging nicht auf diese Frage ein und entschied, mehr
erfahren zu wollen:

»Wie lange haben Sie schon hier gewohnt, als er verschwunden ist?«

»Nur ein paar Monate«, antwortete Fletschinger und verschränkte die Arme vor der Brust. »Mehr als ein paar kurze
Worte haben wir bis dahin nicht gewechselt. Er hat auf mich –
na ja, sagen wir mal – etwas gewöhnungsbedürftig gewirkt.«

»Gewöhnungsbedürftig? Also seltsam?«

»Ja, er war nicht sehr gesprächig. Wahrscheinlich hat ihm
nicht gepasst, dass ich mit meinem Kollegen zusammen diesen Hof da drüben gekauft habe. Die Älbler hier«, er senkte
seine Stimme, »haben's nicht so gern, wenn Fremde alte
Bauernhöfe aufkaufen. Die mögen keine ›Reig'schmeckten‹, wie man so sagt.«

»Haben Sie Ihr Büro hier?«, wollte Mary wissen.

»Ja. Wir haben die Scheune umgebaut, mein Kompagnon
und ich. Da hat's viel Platz für Wohnwagen und Wohnmobile. Sie dürfen's gerne mal sehen, wenn Sie wollen. Sie können auch gerne jemanden mitbringen …«

Mary glaubte zu ahnen, was er wissen wollte.

»Ich überleg's mir. Danke.« Sie wollte wieder in den Polo
steigen, da griff er an die Oberkante der offenen Fahrertür
und sagte in verbindlichem Ton:

»Falls Sie den Eulenhof loswerden wollen, denken Sie bitte an mich. Ich kann Ihnen Kaufinteressenten vermitteln. So alte Höfe sind bei den Städtern sehr beliebt. Gerade in den jetzigen Zeiten, wenn die Inflation galoppiert, ist es am besten, man investiert in Steine. Wenn Sie verstehen, was ich meine.«

Mary ließ sich nicht davon abhalten, in ihr Auto zu steigen. »Wenn es so weit kommen sollte, weiß ich ja, wo ich Sie finde«, gab sie sich schnippisch. »Aber Sie wissen hoffentlich, was in den Staaten vor 15 Jahren passiert ist.«

Er zeigte sich informiert und lächelte.

»Immobilienblase geplatzt, ich weiß. Aber wir sind hier nicht in Amerika, gnädige Frau. Wenn Sie die alte Bude versilbern, kann ich Ihnen ein lukratives Investmentangebot machen. Steuerlich günstig und absolut diskret. Die Schweiz ist nicht weit. Denn so ein alter Hof ist finanziell ein Fass ohne Boden. Außerdem ...«, er grinste vielsagend, »haben so alte Häuser oftmals eine Geschichte, an die man nicht so gerne erinnert werden möchte.«

Mary reichte es. Sie nickte dem Mann freundlich zu, ließ die Fahrertür zufallen und versuchte, den Motor zu starten. Doch der Anlasser verursachte nur ein herbes Ruckeln nach hinten. Es war noch der Rückwärtsgang eingelegt, und sie hatte wieder mal vergessen, die Kupplung zu drücken. Was ihr vor den Augen des Mannes peinlich war.

4

Jedes Mal, wenn sie in den vergangenen Tagen in Ulm oder im nahen Merklingen war, staunte sie aufs Neue, wie sehr sich die Hochfläche der Schwäbischen Alb in all den Jahren, seit sie nicht mehr hier gewesen war, verändert hatte. Nicht zum Besten, dachte sie dann, wenn vor ihrem geistigen Auge die Weite Arizonas ablief, während sich hier ein Gewerbegebiet ans andere reihte. Es schien ihr so, als sei überall die Erkenntnis verloren gegangen, dass der Mensch sich von der Scholle ernährte. Gerade in jüngster Zeit war doch deutlich geworden, wie lebensbedrohlich es sein konnte, sowohl Nahrungsmittel als auch Medikamente oder Energie großteils vom Ausland zu beziehen – dazu von Ländern, die man inzwischen mit Fug und Recht als »Schurkenstaaten« bezeichnen konnte. Wie schnell konnte da ein einziger durchgeknallter Präsident die Welt aushungern!

Mary sah im Geist die weiten Kornfelder im mittleren Westen der Vereinigten Staaten oder, ganz besonders, von Kanada. Im krassen Gegensatz dazu dieses einst verschlafene Bauerndorf Merklingen, das direkt an einer Autobahn-Anschlussstelle lag und neuerdings sogar einen Bahnhof hatte, der demnächst in Betrieb gehen würde. Blitzartig, so schien es Mary, war an diesem Kreuzungspunkt auf einst gutem Ackerland ein Gewerbegebiet entstanden mit Tankstelle, Hotel, Rasthaus und all den üblichen »Verdächtigen«, was sie stark an eine Amerikanisierung erinnerte.

Als sie von ihrer Einkaufsfahrt zurück im Eulenhof war, empfand sie die Stille und die naturbelassene Umgebung erholsam. Sie parkte ihren Polo in die seitliche Zufahrt neben dem Haus und musste sich mit den Einkaufstaschen durch den dichten Gras- und Staudenbewuchs kämpfen. Bisher hatte sie anderes zu tun gehabt, als rund um den Hof zu mähen. Nur andeutungsweise waren Blumenbeete zu erkennen, die Aubele vermutlich mit viel Liebe gepflegt hatte.

Die Sonne brannte gnadenlos aufs Land, als sie die neue Tür aufschloss und das kühlere Innere des Gebäudes betrat. Die Natursteine des Erdgeschosses hielten die Tageshitze draußen, ganz im Gegensatz zum Dachgeschoss, wo sich jeder Raum aufheizte.

Mary hatte sich vorgenommen, endlich das ganze Anwesen genauer zu inspizieren. War sie bisher insbesondere auf die Wohnräume fixiert gewesen, so wollte sie nun endlich die landwirtschaftlichen Anbauten durchforsten, in denen alte Maschinen und verrostete Geräte in einem wilden Durcheinander lagerten. Dies alles musste noch von Aubeles Eltern oder gar Großeltern herrühren. Denn er selbst war ja kein Landwirt gewesen. Alles sah aber danach aus, als habe er sich von den Hinterlassenschaften nicht trennen können. Mary erkannte eine Egge, einen Pflug und einen Heuwender aus den Anfängen der maschinellen Landwirtschaft. Dazwischen Rasenmäher, Häcksler, Vertikutierer und jede Menge Ballen Rindenmulch. Im schummrigen Tageslicht, das durch trübes Glas der vergitterten Fenster fiel, waberten verstaubte Spinnweben in der Luft. Mehrmals schon hatte Mary einen Blick in diesen riesigen Abstellraum geworfen, dessen Inhalt einem Museum zur Ehre gereicht hätte. Vorausgesetzt, man würde eine Ordnung in dieses chaotische Durcheinander bringen. Es gab keine erkennbaren Durchgänge, und es schien so, als ob dieses Labyrinth überhaupt nicht begehbar sei. Wenn sich hier jemand verstecken wollte, so war dies hinter Kisten, Tonnen, Geräten, Strohballen und Humuspaketen kein Problem, fuhr es Mary durch den Kopf, als wieder dieses Knacken zu vernehmen war, das bei extremer Hitze oder nächtlicher Kälte das ganze Haus erfüllte, als ächze das Gebäude unter der Last von Jahrhunderten. Wenn Aubele eine Botschaft für die Nachwelt hinterlassen hatte, dann war es schier unmöglich, sie zu finden.

Was hieß »hinterlassen«?, kam es Mary in den Sinn. Wer sagte denn, dass ihr Verwandter nicht mehr lebte? Vielleicht war er einfach als »Aussteiger« freiwillig verschwunden. Aber warum dann das Auto am Waldrand? Hatte er eine falsche Spur legen wollen?

Für einen Moment blieb Mary ratlos ein paar Schritte hinter der vermoderten Tür stehen, durch die sie über den einstigen Stall vom Wohntrakt herübergekommen war. Mehr als diese paar Schritte hatte sie sich bisher nicht vorgewagt. Nur ein Elektriker, der vor einigen Tagen auf der Suche nach dem Zählerkasten im Gebäude unterwegs gewesen war, um den ziemlich laienhaft verlegten Kabeln zu folgen, hatte sich hier durchgeschlängelt und nach einer Unterkellerung gesucht. Sonst wäre ihm nämlich das im Betonboden verschwindende Kabel nicht aufgefallen. Mary hatte nur mit den Schultern gezuckt und dieser beiläufigen Beobachtung des Elektrikers keine Bedeutung beigemessen. »Da gibt's nirgendwo eine Treppe nach unten«, hatte sie geantwortet, womit sich der Handwerker zufriedengab, der ohnehin keine große Begeisterung zeigte, hier weitere Aufträge erledigen zu müssen. Ihm war es ausreichend erschienen, den Zählerplatz zu sehen, der sich seltsamerweise in einer finsteren Nische zwischen Wohnräumen und dem direkt angrenzenden ehemaligen Stall befand.

Auch Mary, der als Farmerin landwirtschaftliche Gebäude durchaus vertraut waren, hatte in den vergangenen Tagen mehrfach gestaunt, was sich im Eulenhof alles verbarg. Wichtig war es ihr erschienen, die verschiedenen Zugänge über die rechtwinklig an den Stall angebaute Scheune sorgfältig schließen zu können. An eine große, vermoderte Flügeltür hatte sich kein Schloss mehr anbringen lassen, weshalb der hinzugerufene Schreiner sie kurzerhand mit Brettern vernagelt hatte.

Mary hatte sich nun, nachdem der Wohnbereich mühsam gereinigt und die Küche mit einigen modernen Gerätschaften ausgestattet war, über all die geräumigen Anbauten hermachen wollen. Im direkt ans Wohnhaus grenzenden Stall roch es noch immer streng nach Mist und Gülle, obwohl die landwirtschaftliche Nutzung schon viele Jahrzehnte zurücklag. Tröge und Vorrichtungen für Futter waren die einzigen Überbleibsel und deuteten darauf hin, dass Aubeles Eltern vermutlich Rinder und Schweine gehalten hatten.

Mary hatte den alten Stall bisher nur selten betreten. Ihr Interesse galt eher der Scheune, in der jetzt ihre abgewetzten Jeans an verrostetem Metall entlangstreiften – zwischen all den vielen Gerätschaften, deren Bedeutung sie nicht kannte. Sie zwängte sich zur anderen Wandseite, die auf ganzer Länge von einer hölzernen Werkbank eingenommen wurde, die mit Werkzeugen aller Art übersät war. So, als habe Aubele gerade noch daran gewerkelt und sei nur mal kurz weggegangen.

An der gesamten Stirnseite der Scheune türmten sich dicht aneinander unzählige Strohballen, die wie eine Mauer bis zur Dachschräge hochragten. Vermutlich lagerten sie bereits viele Jahre unberührt an dieser Stelle. Rechts an der Längsseite des Raumes war die Werkbank so dicht an diese Strohwand herangerückt, dass im Winkel zu ihr nur ein kleiner Spalt blieb, der sich im schwachen Licht tiefschwarz abzeichnete. Zu einem Versteck, das sich womöglich hinter dieser Strohwand verbarg?, durchzuckte es Mary, die sich dem schmalen Zwischenraum langsam näherte, dann aber stehen blieb, um sich wieder abzuwenden. Sie beschloss, sich demnächst eine starke Handlampe zu besorgen, um solche Winkel ausleuchten zu können. Für einen Moment überkam sie der Gedanke, die Strohballen stünden gar nicht direkt an der Wand, sodass es dahinter auf der ganzen Wandlänge vielleicht einen schmalen Durchgang gab, der zur Belüftung des aufgetürmten Strohs diente.

Sie tastete sich langsam über Schaufeln, Spaten, Rechen sowie Bretter und Scherben zerschlagener Blumentöpfe an der Werkbank entlang zurück, wo Holzlatten und Pfähle kreuz und quer auf dem Betonboden lagen. Über der Werkbank trug ein rustikal anmutendes Holzregal die Last von Werkzeugen, Rohren, Schläuchen und Kabeln. Dazwischen Blumentöpfe und Schalen, im Regal darüber ein großer runder Metallbehälter und kreuz und quer liegende eiserne Teile. Alles ungeordnet und nah der vorderen Regalkante, als drohten sie bei der geringsten Erschütterung herabzufallen. Ein Anblick wie im Baumarkt, nur völlig ungeordnet.
Sie wischte mit der linken Hand vorsichtig über die raue Ablage und spürte Staub zwischen den Fingern. Dann folgte sie der langen Regalfront vollends zur Tür. Noch bevor sie diese erreichte, fiel ihr im Augenwinkel etwas auf, das sie zuvor nicht wahrgenommen hatte: Am Ende der schweren Regale erhob sich ein mannshoher schmaler Kasten, der sie an das Gehäuse einer Standuhr erinnerte. Mary blieb stehen, denn an der Vorderseite war ein Türchen, das sich über die ganze Höhe erstreckte, nur angelehnt. Es war aus stabilem Metall. Vorsichtig zog sie es weiter auf, um ins Innere sehen zu können. Im Schummerlicht war eine Halterung zu erkennen, deren Bedeutung sie nicht zuzuordnen ver-

mochte. Es waren Schnappverschlüsse, in denen sich etwas
Längliches befestigen ließ. Wie Schaufel oder Pickel, aber
dafür war das Gehäuse zu klein. Außerdem: Wieso sollte
solches Handwerkszeug in einem massiven Metallkasten
stecken? Während sie ihre Gedanken kreisen ließ, entdeckte
sie eine kleine Schachtel, die unterhalb der Metallklammern
lag. Drei große schwarze »G« waren aufgedruckt. Mary
bückte sich und griff nach der Schachtel. Sie war schwerer, als es ihr Aussehen hätte vermuten lassen. Dann las sie:
»308 W Universalpatrone mit Full Metal Jacket, hergestellt
aus hochwertigen Komponenten. Hervorragende Munition
für die Jagd, das Sport- oder Freizeitschießen.«

5

Dass Hans Aubele Jäger war, hatte der unsympathische
Immobilienhändler bereits angedeutet. Es war also nichts
Ungewöhnliches, wenn er einen Waffenschrank besaß, versuchte Mary sich zu beruhigen, während sie die Scheune
durch den Stall und den schmalen Durchgang zum Wohnhaus verließ. Aber wo war das Gewehr? Dieser Gedanke
plagte sie von Minute zu Minute mehr. Üblicherweise

musste ein Waffenschrank doch abgeschlossen sein, hatte sie mal gelesen. Schließlich war man nicht in den Staaten, sondern in Deutschland. Da durfte niemand so ohne Weiteres eine Waffe besitzen – und wenn, dann nur mit Waffenbesitzkarte und Waffenschein. Jäger und Sportschützen konnten solche Dokumente beantragen, und erteilt wurden derlei Genehmigungen nur, wenn der Antragsteller unbescholten war. Mit strengen Waffengesetzen, das wusste Mary, brüstete sich Deutschland, zur inneren Sicherheit beizutragen. Aber gewiss würde wohl kein Terrorist oder Gangster eine offiziell angemeldete Waffe für einen Mord verwenden, geschweige denn sich vorher um einen Waffenschein kümmern. Wer eine »Kanone« wollte, würde sich bestimmt auch in Deutschland eine besorgen können. Illegal, versteht sich.

Trotzdem wollte Mary Klarheit. Sie setzte sich auf die morsche Holzbank, die vor dem Haus ringsum von hohen Gräsern eingewachsen war, und rief von diesem Platz aus, an dem es ein schwaches Mobilfunknetz gab, den Bürgermeister an, um ihn um einen Gesprächstermin zu bitten. Freudenreich zeigte sich über den Anruf überrascht und schlug ihr vor, gleich zu ihm zu kommen. Mary glaubte, aus dem Tonfall und der Eile herauszuhören, dass er vermutlich hoffte, den Hof für seine Pläne aufkaufen zu können.

Ein paar Minuten später, nachdem sie ihre Jeans gegen eine weiße Hose getauscht und sich eine bunte Bluse übergestreift hatte, fuhr sie die zweieinhalb Kilometer über holprigen Asphalt zu der kleinen Gemeinde, deren Bürgermeister Freudenreich war. Das Rathaus hätte längst eine Sanierung bitter nötig gehabt. Putz bröckelte, die paar Stufen zur Eingangstür waren ausgetreten. Im Innern war es kühl, und es roch nach Bürokratismus und Amtsstube: nach feuchtem Papier und vergilbten Akten. In Schaukästen hingen amtliche Bekanntmachungen, die Mary aber nur im Vorbeigehen erahnte. Der mit Natursteinen ausgelegte Boden war uneben, die Wand grau getüncht. Mary orientierte sich an einem verblassten Türschildchen mit der Aufschrift »Bürgermeister«, klopfte zaghaft und trat sogleich ein.

Freudenreich, der mit Anzug und Krawatte hinter einem dunklen Schreibtisch des vorletzten Jahrhunderts residierte, sprang auf und begrüßte sie.

»Herzlich willkommen im Rathaus.« Er bot ihr einen Platz auf einer Sitzecke mit verschlissenen Polstern an. »Leider hab ich keine Sekretärin, die uns Kaffee machen könnte«, sagte er charmant lächelnd. »Ich hoffe aber, Sie haben sich in Ihrem neuen Zuhause eingelebt. Wie kann ich Ihnen behilflich sein?«

»Eingelebt hab ich mich einigermaßen. Die Umgebung ist ungewohnt«, erwiderte sie kühl.

»So alte Hofstellen haben ihren eigenen Charakter«, lächelte Freudenreich. »Man kann in Chroniken nachlesen, welche Sagen und Geschichten sich um sie ranken.«

Mary hatte keine Lust, gruslige Storys zu hören, sondern wäre am liebsten gleich auf ihr Anliegen zu sprechen gekommen, aber sie wollte die lockere Gesprächsatmosphäre nicht unnötig strapazieren. Deshalb rang sie sich zu einer Nachfrage durch:

»Um den Eulenhof ranken sich Geschichten?«

Freudenreich legte die hohe Stirn nachdenklich in Falten.

»Ist Ihnen das Sühnekreuz noch nicht aufgefallen? Schräg gegenüber. Aber es ist momentan zugewachsen.«

»Sühnekreuz?« Mary durchzuckte es wie ein Stich in die Seele.

»Ja, Sühnekreuz. Das geht aufs Mittelalter zurück. Ein Ritual, wenn man es so nennen will. Wenn Feinde wegen Mordes oder Totschlags eine Blutfehde beendeten, war das Aufstellen eines solchen Kreuzes sozusagen Bestandteil der Sühneverträge.«

Mary hatte noch nie davon gehört, überlegte aber, weshalb ihr der Bürgermeister dies gleich zu Beginn ihres Gesprächs mitteilen wollte. Sie zögerte, hakte dann aber irritiert nach:

»Und was hat das mit dem Eulenhof zu tun?«

Freudenreich lehnte sich zurück und verschränkte die Arme – eine Geste, die eine gewisse Zufriedenheit ausstrahlte. »Es heißt, einer der vielen Bewohner einer früheren Hofstelle dort habe Mitte des 14. Jahrhunderts seinen Knecht erschlagen.«

»Ach? Erschlagen?«, echote Mary und spürte einen Kloß im Hals.

»Ja, mit einer Schaufel erschlagen, weil der Knecht betrunken gewesen sei und sich über die Frau des Bauern ... na ja, Sie wissen schon ...« Er wollte nicht aussprechen, was er in den Chroniken dazu gelesen hatte, zumal die Aufzeichnungen aus damaliger Zeit derlei Details meist umständlich umschrieben. »Die Angehörigen des Ermordeten haben dann mit dem Täter die Blutfehde beendet – wovon das Sühnekreuz noch zeugt.«

Mary wollte sich nicht beirren lassen, sondern erwiderte energisch:

»Und jetzt werden Sie gleich behaupten, dass auf dem Eulenhof seither ein Fluch liegt.« Ihr Misstrauen war deutlich zu vernehmen. In Mary reifte der Verdacht, dass ihr der Bürgermeister Furcht einflößen wollte, um sie zum Verkauf des Anwesens zu bewegen.

Freudenreich wehrte mit erhobenen Unterarmen ab.

»Ich bitte Sie, gnädige Frau. Die älteren Leute glauben zwar manchmal an Spuk und böse Geister, aber wir beide, Sie und ich, sind doch aufgeklärt genug, um uns von solchem Humbug nicht beeindrucken zu lassen.« Er räusperte sich und lächelte wieder auf eine Art und Weise, die Vertrauen signalisieren sollte. »Aber Sie sind nicht gekommen, um von mir Schauergeschichten zu hören.«

Mary war erleichtert, dass er das Vorgeplänkel, wie sie es empfand, beendete. »Ich habe eigentlich nur ein paar Fragen zu meinem Verwandten, dem Herrn Aubele. Der Herr Fletschinger, der auch da draußen wohnt, dieser Immobilienmakler, hat mir beiläufig gesagt, Herr Aubele sei Jäger gewesen. Mich würde interessieren, ob man sein Gewehr gefunden hat.«

Wieder runzelte der Bürgermeister die Stirn und versuchte, mit einer Hand den ergrauten und spärlichen Haarwuchs glattzustreichen. »Nun ja, liebe Frau Quinbek, das ist in der Tat ein ungeklärter Punkt. Herr Aubele war offiziell und ordnungsgemäß im Besitz einer Waffenbesitzkarte und eines Waffenscheins für die Jagd. Er durfte also ein Gewehr von der Wohnung zu seinem Jagdrevier mit sich führen. Also dorthin, wo man sein Auto fand.«

»Und das Gewehr?«, hakte Mary schnell nach.

»Ist verschwunden. Man hat es weder im Auto noch irgendwo im Wald gefunden.«

»Auch nicht im Haus? Sie haben mir doch erklärt, man habe das Haus gründlich durchsucht.«

»Auch nicht im Haus«, antwortete Freudenreich schnell, als sei es ihm peinlich, eine Hausdurchsuchung einräumen zu müssen. »Hat alles die Polizei gemacht. Die haben die verschlossene Tür fachgerecht geöffnet.«

»Wann war das?«

»Na ja, das war im Sommer 2004, wann genau, das müsste ich in den Akten nachlesen. Es war jedenfalls so, dass einem Landwirt das abgestellte Auto am Waldrand aufgefallen ist. Nachdem es zwei Wochen nicht bewegt worden war, hat er die Polizei verständigt, und dann ging das übliche Programm los. Man hat schnell festgestellt, dass der Briefkasten am Eulenhof überquoll. Die Tageszeitungen vieler Wochen lagen unterm Briefkasten, und die übliche Post, meist Werbesendungen, waren überall vor der Tür verstreut und schon vom Winde verweht. Alles deutete darauf hin, dass Herr Aubele verschwunden war.«

»Aber nichts hat auf ein Verbrechen hingedeutet?«

»Nichts. Wie ich Ihnen bereits sagte: Das Haus war ordnungsgemäß verschlossen. Kein Einbruch. Nichts. Auch sein Auto war verriegelt.«

»Und Schlüssel?«

»Keine. Erst im Haus hat man dann einen Schlüsselbund gefunden.«

»Und dass er sich im Wald das Leben genommen hat?«, fragte Mary vorsichtig nach.

»Die Polizei hat das Waldgebiet durchsucht, auch mit Hunden.«

»Und das Haus?«

»Na ja«, seufzte der Bürgermeister. »Sie werden gesehen haben, welche Unordnung in der Scheune vorherrscht. Nach menschlichem Ermessen hat er sich dort nicht das Leben genommen. Ein Polizeihund hat zwar mal angeschlagen, aber die vielen landwirtschaftlichen Gerüche, die das Haus über Jahrhunderte hinweg aufgenommen hat, haben ihn wohl irritiert.«

Mary räumte ein:

»Wieso hätte Herr Aubele auch sein Auto am Waldrand abgestellt, um zu Fuß einen Kilometer zum Haus zurückzukehren und sich dort umzubringen?«

»Genau diese Frage haben wir uns alle gestellt«, bekräftigte Freudenreich. »Im Übrigen hat die Polizei die Sache nicht auf die leichte Schulter genommen. Die Spurensicherung hat im Fahrzeug und in der Wohnung DNA von Herrn Aubele sichergestellt.« Der Bürgermeister beeilte sich zu erklären, was damit gemeint war: »Sogar an einer Zahnbürste und aus einem Rasierapparat haben sie verwertbares Material gefunden. Die DNA-Ergebnisse sind bundes- oder sogar europaweit in einer Datei gespeichert. Selbst wenn man – erlauben Sie, wenn ich das so unumwunden sage – die Leiche des Herrn Aubele irgendwo verwest auffindet, wird man sie zuordnen können.«

Mary nickte. Sie hatte dieser Tage davon gelesen, dass man in den USA einen Mann festgenommen hatte, der vor 38 Jahren als Soldat in Göppingen stationiert gewesen war und dabei eine Frau vergewaltigt hatte. Seine DNA war damals sichergestellt worden. Und weil ihm nun, nach einer neuerlichen Straftat in Amerika, eine DNA-Probe entnommen worden war, gab es einen Treffer: Ihm konnte somit das Verbrechen in Göppingen nachgewiesen werden.

»Wie sicher kann man denn sein, dass Herr Aubele tot ist?«, knüpfte Mary nach ein paar Sekunden des Nachdenkens an Freudenreichs Antwort an.

»Wenn die Behörden einen Zweifel daran hätten, hätten wir Sie nicht kontaktiert, liebe Frau Quinbek«, entgegnete er und fügte amtlich hinzu: »Eine Todeserklärung ist nämlich zulässig, so heißt es in Paragraf drei des Verschollenheitsgesetzes, wenn seit dem Ende des Jahres, in dem der Verschollene nach den vorhandenen Nachrichten noch gelebt hat, zehn Jahre verstrichen sind. Das trifft auf Herrn Aubele eindeutig zu. Man kann jemanden aber auch für tot erklären lassen, wenn er zur Zeit der Todeserklärung, was in diesem Fall nun auch zuträfe, bereits 80 Jahre alt wäre und man fünf Jahre lang nichts von ihm gehört hätte.« Freudenreich fuhr in seinen Ausführungen fort: »Man muss natürlich noch jede Menge weiterer Vorschriften beachten, wie sie in der …«, er las von seinen vorbereiteten Notizen ab, »… zehnten Zuständigkeitsanpassungsverordnung vom 31. August 2015 aufgelistet sind. Ich weiß, das hört sich für Laien ziemlich kompliziert an. Deshalb erspare ich Ihnen weitere Details.«

Mary nickte. Sie hatte das selbst nachgelesen, jedoch im juristischen Kauderwelsch bei unzähligen Hinweisen auf weitere Paragrafen nichts verstanden. Deshalb wollte sie Freudenreichs Darlegungen auch gar nicht kommentieren. Der war offenbar froh darüber und lenkte schnell mit einem anderen Hinweis ab: »Sie haben selbst gesehen, in welch schlechtem baulichen Zustand der Eulenhof ist. Irgendwann wird der Giebel einstürzen und eine Gefahr für den vorbeiführenden Weg darstellen. Sie werden nicht umhinkommen, die Statik prüfen zu lassen.«

Mary glaubte, daraus eine Drohung zu hören. So deutlich war Freudenreich bei ihren bisherigen Gesprächen noch nie geworden. Weil sie nichts darauf erwiderte, fuhr er fort: »Ich kann Ihnen nur raten, nicht so viel Geld in die Innenräume zu stecken. Allein die Außensanierung und Stabilisierung des Dachs wird eine Menge kosten.«

Mary sah den Augenblick gekommen, die Fronten zu klären:

»Mein Mann und ich betreiben in Arizona eine große Farm. Wir beabsichtigen, sie zu verkaufen und uns hier eine neue Existenz aufzubauen.« Das hatte sie zwar mit Joe noch nicht besprochen, aber diese Lüge würde den Bürgermeister vielleicht von den Kaufgelüsten zugunsten eines großen Gewerbegebiets abhalten. Verkaufen konnten sie noch immer, falls alles schiefging.

Freudenreich zeigte sich wenig beeindruckt.

»Übrigens: Auch Herr Aubele hat wohl vor seinem Verschwinden mit dem Gedanken gespielt, den Eulenhof zu versilbern.«

»Ach?«, staunte Mary. »Das haben Sie mir noch gar nicht gesagt.«

»Wieso sollte ich? Ich möchte Sie in Ihrer Entscheidung doch nicht beeinflussen.«

»Und woher wissen Sie, dass er verkaufen wollte?«

Freudenreichs Gesicht nahm überhebliche Züge an.

»Als Bürgermeister hat man eben so seine Kontakte. Vertrauliche natürlich. Wenn Sie verstehen, was ich meine.«

6

Mary hatte sich schnell von dem Bürgermeister verabschiedet. War sie nach den ersten Kontakten mit ihm noch zuversichtlich gewesen, in ihm einen ehrlichen Berater zu haben, bröckelte diese Hoffnung jetzt. Da war einerseits der Hinweis auf das seltsame Sühnekreuz, das sie nach der Rückkehr zum Haus tatsächlich im hohen Gras des Wegesrandes entdeckt hatte und das ihr offensichtlich Furcht einflößen sollte, und andererseits war Freudenreich nicht dazu zu bewegen, ihr zu sagen, von wem die Vermutung stammte, dass Aubele den Hof habe verkaufen wollen.

Langsam ließ sie ihren Polo auf dem rissigen Asphalt des schmalen Feldwegs in die sonnige Einöde der Hochfläche hinausrollen. Doch als links, umstanden von Schatten spendenden Bäumen, der Eulenhof auftauchte, stach ihr etwas ins Auge, das in der Sonne glitzerte: Rechts neben dem Bänkchen stand ein Fahrrad. Besuch?, zuckte es ihr durch den Kopf. Sie hatte niemanden erwartet, und außerdem kannte sie hier niemanden, der Fahrrad fuhr.

Sich nach allen Seiten umschauend, um eine Person zu entdecken, parkte sie den Polo wieder in die verwachsene seitliche Hofeinfahrt, stieg verunsichert zwischen den hohen Brennnesseln aus – und erschrak. Denn im selben Moment erschien vorne an der Ecke des Scheunenanbaus eine männliche Gestalt. Noch geblendet von der Sonne, konnte sie im Schatten, den das Wohnhaus in diese verlassene Hinterhofsituation warf, noch kein Gesicht erkennen. Nur dass es ein großer Mann war, der Outdoor-Kleidung trug, als sei er ein Ranger aus einem Nationalpark.

»Nicht erschrecken«, schallte ihr eine Stimme entgegen, während der Unbekannte durch kniehohen Bewuchs stapfte, näher kam und übers ganze Gesicht grinste.

Mary blieb an der offenen Autotür stehen. Irgendwo hatte sie diesen Mann schon einmal gesehen.

»Ich bin einer Ihrer Nachbarn und wollte nur mal sehen, wie weit die Sanierung gediehen ist.«

Marys Herzschlag hatte sich beschleunigt, weshalb sie tief Luft holte. Jetzt wurde ihr bewusst, woher sie ihn kannte: Er war schon einige Male mit einem alten Bundeswehr-Jeep vorbeigefahren.

»Ich bin Leo Temme.« Er blieb in einigem Abstand stehen. »Vielleicht hat man Ihnen schon von mir erzählt. Kriminaloberkommissar a. D. Jetzt Security-Service LT, Leo Temme.«

Mary konnte für einen Augenblick nur wenig damit anfangen. Dann jedoch entsann sie sich, dass ihr Freudenreich anfangs aufgezählt hatte, wer die Bewohner der weit verstreuten alten Bauernhöfe waren: Künstler, Magier, Immobilienhändler und ein Polizist einer Spezialeinheit. Trotzdem schien ihr gesundes Misstrauen angebracht.

»Und was suchen Sie hier?«, rief sie ihm vorwurfsvoll entgegen.

»Wie ich sagte: Ich wollte mal bei Ihnen vorbeischauen, um zu sehen, wie weit die Sanierung gediehen ist. Und ob es Ihnen gut geht in diesem uralten Gebäude.«

Er stand ihr jetzt gegenüber, sodass sie das kantige Gesicht mit dem Schnauzbart deutlich sehen konnte. Dazu schwarze, aber kurz geschorene Haare. Vermutlich Anfang 50. Sportliche Figur.

»Sie hätten nicht ums Haus schleichen müssen«, blieb Mary energisch. »Warum kommen Sie nicht, wenn ich da bin?«

»Jetzt sind Sie doch da«, grinste Temme gelassen und sah ihr tief in die Augen, womit er sie verlegen machte. Dann ging er an ihr vorbei zur sonnigen Vorderseite des Hauses. »Ich schlage vor, wir unterhalten uns auf Ihrem gemütlichen Bänkchen.«

Sie ließ die Fahrertür einrasten und folgte ihm.

»Sie sind ein ehemaliger Polizist?«, fragte sie, als sie neben ihm Platz nahm und die Arme verschränkte.

»Oberkommissar a. D.«, wiederholte er. »Außer Dienst. Mit einer guten Freundin betreibe ich einen Security-Service.«

»Wieso außer Dienst? In Ihrem jugendlichen Alter?«

»Danke für das Kompliment zum Alter«, grinste er und antwortete: »Dienstlich ist was schiefgelaufen. Ich war beim Mobilen Einsatzkommando. Wird Ihnen nichts sagen. Spezialeinheit. Komplexe Observationen. Manchmal wochen- oder monatelang. Nicht alles, was notwendig ist, akzeptieren die Vorgesetzten. Bei der deutschen Polizei herrscht eine ganz strenge Hierarchie. Wenn's um Beförderungen geht, zählt nicht nur Qualifikation, sondern Kuschen und die richtige Beziehung in die Politik. Neuerdings ist es auch von Vorteil, einfach nur weiblich zu sein.«

»Haben Sie jemanden erschossen?«, entfuhr es Mary.

»Erschossen?« Er drehte sich blitzschnell zu ihr. »Wie kommen Sie denn darauf?«

»Na ja. Sonderkommando. Wenn in Deutschland Polizisten einen Gangster erschießen, geht doch die Welt unter, oder? Dann kann man seinen Dienst quittieren.«

»Ja, das mag man so sehen. In den USA rauchen die Colts natürlich schneller.« Er grinste, denn er hatte längst gehört, dass die Frau seit Jahren in Amerika lebte. »Nein, man hat mir ein paar lächerliche Dienstvergehen vorgeworfen, dann habe ich der Entfernung aus dem Beamtendienst, so heißt das offiziell, zugestimmt. War besser so.«

»Und jetzt schnüffeln Sie privat herum?«

Er war von dieser Formulierung überrascht. »Mit ›schnüffeln‹ hat das nichts zu tun. Security-Dienste braucht man in Deutschland mehr als genug. Wir rennen nicht untreuen Ehemännern oder Ehefrauen hinterher, falls Sie das meinen. Uns geht es um Sicherheit.« Er sah sie von der Seite an. »Keine Großveranstaltung ohne Sicherheitsdienste. Selbst bei Dorffesten ist das so. Früher haben das ein paar uniformierte Feuerwehrmänner ehrenamtlich gemacht. Aber die Störenfriede der heutigen Zeit sind militant, Suffköpfe, bekiffte Drogenkonsumenten, hirnlose Schwachköpfe, angebliche Aktivisten für dies und das und für etwas, was die selbst nicht so genau wissen. Manche kommen aus ganz anderen Kulturkreisen, wo das Messer oder der Baseballschläger zur Grundausstattung eines echten Mannes gehört. Da bedarf es geschulter Kräfte, wenn's um Sicherheit und Ordnung geht. Aber diese beiden Worte – Sicherheit und

Ordnung – dürfen Sie hierzulande kaum noch öffentlich aussprechen, weil Sie ansonsten Gefahr laufen, als rechtsradikal oder alter Nazi verunglimpft zu werden.«

Mary vermutete insgeheim, das er sich mit Ausführungen dieser Art bei manchen politisch vergrämten Vorgesetzten nicht gerade Freunde geschaffen hatte.

Weil sie nichts sagte, wechselte der Ex-Kommissar das Thema:

»Falls Sie also mal Hilfe brauchen oder sich unsicher fühlen – wir sind für Sie da. Wir, also meine Freundin und ich. Nachbarschaftshilfe. Kostenlos.«

»Das ist sehr nett von Ihnen«, sagte Mary jetzt eine Spur freundlicher und spürte einen Kloß im Hals. »Aber warum sollte ich mich unsicher fühlen?«

Er zuckte mit den breiten Schultern.

»Na ja, Sie allein in diesem alten Haus.« Er grinste kurz. »Schon einmal soll hier jemand spurlos verschwunden sein.«

»Entschuldigen Sie, aber das ist nicht komisch«, wurde Mary ernst, worauf er sofort einlenkte:

»So war das nicht gemeint. Geht man denn davon aus, dass der Besitzer tot ist?«

»Ja. Ihre Kollegen vom Ulmer Präsidium haben wohl alles drangesetzt, ihn zu finden – aber auch jetzt, rund 18 Jahre danach, bleibt er spurlos verschwunden. Er wäre jetzt wohl um die 80 Jahre alt.«

»Und jetzt haben Sie den Hof geerbt und wollen ihn sanieren?«

Sie entschied, auch ihm die Lüge von der möglichen Umsiedelung nach Deutschland aufzutischen, worauf er sich verwundert zeigte: »Sie glauben, mit einer Landwirtschaft hier Fuß fassen zu können? Hier, wo die kleinen Bauern von der EU gezwungen wurden, immer größer und größer zu werden, um dann gesagt zu bekommen, sie

sollen Flächen stilllegen? Das sollten Sie sich gut überlegen.«

»Deutschland wird lernen müssen, sich wieder selbst zu
versorgen«, gab Mary zu bedenken. Sie hatte in den vergangenen Wochen viel über die Abhängigkeit Deutschlands
von ausländischen Produkten gelesen. Der Schmusekurs
mit Russland, wie ihn wohl die Ex-Kanzlerin Merkel und
der einstige Chef der Sozialdemokraten angeleiert hatten,
dürfte für längere Zeit vorbei sein. Damit auch der Zugriff
zu einer der wichtigsten Kornkammern. Aber wer konnte
schon abschätzen, was in den USA geschehen würde, wenn
dort der verrückte Trump erneut das Sagen bekäme! Bald
schritt man dort wieder zur Wahl.

Mary wollte etwas anmerken, doch dann deutete Temme
in jene Richtung, in der sein Hof lag.

»Da kommt Amal.« In ein paar 100 Metern Entfernung
löste sich die Silhouette einer Fahrrad fahrenden Person aus
dem von Büschen gesäumten Weg. Sie kam langsam näher.
»Meine Partnerin«, erklärte Temme. »Wir haben einen Termin in Laichingen. Weil das Wetter so toll ist, fahren wir
mit dem Fahrrad hin.«

Mary versuchte, sich die Geografie vor Augen zu führen.
Laichingen war von hier aus maximal 10 Kilometer entfernt.
Vielleicht auch weniger.

»Wir retten die Welt natürlich nicht, wenn wir das Auto
mal stehen lassen«, meinte Temme ironisch. »Aber man
bleibt fit. Außerdem schluckt meine alte Militärkiste ganz
schön Sprit.« Mary wusste sofort, dass er auf seinen Jeep
anspielte, verkniff sich aber die Frage, weshalb er so einen
Wagen fuhr.

Auf dem Fahrrad, das jetzt eintraf, saß eine junge Frau.
Dunkle Haare, schlank, sportliche Shorts und ein T-Shirt
mit Werbeaufdruck der Security-Firma. Mary schätzte die

Radlerin auf maximal Mitte 30. Könnte Temmes Tochter sein, dachte sie. Doch er hatte ja von Freundin gesprochen. Die junge Frau stoppte, stellte ihr Mountainbike ab und kam lächelnd auf Temme und Mary zu.

»Grüß Gott«, sagte sie und brachte damit zum Ausdruck, dass sie sich mit Land und Leuten auf der Alb identifizierte. »Schön, dass wir Sie mal persönlich kennenlernen«, wandte sie sich gleich an Mary, von der sie von oben bis unten beäugt wurde.

»Tut mir leid, dass ich mich noch nicht bei Ihnen vorgestellt habe – als neue Nachbarin. Aber es gab sehr viel zu tun.« Sie musterte die junge Frau von Kopf bis Fuß, wobei ihr ein Tattoo auffiel, das oberhalb des rechten Knies an der Innenseite des Oberschenkels zu sehen war und aus einigen Buchstaben zu bestehen schien. Dieser Trend, Namen oder Ornamente in die Haut ritzen zu lassen, war offenbar auch in Deutschland weit verbreitet. Wie es hieß, trug hier nahezu ein Viertel aller Menschen eine solche bleibende Verzierung.

Weil sie kurz stutzte und einen Moment lang überlegte, weshalb eine so hübsche Frau es nötig hatte, auf diese Weise aufzufallen, wurde sie von Temme aus den Gedanken gerissen. Er beeilte sich, seiner Begleiterin zu sagen, dass er den Mut von Frau Quinbek bewundere, dieses sanierungsbedürftige Anwesen wieder herzurichten, und fügte an: »Ich bin vorhin mal rumgelaufen.«

»War der Hof, den Sie gekauft haben, denn in einem besseren Zustand?«, wollte Mary wissen.

»Wohl kaum, nein«, erklärte Temme. »Aber wir beide mögen's rustikal.« Er blinzelte der jungen Frau zu. »Amal schläft gern im Heu. Und davon hat's bei uns in der Scheune noch ziemlich viel.«

Amal nestelte verlegen am Saum ihrer engen kurzen Hose, als wolle sie diese ein bisschen länger und somit über ihr blaues Tattoo ziehen. »Das Heu duftet noch immer, obwohl es schon ziemlich alt ist«, sagte sie verlegen.

»Bei Ihnen hat's wohl noch große Strohballen«, stellte Temme, an Mary gewandt, fest und ergänzte: »Ich habe hinten durch das kleine Fenster reingeschaut.«

»Warum hat Sie das denn interessiert?«, wurde Mary vorwurfsvoll.

»Reine Neugier«, grinste Temme entwaffnend. »Ein Polizist ist immer neugierig. Alte Häuser haben ihren besonderen Charme – und sie stecken voller Geheimnisse.«

»So? Was sollen das Ihrer Ansicht nach für Geheimnisse sein?«

»Zum Beispiel, ob es einen Keller gibt«, erklärte Temme nachdenklich, »und falls ja, ob es da unten Mostfässer oder verborgene Schätze gibt.«

»Schätze?«, wiederholte Mary verwundert. »Herr Aubele hat hier sicher keine Reichtümer versteckt.«

»Schätze müssen nicht Gold und Geld bedeuten, liebe Frau Quinbek! Antiquarisches kann weitaus interessanter sein.«

»Haben Sie sich deswegen hier umgesehen?«

Jetzt schaltete sich auch Amal in das Gespräch ein:

»Leo – ich meine: Herr Temme – hat ein Faible für alte Sachen.« Sie zwinkerte ihm zu, worauf er schlagfertig antwortete: »Aber nur, wenn's um Möbel geht.«

Mary mochte ein derartiges Geplänkel nicht. Wenn er jetzt damit angab, eine Freundin zu haben, die schätzungsweise mindestens 15 Jahre jünger war als er, dann war das in dieser Situation ziemlich geschmacklos. Jedenfalls, so stellte Mary insgeheim fest, war sie aus seiner Sicht wohl bereits steinalt. Sie ließ sich dies aber nicht anmerken, sondern knüpfte an das vorausgegangene Thema an:

»Ich weiß nicht mal, ob es einen Keller gibt. Um das feststellen zu können, müsste ich zuerst viel Gerümpel wegräumen.«

Temme sah die Gelegenheit für einen Vorschlag gekommen: »Falls Sie jemanden brauchen, der Ihnen dabei hilft, sagen Sie Bescheid. Ich mache das gerne. Man muss in so alten Häusern vorsichtig sein.«

»Wie soll ich das denn verstehen?«

»Die Böden können morsch sein, es könnte Fall- und Klapptüren geben«, erklärte er. »Als ich noch bei der Polizei war, haben wir die verrücktesten Verstecke entdeckt.«

»Ich glaube nicht, dass Herr Aubele etwas zu verstecken hatte.«

Temme zuckte mit den Schultern. »Das will ich auch nicht behaupten. Aber man kann nie wissen, was in den Jahrhunderten, seit das Haus steht, angebaut oder abgerissen wurde, welche Hohlräume es gibt und welche Tiere sich über unterirdische Öffnungen Zugang verschafft haben.«

»Wollen Sie mir jetzt Angst einjagen?«, fragte Mary, während sie in Amals jugendlichem Gesicht ein überhebliches Grinsen zu sehen glaubte.

»Natürlich nicht. Ich wollte Ihnen nur raten, vorsichtig zu sein.« Er wandte sich bereits zu seinem abgestellten Fahrrad, als er anfügte: »Man sagt doch, altes Gemäuer habe auch ein Gedächtnis.«

Mary schwieg, während sich Temme und Amal auf die Fahrradsättel schwangen und er noch beiläufig zu verstehen gab:

»Ist Ihnen eigentlich das Sühnekreuz hier drüben schon aufgefallen?« Er deutete auf die andere Seite des Wegs. »Ach ja«, ergänzte er, stieg vom Rad und zog eine Visitenkarte aus der Jackentasche. »Falls Sie mal ein Problem haben, dürfen Sie mich gerne anrufen«, lächelte er und streckte Mary die

Karte entgegen. »Leider nur eine Handynummer – falls es bei Ihnen überhaupt ein Netz gibt.«

Mary nahm die Karte und bedankte sich kühl.

7

Mary sah den beiden Radlern nach, bis sie hinter einer Buschreihe außer Sichtweite waren. Wahrscheinlich, so beruhigte sie sich, waren die Käufer solch alter Bauernhäuser allesamt skurrile Typen. Aussteiger eben. Und wenn sie ehrlich zu sich selbst war, dann hatte sie aus Arizona das Gefühl von Einsamkeit und Abenteuer auch mit hierhergebracht. Immer, wenn sie spätabends mit Joe telefonierte, schwärmte sie ihm von dieser Alb-Landschaft vor, die den Vorteil hatte, dass man nicht meilenweit fahren musste, um in einer Stadt etwas zu erledigen oder Lebensmittel einzukaufen. Hier war die Autobahn nicht weit entfernt, und die nächste größere Stadt war Ulm, wo es sogar eine Uniklinik und ein Bundeswehrkrankenhaus gab und die sich als »Wissenschaftsstadt« rühmte. Man lebte zwar auf dem Land, war aber rundum bestens versorgt. Entsprechend hoch waren die Immobilienpreise. Da ähnelte es schon einem Jackpotgewinn, ein Haus mit landwirtschaftlichen Flächen geerbt zu haben. Aber ob Joe jemals dazu zu bewegen war, in Arizona die Farm zu verkaufen und nach Deutschland zu ziehen, daran hatte sie erhebliche Zweifel. Joe, der als ehemaliger Soldat seine militärisch-strategische Sichtweite nie hatte ablegen können, fühlte sich in den USA viel sicherer. Germany, so pflegte er zu sagen, war ihm zu dicht an den Russen, gegen die er ein abgrundtiefes Misstrauen hegte. Und außerdem war Deutschland aus amerikanischer Sicht auf der Weltkarte tatsächlich ganz nah an Russland. Als 1972-Geborene hatte sie zwar im Teenageralter noch den Kalten Krieg miterlebt, den Zoff um die Stationierung von Mittelstreckenraketen und das Aufrüsten mit Atomsprengköpfen, aber so wirklich bedrohlich hatte sie die Nähe zu Russland nie empfunden. Nachdem sie Joe kennengelernt hatte, war ihre Sichtweise eine andere geworden: Er malte damals ein schreckliches Szenario, wonach die Russen den seit dem Krieg besetzten Teil Deutschlands nie freiwillig wieder verlassen würden und sogar noch »Gelüste« auf die Bundesrepublik kriegen könnten. Glücklicherweise war es dann anders gekommen.

Sie entschied, auf jeden Fall so lange hierzubleiben, bis Joe sie besuchte. Einen Käufer für den Eulenhof würden sie nach allem, was ihr angedeutet wurde, ganz sicher finden, falls sie ihn loswerden wollten. Aber ihn abreißen lassen, um Platz für ein Gewerbegebiet zu schaffen, das kam für sie nicht infrage. So schnell gab man ein Familienerbe nicht auf. Es gab gewiss viele Liebhaber für so ein altes Gehöft, sodass keine überhasteten Entscheidungen notwendig waren.

Wenn sie nachts wach lag und in die Stille lauschte, musste sie gegen ein wildes Gedankenkarussell kämpfen, das ihr schauerliche Szenerien ausmalte – von dem erschlagenen

Knecht und von dem beiläufigen Hinweis Temmes, wonach altes Gemäuer ein Gedächtnis habe. Sie wurde an ein Buch erinnert, das sie einmal zu diesem Thema gelesen hatte. Vermutlich Schwachsinn, kämpfte sie gegen derlei Horrorgeschichten an. Aber in dem Buch hatte es auch geheißen, dass sakrale Räume wie etwa Kirchen durch die vielen Gebete und positiv-hoffnungsvollen Gedanken der Gläubigen eine gute Atmosphäre ausstrahlten. Dann konnte dies doch bei schlechten Gedanken oder Ereignissen genauso sein. War also der Mord an dem Knecht in diesem Gebäude gespeichert?, ergriff plötzlich ein unkontrollierter Geistesblitz von ihr Besitz. Dann jedoch überwog der Gedanke, dass dieses Haus im Mittelalter ja noch gar nicht gestanden hatte. So alt war es nun auch wieder nicht.

Eine gewisse Erleichterung beschlich sie ab 5 Uhr, wenn der Morgen graute und es langsam hell wurde. Sobald die Sonne über den Horizont stieg, drang ein aufmunternder Strahl durch das staubige Fensterglas zu ihr herein.

Während des Frühstücks, das nur aus Kaffee und einem Marmeladenbrot bestand, lauschte sie den Nachrichten des Schwabenradios von SWR 4, dem einzigen Sender, den der alte hölzerne Röhrenkasten von sich gab. Erste Meldung war die allgemeine Empörung über die hohen Energiepreise und dass die Öl-Multis die Steuerentlastung nicht an die Autofahrer weitergegeben hatten. Mary wusste damit nicht viel anzufangen, zumal sie in den vergangenen Wochen die innenpolitischen Probleme gar nicht verfolgt hatte. Viel wichtiger erschien ihr der russische Überfall auf die Ukraine, ein Krieg, der sich nun schon über fünf Monate hinzog. Für Joe sicher ein weiterer Grund, nicht nach Europa zu kommen. Gestern hatte er am Telefon den russischen Präsidenten sogar mit Hitler verglichen, der genauso der Realität entrückt und unberechenbar gewesen sei und auch eine verblendete »group of bootlickers« um sich geschart habe, von denen keiner »ass in the pants« gehabt habe. Mary kannte Joe lange genug, um an derlei Formulierungen, mit denen »Speichellecker« und »kein Arsch in der Hose« gemeint waren, zu hören, wie aufgebracht er in solchen Momenten war. Aber wahrscheinlich hatte er recht, denn was sich dieser Ober-Russe Putin in diesem Sommer 2022 leistete, war menschenverachtender Irrsinn.

Nein, damit wollte sie sich jetzt nicht belasten, entschied Mary. Heute wollte sie all den kleinen Tieren zu Leibe rücken, die in der Scheune und dem alten Kuh- oder Schweinestall ihr nächtliches Unwesen trieben. Gestern hatte sie dazu einige Mausefallen gekauft. Natürlich waren es gewiss nicht nur Mäuse, sondern vermutlich auch Marder, Wiesel, Siebenschläfer und weiteres Getier. Aber sie konnte sich wenigstens sicher sein, dass es auf der Schwäbischen Alb nichts Giftiges gab. Allenfalls, so hatte sie gelesen, in manchen Gegenden eine Kreuzotter. Aber keine giftigen Spinnen oder gar große Schlangen wie im Tal des Mississippi. Oder gar Alligatoren wie in Florida.

Sie stieg im schummrigen Tageslicht, das durch verstaubte und von Spinnenweben umhangene Fensterscheiben in die Scheune hereinfiel, über verrostete, ineinander verkeilte und dicht beieinander stehende Gerätschaften aus der Landwirtschaft und Gärtnerei-Apparaturen neueren Datums. An den meisten haftete festgetrockneter Schmutz ihres letzten Arbeitseinsatzes.

Weil unter der Werkbank viel Gerümpel lagerte und dieses außerdem direkt an die seitlich gestapelten Strohballen grenzte, erschien ihr der Betonboden davor als ein geeigneter Platz für Mausefallen. Im Grunde ihres Herzens taten ihr zwar die Tierchen leid, aber sie musste dringend jeden Gebäudeteil von Ungeziefer säubern. Vermutlich würde sich ein neuerlicher Besuch des Kammerjägers nicht vermeiden lassen.

Während sie innerlich seufzend an der Werkbank entlangging, vorbei an dem schwer beladenen Regal, traf ihr Blick auf einen senkrecht stehenden Balken, an dem sich ein braunes Kabel entlangschlängelte. Von hoch oben, wo eine schwarze Verteilerdose angebracht war, hinab zum Boden. Mary konnte dies im schummrigen Tageslicht erkennen und musste sogleich an den Elektriker denken, der vor einigen Wochen von einem solchen rätselhaften Kabel gesprochen hatte. Sie hatte der Bemerkung keine große Bedeutung beigemessen, und auch jetzt war ihr Interesse eher gering. Aber immerhin wusste sie nun, was der Handwerker gemeint hatte. Noch einmal verfolgte sie den Kabelverlauf hinauf zur Decke, doch weil sie sich mit allem, was mit Strom zu tun hatte, nicht auskannte, ging sie weiter, um den ehemaligen Stall zu inspizieren.

Der Geruch nach Landwirtschaft nahm zu, als sie die schwere Holztür öffnete. Im Gegensatz zur Scheune herrschte hier nahezu gähnende Leere. Dort, wo vermutlich ein Dutzend Rinder angebunden gewesen war, deuteten ein paar Rinnen im Betonboden und an der Breitseite die Futtertröge auf einstigen Viehbestand hin. In einem mit Brettern abgetrennten Bereich schienen Schweine untergebracht gewesen zu sein, mutmaßte Mary, die sich mit den Gepflogenheiten der Landwirtschaft natürlich bestens auskannte. Die Tür ins Freie machte einen stabilen Eindruck, stellte sie zufrieden fest, nachdem sie geprüft hatte, dass sie verriegelt war.

8

Je mehr sie im Dachboden, wo ein kleiner abgetrennter Raum ihr als Schlafzimmer diente, in Schachteln, Holzkisten, Truhen und Schränken stöberte, umso stärker überkam sie der Verdacht, Hans Aubele könnte unter dem Messie-Syndrom gelitten haben. Insbesondere schien es Aubele auf Gedrucktes abgesehen zu haben. Hier hatte seit seinem Verschwinden gewiss niemand mehr etwas gesucht. Bestimmt auch die Polizei nicht, dachte Mary. Stapelweise entdeckte sie alte Zeitungen und Magazine aus der Zeit um die Jahrtausendwende. Beim flüchtigen Durchblättern schien es ihr so, als gäbe es kein besonderes Thema, das ihn interessiert hatte. Nichts Auffälliges. Sogar Baumarktprospekte hatte Aubele gesammelt, aber auch Kalender und Hochglanzkataloge von Modeversandhäusern. In einem holzwurmstichigen Schrank stieß sie auf ganze Stapel von Gartenmagazinen sowie auf technische Gebrauchsanweisungen zu diversen Geräten, von denen sie nichts verstand. Dazu Fachbücher über Pflanzen, Bäume sowie Fachliteratur zum Anlegen von Gärten mit und ohne Bachlauf. Dies alles erinnerte sie daran, dass Aubele selbstständiger Gärtnermeister gewesen war, sich also beruflich mit dieser Materie auseinandergesetzt hatte. Den Unterlagen nach zu urteilen, war er überwiegend auf das Anlegen von großen Hausgärten oder Parkanlagen spezialisiert gewesen. Vielleicht konnte sie einen seiner letzten Auftraggeber ausfindig machen, um Rückschlüsse auf seine Persönlichkeit ziehen zu können.

Sie ließ die Schachteln und Kisten geöffnet stehen und wandte sich einigen vergilbten Leitzordnern zu, die im

Kniestock unter der steilen Dachschräge in unordentlicher Schräglage aneinandergereiht waren. In die Hocke gehend, fingerte Mary nach einem, der prall gefüllt zu sein schien, und zog ihn zu sich her. Sie setzte sich mit angewinkelten Beinen auf den staubigen Boden und öffnete die schmutzige Kartonierung. Vor ihr taten sich vergilbte, bisweilen verknitterte Seiten auf, an denen teilweise die Lochung aufgeschlitzt war, weshalb sie schräg in den Metallhalterungen hingen. Mary blätterte sie schnell durch, sah Briefköpfe von Handwerkern, Schreiben von AOK und Rentenversicherung sowie einige Rechnungen eines Gartencenters – allesamt datiert aus der Zeit ums Jahr 2000. Weil sie nicht jedes einzelne Blatt studieren wollte, ließ sie den Papierwust zwischen Daumen und Zeigefinger durchgleiten, um sich einen schnellen Überblick zu verschaffen. Als auf diese Weise bereits die Hälfte des ersten Ordners gesichtet war, stoppte sie den Durchlauf abrupt. Das rote Logo der Kreissparkasse hatte sie neugierig gemacht. Kontoauszüge. Vom November des Jahres 2003, also knapp ein Jahr vor Aubeles Verschwinden. Nach einer Auflistung verschiedener Abbuchungen wie Strom, Wasser und Mobilfunk ergab sich ein Minus von 2.378,93 Euro. Mary blätterte weiter, um nach Plus-Buchungen zu fahnden. Tatsächlich waren zum Monatsende des Novembers lediglich 523 Euro überwiesen worden – von der Deutschen Rentenversicherung. Das Minus wurde damit nur vorübergehend und lediglich zu einem kleinen Teil gemindert, denn als Mary weiterblätterte, folgten die monatlichen Lastschriften für Dezember, die in der Summe viel höher waren als die Zuweisung. Mary brauchte nicht lange zu rechnen, um zu erkennen, dass Aubele von einer bescheidenen Rente leben musste, die bei Weitem nicht seine laufenden Ausgaben deckte. Als Selbstständiger hatte er vermutlich viel zu wenig Beiträge bezahlt.

Mary griff den nächsten Ordner, denn sie hoffte, auf weitere Kontoauszüge zu stoßen, bis hin zu irgendetwas, das auf Aubeles Verschwinden hindeuten könnte. Doch der dünne Dezember-Ordner enthielt nur weitere Rechnungen von Handwerkern und Werkstätten. Ob diese jemals bezahlt wurden, ließ sich nicht feststellen. Nirgendwo tauchten Einnahmen für geleistete Arbeit auf. Auch keine Rechnungen, die er an Kunden geschrieben hätte.

Erst jetzt wurde ihr bewusst, dass sie als Erbin auch das Recht hatte, sich bei der Bank über die Vermögensverhältnisse zu erkundigen. Aber dazu fehlte die offizielle Todeserklärung, für die noch einige bürokratische Hürden zu überwinden waren. Bisher hatte sie sich viel zu sehr auf die Immobilie konzentriert, ohne die weiteren Modalitäten anzugehen. Der Bürgermeister hatte zwar mal anklingen lassen, dass ein Notartermin festgelegt werden müsse. Man habe jedoch bereits behördlicherseits in Erfahrung gebracht, dass von Aubele nirgends ein offizielles Testament hinterlegt sei.

Als ihr diese Bemerkung in den Sinn kam, entschied sie, das Haus und vor allem die schriftlichen Hinterlassenschaften genauer zu durchforsten. Es konnte schließlich sein, dass Aubele irgendwo etwas deponiert hatte. Vielleicht im Ausland, wohin er verschwunden sein könnte.

Der alte Computer freilich war bereits vergeblich von der Polizei nach solchen Spuren durchsucht worden, auch im Hinblick auf einen Abschiedsbrief oder Hinweise auf den möglichen Aufenthaltsort. So jedenfalls war ihr dies mitgeteilt worden. Deshalb brauchte sie sich mit dem Computer nicht abzumühen – abgesehen davon, dass sie keine Ahnung hätte, wie das Gerät in Gang zu setzen wäre. Vermutlich wäre sie schon am fehlenden Passwort gescheitert. Die Experten der Polizei hatten derlei Hürden natürlich geknackt. Vermutete sie.

Obwohl ihr der Schweiß von der Stirn perlte, wollte sie nun systematisch vorgehen und trotz der Hitze im Dachgeschoss den Inhalt der sechs alten Kleiderschränke sichten, die beidseits des Zugangs zum abgetrennten Schlafzimmer nebeneinanderstanden und eine Gasse bildeten. Dass nur einer von ihnen Kleider enthielt, hatte sie beim flüchtigen Durchschauen bereits festgestellt. Die anderen hingegen waren mit Ordnern, Schnellheftern, gebündelten Papieren und Fachbüchern zu Floristik und Gartenbau vollgestopft. Würde sie hier ein Testament oder einen Abschiedsbrief vermuten, müsste sie tagelang jedes einzelne Blatt umdrehen. Aber sie konnte dies alles nicht einfach unbesehen wegwerfen. Dem alten Aubele war zuzutrauen, dass er größere Mengen Bargeld gehortet und diese unauffällig irgendwo versteckt hatte. Möglicherweise in Kuverts, die zwischen all diesen Papieren steckten. Oder es gab irgendwo einen Tresor. Denn Aubele hatte unmöglich von dieser kleinen Rente leben und das Haus unterhalten können. Zwar war er Jäger und konnte gewiss das eine oder andere Wildbret an Metzger oder Gasthäuser verkaufen, aber auch davon wurde man nicht reich, dachte Mary, die immer mehr Gefallen daran fand, ein Geheimnis aufzudecken. Auch wenn es für alles eine ganz simple und einfache Erklärung geben konnte.

Nacheinander zog sie die verklemmten Türen der hölzernen und völlig mit Material überladenen Schränke auf, wo ihr in mehreren schief angebrachten Regalen ein Chaos aus Papier, Schachteln und Büchern ins Auge stach. Die einzelnen Teile waren der Enge wegen so fest aneinandergepresst, dass Mary Mühe hatte, einen schmalen Schnellhefter herauszuziehen, damit sich zunächst wenigstens auf einem der Regale die Reihe lockerte. Sofort stellte sie fest, dass auch die schmalen Zwischenräume hinter dem Material, also zur

Rückwand des Schrankes hin, mit Papieren und Gegenständen vollgestopft waren. Dies alles zu sichten, erschien ihr aussichtslos. Oder sie würde wochenlang vor den Schränken sitzen. Aubele allein konnte doch unmöglich so viel gesammelt und gehortet haben.

Sie war gerade dabei, den Schnellhefter flüchtig durchzublättern, als von der Holztreppe her ein Knarzen zu vernehmen war. Sie hielt in der Bewegung inne und lauschte. Nicht das alte Gebälk des Dachstuhls über ihr hatte mal wieder seltsame Geräusche von sich gegeben. Was sie jetzt hörte, waren Schritte, die langsam von unten nach oben kamen. Die Treppe herauf. Genauso wie sie es in manchen schlaflosen Nächten zu hören glaubte. Aber diesmal waren die Schritte real.

9

In die Schritte mischte sich eine zaghafte Frauenstimme:
»Hallo, sind Sie da, Frau Quinbek?«

Mary legte den Ordner beiseite und erhob sich. Die Stimme war ihr völlig unbekannt, und Besuch erwartete sie auch nicht. Deshalb blieb sie in Lauerstellung stehen, bis sich am Treppenaufgang ein Kopf abzeichnete: wild toupierte schwarze Haare, eine Art Wuschelkopf.

Mary brachte aus trockener Kehle ein verwundertes »Hallo« hervor. Jetzt war die Frau in ganzer Größe auf dem Etagenboden erschienen. Ganz in Schwarz gekleidet: die Bluse und die lange Hose. Nicht sehr vorteilhaft, dachte Mary. Der erste Eindruck war schlecht. Schwarz stand dieser leicht übergewichtigen Dame überhaupt nicht. Diese nützte die Schrecksekunde und stürmte auf Mary zu.

»Entschuldigen Sie, wenn ich hier so eindringe«, sagte die Fremde, deren Alter Mary auf Mitte 40 schätzte. »Ich habe Ihr Auto drunten stehen sehen und gedacht, dass Sie hier sein müssten.« Sie lächelte charmant. »Eine Klingel gibt's bei Ihnen nicht, deshalb bin ich vorsichtig hochgestiegen.«

»Und Sie sind …?«

»Oh, verzeihen Sie, ich habe mich nicht vorgestellt. Ich bin quasi eine Nachbarin von Ihnen. Ich und mein Mann. Ich heiße Anja Kalaric, und mein Mann ist der Petro. Zusammen sind wir die Petakas.« Sie ließ ihre Stimme drohend klingen: »Wir sind die Magier, die alles auf den Kopf stellen. Sogar uns selbst.« Die Künstlerin machte eine verneigende Bewegung. »Bühnenshow, Artistik und Magie«, erklärte sie. »Der Name Petakas setzt sich aus unseren Namen zusammen: ›Pet‹ von Petro, und ›aka‹ von Anja und Kalaric.«

Mary hatte dieser Erklärung gar nicht so schnell folgen können. Darüber erleichtert, dass der Besuch offenbar harmloser Natur war, meinte sie: »Dann gehört Ihnen der Hof nach Temme.«

»Genau. Der Tannenhof, so sagt man. Zwischen Ihnen und uns wohnt Temme, der ehemalige Polizist.«

»Und ich komme aus den USA«, beeilte sie sich, etwas zu sagen.

»Sind Sie ganz allein?«, fragte Anja Kalaric direkt und musterte ihre Gesprächspartnerin.

»Im Moment ja. Mein Mann kommt nach«, erwiderte Mary selbstbewusst und wollte wissen: »Und wie lange wohnen Sie schon hier draußen?«

»19 Jahre. Wir haben uns in jungen Jahren als Bühnenkünstler kennengelernt und dann gemeinsam ein Bauernhaus gekauft. Einige der Häuser hier draußen standen damals zum Verkauf.«

Mary spürte, dass diese Frau sich gerne in den Mittelpunkt gestellt sähe. Doch das interessierte sie jetzt nicht. »Dann haben Sie den Hans Aubele noch gekannt?«, stellte sie fest.

»Gekannt ist zu viel gesagt. Herr Aubele war viel beschäftigt – mit seinen Gärten. In weitem Umkreis hat er Hausgärten angelegt. Obwohl er schon Rentner war. Zuletzt, und darauf war er ganz stolz, hatte er sogar einen Auftrag von einem Grafengeschlecht erhalten. Da ging's um eine größere Parkanlage an einem Schloss.«

Mary wurde hellhörig, war sie doch auf der Suche nach einem Auftraggeber, der sich Aubeles entsinnen könnte. »Wissen Sie zufällig noch, um welches Schloss es sich gehandelt hat?«

»Tut mir leid. Nein«, sagte Anja, ohne nachzudenken. Sie hatte ihre Hände lässig in die Taschen der engen Hose gesteckt. Mary lehnte sich gegen einen Stützbalken des Dachstuhls und unternahm einen weiteren Versuch, etwas über Aubele in Erfahrung zu bringen: »Hat er denn ganz allein hier gelebt, der Herr Aubele?«

»Ja, ich denke schon. Aber Sie wissen ja, unser Hof ist von hier einige Kilometer entfernt. Da trifft man sich nur mal schnell im Vorbeifahren. Aber Herr Aubele war selten zu sehen.«

»Wann haben Sie mitgekriegt, dass er verschwunden ist?«

»Da war mal die Polizei da. Das habe ich im Vorbeifahren gesehen. Vielleicht ein Jahr, nachdem wir den Hof gekauft haben. Der Temme, also der verkrachte Polizist, hat mir dann erzählt, dass der Herr Aubele als vermisst gemeldet worden sei.«

Mary wollte sich damit nicht zufriedengeben.

»Hat Herr Temme auch etwas dazu gesagt, was der Grund des Verschwindens hätte sein können?«

Anja zuckte mit den Schultern und schien zu überlegen.

»Nicht direkt. Aber wenn jemand verschwindet, gibt es immer Gerüchte …«

»Und wie lauteten diese?«

»Temme meinte, der Aubele sei doch Jäger und besitze deshalb eine Waffe. Vielleicht habe er sich irgendwo im Wald erschossen. Sein Auto stand da draußen.« Sie zögerte kurz. »Temme hat dann noch eine ziemlich unpassende Vermutung geäußert, an die ich mich genau erinnern kann. Er hat gesagt, seine Leiche sei vielleicht schon von Füchsen gefressen worden.« Sie bemerkte, dass Mary diese Formulierung nicht gefiel, weshalb sie etwas Versöhnlicheres sagen wollte: »Aber vielleicht spukt er ja noch irgendwo herum.«

Aber auch dies vermochte Marys Verstimmung nicht aufzuheitern. »Spuken?«, hakte sie verunsichert nach.

»Na ja«, die Frau zuckte mit den Schultern. »Zu so alten Häusern gibt es doch immer mal Schauergeschichten.« Weil Mary nichts erwiderte, wurde die Bühnenkünstlerin neugierig: »Oder hat sich sogar hier schon …«, sie sah sich um, »schon Merkwürdiges ereignet?«

»Wie kommen Sie denn da drauf?«

»Hat es …?« Anja Kalaric schien geradezu darauf zu lauern, etwas Gruseliges zu hören.

Mary entschied, ihre Ängste für sich zu behalten.

»Vielleicht können wir uns ein andermal darüber unterhalten.« Sie empfand das unangekündigte Auftauchen dieser Frau ohnehin als aufdringlich.

10

Sie mochte derlei Gespräche und Bemerkungen nicht. Außerdem glaubte sie zu spüren, dass diese Anja von einer seltsamen Aura umgeben war. Oder war es reine Einbildung, nur weil diese Frau mit einem Magier Bühnenshows machte? Und sich womöglich von ihrem Mann »zersägen« ließ, wie man dies bei solchen Varieté-Nummern sah? Daran musste Mary denken, als die Sonne längst untergegangen war und die hochsommerliche Dämmerung das Haus umgab. Noch unter dem Eindruck des Gesprächs auf dem Dachboden hatte sie sich vorgenommen, den Abend drunten im weniger modrig riechenden Wohnzimmer zu verbringen und den Versuch zu unternehmen, erstmals den alten Fernsehapparat in Gang zu setzen. Sie hatte die Haustür verriegelt und die verstaubten Vorhänge der Erdgeschossfenster zugezogen, ehe sie die fünfarmige Deckenlampe anknipste, in der zwei Glühbirnen defekt waren.

Nach kurzem Studium der Tastatur am Fernseher gelang es ihr, den Einschaltknopf ausfindig zu machen und einzuschalten. Es dauerte einige Sekunden, während denen nur ein Brummen zu vernehmen war, bis endlich ein flimmerndes Bild erschien. Es war eine Nachrichtensendung zu sehen – vom ZDF, wie das Senderzeichen am oberen Rand signalisierte. Der Ton war viel zu laut und dröhnte blechern aus dem Gehäuse. Ein seriös dreinblickender Moderator, wie sie es von amerikanischen Nachrichtensendern her nicht gewohnt war, verbreitete die neuesten Meldungen vom Krieg in der Ukraine und der angespannten Lage bei der Gasversorgung.

Mary, die vergeblich versucht hatte, den Ton leiser zu stellen, wurde abrupt aus solchen Gedanken gerissen: ein kurzes Knacken, ein Blitz über den Bildschirm – und dann geschah alles gleichzeitig: Das Licht erlosch, der Fernseher war aus. Sie saß im Dunkeln und in absoluter Stille. Für einen Moment umklammerte sie erschrocken die Lehne des Sessels, als erwarte sie noch Schlimmeres. Vorsichtig drehte sie den Kopf nach beiden Seiten, doch es deutete in der Schwärze nichts drauf hin, dass jemand im Raum war. Langsam gewöhnten sich ihre Augen an die Dunkelheit, und die Fenster zeichneten sich trotz der zugezogenen Vorhänge gräulich in der Finsternis ab.

Mary spürte ihren pochenden Herzschlag bis zum Hals, während sie eine logische Erklärung für das suchte, was um sie herum geschehen war. Stromausfall. Natürlich, es war ein Stromausfall. Wieder lauschte sie für ein paar Sekunden in die Stille. Kein Geräusch. Kein Gewitter. Und niemand hätte Lampe und Fernseher unbemerkt von ihr gleichzeitig ausschalten können, schon gar nicht vor ihren Augen. Allerdings hätte sie angesichts der Lautstärke, auf die das Gerät eingestellt gewesen war, auch niemanden heranschleichen hören können. Nein, da war trotzdem niemand gekommen. Völlig unmöglich. Deshalb konnte es nur ein Stromausfall sein. Vielleicht war die wieder freigeschaltete Leitung zum Haus unterbrochen. Oder war es schon Teil dieser Energiekrise, von der in Deutschland gerade so viel gesprochen wurde?

Mary musste sich eingestehen, dass sie keine Ahnung hatte, wer für solche Störungen zuständig war und wen sie anrufen könnte. Abgesehen davon, dass es nur draußen vor dem Haus ein stabiles Handynetz gab. Das Handy!, durchzuckte es sie. Seit sie hier war, trug sie es stets in der Hosentasche mit sich herum. Denn sobald sie in einen Bereich kam, in dem sich das Gerät in ein Netz einloggen konnte, erhielt sie ein akustisches Signal, falls ein Anruf sie nicht erreicht hatte. Joe rief nämlich oftmals an, ohne die Zeitverschiebung zwischen Arizona und Deutschland zu berücksichtigen.

Außerdem konnte sie auf diese Weise das Handy nicht vergessen, wenn sie in ihr Schlafzimmer nach oben ging, wo sie es wegen der Taschenlampenfunktion griffbereit haben wollte. Wie jetzt. Sie zog das kleine Gerät aus der rechten Hosentasche ihrer Jeans und brachte es mit wenigen Griffen zum Leuchten. Die Funktion für das LED-Licht hatte sie sich längst eingeprägt. Für alle Fälle.

Der grelle Strahl traf den abgeschalteten Fernseher und ruckelte mit dem Zittern ihrer Hand an den Möbeln vorbei zur Wohnzimmertür.

Dass der Strom ausfiel, so versuchte sie sich zu beruhigen, war daheim in den USA nichts Außergewöhnliches. Schon gar nicht auf den Farmen, wohin oft kilometerlange Leitungen verliefen, die manchmal ziemlich provisorisch an verkrüppelten Holzstangen hingen. Oder die Sicherungen innerhalb eines Hauses brannten wegen Überlastung durch.

Sicherungen, überlegte Mary, und es schien ihr, als habe ihr das Unterbewusstsein dieses Stichwort gegeben. Den Sicherungskasten hatte sie doch dieser Tage erst gesehen, im Durchgang von der Wohnung zu den Stallungen.

Sollte sie …? Mary war sich unschlüssig. Aber es blieb ihr nichts anderes übrig, als dort nach dem Rechten zu sehen.

Sie erhob sich, ging zur Tür, die in den Flur hinausführte, und öffnete sie. Zuerst einen schmalen Spalt weit, dann ganz. Das LED-Licht durchdrang die Finsternis und zielte auf die gegenüberliegende Tür zu den Stallungen. Instinktiv fingerte Mary wie eine verzweifelt nach Hilfe Suchende zum Lichtschalter für die Flurbeleuchtung – doch auch hier gab es keinen Strom.

Mit einer Mischung aus Angst und wilder Entschlossenheit näherte sich Mary der Tür zum Stall, riss sie mit einem energischen Ruck auf und war wieder von dem landwirtschaftlichen Geruch umgeben. Zwei, drei Schritte genügten, um rechts von ihr den Sicherungskasten an der Wand zu erreichen. Mary zielte mit dem Handylicht darauf, doch die Technologie war ihr so fremd wie vor einigen Tagen schon, als sie diese Schalter und Knöpfe nur im Vorbeigehen flüchtig zur Kenntnis genommen hatte. Nichts blinkte rot, auch sonst gab es keine Kontrollleuchten.

Nur am oberen Rand des in die Wand eingelassenen Kastens gab es mehrere weiße eckige Vorrichtungen mit nach oben gestellten Kippschaltern. Sie leuchtete die gesamte Reihe dieser Module ab und bemerkte, dass an einem davon der Kippschalter nach unten gerichtet war. Ihre Logik sagte ihr, dass auch dieser nach oben gestellt sein müsste. Mit einem beherzten Handgriff drückte sie ihn zwischen Daumen und Zeigefinger in die andere Richtung. Wie erhofft, blieb er in dieser Stellung eingerastet. Gleichzeitig nahm sie im Augenwinkel einen Lichtschein wahr, der vom Hausflur in den Durchgang fiel.

Mary atmete tief durch. Sie hatte es geschafft: Es war nur der Sicherungsautomat gewesen, der die Stromversorgung unterbrochen hatte. Nur?, mahnte sie sogleich eine innere Stimme. Wenn eine Sicherung auslöste, gab es immer einen Grund. Überlastung des Netzes? Eine plötzliche Stromschwankung im Haus?

Gewiss der alte Fernseher, versuchte sich Mary zu beruhigen, während sie ins jetzt hell erleuchtete Wohnzimmer zurückkehrte. Noch einmal wollte sie das Gerät nicht einschalten. Es war ohnehin Zeit, ins Bett zu gehen. Sie vergewisserte sich, dass die Eingangstür tatsächlich geschlossen war, und stieg die knarrende Holztreppe zu ihrem Schlafzimmer hinauf, wohl wissend, dass sie nach der kurzen Aufregung nicht gleich einschlafen konnte.

11

Die Nacht war wieder voll seltsamer Geräusche gewesen, doch inzwischen schreckte sie nicht bei jedem Knarzen auf und befürchtete, schleichende Schritte auf der Holztreppe zu vernehmen. Nach der Aufregung mit dem Stromausfall war sie erleichtert gewesen, sich im Zimmer auf dem Dachboden einschließen zu können.

Als die ersten Sonnenstrahlen durch den Vorhang fielen, fühlte sie sich unausgeschlafen und matt. Doch die sommerliche Tageshelle munterte ihre Stimmung langsam auf. Sie entschied, ihre Vorräte im nahen Merklingen aufzufrischen und sich dann auf ein langes Telefonat mit Joe vorzubereiten. Es wäre höchste Zeit, dass er sich selbst von ihrem Erbe ein Bild verschaffte und sie gemeinsam ihre Zukunft planten. Schließlich machte es keinen Sinn, noch mehr Geld in eine Sanierung dieses alten Hauses zu stecken, wenn Joe dies nicht auch wollte. Solche Gedanken trübten nun öfter ihre Laune. Sie schwankte unschlüssig zwischen dem Verbleiben auf der Farm in Arizona und einem kompletten Neubeginn in ihrer deutschen Heimat. Aber wenn Joe das Thema weltpolitisch sah – was zu befürchten war –, dann wären die USA gewiss ein sicherer Ort. Es sei denn, dieser Trump wurde erneut zum Präsidenten gewählt. Den vielen ahnungslosen Amerikanern war dies tatsächlich zuzutrauen.

Mary bereitete sich in der Küche ein schnelles Frühstück zu, das ihr angesichts der vielen Gedanken, die ihr durch den Kopf schwirrten, nicht sonderlich schmeckte. Es war kurz nach 8 Uhr, als sie sich in dem blau gefliesten Bad im Spiegel betrachtete und über ihre Blässe erschrak. Sie kämmte ihre schulterlangen Haare, aus denen die dunkelblonde Tönung herausgewachsen war, weshalb ein Friseurbesuch dringend geboten erschien. Sie würde in Merklingen oder im nahen Laichingen einen suchen müssen.

Nachdem sie auf einem Stück Papier eine kleine Einkaufsliste geschrieben hatte, trat sie durch die neue Haustür in den noch sommerlich-kühlen Morgen hinaus. Bald würde es wieder 30 Grad geben. Offenbar machte sich auch hier die Klimaveränderung bemerkbar.

Mary verriegelte die Tür und ging die paar Schritte an der Vorderseite des Hauses zur seitlichen Hofeinfahrt, wo der rückwärtig ins Hauptgebäude eingegliederte Stall mit der Scheune einen rechten Winkel bildete. Ihr roter Polo hatte in den letzten Wochen eine breite Fahrspur im hohen Gras hinterlassen. Deshalb ragten die Grashalme seitlich des Autos bis über die Räder. Noch während sie durch diesen Bewuchs zur Fahrertür stapfte, rief sie sich in Erinnerung, dass sie sich beim rückwärts Herausfahren vergewissern musste, kein anderes Auto zu übersehen. Zwar kam selten eines vorbei, aber dass sie jüngst das schwarze Mercedes Coupe des Immobilienmaklers Fletschinger beinahe gerammt hätte, war ihr nur allzu gut in Erinnerung. Sie nahm gerade ihre Umhängetasche lässig von der Schulter, um die Fahrertür aufzuschließen, als ihr Blick wie beiläufig das linke Vorderrad streifte, das nicht ganz von Gras umgeben war. Sie stutzte für einen Moment, weil der Reifen eine seltsame Form angenommen hatte. Davon misstrauisch geworden, zog sie den Schlüssel wieder aus dem Türschloss, um in die Hocke zu gehen und das Rad genauer zu betrachten. Augenblicklich fühlte sie sich wie elektrisiert: Der Reifen war platt. Restlos platt. Während sie sich langsam erhob, um gegen die Ratlosigkeit anzukämpfen, hatte sie das Motorengeräusch eines näher kommenden Fahrzeugs nicht zur Kenntnis genommen. Erst als hinter ihr jener olivgrüne Jeep auftauchte, der sie jedes Mal, wenn sie ihn sah, an Militär erinnerte, bemerkte sie, dass sie nicht allein war. Obwohl es ihr in diesem Moment eigenartig vorkam, dass gerade jetzt dieser Ex-Kriminalist Leo Temme auftauchte, fühlte sie so etwas wie Erleichterung. Er hatte angehalten, war ausgestiegen und mit einer Mischung aus gerunzelter Stirn und einem Lächeln auf sie zugekommen.

»Hallo, gnädige Frau«, rief er Mary zu. »Keine Sorge, ich schleiche heute nicht ums Haus.«

»Das will ich auch hoffen«, entgegnete Mary frech. »Aber vielleicht können Sie mir helfen.«

»Immer zur Stelle«, entgegnete er. »Springt Ihr Auto nicht an?« Er deutete auf den Polo.

»Anspringen schon – das heißt …« Mary verspürte innerliche Aufregung. »Ich weiß es nicht. Ich hab's noch gar nicht probiert. Der Reifen vorne ist platt. Vorne links.«

»Ach«, entfuhr es Temme, der sich den Schaden sofort aus der Nähe betrachtete. »Alle Luft raus«, stellte er fest, erhob sich und sah Mary in die Augen: »Hier liegt halt viel altes Gerümpel herum.« Noch bevor Mary etwas sagen konnte, fügte er an: »Ich habe Ihnen ja neulich schon gesagt: Man muss vorsichtig sein.«

12

Bürgermeister Max Freudenreich schwitzte. Schweißperlen nässten sein dünnes Haar, als er an seinem Schreibtisch ein langes Telefonat beendete und den Vorhang zuzog, um die blendende Sonne auszusperren. Er sah auf die Uhr und stellte fest, dass der nächste Termin bereits nahte. Den Job als nebenberuflicher Bürgermeister hatte er sich viel leichter vorgestellt. Wie hätte er nach seiner Wahl auch ahnen können, in welche Zwickmühle man heutzutage in dieser Position kommen konnte! Noch hatte er fünf Minuten Zeit, um sich von dem nervenden Telefonat zu erholen, mit dem ihn der Anwalt eines Investors aus dem fernen Frankfurt zum wiederholten Male massiv gedrängt hatte, endlich eine Entscheidung darüber herbeizuführen, ob die Gemeinde Unterhöllenstein willens sei, Platz für die Ansiedlung von 100 Arbeitsplätzen zu schaffen. Seit über einem Jahr bereits liefen die Gespräche, und einige der kleinen Nebenerwerbslandwirte waren natürlich heiß darauf, ihre steinigen Alb-Äcker für ein Gewerbegebiet zu versilbern. Im Gemeinderat allerdings gingen die Ansichten auseinander, zumal dort auch drei Großbauern saßen, die ihrerseits Interesse an den kleingliedrigen Parzellen zeigten, um ihre landwirtschaftlichen Betriebe deutlich vergrößern zu können. Eine junge Frau, die erst seit Kurzem dem Gremium angehörte, war hingegen eine glühende Verfechterin des Naturschutzes und lehnte jegliche Versiegelung von so großen Flächen kategorisch ab. Drei Männer, die zur Landwirtschaft keinen Draht zu haben schienen, hatten die Vorzüge neuer Arbeitsplätze und sprudelnder Gewerbesteuer hervorgehoben. Zudem versprach der Investor nur »saubere Betriebe«, also aus der Elektronik-Branche. Erschwerend kam für Bürgermeister Freudenreich hinzu, dass sich schon vor Bekanntwerden des Planes ein örtliches Immobilienbüro für die 100 Hektar Land interessierte. Auch dessen Projekt versprach Arbeitsplätze, und es lag dem Bürgermeister näher, weil er es mit Einheimischen zu tun hatte und nicht »mit Schwätzern vom Norden«, wie er sich einmal despektierlich über die Inves-

toren aus Frankfurt ausgedrückt hatte. Als bodenständi-
ger Älbler, dazu hier oben in Ehren ergraut, hegte er tiefes
Misstrauen gegenüber wortgewaltigen Fremdlingen, die da
glaubten, den »dummen Schwaben« zeigen zu müssen, »wo
dr Bartle den Moscht holt«, hatte Freudenreich einmal auf
gut Schwäbisch gemeckert.

Natürlich war er daran interessiert, Gewerbe anzusie-
deln und der Gemeinde Steuereinnahmen zu bescheren,
zumal Unterhöllenstein im Schatten größerer Gemeinden
und der Städte Ulm/Neu-Ulm lag. Und seit Merklingen
mit einem Bahnhof an der Fernverkehrsstrecke Stuttgart-
Ulm prahlen konnte (obwohl dieser Alb-Bahnhof nicht für
ICE-Halts vorgesehen war), geriet Unterhöllenstein vollends ins Abseits.

Deshalb war Freudenreich auf das angekündigte Gespräch
zweier Besucher gespannt, die er bestens kannte. Einer von
ihnen hatte ein altes landwirtschaftliches Anwesen erworben: Marius Fletschinger, ein cleverer Bursche. Ein Manager
mit Weitblick, aber wenigstens keiner von auswärts. Zusammen mit seinem Freund Dennis Rossi hatte er zu einer Zeit,
als in Unterhöllenstein noch keiner an ein Gewerbegebiet
dachte, mit einem Kompagnon ein Immobilienbüro eingerichtet. Und wer mit Immobilien sein Geld verdiente, so
dachte jedenfalls Freudenreich, der musste eben weitbli-
ckend sein. Die Höfe dort draußen waren alle aufgegeben
worden und hatten zum Verkauf gestanden.

Der Bürgermeister wusste längst, dass Fletschinger und
Rossi alles daran setzten, auch in den Besitz der beiden anderen Höfe zu gelangen, also denen von Temme und den beiden Varieté-Künstlern. Und seit Jahren hatte Fletschinger
ein Auge auf den Hof des verschollenen Aubele geworfen.
Dieses Areal wäre unbedingt notwendig, um ein sinnvolles
Gewerbegebietsprojekt entwickeln zu können. Max Freu-

denreich hatte zwar stets vorsichtig agiert und nie offen seine Zustimmung signalisiert, jedoch behördlicherseits die Weichen gestellt, um Aubele eines Tages für tot erklären zu können. Notariell war dies nicht einfach gewesen, zumal die Suche nach Erben einigen bürokratischen und zeitlichen Aufwand erforderte.

Jetzt saßen die beiden also wieder vor ihm. Marius Fletschinger, der Wortführer mit Anzug, aber ohne Krawatte, sowie dessen Kompagnon Dennis Rossi, ein deutlich jüngerer Mann, der alles andere als ein Schwergewicht war und sich bei den bisherigen Gesprächen eher wortkarg gezeigt hatte. Freudenreich überlegte jedes Mal, wenn er die beiden sah, in welcher Beziehung sie zueinander standen.

Fletschinger bedankte sich artig bei dem Bürgermeister für den Termin und kam gleich zur Sache:

»Wir wollen nicht aufdringlich erscheinen, aber die Zeiten werden nicht besser«, sagte er und schlug lässig die Beine übereinander. »Die Baupreise ziehen an, und wie sich die Konjunktur nach Corona und dem jetzigen Ukraine-Krieg entwickeln wird, ist unklar. Deshalb wäre es an der Zeit, die Fronten abzustecken.« Rossi nickte zustimmend, während Fletschinger fortfuhr:

»Ich denke, die Sache mit Aubele lässt sich klären.«

Freudenreich legte die Stirn in Falten und holte tief Luft. Ihm war klar gewesen, was die beiden Besucher bezwecken wollten.

»Die rechtmäßige Erbin des Hofs, Frau Quinbek, hat noch keine Entscheidung getroffen«, erklärte er und zuckte mit den Schultern. »Und ich will sie auch nicht allzu sehr drängen. Ich will vermeiden, dass sie den Eindruck gewinnt, ich würde irgendjemandem etwas zuschanzen wollen.«

»Nicht irgendjemandem«, lächelte Fletschinger charmant, wie er dies immer tat, wenn er einen Gesprächspartner von eigenen Interessen überzeugen wollte. »Wir waren uns doch einig, dass Sie unser Projekt, sagen wir mal, priorisieren würden.«

Wieder nickte Rossi und lächelte zurück.

Und weil der Bürgermeister schwieg, ergänzte Fletschinger:

»Eine kleine Zuwendung unsererseits und selbstverständlich auch ein gewisser Spesenersatz – also eine Entschädigung für Ihre Bemühungen – stehen Ihnen natürlich zu.«

Freudenreich ging nicht darauf ein, sondern gab sich kühl:

»Sind Sie sich denn so sicher, dass die anderen auch verkaufen: der Temme und der Kalaric, dieser Zauberer? Aber, egal ob die wollen oder nicht – wenn Frau Quinbek den Hof sanieren und dort wohnen will, können wir so gut wie nichts machen.«

»So gut wie nichts«, echote Fletschinger zynisch. »Dann muss man sie halt davon überzeugen, dass es nicht gut wäre, wenn sie aus den USA auf die Schwäbische Alb umsiedeln wollte.« Er zwinkerte seinem Kompagnon zu, der sich zu einer Bemerkung veranlasst sah:

»Wer hätte denn jemals gedacht, dass nach dem Verschwinden von Aubele noch jemand das Gewerbeprojekt aufhalten würde!«

Freudenreich sah den Jüngeren nachdenklich an: »Der Aubele jedenfalls, so viel ist sicher, hätte nie im Leben seinen Hof aufgegeben. Nicht für eine halbe Million.«

Fletschinger bezweifelte dies:

»Und wenn er Schulden hatte, der Aubele? Vielleicht hat er sich einfach abgesetzt. Hat man dies mal recherchiert?«

Der Bürgermeister winkte genervt ab.

»Die Polizei hat alles Mögliche geprüft. Was letztlich dabei herausgekommen ist, weiß ich nicht. Jedenfalls hat man anfangs auch an ein Verbrechen gedacht.«

»Ach?«, staunte Fletschinger. »An einen Mord?«

Freudenreich wischte sich mit dem Handrücken Schweiß von der Stirn.

»Wenn jemand spurlos verschwindet, wird in alle Richtungen ermittelt. Verwundert Sie das?«

13

Mary hatte sich den Tag anders vorgestellt. Statt zum Einkaufen ins nahe Merklingen zu fahren, war sie nun zum Warten verdammt worden – zum Warten auf den Monteur einer Kfz-Werkstatt, der nach einer Stunde auftauchte und mit geübten Handgriffen den Polo aufbockte, das Rad mit dem platten Reifen abmontierte und das kleine Notrad anschraubte, das seit einigen Jahren platzsparend in den Kofferräumen der Autos mitgeliefert wurde. Damit, so beschied ihr der wortkarge Mechaniker, während er das Rad mit dem platten Reifen in seinen Kombi warf, könne sie am späteren Nachmittag in die Werkstatt fahren, wo man ihr dann einen neuen Reifen montieren werde.

Dann war der Mann auch gleich wieder weg. Mary sah dem Kombi tief in Gedanken versunken nach. Noch während sie in der heißen Sonne unschlüssig vor ihrem Haus stand, vernahm sie ein neuerliches Motorengeräusch. Sie drehte sich um und sah aus der anderen Richtung eine schwarze Limousine langsam auf sie zurollen, die ihr vertraut war. Denn die gelben Sterne, mit denen der BMW älteren Baujahrs rundum beklebt war, signalisierten bereits von Weitem, dass es sich nur um Petro und Anja Kalaric handeln konnte. Bislang hatten sie sich nur beim Vorbeifahren freundlich zugewinkt, und wäre die Frau gestern nicht ziemlich keck ins Haus geschlichen, um sie auf dem Dachboden zu überraschen, hätte es noch immer keine persönliche Begegnung gegeben. Jetzt aber, so schien es Mary, hatte dieser Kontakt das Eis gebrochen. Der BMW stoppte, und auf der ihr zugewandten rechten Fahrzeugseite wurde das Seitenfenster geöffnet, das der schwarze Wuschelkopf von Anja Kalaric beinahe ganz ausfüllte.

»Hi, Frau Quinbek«, schallte es Mary entgegen. »Ist etwas mit Ihrem Auto passiert?« Offenbar hatte die Frau den Werkstattwagen noch gesehen.

»Ja, Plattfuß«, erwiderte Mary und trat an den BMW heran, aus dem herber Knoblauchduft strömte. Der Mann am Steuer duckte sich, um an Anja vorbeisehen zu können.

»Hallo, Frau Quinbek!«, rief auch er Mary zu, die das unrasierte Gesicht des Mittfünfzigers nur undeutlich erkennen konnte. »Sonst alles okay?«, fragte er.

»Danke, ja«, sagte Mary, als sei sie über das Interesse der beiden ohnehin etwas skurril anmutenden Nachbarn verwundert.

Petro spürte ihre Verunsicherung.

»Hat jemand Ihren Reifen zerstochen?« Er beugte sich vor, um Mary besser sehen zu können. Diese war ob dieser Frage noch mehr erstaunt und bückte sich zum Seitenfenster des Wagens. »Zerstochen? Wie kommen Sie denn da drauf?«

»Man weiß nie, was sich heutzutage für ein Gesindel herumtreibt«, erwiderte Petro. »Aber wahrscheinlich liegt bei Ihnen ums Haus allerlei verrostetes Gerümpel herum. Sie sollten nachsehen, bevor Sie wieder in etwas Spitzes reinfahren.« Er lächelte, nickte freundlich und ließ den BMW weiterrollen, noch ehe Mary etwas sagen konnte.

14

Mary hatte sich vorgenommen, die geplanten Einkäufe in Merklingen erst am Nachmittag zu erledigen, wenn sie bei dieser Gelegenheit den neuen Reifen auf ihren Polo würde montieren lassen können. Weil ihr der nächtliche Stromausfall nicht aus dem Sinn ging, rief sie jenen Elektriker an, der vor einigen Tagen den Sicherungskasten inspiziert hatte. Sie schilderte ihr Problem, worauf er innerhalb einer Stunde da war. Der Handwerker, ein älterer, wortkarger Mann, ging zielstrebig zu der dunklen Nische, in der er den Stromzähler mit den Sicherungen noch wusste. Wie neulich murmelte er etwas Unverständliches, das der alten Installation galt, von der er wohl nicht viel hielt.

»Irgendwann müssen Sie das alles rausreißen«, ließ er

sich entlocken, nachdem Mary ratlos seinem Schrauben und Drücken zugeschaut hatte. »Die Absicherung ist viel zu schwach«, fuhr er fort, ohne die Frau eines Blickes zu würdigen. »Wenn viel Licht brennt und die Geschirrspülmaschine läuft, kann es sein, dass der Fernseher die Sicherung raushaut.«

»Das bedeutet was?«

»Die Stromkreise müssen besser abgesichert sein. Aber dazu müsste ich zuerst mal die ganzen Leitungen checken. Das ist in diesem alten Haus ziemlich aufwendig.«

»Es kann also sein, dass die Sicherung wieder rausfliegt.«

»Ja, wenn viele Stromverbraucher angeschaltet sind.«

»Und wenn Sie eine stärkere reinschrauben?«

Der Mann drehte sich abrupt zu ihr und sah ihr fest in die Augen.

»Da werd ich den Teufel tun, liebe Frau. Die Sicherung ist dazu da, Leitungen vor dem Durchbrennen zu schützen. Wenn sie das nicht tun würde, könnte es Ihnen die ganze Bude abfackeln.«

Mary erschrak – nicht nur der Worte wegen, sondern wegen des strengen und direkten Tonfalls.

»Ich schlage Ihnen eine komplette Überprüfung der Hausinstallation vor. Dafür müssten wir einen Termin ausmachen«, erklärte der Elektriker. »Bis dahin rate ich Ihnen dringend, den Stromverbrauch zu reduzieren.« Er schraubte eine der Sicherungsabdeckungen wieder fest und ergänzte: »Ich kann hier keine Verantwortung mehr übernehmen. Mit Strom sollten Sie nicht spaßen. Wenn so eine alte Sicherung mal spinnt, geht die Bude hops.«

Sie versprach aufgeregt, sich zu melden, um einen Termin für die vorgeschlagene Überprüfung zu vereinbaren. In Gedanken sah sie den hölzernen Dachstuhl lichterloh brennen …

15

Kaum war der Elektriker verschwunden, schreckte sie
ein schauriges Geräusch auf. Ein Röhren, Brummen und
Rattern. Als dröhne es direkt aus allen Wänden des alten
Gemäuers, das sie umgab. So als stünde sie im Zentrum des
Lärms. Mary legte die handgeschriebene Handwerkerrech-
nung beiseite, deren Summe sie im Wohnzimmer studiert
und von Euros in Dollars umgerechnet hatte, um sich mithilfe ihrer gewohnten Währung eine Vorstellung vom Aus-
maß der finanziellen Forderungen zu machen. Die Empörung, die sich in ihr darüber zusammenbraute, wurde von
dem Höllenlärm verschluckt, der das ganze Haus vibrieren
ließ. Mary sprang auf, eilte zum Fenster und war ob des
Anblicks geradezu schockiert: Ein riesiger Lkw, knallrot
und mit einem mächtigen Tank beladen, aus dem sich mehrere dicke Schläuche auf den Boden schlängelten, erfüllte
die Luft mit aufheulendem Dieselmotor und ganzen Schwa-
den von bläulichen Abgasen. Zwei Männer in grauen Ove-
ralls zogen die Schläuche in irgendwelche Positionen, die
für Mary keinen Sinn ergaben. Erst auf den zweiten Blick
erkannte sie, dass sich die Arbeiter über einen Schacht her-
machten, der sich direkt an ihrer Zufahrt befand. Wenn sie
sich richtig entsann, dann hatte ihr der Bürgermeister gleich
bei der ersten Besichtigung des Hofs erklärt, dass dort der
Abwasserkanal vorbeiführte, der gereinigt werden müsse.
    Mary entschied, sich die Sache vor ihrem Hof genauer
anzuschauen. Sie schlüpfte in ihre Gartenschuhe und ging
zielstrebig auf die beiden Männer zu, die sich im Abgasne-
bel gerade über den geöffneten Schacht bückten, trotzdem

aber ihr Näherkommen bemerkten. Sofort ließen sie von ihren Schläuchen ab und gaben mit Handbewegungen zu verstehen, dass sie den dröhnenden Motor abstellen wollten. Einer von ihnen ging zum Lastwagen, worauf der nervtötende Lärm abebbte.

»Entschuldigen Sie, dass wir Sie gestört haben«, sagte der andere, dessen schlecht rasiertes Gesicht ein Lächeln andeutete. »Aber Auftrag der Gemeinde. Seit das Haus hier – ich nehme an, es ist Ihres – wieder bewohnt ist, muss der Kanalanschluss gereinigt werden. Macht einen Höllenlärm, ich weiß. Dauert aber nicht lange.«

Inzwischen war sein jüngerer Kollege zu ihnen hergekommen und ergänzte charmant:

»Wir werden Sie nicht lange belästigen. Müssen aber in den nächsten Tagen noch mal ran.«

»Nur eine Frage«, wurde der Ältere, den die Abgase zum Husten reizten, noch eine Spur sachlicher: »Haben Sie in letzter Zeit etwas Außergewöhnliches bemerkt? Geräusche aus dem Kanal, Gerüche?«

Mary war erneut irritiert. Außergewöhnliches hatte es schließlich genügend gegeben. Sie überlegte kurz und sagte: »Geräusche … ja, überall im Haus. Aber ob da etwas aus dem Kanal kam, weiß ich nicht. Das Haus knarzt aus allen Ritzen.«

Die beiden Männer blickten auf das Gebäude.

»So was steckt voller Geheimnisse«, meinte der Wortführer. »Und wo der alte Aubele abgeblieben ist, weiß kein Mensch«, fügte er an, um zu zeigen, dass er die Geschichte um dessen Verschwinden kannte.

»Sie sind mit ihm verwandt?«, hakte der andere nach. Der Bürgermeister hatte ihnen von dem Vermisstenfall berichtet.

Mary wollte eigentlich nicht darüber reden. Schon gar nicht mit diesen beiden Männern, die mit ihren Fragen den

Eindruck erweckten, als wollten sie von ihr eine »Schauergeschichte« hören. Sie ging wortlos in ihr Haus zurück und blätterte weiter einen Stapel Akten durch, den sie von einem der Schränke mit ins Wohnzimmer heruntergebracht hatte. Richtig konzentrieren konnte sie sich allerdings nicht, denn der platte Reifen bereitete ihr Sorgen. War sie wirklich in einen spitzen Gegenstand gefahren oder hatte jemand in ihn reingestochen? Eine Antwort würde sie erst heute Nachmittag bekommen, wenn sie ihr Auto in die Werkstatt brachte.

Sie blätterte noch eine halbe Stunde in verstaubten Ordnern, ohne auf etwas Interessantes zu stoßen. Deshalb schleppte sie einen Karton voller Papierkram in das Dachgeschoss hinauf, wo ihr die warme Luft wie aus einem Backofen entgegenschlug. Sie verzichtete darauf, die Akten in einen der Schränke zu sortieren, sondern machte sich über einen weiteren großen Karton her, in dem sich Bücher befanden. Von einigen hatte sie bereits das Cover gesehen, das auf Fachbücher über Pflanzen schließen ließ. Ein kleineres hingegen, das zwischen zwei dicken Schmökern steckte, erweckte ihre Aufmerksamkeit. Das Cover zeigte auch etwas Grünes, vermutlich einen verschwommenen Wald und ein Stück bizarr anmutenden Felsen, der von blauen Großbuchstaben verdeckt war: »Himmelsfelsen«. Für einen Augenblick überlegte sie, ob Aubele ein Bergsteiger oder Kletterer gewesen sein könnte. Als Autor wurde ein M. Bomm genannt. Nie zuvor hatte sie von einem solchen Schriftsteller gehört. Aber in den USA waren deutsche Literaten ohnehin so gut wie gar nicht gefragt. Sie griff sich das taschenformatige Buch, wollte die 375 Seiten zwischen Daumen und Zeigefinger durchgleiten lassen, doch die Blätterflut stockte: Etwa in der Hälfte der Seiten steckte etwas, das sie zuerst als Lesezeichen deutete, doch dazu war es zu sperrig und zu groß, quadratisch und bedeckte mehr als eine Seite, war schwarz und flach, wies einige Aussparungen auf und war aus fester Pappe. Mary nahm es vorsichtig in die Hand und wurde sich schnell bewusst, was es nur sein konnte: eine Diskette, wie man sie zu Beginn des Digitalzeitalters als Speichermedium genutzt hatte. Kurz überlegte sie, ob sie das Objekt in die Bücherkiste zurücklegen sollte, entschied dann aber, es in ihre Jackentasche zu stecken, obwohl es vermutlich kein Gerät mehr gab, mit dem man so eine Scheibe abspielen konnte. Sie wandte sich deshalb wieder dem Buch zu, das kein einziges Foto enthielt. Demnach also kein Fachbuch. Als sie nun die ersten Seiten in Augenschein nahm, erschien es ihr, als sei es ein Kriminalroman. Vollends stutzte sie beim Betrachten der Aufschlagseite, auf die mit dünnem blauen Filzstift Widmungen geschrieben waren. Von offensichtlich zwei verschiedenen Schreibern. Nur mühsam konnte Mary die paar Zeilen entziffern. Die erste lautete: »Zur Erinnerung an die Lesung im Eybacher Schloss am 5.3.2004«. Es folgte eine unleserliche Unterschrift, möglicherweise des Autors. Wesentlich klarer war der zweite Eintrag, dessen Schriftbild von einer anderen Person stammen musste: »Viel Spaß beim Lesen«. Die Unterschrift allerdings gab Mary Rätsel auf. Sie versuchte, jeden Buchstaben einzeln zu einem Wort zusammenzusetzen. Möglicherweise lautete eines »Graf« und das andere »Ackerstein«. Auch dies sagte ihr nichts. Und einen Krimi wollte sie ohnehin nicht lesen. Schon gar keinen von 2004. Während ihr diese Gedanken durch den Kopf gingen, schlug plötzlich das Unterbewusstsein Alarm: 2004. Das Jahr, in dem Aubele verschwunden war. Noch einmal blätterte sie zu der Widmung. 5.3.2004 war das Datum. März. Wenige Monate, bevor Aubele spurlos verschwand. Marys Interesse stieg. Hatte sie endlich etwas gefunden, mit dem sie weitere Nachforschungen anstellen konnte? Sie las die ganze Widmung noch einmal. Wenn Aubele, wie es die Frau des Magiers erwähnt hatte, als Gärtnermeister Parkanlagen gestaltet hatte, dann vielleicht auch an diesem Schloss? Dessen Eigentümer konnte durchaus ein Graf sein. »Eybacher Schloss«, las sie zum wiederholten Male. Wahrscheinlich war es ein überschaubarer Park in einem kleinen Dorf, denn als Gärtnermeister ohne Mitarbeiter hätte er wohl kaum etwas von den Ausmaßen wie bei Schloss Versailles gestalten können. Aber Eybach? Wo war denn das? Sie entschied, den Ort auf ihrem Smartphone von Google-Earth suchen zu lassen. Aber dazu musste sie ins Freie gehen, wo es ein Mobilfunknetz gab. Vielleicht fand sich im Internet eine Spur zu diesem Grafen Ackerstein.

Tatsächlich entdeckte Google-Earth den Ort. Nur etwa 20 Kilometer Luftlinie entfernt. Mary prägte sich die Route ein. Vielleicht würde sie in den nächsten Tagen den Schlossherrn aufsuchen. Jetzt aber musste sie sich zuerst um ihren Reifen kümmern. Sie steckte das Smartphone in die Hosentasche, ging in der Hitze des Nachmittags zu ihrem Polo und fuhr langsam und vorsichtig, um das Notrad nicht allzu sehr zu beanspruchen, über das weite, hügelige Land nach Merklingen, wo sie am Ortsrand die Reparaturwerkstatt entdeckte. Ein freundlicher Monteur im blauen Overall begrüßte sie, ließ sich ihr Anliegen erklären und erwiderte, dass ein neuer Reifen bereits montiert sei und sofort an ihr Auto geschraubt werde.

»Es tut mir leid«, ergänzte er. »Aber Ihr Reifen hat sich nicht reparieren lassen. Da hat jemand mit einem spitzen Gegenstand seitlich reingestochen und ganze Arbeit geleistet. Gibt es jemanden, der Sie nicht mag?«

Mary war für einen Moment sprachlos. Reingestochen, hallte es in ihrem Kopf nach. Also eine mutwillige Sachbeschädigung. »Sie können beim Polizeiposten Anzeige erstatten«, hörte sie den Monteur sagen, der dann einen Kollegen anwies, den neuen Reifen an Marys Polo anzubringen. Sie erfuhr, dass es zwei Ortschaften weiter, in der Stadt Laichingen, einen Polizeiposten gab, bei dem sie die Sachbeschädigung anzeigen konnte. »Aber«, so beschied ihr der Monteur, »viel Erfolg wird das nicht haben. Oder haben Sie jemanden in Verdacht?« Mary schüttelte verlegen den Kopf. Wen sollte sie benennen? Fest stand aber, dass sie sich ab jetzt in Acht nehmen musste.

16

Als sie an ihrem Bauernhof ankam, entschied sie, den Polo nicht in die bewachsene Einfahrt zu stellen, sondern direkt vor das Gebäude. Hier schien ihr der Wagen in der kommenden Nacht sicherer zu stehen, obwohl es an der Außenwand keine Lampe gab. Während sie die Haustür aufschloss, beschlich sie ein ungutes Gefühl. Sie glaubte, beobachtet zu werden. Deshalb drehte sie sich um, blickte nach allen Richtungen, doch es gab nichts, was verdächtig sein konnte. Keine Fahrzeuge, keine Personen. Auch bei der Herfahrt war ihr niemand begegnet, und hinter den Heckenstreifen hatte sie kein Auto gesehen.

Mary verriegelte hinter sich die Eingangstür, schenkte sich ein Glas Mineralwasser ein und ließ sich im Wohnzimmer in einen Sessel fallen. Nie zuvor hatte sie sich so gefühlt wie jetzt: als Opfer eines Verbrechens. Die Vorstellung, jemand war nachts ums Haus geschlichen, um einen Autoreifen zu zerstechen, ließ sie erschaudern. Da war also jemand ganz nah bei ihr gewesen, während sie im Obergeschoss geschlafen hatte. War also die Angst, von etwas Ungewissem umgeben zu sein, doch keine reine Einbildung? Unweigerlich musste sie an die wenigen Personen denken, mit denen sie seit ihrer Ankunft in Kontakt gekommen war. Der Bürgermeister, der Ex-Polizist, die Varieté-Künstler und der Immobilienmakler. Natürlich der Elektriker und einige Möbelpacker, der Schreiner, der die Türen repariert und ausgetauscht hatte – aber sonst doch niemand? Der Angestellte der Kfz-Werkstatt, der ihr das Notrad montiert hatte, kam gewiss nicht in Betracht. Sie schloss die Augen und ließ die Begegnungen und was dabei gesprochen worden war, an sich vorüberziehen.

So sehr sie sich anstrengte, den »Anschlag«, wie sie den Reifenstich empfand, zu verdrängen – es gelang ihr nicht. Hier draußen, wo es nach Angaben des Bürgermeisters in all den Jahren, in denen der Hof verwaist war, nie eine Sachbeschädigung gegeben hatte, kamen keine »Day Thieves« vorbei, wie Joe die Kleinkriminellen bezeichnete, auf Deutsch wohl »Tagediebe« genannt. Diese Tat war demnach speziell gegen sie gerichtet, hämmerte es in Marys Kopf. Gleichzeitig entsann sie sich des Ex-Kriminalisten, dessen Name ihr noch geläufig war. Leo Temme. Der hatte ihr doch Hilfe angeboten. Von einer nur kurzen Erleichterung ergriffen, stand sie auf, um aus einer Schublade des Wohnzimmerschranks die Visitenkarte zu holen. Doch etwas mahnte sie innezuhalten. Temme war ihr doch auch suspekt vorgekommen, als sie ihn um die Scheune hatte schleichen sehen. Genau dort, wo ihr Auto vergangene Nacht gestanden war. Sollte sie diesen Mann um Rat fragen?

Sie entschied, es doch zu tun, ging mit dem Smartphone vors Haus und wählte die Nummer, die auf der Visitenkarte stand. Temme meldete sich sofort und gab sich äußerst freundlich. Marys Stimme war dagegen kühl und distanziert, als sie schilderte, was vorgefallen war. Temme versprach, in zehn Minuten bei ihr zu sein.

Mary bedankte sich, beendete das Gespräch und setzte sich auf die Holzbank, von der aus sie, an die Hauswand gelehnt, die wogenden Ähren und den heranwachsenden Mais überblicken konnte. Temmes Jeep, der aus Beständen der Bundeswehr zu stammen schien, tauchte wenige Minuten später hinter einer weit entfernten Baumgruppe auf. Mit aufheulendem Motor näherte sich das Gefährt und hielt mit beißenden Dieselabgasen neben Marys Bank an.

»Es ist mir eine große Ehre, Ihnen zur Seite stehen zu können«, sagte Temme beim Aussteigen. Mary war aufgestanden und konnte einem Händedruck nicht entgehen, obwohl sie dies in Corona-Zeiten vermeiden wollte. Sie blickte in ein kantiges Gesicht, das Vertrauen und Entschlossenheit ausstrahlte. Irgendwie sympathisch. Mary bot ihm einen Platz auf ihrem Bänkchen an, wo sie in der mittlerweile tief stehenden Sonne nebeneinander sitzen konnten.

»Sie sind beunruhigt?«, begann Temme fragend, weil ihm Mary am Telefon kurz geschildert hatte, worum es ging.

»Um ehrlich zu sein, ja. Wer schleicht hier schon ums Haus …«

»Ich«, unterbrach sie Temme und grinste. »Ich – aber am helllichten Tag, als Ihr Auto gar nicht da war.«

Mary empfand diesen Einwand keinesfalls passend und sah den Mann irritiert an. »Ich dachte, Sie könnten mir einen Rat geben.«

Er hatte bemerkt, dass saloppe Bemerkungen fehl am Platze waren. »Ich stehe Ihnen gerne zur Seite, keine Sorge. Hat man denn irgendwelche Spuren gefunden?«

Mary hatte mit dieser Frage nicht gerechnet. Wo sollte es denn Spuren geben? Das hohe Gras um das Auto war zuvor schon niedergetrampelt gewesen, und in der Werkstatt hatten sie nur von einem »spitzen Gegenstand« gesprochen, der in die Seitenwand des Reifens gestochen worden war.

»Nichts«, erwiderte sie deshalb. »Nichts. In der Werkstatt können sie auch nicht sagen, ob es ein Messer oder etwas anderes war.«

»Ein Küchenmesser ganz bestimmt nicht«, erklärte Temme. »So einfach lässt sich ein Autoreifen nicht aufschlitzen. Da brauchen Sie ein stabileres Werkzeug oder ein starkes Messer.«

»Sie wollen damit sagen, dass sich der Täter vorbereitet hatte?«

»Danach sieht es aus«, meinte Temme mit ruhiger Stimme. »Haben Sie eine Ahnung, wer Ihnen Böses will?«

»Was soll ich sagen?«, seufzte Mary und empfand die Anwesenheit Temmes immer angenehmer. »Ich hatte bisher wenige Kontakte. Aber ich werde das Gefühl nicht los, dass mich einige hier nicht mögen.«

»So?«

»Der Bürgermeister hat schon einige Male angedeutet, dass hier draußen an ein Gewerbegebiet gedacht ist.«

»Weiß ich, ja«, nickte Temme. »Man mag uns hier nicht so. Zuerst waren sie in der Gemeinde froh, dass jemand die alten Hofstellen aufgekauft hat. Damals, vor über 18 Jahren. Und nun würden sie am liebsten alles plattmachen.«

Mary war erleichtert, dass Temme ein Thema ansprach, das sie seit einigen Wochen belastete. Noch aber riet ihr eine innere Stimme, gegenüber dem Mann, den sie zunehmend als sympathisch empfand, nicht allzu offen zu reden. Aber sein ehemaliger Job als Polizist konnte durchaus auf Seriosität schließen lassen, obwohl ihr sein Ausscheiden aus dem Dienst suspekt erschien. »Man hat es also nicht nur auf mein Grundstück abgesehen?«, zeigte sie sich interessiert.

»Nein. Da gibt es offenbar große Pläne, die gleich, nachdem wir – also die Varieté-Künstler und wir – hierhergezogen waren, gereift sind.«

»Und der Fletschinger?«

Temme zuckte mit den Schultern.

»Immobilienhaie. Der und sein Geschäftsfreund haben mal angedeutet, dass die Gemeinde auch ihren Hof aufkaufen wolle. Aber vielleicht …«, Temme rang nach Worten, »… vielleicht kooperiert Fletschinger auch mit dem Bürgermeister. Keine Ahnung. Ich halt mich da raus.«

Mary war hellhörig geworden.

»Diese Pläne kamen aber erst auf, als Aubele verschwunden war?«

»So genau weiß ich das nicht. Wir sind damals erst kurz vorher eingezogen. Ich habe den Aubele nur ab und zu gesehen, wie er zu seiner Jagd gefahren ist. Zwei-, dreimal hab ich kurz mit ihm geredet. Aber er war nicht sehr gesprächig. Nicht leutselig. Ein Eigenbrötler, wenn ich das so sagen darf.«

»Hat er denn etwas darüber gesagt, ob er seinen Hof aufgeben wolle?«

»Verehrte Frau Quinbek«, entgegnete Temme, »diese Gespräche liegen 18 Jahre zurück! Aber erst kürzlich, als ich von den Plänen der Gemeinde erfahren habe, ist mir eingefallen, dass Aubele wohl mit dem Gedanken gespielt hat, den Hof und einen Teil seiner Grundstücke an einen großen Bio-Landwirt aus dem Badischen zu verkaufen.«

»Ach«, entfuhr es Mary. »Aber draus geworden ist wohl nichts?«

»Offenbar nicht. Sonst hätte man Sie als Erbin ja nicht gesucht«, grinste Temme, um zu schlussfolgern: »Oder Sie wären jetzt in den Genuss eines Geldvermögens gekommen.«

Mary wollte nun mehr wissen:

»Hat Aubele denn gesagt, was er mit dem anderen Teil der Grundstücke vorhatte?«

»Ja, ich habe das als ziemlich skurril empfunden. Damals. Heute sehe ich das anders. Er wollte es an den Naturschutzbund verkaufen, der stillgelegte Flächen aufkauft, um sie naturnah zu erhalten oder gegen irgendwelche Feuchtgebiete einzutauschen, die im Privatbesitz sind, aber geschützt werden sollen.«

Mary rekapitulierte:

»Dies alles hätte aber die inzwischen bekannt gewordenen Pläne für ein großes Gewerbegebiet zunichtegemacht.«

»So ist es. Und ich denke, den Varieté-Künstlern wäre es nicht unrecht, wenn sie ihr Land versilbern könnten.«

»Und Ihnen?«, fragte Mary direkt.

Temme überlegte und sah in die Ferne.

»Letztlich, gnädige Frau, ist doch alles nur eine Frage des Geldes. Beim einen liegt die Hemmschwelle, bei der er einknickt, tiefer, beim anderen etwas höher.«

»Und wie hoch liegt diese bei Ihnen?«

»Sehr hoch. Wirklich sehr hoch. Ich lebe mit Amal in Ruhe und Zufriedenheit hier draußen. Und mein Security-Unternehmen floriert. Mehr brauche ich nicht. Aber Ihr werter Verwandter, der Aubele, scheint finanziell nicht auf Rosen gebettet gewesen zu sein.«

Mary musste sofort an die Kontoauszüge und die weiteren Dokumente denken, die sie entdeckt hatte. »Woraus schließen Sie das?«

»Ich entsinne mich, wie er mal über die Regierung geschimpft hat, weil die steuerliche Belastung für ihn immer größer werde. Er war damals noch hauptberuflich mit seinem Gartenjob beschäftigt und hatte sich mal seine Rente ausrechnen lassen. Der geringe Betrag, der ihm dann zum Leben geblieben wäre, hat ihn offenbar schockiert. Deshalb hat er weitergearbeitet.«

Mary ließ die Worte kurz nachklingen.

»Sie halten es für denkbar, dass er sich das Leben genommen hat?«

Temme zuckte mit den Schultern.

»Denkbar ist alles, Frau Quinbek. Ein Gewehr hatte er ja, aber dies ist wohl nirgendwo aufgetaucht.« Er überlegte. »Und andererseits sollten Sie bedenken: Sein Ableben hätte doch den Plänen der Gemeinde Vorschub geleistet.« Wieder legte er eine Pause ein, um Mary tief in die Augen blicken zu können. »Wenn man Sie nicht hätte suchen müssen. Und Sie nicht aufgetaucht wären.«

Mary schwieg für einen Moment, um Temme schließlich etwas anzuvertrauen, was sie bedrückte:

»Wissen Sie, ich habe den Eindruck, dass mich auch das Haus loswerden will.«

»Wie bitte?«

»Vielleicht bin ich nur viel zu gestresst. Aber manchmal höre ich nachts schon Gespenster.«

»Gespenster?« Für Temme schien dies völlig absurd zu sein.

»Es knackt und ächzt überall im Gebälk. Und dann bilde ich mir ein, Schritte zu hören.«

»Alte Häuser haben ein Eigenleben«, meinte Temme beruhigend.

»Und alte Häuser haben ein Gedächtnis«, ergänzte Mary. »Das haben Sie mir schon einmal gesagt.«

17

Es war 21 Uhr, als sie nach ihrem Abendessen vors Haus trat, wo die Sonne noch knapp überm Horizont flach über das weite Land schien. Wie so oft nahm sie auf dem Holzbänkchen Platz, wo es einen Handy-Empfang gab, um Joe anzurufen. Er meldete sich unerwartet schnell, obwohl sie befürchtet hatte, er könne zu dieser Zeit in Arizona mit dem Traktor unterwegs sein. Die Stimme hörte sich ruhig und zufrieden an. Es klang so, als sei er entspannter als sonst, was sie als angenehm empfand. Sie hatte ihm auch viel zu berichten – vor allem aber von dem zerstochenen Reifen. Dies schien ihn ziemlich zu beunruhigen, weshalb er ihr empfahl, ab sofort »sehr vorsichtig« zu sein, das Haus nachts sorgfältig zu verschließen und vor jedem Wegfahren den Zustand des Autos zu überprüfen. Seine Stimme klang aufgeregt, als er wissen wollte, ob sie denn jemanden im Verdacht habe, der ihr etwas antun wolle. Als sie dies verneinte, wurde Joe deutlicher, und sein amerikanisches Englisch klang bestimmend: Sie solle so schnell wie möglich in die Staaten zurückkehren. Mary war ob dieses Befehlstons konsterniert. Es kam nicht oft vor, dass sich ihr Mann geradezu drohend anhörte. Sie konnte doch nicht einfach verschwinden und den geerbten Hof sich selbst überlassen. Aber es hatte auch keinen Sinn, mit Joe am Telefon zu streiten. Er sorgte sich natürlich um sie, aber es war unmöglich, ihn zu einer Reise nach Deutschland zu bewegen. Schließlich hatte er keinerlei Bezug zur Schwäbischen Alb – und schon gar nicht zu diesem Bauernhaus. Mary rasten Tausende Gedanken durch den Kopf. Wenn sie ehrlich war, hatte auch sie anfangs kein großes Interesse an dem Erbe gehabt. Aber in den vergangenen Wochen war ihr das Anwesen irgendwie ans Herz gewachsen, als sei's ein Stück wiedergewonnene Heimat. Sie versuchte, Joe in seiner aufgeheizten Stimmung zu besänftigen. »Ich werde das hier erledigen«, sagte sie schwer atmend.

»Du kommst sofort zurück!«, hörte sie ihn bellen.

»Bitte, Joe«, flehte sie deshalb, »lass es uns in Ruhe überlegen. Mir wird schon nichts passieren.« Insgeheim wünschte sie sich, ihm den zerstochenen Reifen verschwiegen zu haben.

»Deutschland ist unsicher geworden«, behauptete er nun, obwohl er die aktuelle Situation nur aus den Fernsehnachrichten kannte. »Die Kriminalität hat zugenommen, weil die Polizei und die Gerichte nicht energisch durchgreifen.«

Mary kannte die Vorurteile ihres Mannes, dessen militärische Vergangenheit von Disziplin und Ordnung geprägt war. »Du solltest dir eine Waffe zulegen«, schlug er vor.

Mary ging nicht darauf ein, sondern versuchte, versöhnlichere Worte zu finden. »Ich muss noch einiges erledigen – mit dieser Erbgeschichte. Und dann können wir in Ruhe reden.« Weil Joe nichts erwiderte, wagte sie zu sagen, was ihr am Herzen lag: »Es wäre sehr schön, wenn du kommen würdest.«

Die Antwort kam prompt und klang bestimmend: »Tut mir leid, Mary, ich werde nicht nach Deutschland kommen. Versuche, das Haus loszuwerden, und vergiss es.«

18

Mary konnte nicht schlafen. Nach dem Telefonat mit Joe war sie derart aufgewühlt, dass sie trotz eines Cognacs keine Ruhe fand. Als sie sich vergewissert hatte, dass die Haustür verschlossen war, hatte sie sich im Dachgeschoss in ihr Schlafzimmer zurückgezogen und auch dort die Tür fest verriegelt.

Inzwischen war die Dämmerung längst in eine samtschwarze Sommernacht übergegangen. Mary schob bei gelöschter Lampe den Vorhang ein Stückweit beiseite, um in die Dunkelheit hinauszublicken. Nirgendwo ein Licht. Bäume und Sträucher hoben sich wie ein Schattenriss hervor. Nur langsam gewöhnten sich ihre Augen an diese farb- und kontrastlose Landschaft. Keine Chance also, hier jemanden zu sehen, der heimlich umherschleichen würde. Vorsichtshalber hatte sie ihr Auto wieder nicht in die seitliche Zufahrt zur Scheune gestellt, sondern direkt vor dem Haus geparkt. Für einen Moment überlegte sie, ob es nicht sinnvoll gewesen wäre, im Erdgeschoss ein Licht brennen zu lassen, um Anwesenheit vorzutäuschen. Doch dazu hätte sie die Fensterläden nicht schließen dürfen. Gerade diese Abschottung aber gab ihr ein Gefühl von Sicherheit.

Hier oben im Schlafzimmer ließ sie die Fensterläden jedoch offen, um nicht ganz von Finsternis umgeben zu sein. Meist nahm sie auch das sanfte Licht ihrer Lampe mit in den Schlaf. Heute jedoch plagten sie finstere Gedanken, ausgelöst von den Worten Joes, so schnell wie möglich wieder in die Staaten zurückzukehren und diesen Ort des Schreckens zu verlassen. Sie war über diese Formulierung geschockt, die ihr das Unterbewusstsein suggerierte. Ort des Schreckens. Das hatte Joe doch gar nicht gesagt. Zumindest nicht so deutlich. Als ob diese Worte auf das Haus übergesprungen seien, knarzte in diesem Augenblick das Gebälk. Marys Herz begann schneller zu schlagen, obwohl sie derlei Geräusche längst gewohnt war.

Sie hob den Kopf aus dem Kissen und lauschte. Wieder lag etwas Undefinierbares in der Luft, ein dumpfes Rumpeln vielleicht, das Öffnen einer Tür? Nichts. Nein, drängte sie diese Ängste zurück. Da konnte nichts sein. Nur mit Brachialgewalt wäre es möglich, die Türen zu öffnen. Und das würde sich ganz anders anhören. Und wenn jemand einen Schlüssel hatte? Die Haustür war aber nagelneu, und die Schlüssel hatte sie persönlich ausgehändigt bekommen. Oder gab es Zweitschlüssel?

Eine Öffnung in der Scheune war von dem Schreiner fest vernagelt worden. Aber – so hämmerte es plötzlich in ihrem Kopf: Eine Hintertür des Stalls war im Original erhalten geblieben. Allerdings fest verschlossen, wovon sie sich mehrfach überzeugt hatte. Sogar der Schreiner hatte keine Notwendigkeit gesehen, diese stabile Tür auszutauschen. Dass sie sich nicht öffnen ließ, weil kein Schlüssel aufzufinden war, hatte Mary bisher nicht beunruhigt, weil dies in so alten Bauernhäusern durchaus vorkommen konnte. Aber jetzt, da sie damit rechnen musste, dass nachts jemand sein Unwesen trieb, jagten ihr derartige Gedanken einen Schauer über den Rücken. Wenn jemand in den Stall eindringen konnte, gelangte er problemlos in die Wohnung – und damit auch die Treppe hoch in das Dachgeschoss.

Wieder ein seltsames Geräusch. Knarzendes Holz. Tritte auf der Treppe? Mary blieb regungslos im Bett liegen, als wolle sie vermeiden, gesehen zu werden. Ein Reflex des Unterbewusstseins.

Sie schielte zur Türklinke hinüber, die von der Lampe nur spärlich beleuchtet wurde. Gleich würde die sich nach unten bewegen. Jemand würde versuchen, die Tür zu öffnen. Oder war das schon geschehen? Der angestrengte Blick im schummrigen Licht schien ihre Augen zu irritieren und eine Bewegung vorzugaukeln, die es gar nicht gab.

Sie hielt den Atem an, doch die Stille, von der sie umgeben war, dämpfte ihre Angst, obwohl diese Ruhe etwas Beunruhigendes in sich barg. Wenn da jemand im alten Stall oder in der Scheune war, konnte sie dies gar nicht hören. Oder doch? Soeben drang dumpf und von weit entfernt etwas an ihre Ohren, das sich wie das Schließen einer Tür anhörte. Oder war es nur Einbildung?

Mary stieg vorsichtig aus dem Bett, um selbst keine Trittgeräusche zu verursachen, und schob den Vorhang zur Seite. Doch das schwache Licht ihrer Lampe hatte ihre Augen geblendet, sodass sich nur die Schwärze der Nacht vor ihr auftat. Der bewölkte Himmel verhüllte den zunehmenden Mond.

Das Knarzen des Gebälks über ihr jagte ihr eine kurze Gänsehaut über den Rücken, dann legte sie sich ins Bett, lauschte einige Minuten in die Stille und löschte dann das Licht. An Schlaf war aber nicht zu denken.

Wie lange sie wach lag, konnte sie nicht einschätzen. Gerade als die Müdigkeit ihre Ängste zu verdrängen begann, traf es sie wie ein Blitz aus heiterem Himmel: ein infernales Geräusch, ein Scheppern und Klackern, direkt über ihr, das aber gleich abebbte und ausrollte. Mary war hochgeschreckt, ihr Puls raste. Sie tastete zum Schalter der Lampe, griff in der Dunkelheit ins Leere, versuchte es wieder – doch da war es schon wieder. Ein heller Schlag, ein Scheppern und das drohende Klackern, das sofort in ein rollendes, schepperndes Geräusch überging und auf Blech traf und verstummte.

Endlich hatte Mary die Lampe anknipsen können. Und dann wiederholte sich der undefinierbare Lärm ein zweites und drittes Mal. Er kam von oben, direkt über ihr. Vom Dach. Sie lag im Bett und starrte zu der weiß getünchten Decke, die ihr Schlafzimmer von dem spitzen Giebel über ihr begrenzte. Ein Tier hinter dieser Decke?, durchzuckte es sie. Nein, die Decke, das wusste sie, bestand nur aus Holz. Da würde nichts scheppern und klackern, sondern eher poltern. Das Geräusch musste tatsächlich vom Dach herrühren. Kaum war ihr dieser Gedanke durch den Kopf gegangen, traf es erneut gnadenlos an ihre Ohren: nach einem hell klingenden, splitternden Schlag wieder das holpernde, klappernde Abrollen eines Gegenstands. Jetzt, nachdem sie den anfänglichen Schock überwunden hatte, wurde es ihr klar: Da klackerte etwas über die Dachplatten hinab. Etwas, das jemand hochwarf. Steine vermutlich.

Mary schlich ans Fenster, doch die Dunkelheit war für ihre von der Lampe geblendeten Augen undurchdringlich. Außerdem befand sich ihr Fenster an der Giebelfront, von der aus sie weder die Dachschräge noch die Gebäudeseiten überblicken konnte, von der aus die Gegenstände offenbar geworfen wurden. Als es erneut krachte, zog sie instinktiv den Kopf ein. Es war ein Anschlag auf das Haus, dachte sie, um damit die diffuse Angst vor Spuk und bösen Geistern loszuwerden. Gespenster warfen nicht mit Gegenständen. Oder doch?, mahnte sie eine innere Stimme. Hatte sie nicht einmal davon gelesen, dass sich Spuk auch durch geworfene Gegenstände manifestieren konnte? Psychokinese oder so ähnlich nannte man das doch. Sie musste plötzlich an das Sühnekreuz denken.

19

Mit dem ersten Morgengrauen war sie wach geworden. Gegen 5 Uhr versuchte sie gleich gar nicht, wieder einzuschlafen. Nach der nächtlichen Aufregung war sie in Albträume gefallen, in die sich eine schwarze Gestalt geschlichen hatte – so klar und deutlich, als sei sie real gewesen.

Jetzt, da es helllichter Tag wurde, waren die Geister der Nacht verschwunden, dachte sie und wollte sofort draußen nach dem Rechten sehen. Denn die Gegenstände, die übers Dach gerollt oder gekullert waren, mussten an den Breitseiten des Gebäudes auf den Boden gestürzt sein. Sie legte ihre Schlafkleidung ab, schlüpfte in Jeans und T-Shirt und öffnete die verriegelte Tür zum Dachboden. Die Nacht war offenbar mild gewesen, denn ihr schlug die behagliche Wärme entgegen, die das Haus tagsüber speichern konnte. Im Morgengrauen, das durch das Fenster von der gegenüberliegenden Giebelseite auf das viele Gerümpel fiel, wirkten die Schränke, die mit ihren halb geöffneten Türen Spalier zu stehen schienen, wie stumme Zeugen, die das nächtliche Geschehen hinausschreien wollten.

Mary ging rasch an ihnen vorbei, stieg die knarzende Holztreppe hinab und stellte beruhigt fest, dass sich im Erdgeschoss nichts verändert hatte. Sie schloss die Haustür auf und genoss für einen Moment den bräunlichgelben Streifen, den die Sonne an den jetzt wolkenfreien Osthorizont zauberte. Vögel zwitscherten munter, und alles schien so friedlich zu sein, als sei in dieser Nacht nichts Böses geschehen. Mary lehnte die Haustür von außen an, ohne das Schloss einrasten zu lassen, und warf einige kritische Blicke auf ihren roten Polo, der vor dem Gebäude stand: rein äußerlich unbeschädigt. Keine Beule und kein Kratzer im Lack, die Reifen, die im tiefen Gras standen, prall mit Luft gefüllt.

Darüber erleichtert, ging sie rechts hinüber zu der Gebäudeseite, die mit der hinten angebauten Scheune einen kleinen Hinterhof bildete. Beim Blick nach oben konnte Mary nichts Ungewöhnliches entdecken: Die Dachrinne hing unverändert schief am Trauf, und weder auf der einen noch auf der anderen Seite des Hauses lag etwas Verdächtiges in der Nähe des Gebäudes am Boden.

Und doch musste etwas vom Dach gekullert sein, mahnte ihre innere Stimme, weshalb sie im hohen Bewuchs um den

Scheunenanbau stapfte, dessen Dach quer zum übrigen Gebäude hochragte und weit genug von ihrem Schlafzimmer entfernt war, sodass von dort die schaurigen Geräusche nicht kommen konnten. Das Gras, so stellte Mary fest, war zwar von Schritten niedergetrampelt, doch dürften diese noch von Temme herrühren, den sie vor einigen Tagen bei einem Rundgang um den Hof ertappt hatte. Trotzdem beäugte sie die hintere Seite der Scheune kritisch: den abgebröckelten Verputz und was zwischen der Grasnarbe herumlag. Doch mehr als vermooste Steine und vermoderte Holzreste waren nicht zu sehen. Die mit dicken Brettern vernagelte Tür, die der Schreiner angebracht hatte, wies keine Aufbruchspuren auf, und auch als Mary an dem ehemaligen Stall entlangging, entdeckte sie nichts Außergewöhnliches. An der dortigen Tür, die der Handwerker als ausreichend stabil eingestuft hatte, drückte sie die verrostete Klinke nach unten, um sich zu vergewissern, dass sie wirklich verschlossen war. Zufrieden stellte sie dies fest, wurde jedoch daran erinnert, dass es offenbar keinen Schlüssel gab. Vermutlich lag er irgendwo in dem häuslichen Chaos begraben, das Aubele hinterlassen hatte.

Als Mary nach der Umrundung des Anwesens an der Haustür anlangte, war sie für einen Moment irritiert: Die Tür stand einen Spalt weit offen. Als sei jemand eingedrungen. Doch dann fiel ihr ein, was nicht minder beunruhigend war: Sie war leichtsinnig gewesen und ohne abzuschließen ums Haus gegangen. Wenn jemand die Gelegenheit wahrgenommen hatte und sich nun im Haus versteckte?

Quatsch, ermahnte sie sich. Es war helllichter Tag. Außerdem war sie nur wenige Minuten außer Sichtweite gewesen. Trotzdem sah sie sich misstrauisch nach allen Seiten um.

Nein, da war niemand. Aber, so meldete sich ihr unruhiges Gewissen, wer nachts herumschlich und mysteriöse

Geräusche verursachte, konnte auch tagsüber für Angst und Schrecken sorgen. Als ihr prüfender Blick den grasbewachsenen Rand des vorbeiführenden Feldwegs streifte, verspürte sie wieder dieses undefinierbare fahle Gefühl, das sie an das Sühnekreuz erinnerte, das da drüben irgendwo im Bewuchs verborgen war.

Sie wollte diese bösen Gedanken aus dem Gedächtnis löschen. Endgültig und für immer. Dazu entschlossen, betrat sie ihr Haus, verriegelte hinter sich die Tür und wollte sich ein Frühstück zubereiten, das sparsam ausfiel. Spiegeleier, hart gewordenes Brot und Kaffee. Als sie das Geschirr ins kleine Wohnzimmer hinübertrug, wo sie vor der Schrankwand einen kleinen Esstisch platziert hatte, den sie gleich nach ihrer Ankunft gekauft hatte, blieb sie augenblicklich stehen, denn was sie da sah, jagte eine Schockwelle durch ihren Körper. Sie spürte, wie ihr Puls zu rasen begann. Ihr war, als würde sie von allen Seiten beobachtet. Als sei etwas in ihrer Nähe, das sie nicht sehen konnte. Etwas Ungewisses, etwas Unheimliches. Abseits der alten Ledercouch, die noch von Aubele stammte, lag etwas Zertrümmertes am Boden. Scherben und andere Einzelteile. Sie brauchte ein, zwei Sekunden, um zu verstehen, was dies bedeutete. Instinktiv wandte sie ihren Blick hoch zur Zimmerecke. Dort fehlte es. Es war weg. Mary stellte den Teller mit ihrem Frühstück auf dem Esstisch ab und spürte weiche Knie, als sie sich zu den Trümmern am Boden bückte. Tatsächlich: Es war der zerbrochene hölzerne Korpus des Gekreuzigten, der schräg in der Ecke der Zimmerdecke gehangen hatte. Filigran geschnitzt, aber ein bisschen verstaubt.

Mary musste an das Sühnekreuz denken.

20

Ihr war das Frühstücken gründlich vergangen, sie zwang sich aber, die kalt gewordenen Spiegeleier zu essen, während ihr die traurigen Überreste des Kreuzes in die Augen stachen. Irgendetwas hatte sie daran gehindert, die Holzteile sofort zu beseitigen. Der Gedanke, es könne sich um ein unheilvolles Zeichen handeln, nagte an ihr. Hatte das Haus wirklich ein Gedächtnis, und waren hier schreckliche Ereignisse gespeichert? Vielleicht ein Geheimnis, das mit Aubele zusammenhing?

Nein, gab sich Mary zu sich selbst energisch und nahm einen Schluck abgekühlten Kaffee.

Sie ließ sich nicht einschüchtern. Weder von Menschen noch von ... von wem eigentlich?, durchzuckte es sie. Es gab keine unsichtbaren Wesen, keine geisterhaften Erscheinungen. Und soweit sie sich entsann, hatte es bisher nirgendwo wissenschaftliche Beweise für so etwas gegeben. Alles nur Einbildung und Hokuspokus, das der Fantasie von Schriftstellern und Filmemachern entsprungen war. Und weil auch Kinderbuchautoren seit jeher so einen Gespensterunfug verbreiteten, saßen derlei Gruselgeschichten tief in den menschlichen Seelen. Obwohl sie gegen derlei aufkommende Visionen ankämpfte, hielt sich hartnäckig eine diffuse Angst, Aubele könnte ihr plötzlich erscheinen. Nicht wirklich, sondern als Geist. Aber wie sollte sie wissen, dass er es war? Sie hatte ihren Verwandten zu Lebzeiten nie gesehen. Und die alten Fotos, die es von ihm gab, taugten wohl kaum, um ihn zu erkennen.

Unfug. Mary mahnte sich, ein solches Szenario nicht

zuzulassen. Denn je mehr sie sich hineinsteigerte, desto tiefer würde sie in diese absurden Vorstellungen gerissen.

Nach dem Frühstück, als die Sonne in das Wohnzimmer schien, fühlte sie sich innerlich gefestigt. Sie kehrte die Überreste des zerbrochenen Kreuzes zusammen und warf sie in die Mülltonne vor dem Haus. Weshalb es von der Wand gefallen war, wollte sie nicht wissen. Bestimmt hatte sich ein uralter Nagel gelöst. Alles in dem Haus war dem Untergang geweiht. Die Kräfte der Natur hatten ihm an allen Ecken und Enden kräftig zugesetzt. Wenn der Mensch eines Tages nicht mehr eingreifen konnte, würde alles in einen solchen Zustand gleichmäßigen Verfalls übergehen. Und eine Million Jahre später gäbe es vermutlich keine Spuren mehr der heutigen Zivilisation. Aber wo war dann der Geist, der alles umgab?, überlegte Mary für einen Moment. Oder war alles, was diese Welt ausmachte, nur da, weil es jemanden gab, der es sehen konnte? Mary hatte schon oft stundenlang darüber philosophiert und Joe, den eher Materialistischen, mit der Feststellung genervt, dass es doch kein Universum gäbe, wenn gar keiner da wäre, der es wahrnehmen könnte. Niemand würde sich Gedanken darüber machen.

Mary erkannte, dass sie dringend Abwechslung brauchte, um diese hämmernden Gedanken loszuwerden. Sie wollte deshalb in die Tat umsetzen, was sie sich vergangene Nacht vorgenommen hatte: den Polizeiposten aufsuchen, den der Reifenmonteur vorgeschlagen hatte. Drüben in Laichingen.

Um die Adresse im Internet ausfindig zu machen, setzte sie sich vors Haus und googelte nach der Polizei in Laichingen. Sekunden später las sie, wohin sie musste: Bahnhofstraße 16. Werktags von 8 bis 16 Uhr geöffnet. Um aufwendige Erklärungen am Telefon zu vermeiden, wollte sie dort unangekündigt in Erscheinung treten.

Die Polizei würde gewiss nicht mit der Spurensicherung anrücken, überkamen sie dann doch Zweifel, als sie ihr Handy einsteckte und die Haustür verriegelte. Aber sie konnte doch den zerstochenen Reifen von gestern nicht einfach hinnehmen. Aufs Neue fest entschlossen, setzte sie sich in ihren Polo und steuerte Laichingen an. Ein Polizeiposten, so hatte sie bei ihrer Recherche im Internet erfahren, war in Deutschland eigentlich nur ein mit wenigen Beamten besetztes Büro. Kein Revier also, sondern eine Art Außenstelle. Deren Chef war offenbar nicht mit einem Sheriff in den Staaten zu vergleichen.

Die Bahnhofstraße fand sie, nachdem sie zwei Passanten nach dem Weg gefragt hatte. Das Gebäude machte einen gepflegten Eindruck, hatte dunkelgrüne Fensterläden, und zur Eingangstür, über der das blau-weiße Schild mit der Aufschrift »Polizei« angebracht war, führten mehrere Stufen hinauf.

Die Farmersfrau aus Arizona, die keine Scheu vor der Obrigkeit hatte, betrat selbstbewusst den Vorraum zu den Büros, wo ein älterer Herr in schwarzer Kluft sofort wissen wollte, ob sie angemeldet sei. Leicht verwundert, weil sie nicht wusste, ob Polizisten üblicherweise so schwarz gekleidet waren, verneinte sie seine Frage. Daraufhin runzelte der Uniformierte die hohe Stirn und ließ sich schildern, dass es um einen unbekannten Reifenstecher ging. Er seufzte in sich hinein, was entweder ein Zeichen von Arbeitsüberlastung oder Resignation sein konnte. Trotzdem bat er die Besucherin in ein Büro, das neben Schreibtisch, Computer und einigen Stühlen auf reine Zweckmäßigkeit ausgerichtet war. Während Mary ihr Anliegen kurz und prägnant vorbrachte, kritzelte der Beamte Stichworte auf ein Blatt Papier. Danach ließ er sich die Personalien der Anzeige-Erstatterin geben und stutzte dann:

»Sie wohnen in einem dieser alten Höfe da draußen bei Unterhöllenstein?«

Mary sah ihn erstaunt an:

»Ja – und? Ist das so ungewöhnlich?«

»Entschuldigen Sie die Frage, aber die Adresse, die Sie mir genannt haben – ist das nicht das Haus von dem alten Aubele, der seit 18 Jahren verschwunden ist?«

»Sie kennen es?«

»Ich war damals erst kurz hier, als diese Suchaktionen nach ihm waren. Ein Riesenaufwand«, erklärte der Beamte und legte den Kugelschreiber weg. »Was treibt Sie denn hierher?«

»Ich habe den Hof geerbt«, erwiderte Mary, obwohl die testamentarischen Modalitäten noch nicht notariell besiegelt waren.

»Und jetzt wollen Sie dort wohnen? Allein?«

»Ist das so ungewöhnlich?« Mary wurde misstrauisch.

»Nein, keineswegs ist das ungewöhnlich. Aber wie stellen Sie sich das Leben da draußen vor?«

Sie entschied, ihm in kurzen Sätzen ihren Lebenslauf zu schildern: dass sie eigentlich in Arizona wohne und ihren Mann nun dazu bewegen wolle, hierherzuziehen. Dass dies mehr als fraglich war, verschwieg sie.

Nachdem sie ihre Erläuterungen beendet hatte, räusperte sich der Polizist.

»Na ja, da draußen sind Sie in guter Gesellschaft.«

Irgendwie klang dies in Marys Ohren nicht ehrlich.

»Wie darf ich das verstehen?«

»Die Höfe sind in der Zeit, als Ihr Verwandter verschwunden ist, der Reihe nach an Auswärtige verkauft worden.«

»Habe ich schon gehört, ja. Was ist dran so ungewöhnlich?«

»Ungewöhnlich eigentlich nicht. Viele Städter zieht's doch aufs Land, wo sie sich dann über Kuhglocken, krähende Hähne und Mistgestank aufregen. Die Käufer von drei Höfen haben jedenfalls mit Landwirtschaft nichts am Hut. Die haben wohl, um es neutral auszudrücken, insbesondere die Abgeschiedenheit gesucht.«

»Doch wohl auch ein ehemaliger Kollege von Ihnen«, zeigte sich Mary informiert.

Übers Gesicht des Beamten huschte ein Lächeln. »Sie meinen den Temme. Der macht auf Sicherheitsdienst und hat sich ein junges Mädel angelacht.« Er grinste vielsagend und fuhr fort: »Und auch die beiden Varieté-Künstler sind nicht gerade das, was man erwarten würde. Haben Sie die beiden schon kennengelernt?«

Mary musste an die kurzen Begegnungen denken. »Flüchtig, aber nur die Frau.«

»Hatten Sie auch schon die Ehre mit Fletschinger?«

»Dem Immobilienmakler?«, fragte Mary zurück, um die Antwort gleich selbst zu geben: »Ja, aber auch nur flüchtig. Hatte aber den Eindruck, dass er nicht abgeneigt wäre, meinen Hof zu übernehmen.«

»Das ist der Punkt«, resümierte der Polizist. »Ich bin davon überzeugt, dass Sie Ihren Hof sehr gut versilbern könnten. Ich habe keine Ahnung, ob der Fletschinger mit seinem Kompagnon das forcieren möchte, aber kaum waren damals, kurz bevor Ihr Verwandter verschwunden ist, die drei anderen Höfe verkauft, da tauchten plötzlich Pläne für ein großes interkommunales Gewerbegebiet auf, für das man die Flächen dieser Höfe – und jene des Ihrigen natürlich auch – benötigen würde.«

Mary überlegte. »Dann hätten aber die Käufer der Höfe gleich wieder verkaufen müssen.«

»So ist es. Das klingt nur dann logisch, wenn man mutmaßt, dass sie mit dem Verkauf satte Gewinne gemacht hätten. ›Spekulationsgewinne‹ sagt man dazu.« Der Polizist lehnte sich zurück und verschränkte selbstgefällig die Arme und erklärte:»Spekulanten sind wie Geier, verstehen Sie? Mafiöse Strukturen, wenn Sie mich fragen.«

»Könnte es also sein …«, Mary rang nach Worten, »dass die Käufer womöglich gewusst haben, dass ihre günstig erworbenen Höfe ziemlich schnell wesentlich teurer zu verkaufen sein würden?«

»Das behaupten Sie«, erwiderte der Beamte schnell, als wolle er derlei Vermutungen gleich gar nicht in den Raum stellen.

»Wie hat sich der Aubele zu diesen Plänen gestellt?«

»Soweit ich weiß, hat er sie abgelehnt.« Die Stimme des Beamten wurde leiser. »Die Kripo hat nach seinem Verschwinden herausgefunden, dass er zwar finanziell ziemlich klamm war, aber er hatte wohl eher an einen Bio-Produzenten und an den Naturschutzbund verkaufen wollen. Er war halt ein Weltverbesserer, der alte Aubele.«

Mary tat so, als höre sie dies zum ersten Mal, dabei war es nur die Bestätigung dessen, was ihr der Ex-Kriminalist Temme geschildert hatte.

»Sie meinen, das Verschwinden Aubeles könnte in einem Zusammenhang damit stehen?«

»Ich bitte Sie, verehrte Frau Quinbek. Dazu hat die Kripo keinerlei Hinweise gefunden. Ich will Sie auch keinesfalls beunruhigen, doch Ihr zerstochener Reifen könnte neue Fragen aufwerfen.«

Mary empfand diese Feststellung wie einen elektrischen Schlag. Wollte man sie einschüchtern? Trachtete man ihr nach dem Leben? Sie begann atemlos von den Merkwürdigkeiten in ihrem Haus zu reden, schilderte die Geräusche der vergangenen Nacht und fragte:

»Glauben Sie, dass man mich loswerden will?«

Der Beamte lächelte wieder beruhigend.

»Vielleicht will Ihnen jemand Angst einjagen. Aber dass es in einem alten Bauernhaus mal knackt, ist nichts Außergewöhnliches. Und an Spuk und böse Geister sollten Sie auch nicht glauben. Wir werden uns jedenfalls um die Sachbeschädigung an Ihrem Fahrzeug kümmern und eine Anzeige gegen Unbekannt bearbeiten.« Seine Stimme wurde sachlich, und Mary spürte, dass er nicht bereit war, große Ermittlungen anzustellen, bloß weil sie verängstigt war. Lockerlassen wollte sie aber nicht, weshalb sie angesäuert feststellte: »Es muss also erst etwas passieren, bevor Sie eingreifen können.«

»Was soll ich machen?«, gab der Beamte schnippisch zurück. »Erwarten Sie Personenschutz? Dies alles muss nichts bedeuten. Ich wollte nur sagen, dass Sie ein bisschen achtsam sein sollten. Aber ich bitte Sie, gnädige Frau, dramatisieren darf man das nicht: Reifenstechereien kommen öfters vor, zwar nicht auf dem Land, aber so Tunichtgute und herumstrolchende Jugendliche, die nichts im Hirn haben, gibt's mittlerweile überall. Und wenn wir sie in seltenen Fällen schnappen, lässt sie der Richter wieder laufen. Dabei täten diesen hirnlosen Idioten ein paar Monate Knast gut. Und zwar ein Knast, wie man ihn von Amerika her kennt.«

Mary wollte nichts dazu sagen, sondern entschied, einen weiteren Aspekt anzusprechen: »Hat die Kripo recherchiert, ob einem von Aubeles letzten Auftraggebern etwas an dessen Verhalten aufgefallen ist?«

Der Uniformierte runzelte die Stirn. »Soweit ich weiß, gab es dafür keinerlei Grund. Oder glauben Sie, Aubele habe einem Kunden, dessen Garten er gerade gestaltet hat, von seinem geplanten Untertauchen erzählt?« Die Stimme des Beamten klang ungeduldiger.

Mary blieb trotzdem hartnäckig: »Sagt Ihnen das Schloss in Eybach etwas?«

»Schloss in Eybach? Ja, natürlich kenne ich das. Hat Aubele dort gearbeitet?«

»Könnte doch sein. Jedenfalls hab ich etwas gefunden, was auf einen ›Graf Ackerstein‹ hindeuten könnte.«

»Ackerstein«, wiederholte der Polizist. »Was soll denn der damit zu tun haben?«

»Vielleicht hat Aubele bei dem Grafen mal gearbeitet. Aubele war jedenfalls kurz vor seinem Verschwinden in diesem Schloss eingeladen, als dort ein Schriftsteller seinen Kriminalroman vorgestellt hat.«

Der Beamte grinste. »Aber gnädige Frau, was soll ein provinzieller Kriminalschriftsteller mit dem Herrn Aubele zu tun haben? Sie sollten sich keinen Hirngespinsten hingeben.«

Mary wurde zunehmend ungeduldiger. »Für Sie ist der Fall Aubele also abgeschlossen, obwohl er verschwunden ist.«

»Dass er noch leben könnte, kann niemand im Ernst glauben«, erwiderte der Polizist gelassen.

»Warum nicht? Er wäre jetzt 83, das ist doch heutzutage kein Alter, oder?«, entgegnete Mary energisch und hatte den Eindruck, dass ihr Gegenüber ihr gar nicht folgte, sondern angestrengt über etwas nachdachte, das er nun sagte, ohne auf ihren Einwand einzugehen: »Ich kann Ihnen nur einen Rat geben: Wenn Sie wirklich glauben, mit dem Verschwinden Ihres Verwandten sei etwas nicht in Ordnung, dann empfehle ich Ihnen einen alten Kollegen von mir, der inzwischen in Pension ist, sich aber gelegentlich solcher Sachen annimmt, die wir weder von Amtswegen verfolgen können noch zu denen wir das Personal hätten.«

Mary wurde hellhörig. »Sie denken an einen Privatdetektiv?«

»Nein, der macht das hobbymäßig. Soll ich Ihnen seine Nummer geben?«

»Ja, bitte. Wohnt er hier in der Gegend?«

»Ein paar Kilometer weg, in Göppingen. Er war aber während seiner Dienstzeit zuletzt dem Präsidium Ulm zugeordnet gewesen.«

»Wie heißt er denn?«

»Urschwäbisch«, der Beamte grinste. »August Häberle.«

21

Immobilienmakler Marius Fletschinger hatte die gestrige Ausgabe des Börsenblatts studiert und die Meldungen über die Finanzmärkte gelesen.

»Wenn die Immobilienblase platzt, fliegt uns einiges um die Ohren«, stellte er sorgenvoll fest und schielte zu seinem jüngeren Kompagnon Dennis Rossi hinüber, der verärgert ein Tablet beiseiteschob, weil das Mobilfunknetz großen Schwankungen unterlegen war. »Wenn du hier was Vernünftiges ansiedeln willst, musst du zuerst für ein schnelles Netz sorgen«, brummte er und ergänzte: »Die Digitalisierung ist in Deutschland eine reine Lachnummer.«

Fletschinger nickte und blätterte weiter. »Das hab ich dem Freudenreich schon tausendmal gesagt. Aber als Bürgermeister ist er ziemlich hilflos. Er schiebt alles auf die Telekom, die in so einsamen Gegenden keinen Funkmast aufstellen will. Und schon erst recht keine Glasfaserkabel verlegen wird. Das lohne sich erst, wenn ein Bedarf vorhanden sei.«

»Nur ergibt sich halt der Bedarf erst, wenn sich etwas ansiedelt, und das geschieht erst, wenn ein Funknetz da ist.« Fletschinger legte genervt das Börsenblatt zusammen. »Ganz genau, mein lieber Dennis, genauso läuft das in diesem Land: Einer schiebt die Verantwortung auf den anderen. Und dazwischen erhebt sich ein Berg von Bürokratie.«

»Siehst du eine echte Chance, hier etwas Großes zu entwickeln?« Dennis hoffte inständig, dass die Pläne realisiert werden konnten, denn davon hing sein Job ab. Wenn es nicht bald gelang, ein großes Projekt in Angriff zu nehmen, waren sie finanziell ziemlich klamm. Sollte Deutschland tatsächlich in eine Rezession fallen, würden zwar die Baupreise sinken, aber die Investitionsfreude eben auch. Solang niemand genau wusste, was der Irre in Moskau noch alles vorhatte, schien sich allgemeine Zurückhaltung breitzumachen.

»Wenn wir den Bürgermeister und seinen Gemeinderat hinter uns haben, ist das Ding am Laufen«, meinte Fletschinger. Er wollte keine Zweifel aufkommen lassen, obwohl die Zeichen momentan nicht gut standen.

»Und diese Frau aus Amerika? Was geschieht, wenn die den Hof nicht verkauft?«

»Das wird sie früher oder später tun«, erwiderte Fletschinger, als gäbe es gar keine andere Möglichkeit. »Wenn die anderen beiden auch mitmachen – und danach sieht es aus –, wird der Druck auf sie größer.«

»Du bist dir sicher, dass die Zauberkünstler und der Sicherheitsmensch verkaufen würden?«

»Die Zauberkünstler, wie du sagst, verdienen mit ihrer Bühnenshow seit Corona bestimmt nicht mehr viel. Denen käme ein gewinnbringender Verkauf gelegen.«

»Und der verkrachte Polizist? Sein Sicherheitsdienst läuft in diesen Zeiten doch wie geschmiert, oder?«

Fletschinger lächelte. »Das lass nur mal meine Sorge sein. Zumindest sein heißes Mädel ist zu etwas zu gebrauchen.«

Dennis stutzte. »Wie darf ich das verstehen?«

Fletschinger schwieg.

22

Mary war nach dem Gespräch mit dem Beamten des Polizeipostens frustriert zurückgefahren. Es schien, als habe sie von dort keine Unterstützung zu erwarten. Aber der Hinweis, diesen ehemaligen Kommissar Häberle zu kontaktieren, versprach gewisse Hilfe. Sie hatte sich vorgenommen, dort noch heute anzurufen. Zuvor aber wollte sie den ehemaligen Polizisten Leo Temme aufsuchen, der ihr zwar beim ersten Treffen ein bisschen überheblich vorgekommen war, den sie aber zunehmend sympathisch fand. Sein Geländewagen stand vor dem alten landwirtschaftlichen Gebäude, das ähnlich verfallen wirkte wie das ihrige.

Weil statt einer Klingel sich nur ein paar Drähte aus der Wand schlängelten und einer weiteren Installation harrten, klopfte Mary kräftig gegen die Holztür, worauf die junge Frau öffnet, deren Beine wie kürzlich aus allzu engen Shorts ragten. Mary sagte: »Hallo, stör ich gerade?«, und bekam ein freundliches »Nein, überhaupt nicht« zu hören. Die Frau, an deren Namen Amal sich Mary erinnerte, ging durch einen dunklen Flur voraus in ein Esszimmer, in dem Temme vor einem Laptop saß, sich aber sofort erhob.

»Welche Ehre«, entfuhr es ihm verlegen. »Frau Quinbek, herzlich willkommen.« Er klappte den Laptop zu, schob einige Akten beiseite und bot ihr einen Platz an, während Amal zwei leer getrunkene Kaffeetassen in die Spüle stellte. Als sie sich umdrehte und zurückkam, schob sich ihr Tattoo in Marys Blickwinkel. Es waren einige bläuliche Buchstaben, die auf heller Haut unter dem Saum der Shorts hervorstachen. Mary tat jedoch so, als habe sie dies nicht wahrgenommen, sondern wandte sich Temme zu: »Entschuldigen Sie, wenn ich so unangemeldet hereinplatze. Aber Sie haben mir doch Ihre Hilfe angeboten.«

»Sehr gerne«, lächelte er so freundlich, wie sie es kürzlich, als sie vor ihrem Haus gesessen waren, sehr geschätzt hatte. »Gibt es Probleme mit Ihrem Hof?«

»Nicht direkt, nein.« Mary musterte das auf sehr jung geschminkte Gesicht der Frau, die sich zu ihnen gesetzt hatte und aufmerksam zuhörte. »Nicht direkt, nein, keine Probleme«, wiederholte Mary schnell. »Ich versuch gerade, mich von dem Gedanken an Spuk und böse Geister zu befreien.«

»Ach«, staunte Temme und grinste. »Alte Häuser haben das so an sich.«

»Und ein Gedächtnis«, ergänzte Mary, denn ihr war eingefallen, dass Temme dies erwähnt hatte. »Aber manches, was sich so tut, werden Gespenster wohl nicht tun«, fuhr sie fort, obwohl sie sich eingestehen musste, innerlich an dieser Feststellung zu zweifeln.

»Gespenstergeschichten gibt es zuhauf«, beruhigte er sie. »Aber man sollte sich davon nicht ängstigen lassen.« Er überlegte kurz. »Oder ganz einfach solche Orte des Grauens verlassen.«

Mary stutzte und empfand den starren Blick, den Amal aus großen schwarzen Augen auf sie richtete, als unangenehm. Temme schien die Irritation bemerkt zu haben, weshalb er kurz stockte, es dann aber doch riskierte, ihr einen Vorschlag zu machen: »Wenn Sie gestatten, bleibe ich mal eine Nacht lang in Ihrem Haus.«

Mary war zum zweiten Mal innerhalb einer Minute konsterniert. Sie wich seinen Blicken aus, während Amals Miene Verwunderung verriet.

Temme lächelte. »Keine Sorge, gnädige Frau«, er hatte wieder diesen charmanten Ton an sich, »das ist kein plumpes Angebot. Und Amal hat da sicher auch nichts dagegen.« Er streichelte ihr über die schulterlangen schwarzen Haare. »Sie ist es gewohnt, dass ich manchmal außergewöhnliche Aufträge erledige. So ist es doch, Amal?«

Amals zustimmendes Nicken wirkte in Marys Augen nicht sonderlich überzeugend, doch Temme ergänzte stirnrunzelnd: »Unser Job als Security erfordert manchmal den vollen Körpereinsatz.«

Mary versuchte, das Gesagte nachzuvollziehen. Temme war ihr überaus sympathisch, aber die Rolle seiner Freundin, die seltsam abwesend erschien, erschloss sich ihr nicht. Doch das ging sie schließlich auch nichts an, entschied sie und ließ die Frage, ob er bei ihr übernachten könne, unbeantwortet. Sie wechselte das Thema und erklärte, beim Polizeiposten in Laichingen gewesen zu sein, wo man ihr vorgeschlagen habe, einen pensionierten Kriminalisten namens Häberle hinzuzuziehen.

»Häberle«, echote Temme schnell und ziemlich ungläubig. »Den alten Häberle?«

»Kennen Sie ihn?« Marys Interesse stieg.

»Kennen ist zu viel gesagt. Er soll sehr erfolgreich gewesen sein.« Temme blinzelte zu Amal hinüber. »Er war mal in Göppingen und wurde vor zehn Jahren im Zuge dieser komischen Polizeireform dem Präsidium Ulm zugeordnet. Jetzt ist Häberle längst im Ruhestand.«

»Und was macht er nun?«

»Mischt sich manchmal in alte Geschichten ein. Wenn Sie mich fragen: ein Besserwisser, der nicht loslassen kann.«

»Also nicht gerade der Richtige, um ihn um Rat zu fragen?«, bohrte Mary weiter.

»Wenn Sie mich so fragen: nein, ganz sicher nicht. Er ist viel zu lange aus dem Job raus.« Wieder das Lächeln, das Mary so unwiderstehlich fand. »Wenn Sie Schutz und Beistand brauchen, verehrte Frau Quinbek, dann ist es besser, Sie wenden sich an einen Nachbarn.«

»Nachbarn?« Mary wusste für einen Moment nicht, worauf er anspielte.

»Ja, Nachbarn.« Der Mann sah ihr tief in die Augen. »Und dieser Nachbar heißt Leo. Sie dürfen gerne Leo zu mir sagen.«

23

Mary hatte mit den beiden noch eine Tasse Kaffee getrunken und sich dann verabschiedet. Dass ihr Temme das »Du« angeboten hatte, war völlig unerwartet über sie hereingebrochen. Und dass er sie beim Verlassen des Hauses auch in den Arm genommen hatte, erschien ihr im Nachhinein, während sie mit ihrem Polo über den asphaltierten Feldweg zurückfuhr, surreal. Ihr Gefühl schwankte zwischen Misstrauen und Freude. Ja, es gab tatsächlich eine Freude über diese warme Zuneigung, die Temme sie spüren ließ. Andererseits, so mahnte sie die innere Stimme, lebte er doch mit dieser Amal zusammen. War sie nur eine Mitarbeiterin, sozusagen das zwangsläufig wichtige weibliche Element in dem Security-Unternehmen, oder musste sie es einfach hinnehmen, wenn er sich zu einer anderen Frau hingezogen fühlte? Jedenfalls wollte sich Mary keinesfalls davon abbringen lassen, diesen Häberle anzurufen, der so schlecht nicht sein konnte, wenn ihn der bodenständige Ex-Kollege aus Laichingen ihr empfohlen hatte.

Tief in solche Gedanken versunken – ein bisschen irritiert, aber auch beschwingt –, hätte sie in der tief stehenden Sonne am Zufahrtsweg beinahe den mit gelben Sternen beklebten schwarzen BMW übersehen. Sie bremste scharf ab, was der Magier hinterm Steuer des von hinten und eindeutig vorfahrtsberechtigt herankommenden Wagens ebenfalls tat. Die Motorhauben beider Autos standen sich seitlich, drohend nur knapp zwei Meter voneinander entfernt, gegenüber.

Mary hatte wieder mal den Motor abgewürgt und spürte weiche Knie, als Petro Kalaric, ganz in Schwarz gekleidet, ausstieg und zu ihr herkam, gefolgt von Anja, die ein kurzes Kleid trug, das bei ihrer Statur ziemlich gewagt erschien, aber Mary vermuten ließ, dass es ihre Auftrittskleidung für die Zaubershow war.

»Das war aber knapp«, grinste Petro, was Mary für einen Augenblick auf die Bekleidung seiner Frau gemünzt meinte, dann aber sofort kapierte, worum es ihm ging.

»Tut mir leid, aber ich war in Gedanken«, stammelte sie, worauf des Zauberers Frau beruhigte: »Keine Sorge. Schnelle Reaktion unsererseits. Wissen Sie, wir haben eine Vorahnung auf das, was kommen kann.« Sie lachte schrill.

»Meine Frau meint, wir können zaubern.« Es sollte wohl Selbstironie sein, dachte Mary, doch es war ihr nicht zum Scherzen.

»Waren Sie beim Polizisten?«, fragte Petro und deutete auf den Schattenhof, aus dessen Zufahrt sie gerade hatte einbiegen wollen.

Mary wusste, dass es keinen Sinn machte, die Frage nicht zu bejahen. »Ich versuche immer noch rauszukriegen, was mit meinem Verwandten geschehen sein könnte.«

»Habe ich Ihnen doch schon angedeutet«, wurde Anja nun derb und direkt. »Selbstmord, und dann die Leiche von Füchsen gefressen. Hat dieser Temme mal gesagt.«

Petro wirkte mäßigend, als er anfügte: »Anja meint, dass sich von Herrn Aubele wahrscheinlich nichts mehr findet.«

»Aber ich kann Ihnen vielleicht behilflich sein«, beharrte Anja, deren luftiges Kleidchen von einem Windstoß erfasst wurde, weshalb sie es reflexartig mit beiden Händen gegen die Schenkel presste, während ihre wilden schwarzen Haare nach allen Seiten wehten. »Ich könnte es mal mit Pendeln probieren.«

»Anja befasst sich mit Spiritismus, womit unsere Bühnenshow aber gar nichts zu tun hat«, beeilte sich Petro zu erklären, dessen Atem nach Knoblauch roch.

»Petro hält nichts davon«, sagte die Frau. »Aber wir könnten es mal probieren. Das Pendel über einer Landkarte weist vielleicht den Weg zur Leiche.«

Mary ging nicht darauf ein, zumal ihr die Frau bereits wegen ihres unerwarteten Auftauchens auf dem Dachboden suspekt erschienen war. Petro warf sich wieder hinters Steuer und deutete auf seine Armbanduhr, was wohl an einen anstehenden Termin erinnern sollte.

»Ich würde Ihnen gern helfen«, blieb Anja hartnäckig und wischte sich Schweiß von der Stirn. »Wenn Tote keine Ruhe finden, machen sie sich bemerkbar. Und dies kann sich in dem Pendel zeigen.«

Drei Worte waren es, die Mary aufhorchen ließen: »Tote keine Ruhe«. Anja schien ihre Verunsicherung zu bemerken, denn sie ließ nicht locker: »Wir könnten es auch mal mit einer spiritistischen Sitzung versuchen. Vielleicht mit Gläserrücken.«

Mary hatte schon davon gehört. Gemeint war wohl ein parapsychologisches Experiment, bei dem ein umgedrehtes Glas über den Tisch geschoben wurde, um angeblich aus dem Jenseits Fragen beantwortet zu bekommen.

»Wir können das gerne versuchen«, drängte Anja, aber Mary lehnte kopfschüttelnd ab und wandte sich der Fahrertür ihres Polos zu.

Die Varieté-Künstlerin stieg in den mit Sternen beklebten BMW. Der Mann am Steuer drängte auf Eile, gab Gas und ließ den Wagen mit quietschenden Reifen auf dem Feldweg davonpreschen. Mary setzte sich langsam in ihren Polo und ließ den Vorschlag Anjas in sich nachklingen. »Wenn Tote keine Ruhe finden«, hatte die Frau gesagt. Absicht oder nur eine Floskel?

Mary wollte nicht länger darüber nachdenken und sich schon gar nicht zu einer spiritistischen Sitzung überreden lassen. Sie würde es niemals ertragen können, mit Aubele im angeblichen Jenseits Kontakt aufzunehmen. Im Übrigen war dies ohnehin Humbug, dachte sie und überlegte, welches Ziel diese Anja damit verfolgen wollte.

Sie startete den Motor und fuhr gemächlich zu ihrem Eulenhof, wo sie den Wagen direkt neben der Tür parkte. Als sie ausstieg, schlug ihr die frühabendliche Hitze des Sommertages entgegen. Vor dem Betreten des Gebäudes wollte sie um den Komplex gehen, um zu prüfen, ob es irgendetwas Verdächtiges gab. Doch auf den ersten Blick schien sich niemand herumgetrieben zu haben. Einige Stauden und Gräser vor dem Stall waren zwar abgeknickt, aber dies war wohl auf die anhaltende Hitze und Dürre zurückzuführen. Die nächsten Tage sollten unbedingt ein paar Tropfen Regen bescheren.

Mary ging am Stall entlang, besah sich kurz die stabile Tür, die unberührt und fest verschlossen erschien, und umrundete anschließend den Querbau der Scheune, hinter der eine laut zirpende Grille ein besonders heftiges Konzert von sich gab. Mary lauschte ihr einen Moment und bahnte sich dann durch den hohen Bewuchs einen Weg zu den Fahrspuren, die ihr Polo auf diesem winkelförmigen innenhofartigen Platz hinterlassen hatte, als er dort geparkt gewesen war.

Zufrieden stellte sie fest, dass weder am alten Stall noch an der Scheune eines der vergitterten Fenster beschädigt war und nichts danach aussah, als sei während ihrer heutigen Abwesenheit etwas verändert worden. Doch dann, als sie am Wohnhaus entlang zur Zufahrt zurückging, schob sich vor ihren Füßen etwas in ihren Blickwinkel, das sich am Boden zwischen geknickten Gräsern vom trockenen Erdreich abhob. Etwas Rostiges, Metallisches. Sie blieb ste-

hen und bückte sich – und erkannte, dass es ein verrosteter Schlüssel sein musste. Nicht für ein Sicherheitsschloss,
sondern einer mit Bart, also für eine herkömmliche Zimmertür. Sie fasste vorsichtig mit Daumen und Zeigefinger
den Ringabschluss des Schafts und zog das Fundstück sanft
aus dem nachwachsenden Gras, das sich seiner noch nicht
vollständig bemächtigt hatte.

Mary erhob sich und drehte den Schlüssel nach allen Seiten, um ihn genau betrachten zu können. Er war mit fei-
nem Rost überzogen, und der wellenförmige Bart mit seiner
Zickzack-Struktur wies einige Kratzer auf, die im Sonnenlicht glitzerten.

Mary behielt ihn in der Hand, nahm ihn mit ins Haus
zurück und verstaute ihn in einer der Schubladen, die mit
allerlei Kleinkram gefüllt war. Überall würde es noch viel
zum Entrümpeln geben, dachte sie und ging ins Bad, dessen moderne Einrichtung im krassen Kontrast zum übrigen Haus stand, obwohl die sanitären Gegenstände nur aus
einem Billigmöbelhaus stammten. Immerhin konnte sie
duschen, auch wenn die Heizung, für die man ihr einen Flüs-
siggastank neben das Haus gestellt hatte, an diesen Sommer-
tagen gar nicht lief. Das Wasser, das jetzt über ihren nackten
Körper strömte, war deshalb zwar kalt, aber für einen Tag
wie heute sehr erfrischend. Während sie dies genoss und die
Entspannung fühlte, die sich ihrer bemächtigte, konnte sie
ihre Nacktheit im Spiegel gegenüber betrachten. Zufrieden
stellte sie fest, dass es kaum Fettpölsterchen gab und sie mit
ihren 50 Jahren etwas von ihrer Jugend bewahrt hatte. Nur
wenige Falten im Gesicht, stellte sie jedes Mal bei ihrem
Spiegelbild fest. Für einen kurzen Moment huschte ihr ein
geradezu befremdlicher Gedanke durch den Kopf: Würde
sie Leo Temme gefallen? Absurd, völlig absurd, wehrte sie
diese plötzlich aufgeflammte Vision ab. Temme. Das mochte

ein charmanter Schmeichler sein, aber gewiss von jüngeren Frauen umschwärmt werden, wie diese Amal eine war. Als ehemaliger Kriminalist fühlte er sich womöglich wie eine Art James Bond, als Frauenheld sozusagen. Auch wenn sie ihm anfangs ziemlich skeptisch gegenübergestanden war, wurde sie den Gedanken an Leo nicht los, der doch auch seinerseits Interesse an ihr hatte durchblicken lassen. Oder hatte sie seinen Vorschlag, bei ihr nächtigen zu wollen, missverstanden? War es nur ein fürsorgliches Angebot gewesen, sie während dieser Horror-Nächte zu beschützen? Dabei hatte sie ihm doch noch gar nicht alles anvertraut.

Von diesen schwankenden Gefühlen geleitet, war sie aus der Dusche gestiegen und rubbelte sich das kalte Wasser vom nackten Körper. Gerade noch hatte sie diese Frische als angenehm empfunden, jetzt aber fröstelte sie – und wurde gleichzeitig von einem kräftigen Pochen gegen die hölzerne Haustür aufgeschreckt. Es gab niemanden, den sie erwartet hätte. Und bemerkbar konnte sie sich jetzt unmöglich machen. Nackt und fröstelnd. Einfach still bleiben und warten? Nein, dazu war die Neugier zu groß. Vielleicht war es ja sogar Leo … Sie bräuchte sich nur in das Badetuch zu hüllen, vor ihm stehen und erklären, dass sie leider gerade aus dem Bad komme …

Nein, sie verdrängte diesen aufkommenden wilden Gedanken. Selbst wenn Leo da draußen stehen würde, wäre es geradezu anbiedernd, ihn halb nackt zu empfangen. Dann zuckte Joe durch ihren Kopf. Joe, den sie sehr vermisste und den sie gerne einmal über ein Video-Telefonat wiedergesehen hätte – oder sich ihm zeigen wollte, vielleicht unter der Dusche. Aber in dieser funknetzschwachen Gegend war es unmöglich, solche intimen Gespräche innerhalb eines Hauses zu führen. Sie konnte sich doch unmöglich in aufreizender Pose vors Haus setzen, um mit Joe ein Video-

Telefonat über WhatsApp zu führen. Auf welche Ideen sie plötzlich kam! Darüber selbst entsetzt und von einer undefinierbaren Sehnsucht nach Temme ergriffen, warf sie das Handtuch beiseite und zog sich hastig an, während sich das Pochen gegen die Tür wiederholte und heftiger wurde. Jemand schien davon auszugehen, dass sie daheim war, worauf ihr draußen geparktes Auto hindeuten konnte. Sie zerrte atemlos ihre engen Jeans über die Beine, schlüpfte in das T-Shirt und zupfte ihre leicht angefeuchteten schulterlangen Haare zurecht. Inzwischen pochte es ein drittes Mal. Sie eilte durch den dunklen Flur und hielt kurz inne. War es nicht leichtsinnig, einfach zu öffnen? Sie atmete ein Mal kurz durch und rief: »Hallo? Wer ist da?«

Eine dumpf klingende Männerstimme drang herein, die nicht nach Temme klang, stellte sie fest und lauschte. »Freudenreich. Ich bin's, der Bürgermeister.«

Mary spürte so etwas wie Enttäuschung und öffnete die Tür. Freudenreich stand vor ihr und entschuldigte sich für die Störung, verwies aber sogleich darauf, dass er sie leider auf ihrem Handy nicht habe erreichen können. Es gebe allerdings »etwas Wichtiges« zu besprechen. Mary war sichtlich überrascht und bat den Bürgermeister ins Wohnzimmer.

»Wenn Sie am Abend noch kommen, muss es wohl wirklich etwas Wichtiges sein«, stellte sie fest und nestelte an ihrem engen T-Shirt, das ihre weiblichen Formen betonte.

»Ich bin beunruhigt«, kam Freudenreich sofort zur Sache. »Unser Polizeiposten in Laichingen hat mich darüber informiert, dass es auf unserer Gemarkung zu einer mutwilligen Sachbeschädigung gekommen ist. An Ihrem Fahrzeug.«

Mary nickte und war auf weitere Ausführungen gespannt.

»Es scheint, als habe man es auf Sie abgesehen«, erklärte Freudenreich.

»Sie sagen ›man‹! Haben Sie denn jemanden im Auge?«

»Leider niemand Bestimmtes, Frau Quinbek. Aber Sie haben dem Beamten in Laichingen gegenüber wohl angedeutet, dass Sie sich gewissen Anfeindungen ausgesetzt fühlen.«

Mary stellte klar: »Nicht Anfeindungen, sondern gewissen Angriffen.«

»Wir sind eine friedliche Gemeinde«, entgegnete Freudenreich und verschränkte selbstgefällig die Arme vor der Brust. »Und das soll auch so bleiben. Ich möchte keine Unruhe.«

Mary sah die Gelegenheit zu einer Bemerkung gekommen: »Vielleicht sind es aber einige Umstände, die den Dorffrieden stören.«

»Machen wir's kurz«, entschied der Bürgermeister, denn er wollte endlich Klarheit. »Sie wissen, dass Planungen im Gange sind, hier draußen ein Gewerbegebiet zu entwickeln.«

»Das ist mir bekannt«, gab Mary schnippisch zurück, denn längst hatte sie Freudenreichs Kommen durchschaut. »Aber ich habe Ihnen bereits angedeutet, dass mein Mann und ich in Erwägung ziehen, uns hier niederzulassen.« Das war gelogen, aber auch sie wollte klare Verhältnisse schaffen und sich nicht so leicht vertreiben lassen.

»Es wäre für alle Beteiligten eine einmalige Chance, diese alten Höfe zu verkaufen«, blieb Freudenreich entschlossen. »Jeder Cent, den Sie in so ein baufälliges Gebäude investieren, ist in den Sand gesetzt.«

»Weshalb haben Sie denn so ein großes Interesse, uns zum Verkauf zu zwingen?«

»Von ›Zwingen‹ kann keine Rede sein. Ich schlage Ihnen im Interesse der Gemeinde Unterhöllenstein nur ein Geschäft vor. Im Übrigen sieht es ganz danach aus, als wären die anderen drei nicht abgeneigt, gewisse … nennen wir's mal … Spekulationsgewinne mitzunehmen.«

»Der Fletschinger wäre da sicher nicht abgeneigt«, fuhr Mary dazwischen, wohl wissend, dass dieser Immobilienhändler möglicherweise hinter Freudenreichs Ansinnen steckte.

Der Bürgermeister machte eine abwertende Handbewegung. »Der hat das gar nicht nötig. Aber er würde uns mit seinem Know-how hilfreich zur Seite stehen. Ich schätze seine Connections in die Wirtschaft. Was wir hier oben brauchen, sind potente, umweltverträgliche Unternehmen.«

»Natürlich«, kommentierte Mary mit ironischem Unterton. »Nur Unternehmen der IT-Branche. Mit Hunderten von Arbeitsplätzen.«

»Das ist die Zukunft, Frau Quinbek. In den USA hat man das längst erkannt. Zumindest in Kalifornien, im Silicon Valley, in Cupertino.« Er tat so, als kenne er sich dort aus, doch hegte Mary Zweifel, ob er überhaupt jemals in den Staaten war, in denen bei Weitem nicht jeder einen gut bezahlten Job in der Elektronikbranche hatte. Nur allzu gut wusste sie von ihrem Sohn Patrick, wie hart es in der IT-Branche zuging. Es war ein Wunder gewesen, dass er es aus kleinen Verhältnissen heraus zum obersten Manager eines börsennotierten IT-Konzerns in Anchorage gebracht hatte. Der Name Patrick Quinbek hatte in den Staaten einen guten Klang. Oft wurde er, was seinen beruflichen kometenhaften Aufstieg anbelangte, in einem Atemzug mit den Microsoft- und Apple-Gründern genannt. Patrick zählte zu denen, die allen Grund hätten, »America great again« zu machen, wie dieser herrschsüchtige Donald Trump es in seinen großspurigen Wahlkampfreden ohne Sinn und Verstand immer hinausposaunt hatte.

»Sie werden verstehen«, fuhr Freudenreich fort und holte Mary aus diesen Gedanken zurück, »auch als Gemeinde muss man die Zeichen der Zeit erkennen. Und mir persönlich ist sehr viel daran gelegen, Unterhöllenstein in eine gute Zukunft zu führen.«

»Und die Zeichen der Zeit stehen günstig?«

Freudenreichs Stimme wurde sanfter. »In der Tat. Die Zeichen stünden günstig. Sie werden bemerkt haben, dass in Deutschland die Investitionsfreude nicht sehr groß ist, wenn man mal von dem Herrn Elon Musk absieht, der in Brandenburg eine ganze Autofabrik aus dem Boden gestampft hat. Das ist ihm aber auch nur deshalb so schnell gelungen, weil er sich über viele Bestimmungen hinweggesetzt und manches erst hinterher hat genehmigen lassen. Leute, die so viel Geld haben wie der, fürchten sich nicht vor Bußen und Sanktionen. Die machen halt …«

»Aber Sie wollen es den Investoren erleichtern, nehme ich an?« Mary hatte viel über deutschen Bürokratismus und lange Entscheidungswege gelesen. Spontan fielen ihr die langen Genehmigungsverfahren für Windkraftanlagen ein. Da hatten die Deutschen vollmundig eine Energiewende angekündigt – und sich dann selbst Steine in den Weg gelegt. Der Bürokratismus hatte seit ihrem Weggang geradezu explosionsartig zugenommen.

»Verehrte Frau Quinbek«, Freudenreich holte Luft, als wolle er damit seine Ungeduld zum Ausdruck bringen, »es gibt Investoren, denen die Zeit unter den Nägeln brennt. Sie könnten sich genauso gut drüben in Merklingen ansiedeln, wo es den neuen Bahnhof gibt und einen Autobahn-Anschluss. Aber wir hätten die einmalige Chance, diese, ich sag mal, nahezu verfallenen landwirtschaftlichen Gehöfte und die Areale drumrum einer neuen, zukunftsträchtigen Nutzung zuzuführen.«

Mary wagte eine Bemerkung. »Mit tatkräftiger Hilfe des Herrn Fletschinger.« An Freudenreichs Gesicht erkannte sie, dass ihr unerwarteter Einwand ihn tief getroffen hatte.

Er griff sich verlegen an den Krawattenknoten und quälte sich ein Lächeln ab. »Bei Entscheidungen dieser Art ist es völlig unerheblich, wer als Person dahintersteht. Aufgabe der Gemeinde ist es, Voraussetzungen für eine weitere Entwicklung zu schaffen.«

»Was aber nicht allein der Bürgermeister entscheiden kann, soweit ich weiß«, konterte Mary, die von Minute zu Minute ihre anfängliche Scheu vor Freudenreichs Autorität verlor. Der Bürgermeister wurde schlagartig an nicht gerade erbauliche Diskussionen im Gemeinderatsgremium erinnert, in dem er noch einige Kämpfe würde durchstehen müssen. Auf dem Lande galt oftmals noch immer das Wort eines Großbauern mehr als das des Bürgermeisters. Freudenreich war sich sehr wohl der Gefahr bewusst, den kleinen Ort zu spalten und erhebliche Unruhe auszulösen. Aber wenn Unterhöllenstein die Finanzen nicht mit Steuereinnahmen aufbesserte, wie sie große Betriebe bescheren konnten, drohte irgendwann die Eingemeindung in einen der Nachbarorte. Genau mit einem solchen Schreckensszenario hatte er seine Gemeinderäte schon mehrfach konfrontiert.

»Fletschinger«, griff er den von Mary erwähnten Namen auf, »der mag ein cleverer Immobilienmakler sein, aber ob er überhaupt in der Lage wäre, ein solches Vorhaben zu projektieren und und zu vermarkten, steht auf einem ganz anderen Blatt.« Er entschied, einen weiteren Aspekt anzusprechen: »Im Übrigen muss es nicht unbedingt Gewerbe sein. Da ist das letzte Wort keinesfalls gesprochen. Man könnte auch Anlagen zur Gewinnung regenerativer Energie installieren. Windkraft, Fotovoltaik. Das liegt voll im Trend. In Deutschland spricht man von Energiewende. Dagegen zu kämpfen, wäre wenig sinnvoll.«

Mary entsann sich an das erst kürzlich mit Fletschinger geführte Gespräch, bei dem dieser unverhohlen erklärt hatte, ihr Haus »versilbern« und ihr eine Geldanlage in der Schweiz anbieten zu wollen. Und auch Freudenreich hatte ihr gegenüber behauptet, Aubele habe das Anwesen verkaufen wollen.

Mary hätte sich in diesem Moment gewünscht, Joe an ihrer Seite zu haben, der sich in solchen Gesprächen klar positionieren konnte – auch wenn es nicht immer in ihrem Sinne gewesen war. Aber nun galt es, innerhalb weniger Minuten eine wegweisende Meinung zu sagen. Obwohl sie noch immer daran zweifelte, wie Joe zu ihren Umzugsplänen nach Deutschland stand, sprudelte es aus ihr heraus: »Ich werde nicht verkaufen. Egal, was geschieht.« Sie hörte sich dies sagen, als spreche jemand anderes aus ihr.

Freudenreichs Augenbrauen verengten sich.

»Egal, was geschieht«, wiederholte er in einem Tonfall, der Mary erschreckte. »Bedenken Sie«, fuhr er fort, »mit so einem alten Haus kann viel geschehen. Finanziell ein Fass ohne Boden. Haben Sie die Statik des Daches schon prüfen lassen? Kennen Sie die Vorschriften zur energetischen Sanierung? Fotovoltaik und Solar? Wenn Sie zu sanieren beginnen, werden Sie all dies berücksichtigen müssen. Der Kaminfeger wird Brandschutz fordern – und letztlich sollten Sie nicht vergessen, dass auch der Boden verunreinigt sein könnte. Früher ist man in der Landwirtschaft nicht so sorgfältig mit Diesel und anderen Kraftstoffen umgegangen. Da könnten im Erdreich Altlasten schlummern, deren Beseitigung nicht selten in die Millionen geht. Ich an Ihrer Stelle wäre froh, das alte Zeug noch mit Gewinn loszuwerden.«

Mary ließ sich nicht beirren und brachte mit ihrer folgenden, schnippisch klingenden Bemerkung zum Ausdruck, dass sie das Gespräch beenden wollte: »Ich werde darüber nachdenken, aber so leicht, wie Sie sich das vorgestellt haben, werden Sie mich nicht los.« Und dann sagte sie etwas, das den Mann irritierte: »Vielleicht gibt es hier sogar Altlasten ganz anderer Art.«

Freudenreich erhob sich und entgegnete so gelassen, wie es ihm in diesem Moment möglich war: »Ich wollte Ihnen nur gut gemeinte Ratschläge geben und Sie warnen.«

Mary, die ebenfalls aufgestanden war, fühlte sich bedrängt. »Sie wollen mich warnen? Wie darf ich das verstehen?«

»Genau, wie ich es gesagt habe, gnädige Frau. So ein altes Haus steckt voller Gefahren. Sie sollten auf meinen Rat hören. Mehr nicht.«

24

Als Freudenreich angesäuert gegangen war, ließ sich Mary in einen Sessel fallen, um erschöpft durchatmen zu können. Sie brauchte einige Minuten Zeit, um das Gespräch auf sich wirken zu lassen. Für sie bestand aber keinerlei Zweifel, dass der Bürgermeister sein Ziel hartnäckig verfolgte. Und dabei hatte er wohl eher die Ansiedlung von Betrieben im Auge als Windräder und Fotovoltaik. Diesen »Joker« hatte er doch erst gezogen, nachdem ihm klar geworden war, dass sie sich für ein Gewerbegebiet gleich gar nicht erweichen ließ.

Mary hatte jetzt das Bedürfnis, Joe über den aktuellen Stand zu informieren. Sie nahm das Handy und setzte sich des Handynetzes wegen wieder auf die Bank vors Haus, wo es noch immer sommerlich warm war, obwohl die Sonne gerade hinterm Horizont des hügeligen Landes verschwand. Bis sich Joe endlich meldete, musste Mary sechs Ruftöne abwarten. Unterdessen entschied sie, ihn nicht zu beunruhigen. Wahrscheinlich war es ohnehin ein Fehler gewesen, ihm von dem zerstochenen Reifen zu berichten. Da erschien es ihr nun für sinnvoll, die nächtlichen Geräusche vom Dach zu verschweigen. Joe hatte bei all ihren bisherigen Telefonaten keinerlei Begeisterung für dieses Gehöft in Germany gezeigt und sich allenfalls positiv darüber geäußert, dass es sich nah an einer zum Stuttgarter Flughafen führenden Autobahn befand.

Mary versuchte, sich zu entspannen und stimmlich auf Joe einen ausgeglichenen Eindruck zu machen. Sie erklärte, sich inzwischen gut eingelebt und auch Kontakt zu einigen Nachbarn aufgenommen zu haben. Ein Notartermin stehe an, sodass sie bald ganz offiziell Eigentümerin des Eulenhofs werde. Joe wollte allerdings wissen, ob das »County«, was in den USA eine Art Landkreis darstellte, die Umgestaltung und Sanierung des Hofes genehmige. Mary rang für einen Moment nach Worten und erklärte im amerikanisch klingenden Englisch: »Du weißt doch, dass die Behörden in Deutschland nicht die schnellsten sind.« Sie verschwieg das Gespräch mit dem Bürgermeister und lenkte ab: »Du solltest dir das mal selbst anschauen, Joe. Du wärst sofort verliebt in dieses alte Haus.«

Er ging nicht darauf ein, sondern wollte wissen, wie lange sie noch in Deutschland zu bleiben gedenke.

»Ich muss noch vieles erledigen, Joe«, entgegnete sie sanft. »Allein kann ich sowieso nicht entscheiden, was wir mit dem Haus machen. Das weißt du doch.«

»Vergiss bitte nicht, Mary, dass in Deutschland die Russen dicht vor der Tür stehen.« Da klang sie wieder durch, die tief sitzende Furcht vor dem »Reich des Bösen« – jene Bezeichnung, die einst Präsident Ronald Reagan für die damalige Sowjetunion gebraucht hatte. Jetzt, unter dem Eindruck des seit fünf Monaten andauernden Ukraine-Kriegs war Joe mehr denn je davon überzeugt, dass den Russen nicht zu trauen war.

»Du fehlst mir sehr, Mary«, sagte er. »Wir sollten nicht wegen dieses Hauses unsere gemeinsame Zukunft verbauen. In Arizona ist es schön. Das ist meine Heimat – und deine auch. Und die USA sind sicher.«

Mary vermied es, die Frage zu stellen, was denn geschähe, wenn dieser Donald Trump Ende 2024 wiedergewählt würde. Immerhin hatte er seine Wahlniederlage nie akzeptiert und sogar eine Art Putsch vor dem Capitol angezettelt.

»Es wäre so schön, wenn du kommen könntest«, sülzte Mary ins Handy, worauf Joe offenbar erkennen musste, dass ihm nichts anderes übrig blieb, als bald nach Deutschland zu fliegen. Niemals zuvor waren sie so lange getrennt gewesen wie in diesen Sommerwochen. Mary hatte in den langen Nächten, während denen sie schlaflos gewesen war, schon oft die grauenvolle Vorstellung verdrängen müssen, in Joes Leben könnte es eine andere Frau geben und er würde nur ihretwegen den versprochenen Flug hinauszögern. Seit einigen Stunden aber, das musste sie sich eingestehen, gab es auch für sie einen Mann, der sich immer wieder in ihre Gedanken schlich: Leo. Der würde sich vielleicht für das alte Haus begeistern … Nein, derlei Freude durfte sie nicht aufkommen lassen. Freude – oder Glücksgefühl. Oder was sonst?

»Hallo, bist du noch da?«, wurde sie plötzlich von Joes Stimme aus ihrer Gedankenwelt gerissen.

»Ja, ja«, beeilte sie sich zu erwidern und log: »Da war eine Unterbrechung in der Leitung.«

»Dir geht's aber gut?«, wollte Joe wissen, als spüre er, dass ihm Mary etwas verschwieg.

»Ja, alles bestens, Joe. Ich muss halt so vieles erledigen.«

»Und das mit deinem Auto. Auch alles okay?«

»Ja, alles wieder okay. Du brauchst dir keine Sorgen zu machen, Joe. Ich hab nur einen Wunsch: Komm zu mir.« Sie sagte dies, obwohl sie in diesem Moment an Leo denken musste, was jedoch, wie sie sich sofort eingestehen musste, eine völlig überzogene Wunschvorstellung war. Aber wenn Joe nicht kommen wollte? Sie kämpfte gegen diesen Gedanken, der sich ihrer bemächtigte, energisch an.

»Hast du noch Geld?«, fragte Joe, um seine Fürsorge zu zeigen, doch in Marys Ohren klang es wieder materialistisch und sachlich, wie ihr Mann schon immer gewesen war. Ein Zupacker eben, einer, der es zu etwas bringen wollte. Nach dem Ausscheiden aus der Armee.

»Es ist noch genügend auf dem Konto«, antwortete Mary. Joe hatte ihr immer wieder großzügig Geld überwiesen. Ohne seine Unterstützung hätte sie kein Mobiliar kaufen und keine Handwerker beauftragen können. »Du musst dir wirklich anschauen, was ich schon gemacht habe.«

Er versprach es zum wiederholten Male und bat Mary, vorsichtig zu sein. Ein Hinweis, der sie hellhörig machte.

»Ich bin immer vorsichtig, Joe. Wieso hebst du das so hervor?«

»Na ja, Mary. Du so ganz allein in einem alten Haus. Du

hast doch selbst schon gesagt, dass es manchmal unheimlich ist. Und alte Häuser können ganz schön unheimlich sein.«

Mary hatte dies oft genug gehört. Sie ging deshalb nicht darauf ein, sondern beendete das Gespräch mit einem angedeuteten Kuss. Inzwischen brach die Dämmerung herein.

25

Leo Temme konnte sehr zornig werden. Nach außen hin gab sich der ehemalige Kriminalist charmant und vornehm, doch war er im Umgang mit der jungen Frau, die er gerne als seine »Partnerin« bezeichnete, eher ruppig. Dass er sich dies leisten konnte, lag an ihrer gemeinsamen Vergangenheit, in der sich ihre Wege schicksalshaft gekreuzt hatten: er, der verdeckte Ermittler einer Spezialeinheit, sie das Opfer von Dealern und Zuhältern. Er war damals, vor 19 Jahren, noch ein junger, engagierter Polizist gewesen, sie hingegen hatte sich von Jugendbanden und deren Drogensumpf bereits mit 14 tief in ein asoziales Milieu ziehen lassen. Bei einer großen Razzia, die in einem illegalen Stuttgarter Bordell stattgefunden hatte, waren damals türkische Dealer und arabische Zuhälter festgenommen worden. Und noch schlimmer, wie es Temme damals empfand, auch junge Mädchen, die im Keller einer Baracke wie Sklavinnen gefangen gehalten worden waren. Amal war eines dieser Mädchen, gerade mal 15 Jahre alt, irakischer Abstammung, drogensüchtig und auf der Flucht nach Mitteleuropa von den Eltern getrennt worden. Temme hatte sie damals aus den Fängen der brutalen Zuhälter befreit und bei der anschließenden Vernehmung nicht nur Mitleid, sondern auch eine gewisse Zuneigung für sie verspürt.

Amals verlorene Kindheit und das Abgleiten in den Sumpf der Unterwelt hatten ihn sehr berührt und für einige Momente vergessen lassen, dass sie offenbar nicht nur das Opfer von brutalen Zuhältern gewesen war, sondern auch selbst Drogendeals eingefädelt hatte. Dieser Umstand, den sie zu verheimlichen versuchte, drohte ihr eine Jugendstrafe von einem Jahr und länger einzubringen. Sie wusste natürlich, dass sich hinter dieser harmlos erscheinenden Bezeichnung nichts anderes als ein Gefängnis für Jugendliche verbarg. Heulend und schluchzend hatte sie bei der Vernehmung, zu der eine streng dreinblickende ältere Beamtin hinzugezogen worden war, immer wieder gefleht, ihr das Gefängnis zu ersparen. Temmes Kollegin hatte sich davon wenig beeindruckt gezeigt, wohingegen ihm das Verhalten des Mädchens nahegegangen war. Amal, die ihn mit ihren verweinten Augen verzweifelt angeschaut hatte, war daraufhin abgeführt worden. Ein Amtsrichter hatte Haftbefehl erlassen.

Der Blick, den sie ihm beim Hinausgehen zugeworfen hatte, war ihm nicht mehr aus dem Sinn gegangen. Ihn überkamen damals Zweifel, ob das Jugendgericht die Situation dieses Mädchens genügend berücksichtigen würde oder ob die Juristen die Beihilfe zu Drogendeals streng bewerteten und die Strafe hart ausfiel.

Temme konnte noch heute, viele Jahre später, nicht erklären, was ihn damals angetrieben hatte, ins Vernehmungsprotokoll einige subjektive Formulierungen aufzunehmen, die den Eindruck erweckten, das zur Prostitution gezwungene Mädchen sei eher in eine Opferrolle gedrängt worden. Wochen später hatte er deshalb sogar Kontakt mit deren Rechtsanwalt aufgenommen und Tipps auf mögliche Schwachpunkte in den Ermittlungsakten gegeben.

Dass er über ihn sogar schriftlichen Kontakt mit Amal im Gefängnis aufnehmen konnte und ihr suggerierte, dass »alles nicht so schlimm kommen« werde, war allerdings ein Schritt zu viel gewesen. Einer seiner Briefe wurde von der Vollzugsanstalt geöffnet und gelesen – mit der Folge, dass ein Disziplinarverfahren gegen ihn in Gang kam, das zu einem monatelangen juristischen Geplänkel zwischen ihm und dem Innenministerium führte – und zu seiner Entfernung aus dem Dienst.

Als gegen Amal und die Zuhälterbande verhandelt wurde, war er schon gar nicht mehr als Zeuge geladen worden, weil man ihn für befangen erklärt hatte. Gerne wäre er als Zuhörer zum Prozess ins Landgericht gekommen, um Amal zu sehen, doch dann verwarf er diese Idee wieder. Später las er in der Zeitung, dass man sie zu einer einjährigen Jugendstrafe verurteilt hatte. Und zwar ohne Bewährung, weil Amal, so sah es der Richter, aufgrund ihres Vorlebens nicht erwarten lasse, künftig straffrei zu bleiben. Diese ungünstige Sozialprognose mache die Vollstreckung der Freiheitsstrafe zwingend erforderlich. Damit werde die Angeklagte von Drogen und dem Zuhältermilieu ferngehalten.

Allerdings wollte man ihr die Gelegenheit für eine schulische Ausbildung geben.

Als Temme dies gelesen hatte, raste sein Puls. Sein geschöntes Ermittlungsprotokoll war vermutlich gar nicht in die Akten eingeflossen. Und falls es doch aufgenommen worden war, hatten es die Richter möglicherweise sogar als strafverschärfend gewertet. Man konnte nie wissen, was in den Köpfen der Juristen vorging.

Temme hatte sich vorgestellt, wie erschrocken Amal dieses Urteil aufgenommen haben musste. Andererseits, so war es ihm bewusst geworden, konnte er ihr nun, da man ihn aus dem Dienst entfernt hatte, problemlos Briefe schreiben. Jetzt erst recht, hatte er sich damals geschworen, und fieberte dem Tag ihrer Entlassung entgegen. Etwas in ihm befeuerte den Wunsch, ihr ein besseres Leben zu bieten. Sofern sie dies wollte.

Jedenfalls war ein reger Briefwechsel in Gang gekommen, und Temme hatte den Eindruck gewonnen, dass sie seine Gefühle erwiderte. Doch gleichzeitig spürte er bei sich Misstrauen. Vielleicht waren die liebevoll klingenden Worte nur auf die Einsamkeit in ihrer Zelle zurückzuführen. Vielleicht war er nur ein winziger Strohhalm, an den sie sich klammerte – sie, die außerhalb der Zuhälterszene keine Freunde hatte. Vielleicht würde sie ihn beim Verlassen des Gefängnisses gar nicht beachten. Ein Jahr hinter Gittern hinterließ natürlich Spuren.

Temme hatte sich unterdessen ein neues berufliches Standbein geschaffen und einen Security-Dienst aufgebaut. In diesen unruhigen Zeiten war es einfach gewesen, entsprechende Aufträge an Land zu ziehen. Hatte er sich anfangs noch auf Personen- und Gebäudeschutz konzentriert, so brauchte er ziemlich schnell zuverlässige Mitarbeiter. Meist waren es pensionierte Polizeibeamte, die eine sinnvolle Beschäftigung suchten und denen er gerne Gelegenheitsjobs bot.

Als ihm dann der Anwalt von Amal mitteilte, sie würde nach neun Monaten bereits auf Bewährung entlassen, war er beinahe in Euphorie verfallen und hatte sie brieflich seine

Freude auf ein Wiedersehen wissen lassen. Denn in all den Monaten hatte er nie den Versuch unternommen, sie im Gefängnis zu besuchen. Stattdessen war ihm sehr viel daran gelegen gewesen, sie auf eine neue Zukunft vorzubereiten, bei der er ihr zur Seite stehen werde.

Sie war im Gefängnis, wie es der Jugendvollzug vorsah, erzieherisch und sozial auf geregelte Arbeit vorbereitet und sogar schulisch fortgebildet worden. In ihren Briefen hatte sie Temme stets versichert, dass sie diese Angebote gerne wahrnehme, es jedoch als sehr bedrückend empfinde, bereits am frühen Nachmittag wieder in die Zelle gesperrt zu werden, wo sie sich viel Zeit mit Briefeschreiben vertrieb.

Temme hatte sie dann vor dem Gefängnis abgeholt und sie zögernd in den Arm genommen, wogegen sie sich überhaupt nicht sträubte. Beiden schien es so, als hätten sie die Nähe des anderen schon viele Male gespürt.

Temme hatte damals erst vor wenigen Monaten den alten Aussiedlerhof erworben, wo er ihr ein »schönes Zuhause« versprach. Vorausgesetzt, so hatte er es ihr geschrieben, sie werde nicht wieder rückfällig und in dem großstädtischen Sumpf versinken. Aber hier oben auf der Schwäbischen Alb, fernab der großen Zentren, schien die Gefahr eher gering zu sein. Dass sie sich mit ihrer gemeinsamen Vorgeschichte und dem, was sich daraus entwickeln sollte, gegenseitig abhängig gemacht hatten, daran war an diesem Tag nicht zu denken gewesen.

26

Mary hatte nach dem Telefonat mit Joe beschlossen, jenen ehemaligen Kommissar August Häberle anzurufen, den ihr der Laichinger Polizist empfohlen hatte. Sie ging ins Haus zurück, holte den Zettel, auf dem sie die Telefonnummer notiert hatte, und setzte sich wieder ins Freie. Mit klopfendem Herzen legte sie sich die Worte zurecht, um nicht gleich abgewiesen zu werden. Dann tippte sie die Nummer in ihr Smartphone und bekam schon nach dem dritten Rufton eine sonore Stimme zu hören. »Häberle.«

Mary nannte ihren Namen, entschuldigte sich für die abendliche Störung und erklärte, wer ihr den Tipp gegeben hatte, ihn anzurufen.

»Na, dann lassen Sie mal hören, worum es geht«, sagte die Männerstimme, die sie als überaus angenehm empfand.

Mary versuchte, ihr Anliegen strukturiert und chronologisch darzustellen, und war überrascht, als Häberle bei der Nennung des Namens »Aubele« sofort einhakte: »Der alte Aubele. An diesen Fall kann ich mich noch lebhaft erinnern. Wir haben uns wochenlang mit dem Vermisstenfall beschäftigt.«

Mary war erleichtert und aufgeregt gleichermaßen, denn Häberle fragte: »Was ist mit dem? Ist er irgendwo aufgetaucht?«

Mary verneinte und fasste sich ein Herz, über die Vorkommnisse in und an dem Haus und von dem zerstochenen Reifen zu reden, um schnell hinzuzufügen: »Ich glaube nicht an Gespenster, Herr Häberle. Ganz gewiss nicht. Aber etwas in diesem Haus stimmt nicht.«

Häberle, der ihren Schilderungen über die Planung eines Gewerbegebiets gelauscht hatte, konstatierte sofort: »Wenn ich Sie richtig verstehe, könnte einigen Herrschaften daran gelegen sein, Sie zu vertreiben.«

Mary sah einigen Raben nach, die im Sturzflug auf einem entfernten Feld gelandet waren, so, als symbolisierten sie die Entspannung, die Häberle mit seiner Feststellung auslöste. Der Mann hatte offenbar ein gutes Gespür für die Ängste anderer.

»Inzwischen fürchte ich mich vor jeder Nacht«, räumte sie nun ein. »Ich höre Schritte im Haus und bilde mir ein, nicht allein zu sein.« Von den seltsamen Geräuschen auf dem Dach hatte sie ihm bereits eingangs erzählt.

»Eine konkrete Frage«, hörte sie Häberle sagen. »Glauben Sie denn, dass Ihr Verwandter noch lebt?«

Mary wusste für einen Augenblick keine Antwort, meinte dann aber: »Das kann ich mir nicht vorstellen. Nein.«

»Wenn ich Sie richtig verstehe«, kam es zurück, »dann würde es Ihnen helfen, wenn ich mal bei Ihnen vorbeikäme.«

Mary holte tief Luft. Der Mann hatte ihr Anliegen begriffen, bevor sie es sagen konnte. Häberle ließ sich die Adresse geben und den Zufahrtsweg erklären und versprach, gleich morgen früh vorbeizukommen. Auch wenn er für Spuk und Geister nie etwas übrig gehabt hatte.

27

Temme hatte einen unbändigen Zorn. Zwar mochte er Amal, aber obwohl sie nun seit Jahren zusammen waren, konnte sie ihn maßlos ärgern, bis hin, dass er sie hasste. Aber in mancher Angelegenheit war auch ein absoluter Verlass auf sie. Allerdings nicht, was eine regelmäßige Arbeit anbelangte. Vielleicht lag es daran, dass sie nach der Entlassung aus dem Jugendknast nie den Ehrgeiz gehabt hatte, einen Beruf zu erlernen. Dass sie in Eiscafés oder Bars als Bedienung gejobbt hatte und einmal auch in einem Supermarkt als Hilfskraft angestellt gewesen war, entsprach nie Temmes Vorstellungen. Irgendwann bemerkte er, das sie in zweifelhaften Bars und sogenannten Klubs wieder in eine Szene abdriftete, die einen Rückfall in den früheren Sumpf befürchten ließ.

Zunächst hatte er versucht, ihr klarzumachen, wie gefährlich dies sein könnte. Einmal war er sogar drauf und dran gewesen, sie aus dem Haus zu werfen. Doch jedes Mal, wenn es so weit war, hatte sie es mit ihren weiblichen Reizen verstanden, ihn wieder zu besänftigen. Eines Tages – er konnte nicht mehr genau sagen, wann dies gewesen war – hatte auch er sich wieder für dieses Milieu zu interessieren begonnen, das er aus seiner früheren Tätigkeit zur Genüge kannte. Immerhin war er als verdeckter Ermittler damals oft in diesen Sumpf abgetaucht und hatte es trefflich verstanden, sich darin entsprechend anzupassen und als einer der Ihrigen akzeptiert zu werden. Ein gefährlicher Job war dies allemal gewesen.

Einmal hatten sogar große Drogenbosse einen mächtigen Dealer in ihm vermutet und ihm vertraut. Auf diese Weise war ihm eine ganze Reihe von Kokain- und Heroinhändlern ins Netz gegangen samt Zuhältern, die sich blutjunger Mädchen bedienten, um Kundschaft anzuwerben. Amal war eines dieser Opfer gewesen, die die Täter meist aus dem Emigranten-Umfeld rekrutierten. Oft gerieten unbegleitete Mädchen in ihre Fänge, wenn diese nicht sofort von kommunalen sozialen Einrichtungen aufgefangen wurden. Oder sie sogar den Anschluss in eine einschlägige Szene suchten, wohin sie mit falschen Versprechungen gelockt wurden. Amal freilich war gewaltsam hineingezerrt worden, woran ihre Tätowierung erinnerte, mit der man sie als »Sklavin« gekennzeichnet hatte. Temme hatte ihr zwar mal einen Hautarzt vermittelt, der diese hieroglyphenartigen Buchstaben entfernen sollte, ihr aber nicht garantieren wollte, dass keine hässlichen Narben zurückblieben. Die gnadenlosen Gangster hatten nämlich nicht nur auf herkömmliche Weise tätowiert, sondern die Kennzeichnung sogar eingebrannt.

Inzwischen hatte sich Temmes Einstellung dazu geändert. Denn Amals Kontakte in den gesellschaftlichen Sumpf waren im Laufe der Zeit in mehrfacher Weise lukrativ. Einerseits sorgte die Frau angesichts ihrer einschlägigen Erfahrungen für ein gewisses finanzielles Zubrot, das er wohlwollend duldete, und andererseits eignete sie sich hervorragend für verdeckte Recherchen, die ihm für seine Aufgaben als Security-Dienstleister bisweilen hilfreich waren. Amal war raffiniert genug, um sich in gewisse Kreise einzufinden. Einmal hatte sie sogar, wie von einem Auftraggeber gefordert, bei einer Rotlicht-Stunde dem Manager eines großen Konzerns ein Unternehmensgeheimnis entlockt und einen Politiker über dessen bevorstehende Wahlkampf-Strategie zum Plaudern gebracht. Amal wusste um die Methoden, hielt sich als angebliche Geschäftsfrau an den Bars renommierter Hotels auf und geizte, meist sehr modisch kurzberockt, nicht mit ihren weiblichen Reizen, ohne jedoch plump und anbiedernd zu wirken. Temme besorgte ihr großzügig die jeweils passende Garderobe.

Die Geschäfte florierten, und Temmes Sicherheitsdienst genoss im südwestdeutschen Raum einen hervorragenden Ruf. Nur einige ältere Polizeibeamte, die sich seiner unrühmlichen Vergangenheit entsannen, verbreiteten bisweilen seltsame Gerüchte.

Amal gefiel dieses Leben, denn mit Temmes Unterstützung bestand ihre »Kundschaft« aus Männern der gehobenen Schicht. Sie war also dem schmutzigen Milieu von einst entronnen. Allerdings vermittelte sie, wenn es lukrativ erschien, auch gelegentlich ein paar »Deals mit Gras«, wie Drogenhandel oft verharmlosend bezeichnet wurde. Offenbar war es ihr Tattoo, das manche Männer mit dieser Szene in Verbindung brachten und deshalb beiläufig fragten, ob sie denn eine Bezugsquelle wüsste. Natürlich wusste sie, dass sie vorsichtig sein musste. Temme hatte ihr zu bedenken gegeben, dass sie jederzeit einem verdeckten Ermittler der Polizei in die Arme laufen konnte. Immerhin war er einst selbst »mit vollem Körpereinsatz«, wie er zu sagen pflegte, in diesem Milieu tätig gewesen.

Nach außen hin gaben sich Temme und die Frau als seriöses Paar vom Lande. Niemand, der sie als Bewohner eines alten Bauernhofs wusste, wäre auf die Idee gekommen, dass sich hinter dem Security-Service etwas ganz anderes verbarg als ein seriöses Unternehmen.

Doch hinter dieser idyllischen Kulisse konnte es kräftig krachen – wenn Temme einen Wutausbruch bekam. An diesem Sommerabend hätte er Amal am liebsten eine saftige Ohrfeige verpasst oder sie ausgepeitscht, wie dies die brutalen Zuhälter getan hatten, als sie noch beinahe ein Kind gewesen war. Nichts hasste er mehr als Unzuverlässigkeit und Verantwortungslosigkeit. »Wie konnte das passieren? Bist du wahnsinnig?«, brüllte er und trat dicht an sie heran. Amals Gesichtszüge hatten sich verhärtet. Sie ging einen Schritt zurück, als habe sie Angst, geschlagen zu werden. »Wie kann so ein Ding verschwinden? Das ist doch reiner Schwachsinn«, tobte er und wandte sich angewidert von ihr ab. »Ich hab dir schon hunderttausendmal eingebläut, dass man vorsichtig sein muss. Hast du schon vergessen, wie's im Knast war?«

Amal verlor den Kampf gegen die Tränen und schluchzte hemmungslos, während sie sich aufs Sofa warf und, auf dem Bauch liegend, ein Kissen schützend über den Kopf schob. »Wenn du so weitermachst, wirst du jahrelang im Knast schmoren. Und zwar nicht in einem Jugendknast wie damals, wo man dich verhätschelt hat, sondern in einem richtigen Knast. In Gotteszell in Schwäbisch Gmünd. Da pfeift ein anderer Wind, das darfst du mir glauben«, hörte sie ihn toben, obwohl sie sich das Kissen auf die Ohren drückte. Gotteszell. Den Namen dieses Frauengefängnisses hatte sie schon oft gehört. Dort wurde man eingesperrt, wenn man einige Jahre abzusitzen hatte.

Temme betrachtete die schluchzende Frau aus einigen Metern Distanz. Am liebsten hätte er ihr mit seinem Hosengürtel ein paar saftige Hiebe auf die Pobacken verpasst, die am Saum der engen Shorts hervorquollen, wie sie Amal in diesen Sommerwochen mit Vorliebe trug, obwohl sie sich bisweilen des Tattoos wegen schämte. Temme verknüpfte damit oft Amals Vergangenheit, die von den Zuhältern einst verprügelt worden war, weshalb auch in ihm wieder mal der Gedanke reifte, ihr eine Abreibung zu verpassen. Es wäre nicht das erste Mal gewesen, dass er sie züchtigte. Doch auf dieses Niveau wollte er sich eigentlich nicht mehr herablassen, denn er musste vermeiden, dass sie wahr machte, was sie schon mehrfach angedroht hatte, wenn er tobsüchtig und übergriffig geworden war, nämlich, dass sie ihn verlassen wolle. Aber nach allem, was er von ihr wusste, konnte sie es sich gar nicht leisten, einfach abzuhauen. Und auch er selbst war in gewisser Weise auf sie angewiesen. Und sogar erpressbar. Er durfte es also mit ihr nicht auf die Spitze treiben und sich ungezügelt an ihr austoben.

Nachdem er eine halbe Minute lang geschwiegen und sich mit dem Rücken zu ihr ans Fenster gestellt hatte, wagte sie mit tränenerstickter Stimme, ihm etwas zu erwidern: »Du hast doch gesagt, du hättest eine Kopie davon gemacht.«

»Ja, hab ich«, er drehte sich blitzartig um, »aber doch nicht, damit du damit machen kannst, was du willst. Sondern weil ich befürchtet hab, dass du zu dumm bist, drauf aufzupassen. Wenn das noch einmal vorkommt, nur ein einziges Mal ...«, seine Stimme wurde giftiger, »dann schmeiß ich dich wieder in den Keller. Und zwar zwei Tage lang.«

Alma schluchzte wieder laut. Keller. Eine üble Drohung. Im Keller hatte er eine Art Arrestzelle eingerichtet: mit einem Brett als Liegestatt, einer Toilette und einem Waschbecken. Mehr nicht. Und sogar im Sommer war's dort kühl.

Einige Male schon hatte er sie einen Tag lang dort schmoren lassen, um sie dann aber, wenn es ihn überkam, auf seine brutale Weise gefügig zu machen. Allerdings: Wenn sie ehrlich zu sich selber war, waren es nicht allein die Drohungen, wieder im Gefängnis zu landen, die sie davon abhielten, ihn zu verlassen. Eigentlich mochte sie ihn, dieses männliche Monster, denn die Art, wie er sie behandelte – und mochte dies noch so herabwürdigend und manchmal sogar grausam sein –, brachte ihr bisweilen einen gewissen Lustgewinn. Doch das würde sie ihn nie merken lassen. Niemals. Und wenn er so tobte wie jetzt, konnte sie ohnehin nicht abschätzen, ob er in seinem Innersten wirklich so jähzornig und gefährlich war, oder ob er diese Eigenschaft nur vortäuschte, um sie einzuschüchtern und sich als ihr Herr und Gebieter aufzuspielen. Dann überkam sie wieder der finstere Gedanke, der sie seit ihrer frühesten Jugend als Opfer der Zuhälter geprägt hatte: nämlich, eine Sklavin zu sein. Ein schaurig schönes, aber doch schlimmes Trauma.

28

Mary war nach dem Gespräch mit Häberle erleichtert. Der pensionierte Kriminalist hatte sich am Telefon so angehört, als nehme er ihre Ängste und Sorgen ernst. Zumindest würde er ihr psychologischen Beistand leisten. Mary erhob sich von ihrer hölzernen Bank und atmete tief durch. Die Luft dieses Sommerabends war von betörenden Düften erfüllt. Hier draußen, fern des hektischen Getriebes, gab es nichts, was die nähere Umgebung verschmutzte. Jetzt, schon eine halbe Stunde nach Sonnenuntergang, schwirrten noch immer Insekten, und alles, was in der Tierwelt nachtaktiv war, wurde jetzt aus der Lethargie des Sommertags geweckt.

Mary ging ins Haus zurück, verriegelte die Tür und bereitete sich ein Essen zu, das sie im Wohnzimmer zu sich nahm, wo im flimmernden Fernseher über den Ukraine-Krieg berichtet wurde. Grausame Filme über den russischen Angriff auf ein friedliches Volk. Wie schon daheim in den USA, als sich Donald Trump im Alleingang wie ein Diktator aufführte, so überkam sie jetzt beim Gedanken an Wladimir Putin ein ähnliches Gefühl. Wie konnte es nur geschehen, dass ein einziger Mann über das Wohl und Wehe ganzer Völker, ja sogar der ganzen Welt entschied? Warum spülten die Demokratien ausgerechnet solche Typen nach oben? Und warum gelang es nicht, solche Wahnsinnigen zu beseitigen?

Mary bemerkte, wie sie sich in solche Gedanken hineinsteigerte. Die Menschen wollten doch keinen Krieg. Bei der Betrachtung der Bilder aus der Ukraine stieg ein hemmungsloser Zorn in ihr auf. Zorn und Mitleid. Über das Unglück, in das dieser Putin völlig unbeteiligte Menschen stürzte. Mit Zerstörung, Not und Tod. Warum stoppte denn keiner diesen Verrückten? Das Gleichgewicht des Schreckens war es wohl, das den Westen davon abhielt, diesem irregeleiteten Russen die Grenzen seines Tuns aufzuzeigen. Und wieder wären es dann unschuldige Zivilisten, die darunter zu leiden hätten, wenn man den Kreml pulverisieren würde. Ganz abgesehen von den globalen Folgen, die so etwas nach sich ziehen würde. Die Russen an sich, die Menschen, die von Putin und seinen Vasallen verdummt wurden, wollten doch auch nur eines: in Frieden leben. Und die Menschheit hatte ein Recht darauf, dass der Planet, diese einzige Grundlage des Lebens, erhalten blieb. Wie konnte dieser zum kriegerischen Spielball eines einzigen Irren werden?

Mary konnte die schrecklichen Kriegsszenen nicht mehr ertragen. Sie schaltete das Gerät ab, brachte das Geschirr in die Küche und stieg die nur spärlich von einer einzigen Glühbirne beleuchtete knarrende Holztreppe ins Dachgeschoss hinauf, in dem sich die sommerliche Hitze des Tages hielt. Als sie die Tür zu ihrem Giebelzimmer öffnete, blieb sie abrupt stehen. Denn nachdem sie das Licht hinter sich auf dem Dachboden ausgeknipst hatte, hätte sie ein dunkles Schlafzimmer erwartet, in dem allenfalls das Fenster schemenhaft erkennbar war. Heute jedoch fiel ihr ungewöhnliche Helle entgegen. Ein kaltes Licht. Scheinwerfer von draußen?, zuckte es durch ihren Kopf.

Sie ließ die Tür hinter sich ins Schloss fallen, verriegelte sie sofort und ging vorsichtig zum Fenster, durch das sie auf die gräulich aufgehellte Landschaft hinaussah. Alles wirkte unwirklich: Sträucher, Bäume und die Felder waren in ein farbloses, kontrastarmes Grau getaucht. Und dann wurde ihr bewusst, was die Ursache für dieses gespenstisch erscheinende Szenario war: der aufgehende Vollmond. Riesengroß.

Es würde also eine ungemütliche Nacht werden, dachte sie. Bei Vollmond konnte sie meist schwer einschlafen. Trotzdem wollte sie die Fensterläden nicht schließen, denn die absolute Finsternis würde sie beunruhigen. Solange der aufgehende Mond hereinschien und die nur halb zugezogenen Vorhänge sogar Schatten warfen, brauchte sie kein Licht anzuknipsen. Falls draußen vor dem Haus jemand herumschlich, konnte man sie deshalb durchs Fenster nicht sehen.

Sie zog sich aus und schlüpfte in ihr kurzes Nachthemd, während ihr wieder Leo in den Sinn kam. Völliger Quatsch, versuchte sie, sich selbst zurechtzuweisen. Dann aber kam trotzdem wieder der Gedanke: Ob sie ihm wohl gefallen würde? So, im kurzen Nachthemd? In diesem Moment bedauerte sie, im Schlafzimmer keinen Spiegel zu haben, sonst hätte sie sich kritisch betrachten können. Leo war vermutlich jünger als sie, aber dafür fühlte sie sich attraktiv genug, um sein Interesse an ihr zu wecken. Oder hatte sie es bereits geweckt? Immerhin hatte er ihr angeboten, eine Nacht in diesem Haus zu verbringen. Wieder verdrängte sie den Gedanken, es könnte ihm um mehr gegangen sein, als sie nur vor Gespenstern zu bewahren. Für einen Moment stand sie am Fenster und sah in die mondbeschienene Sommernacht hinaus, die plötzlich von Scheinwerfern durchpflügt wurde. Scheinwerfer, die von rechts herankamen. Ein vorbeifahrendes Auto. Wieder einmal. Es entfernte sich schnell, sodass die roten Rücklichter bald außer Sichtweite waren, auf dem Weg zu den anderen drei Höfen. Mary hatte sich in den vergangenen Nächten schon mehrfach gefragt, wer zu später Stunde dorthin unterwegs war oder von dort kam. In der Dunkelheit konnte sie die Fahrzeuge nicht genau erkennen. Es waren Pkws, meist größere Modelle. Möglicherweise zählten die Bühnenkünstler dazu, die von auswärtigen Auftritten zurückkamen.

Mary versuchte, nicht länger darüber nachzudenken. Das ging sie alles nichts an. Sie durfte sich nicht von den wirklich wichtigen Dingen ablenken lassen. Sie zog die Vorhänge vollends zu und kroch unter die Decke. Schon knarzte wieder das Holz, von dem sie umgeben war. Inzwischen hatte sie sich daran gewöhnt, doch gab das Gebäude immer wieder neue Laute von sich, so, als wolle es sie nicht in Ruhe lassen. Es, das Gebäude. Oder was war es sonst, das sie jede Nacht beunruhigte?

Die Stille, die über diesem Landstrich lag, war heute besonders quälend, dazu das fahle Mondlicht, das durch die feinen Vorhänge fiel, die sich wie Gespenster vor ihr erhoben. Marys Gedanken verloren sich irgendwo zwischen Leo und Joe, zwischen Arizona und der Schwäbischen Alb. Wie und wann sie die kreisenden Gedanken in den Schlaf schoben, bemerkte sie nicht. Erst ein dumpfer

Schlag riss sie in die Realität zurück. Ein Rumsen, das das ganze Haus erzittern ließ. Oder hatte sie sich das nur eingebildet? Ein Traum? Sie richtete den Oberkörper auf, spürte den Herzschlag bis zum Hals und lauschte. Nichts. Da war nichts. Nur diese quälende Stille. Der Mond war inzwischen höher gestiegen, sodass die Sprossen der Fenster Schatten auf das Bett warfen.

Sie wagte sich nicht zu bewegen, um keine unnötigen Geräusche zu verursachen, obwohl niemand ins Zimmer kommen konnte. Die Tür hatte sie doch verriegelt.

Wie spät war es eigentlich? Sie griff zum Handy, das neben ihr auf dem Nachttisch lag, und weckte das Display. 1.37 Uhr stand da. Mitten in der Nacht.

Sie tippte die Anzeige weg, die so hell war, dass sie sich geblendet fühlte. Beim Zurücklegen des Geräts vergewisserte sie sich, dass dort auch das Pfefferspray griffbereit war, das sie seit Tagen mit sich trug. Zur Selbstverteidigung – für alle Fälle. Jetzt waren ihre Augen auf die schwarz-gräuliche Zimmerdecke gerichtet, wo das Mondlicht ihr Ornamente vortäuschte, oder waren es Gesichter? Oder wirbelnde Schatten der Nacht?

Obwohl es im Raum schwülwarm war, fröstelte sie. Hatte sie sich das rumsende Geräusch nur eingebildet? Oder war es eine Tür gewesen, die kräftig zugeschlagen worden war? Mary schob die Zudecke beiseite und stieg aus dem Bett, um vorsichtig durchs Fenster zu sehen. Aber obwohl sich ihre Augen an diese Mondhelle gewöhnt hatten, war nirgendwo etwas Verdächtiges zu sehen. Keine Bewegung, kein Fahrzeug. Nicht mal die hohen Stauden am Wegesrand bewegten sich. Es gab also auch keinen Wind, der eine Tür hätte zuwerfen können. Und wenn schon – welche wäre dies dann gewesen? Das Haus war ringsum verschlossen.

Mary legte sich wieder ins Bett, starrte in die Dunkelheit

und lauschte angestrengt, sodass jedes Knacken des Holzes all ihre Sinne in höchste Alarmbereitschaft versetzte. Vielleicht war das Geräusch vorhin auf Tiere zurückzuführen, die irgendwo im Haus etwas umgestoßen hatten, überlegte sie, um diesen Gedanken sofort zu verwerfen. Je länger sie darüber nachdachte, umso lauter erschien ihr im Nachhinein dieses Geräusch, das sicher keine Einbildung gewesen war. Ein Tier konnte es kaum verursacht haben. Es sei denn, es handelte sich um ein größeres, wie es nirgendwo in das Gebäude hätte eindringen können. Und falls nebenan in der Scheune ein Tier in eine der aufgestellten Fallen geraten war, wäre dies nicht bis hier herauf zu hören gewesen.

In diesen quälend langen Minuten des verkrampften Lauschens sehnte sie sich Hilfe herbei von jemandem, der ihr beistehen konnte, solange Joe unerreichbar war. Und dann hämmerte es wieder durch ihren Kopf: Leo. Als ob sie ein Teenager wäre. So wie damals, als sie Joe kennengelernt hatte.

Nein, nicht jetzt, schob sie den erneut aufflackernden Gedanken an Leo von sich. Sie musste vernünftigerweise auf diesen Häberle bauen. In dieser Situation brauchte sie einen echten Beschützer und keinen Schwarm, von dem sie nicht einmal wusste, ob dieser ihre Gefühle erwidern würde.

Mary kämpfte in dieser Nacht noch lange mit diffusen Sehnsüchten, in denen Joe und Leo die Hauptdarsteller waren. Joe, den sie liebte, der aber unerreichbar jenseits des Atlantiks war, und Leo, der die Schmetterlinge in ihrem Bauch zum Flattern brachte, ohne es ihm gesagt zu haben. Und dann war noch dieser Häberle, ihr großer Hoffnungsträger, von dem sie nichts weiter als seine sonore Stimme kannte. Vielleicht ein väterlicher Typ, dem sie sich morgen anvertrauen konnte, ohne ihre Gefühlswelt weiter zu belasten.

Irgendwann war sie dann in einen traumlosen Schlaf gefallen.

29

Als Häberle vor der Tür stand, war die Sommersonne schon weit über den Horizont gestiegen. Mary hatte in diesen hellen Morgenstunden nicht mehr schlafen können und innere Unruhe gespürt, weil ihre ganze Hoffnung auf den angekündigten Besuch dieses pensionierten Kriminalisten ausgerichtet war. Als er vor ihr stand, wusste sie aus Verlegenheit für einen Moment nicht, was sie sagen sollte: ein etwas beleibter Mann, groß und kräftig und mit einem breiten Grinsen im Gesicht. Jeanshemd, Jeanshose. Marys Vorstellung von einem Kriminalisten hatte sich bisher an den Schauspielern aus den Kriminalfilmen orientiert. Dieser hier wirkte dagegen eher bodenständig, Ruhe ausstrahlend und ausgeglichen. Einer, der das stressige Berufsleben hinter sich gelassen hatte. Nach der kurzen Begrüßung nahm Mary ihn mit ins Wohnzimmer, bot ihm einen Platz auf der Couch an und brühte ihm einen Kaffee, während sie zunächst über sich und ihre Situation plauderte: dass sie niemals damit gerechnet habe, auf der Schwäbischen Alb ein Gehöft zu erben, und dass ihr Ehemann in Arizona sei und sich nur schwer damit abfinde, dass sie sich um dieses Haus kümmere. Und dass sie sich bedroht fühle und es vergangene Nacht wieder seltsame Geräusche gegeben habe.

»Und Sie haben den Verdacht, dass man Sie vertreiben will?«, konstatierte Häberle fragend, als sie ihm den Kaffee eingoss. Er rief sich das vorausgegangene Telefonat mit Mary in Erinnerung, dessen Inhalt sie gerade wiederholt hatte: dass sie gerne mehr über ihren verschollenen Verwandten herausgefunden hätte, weil dessen Verschwinden etwas mit den seltsamen mysteriösen Ereignissen zu tun haben könnte.

Häberle hatte vieles davon schon beim gestrigen Telefonat erfahren, sich anschließend intensiv mit dem damaligen Vermisstenfall auseinandergesetzt und sogar seinen einst engsten Mitarbeiter, Mike Linkohr, zu Rate gezogen. Der jüngere und somit beruflich noch aktive Ex-Kollege konnte sich an diesen Fall erinnern, zumal es höchst selten vorkam, dass verschwundene Personen nie mehr auftauchten. Ein »Fremdverschulden«, wie es im Polizeijargon sachlich hieß, war jedoch ausgeschlossen und die Angelegenheit zu den Akten gelegt worden.

Linkohr hatte versprochen, sich seinem ehemaligen Chef zuliebe die schriftlichen Aufzeichnungen heraussuchen zu lassen, obwohl dies seine jetzigen Vorgesetzten nicht gerade gerne sahen. Sie hatten bei Gott anderes zu tun, als sich mit Personen zu befassen, nach denen längst kein Hahn mehr krähte. Obwohl momentan in der Fernsehsendung »Aktenzeichen XY … Ungelöst« regelmäßig sogenannte »Cold Cases« aufgerollt wurden. Aber dabei ging es um Verbrechen. Bei Aubele gab es darauf keinerlei Hinweise.

Mary setzte sich gegenüber von Häberle und erklärte, dass sie sehr an jemandem interessiert wäre, der ihren vermissten Verwandten kurz vor seinem Verschwinden gesehen oder gesprochen hatte. Doch Häberle erwiderte: »Wir haben damals sein persönliches Umfeld, das, soweit ich weiß, nicht sehr groß war, ziemlich genau unter die Lupe genommen.«

Jetzt sah Mary die Gelegenheit zum Nachhaken gegeben: »Auch einen Graf Ackerstein?«

Häberle verzog das Gesicht. »Ackerstein?«, echote er, und es klang verwundert. Mary hatte bereits am Telefon bemerkt, dass es ihr gelingen würde, sein Interesse zu wecken. »Bei diesem Graf Ackerstein muss Herr Aubele kurz vor seinem Verschwinden gewesen sein. Bei einer Literaturlesung, die in Ackersteins Schloss stattgefunden hat.« Häberle sah das stattliche Gebäude vor seinem geistigen Auge. Ackerstein. Natürlich. Eine markante Persönlichkeit, einem Grafengeschlecht entstammend. März 2004, vor 18 Jahren. Im Schloss Ackerstein. Häberle war sichtlich überrascht, weshalb Mary eine Nachfrage wagte: »Sie kennen das Schloss?«

»Ich war damals auch dort«, erwiderte Häberle.

»Sie waren auch dort? Bei diesem literarischen Vortrag?« Häberles Gesichtszüge wurden entspannter. »Das war eine halb dienstliche Angelegenheit. Dieser Graf Ackerstein, der Senior, der dann leider bald gestorben ist, war damals in eine etwas dubiose Sache verwickelt. Nur am Rande. Überm Schloss gibt's einen mächtigen Felsen, den Himmelsfelsen, von dem kurz zuvor ein junger Mann beim Joggen tödlich abgestürzt ist. Ein Mord, wie sich schnell herausgestellt hat, mit dem der Ackerstein aber überhaupt nichts zu tun hatte. Er war – sagen wir mal – nur als Zeuge vernommen worden, weil er an jenem Tag dort oben auf der Jagd gewesen ist«, schilderte Häberle, als sei alles erst gestern gewesen.

Mary hing an seinen Lippen und nutzte eine kurze Pause, um möglichst schnell mehr zu erfahren: »Und welche Rolle hat mein Verwandter dabei gespielt?«

»Keine. Da muss ich Sie enttäuschen. Die literarische Lesung, die Sie meinen, fand nur statt, weil ein Schriftsteller namens Georg Sander über diesen Mordfall einen Kriminalroman geschrieben hat. Übrigens unter dem Pseudonym ›Bomm‹ oder so ähnlich.« Häberle lächelte und ergänzte stolz: »Mich hat er als den Kommissar in seine Geschichte eingebaut, weshalb ich zu dieser Premieren-Lesung eingeladen worden bin. Es war Sanders erster Krimi, dem er in den folgenden Jahren mehr als 20 hat folgen lassen. Immer über diesen Häberle, also sozusagen über mich.« Der pensionierte Kriminalist grinste. »Der Sander ist eigentlich Journalist. Ich kenne ihn schon lange. War ein bisschen nervig. Mittlerweile ist er in Rente, und ich hätt' ihm nie zugetraut, dass er's mal als Krimi-Autor zu was bringt. Obwohl er immer behauptet hat, sein ehemaliger Deutschlehrer hätte ihm den Weg zum Schriftsteller geebnet.«

Mary versuchte, die Zusammenhänge zu verknüpfen: »Ich habe hier im Haus diesen Kriminalroman vom Himmelsfelsen entdeckt, der eine Widmung von diesem Sander und dem Ackerstein enthielt. Mit dem Datum dieser Literaturveranstaltung. Demnach muss Herr Aubele auch dort gewesen sein.« Weil Häberle mit den Schultern zuckte, fuhr sie fort: »Und Sie haben ihn nicht kennengelernt?«

»Nein. Da waren viele Menschen, die ich nicht gekannt habe. Der Sander hat Gott und die Welt eingeladen. War eine ganz außergewöhnliche Veranstaltung in tollem Ambiente – und der alte Ackerstein hat es genossen, im Mittelpunkt zu stehen.« Häberle schwärmte davon, wie man nach dem offiziellen Teil mit Ackerstein zusammengesessen sei, der trotz seiner sprichwörtlichen Sparsamkeit, die man ihm immer angedichtet habe, »eine Flasche Wein nach der anderen aus dem Schlosskeller geholt hat« und sogar Spukgeschichten erzählt habe.

Mary wollte so etwas lieber nicht hören, weshalb sie Interesse an einem anderen Detail bekundete. »Aubele war da nicht dabei?«

»In diesem engen Kreis sicher nicht. Das waren noch sechs, sieben Leute.«

»Der Name Aubele ist auch nicht gefallen?«

»Soweit ich weiß, nein. Sander und Ackerstein haben zwar viele Leute namentlich begrüßt, aber von einem Aubele war nicht die Rede.« Häberle entsann sich, dass ihm Mary bereits erklärt hatte, dass Aubele Landschaftsgärtner war und er möglicherweise durch einen Auftrag im Schlosspark die Einladung zur Teilnahme an der literarischen Veranstaltung erhalten haben könnte.

»Das alles kann ich nicht sagen. Aber vielleicht weiß Ackersteins Nachkomme etwas davon. Wir könnten ihn doch einfach mal fragen.«

Mary setzte große Hoffnung auf Häberles Engagement. Sie hatte den Eindruck, dass ihn die Angelegenheit zunehmend begeisterte. Sie vermied es jedoch, ihn direkt zu fragen, ob er eine Nacht in diesem Haus verbringen wolle, um sich selbst von den mysteriösen Geräuschen zu überzeugen. Diesen seriösen Pensionär nachts im Hause haben zu wollen, würde gewiss nicht den Eindruck erwecken, mehr als nur persönlichen Schutz zu erwarten. Wieder zuckte Leo durch ihren Kopf, doch ließ die Vernunft keinen Platz für die nagenden Lustgefühle.

»Ich zeig Ihnen mal das ganze Anwesen«, entschied sie. »Obwohl alles fest verriegelt und verschlossen ist, habe ich nachts oft das Gefühl, es schleiche jemand durch das Gebäude.« Sie schilderte den dumpfen Schlag der vergangenen Nacht.

Mary stand auf, weshalb sich auch Häberle erhob und ihr aus dem Wohnzimmer und durch den dunklen Flur zur Tür in den ehemaligen Stall folgte. Ihm waren solche Wohnverhältnisse vertraut: Während seiner dienstlichen Zeit beim Präsidium Ulm hatte er es einige Male mit älteren Landwirten zu tun gehabt, die im Anwesen der Eltern oder Großeltern lebten. Dass es aus der Wohnung direkt in den Stall ging, war in diesen historischen Höfen keine Seltenheit. Manchmal hatte er sogar nach der Rückkehr von einer Recherche ironisch seinen Kollegen erklärt, dass manche Bauern »neben ihren Kühen« wohnten.

»Die Landwirtschaft gibt es hier schon lange nicht mehr«, erklärte Mary, als habe sie Häberles Gedanken erraten. Wo einst Kühe angebunden und in einem Holzverschlag Schweine gehalten worden waren, deuteten nur einige alte Strohhalme auf das einstige Vieh hin. Der Betonboden war grauschwarz und offenbar von Mist und Gülle gezeichnet. Häberle spürte in der Nase den süßlichen Geruch nach Landwirtschaft, der sich, vermischt mit schwülwarmer Luft, offenbar über Jahrzehnte in dem Gemäuer gehalten hatte. Mary durchschritt den Stall, den nur diffuses Tageslicht erhellte, das durch mattes Glas vergitterter Fenster hereinfiel.

Häberle folgte durch eine weitere Tür, die aus schwerem, leicht vermodertem Holz bestand und nicht verriegelt war, hinüber in die Scheune, die im rechten Winkel nach links angebaut war. Die Luft war nicht minder schwül, doch wechselte der Geruch von Landwirtschaft in leicht öligen, mit Heuduft durchdrungenen Gestank. Die schwache Tageshelle konfrontierte den Ex-Kommissar mit dem chaotischen Durcheinander von Geräten, Maschinen, Werkzeugen und Materialen für den Landschafts- und Gartenbau. Häberles Augen wanderten an den mit Spinnweben behangenen Wänden und über eine lang gezogene Werkbank entlang zu den hoch aufgetürmten Strohballen. »Aubele hat eine ziemliche Unordnung hinterlassen«, kommentierte Mary die Situation, als müsse sie sich für die Schlamperei ihres vermissten Verwandten entschuldigen.

Häberle nickte, ohne das Gesehene bewerten zu wollen. Er konnte sich dunkel entsinnen, damals dienstlich hier gewesen zu sein. Seither hatte sich offenbar nicht viel verändert.

»Ich bin mit den Hundeführern über das Gerümpel gestiegen«, sagte Häberle. »Aber sogar die Hunde waren irritiert. Sie haben mal hier, mal dort angeschlagen, aber wir haben nichts entdeckt, was auf Aubele hätte schließen lassen können.«

Noch während er dies sagt, lenkte ihn eine Bewegung ab. Irgendwo vorne, im diffusen Licht. Zwischen einer alten Egge und der Reihe von Humussäcken. Auch Mary hatte es wahrgenommen. Etwas Schwarzes. Kleines. Ein Tier? Häberle war stehen geblieben und deutete Mary an, nicht weiterzugehen.

»Was war das?«, entfuhr es ihr flüsternd.

Häberle schwieg und starrte in die Richtung, wo sie beide die Bewegung wahrgenommen hatten. Vier, fünf Meter entfernt. Häberle tippte mit dem rechten Zeigefinger auf den Mund, um Mary zu signalisieren, still zu sein.

Irgendetwas kratzte an Plastik oder Papier. Es war kaum zu vernehmen, aber es gab eindeutig etwas, das sich an einem dieser Säcke zu schaffen machte. Häberles scharfer Blick fiel auf Mausefallen, die abseits der Werkbank auf dem Boden verteilt waren. Aber in keiner von ihnen hatte sich etwas verfangen.

Zusammen mit Mary lauschte er regungslos in die Stille, die alle paar Sekunden von zaghaftem Kratzen unterbrochen wurde. Häberle vermutete eine Ratte oder einen Hamster – oder was es sonst an Kleingetier im Sommer auf der Alb gab. Für eine Maus war der vorbeigehuschte Schatten zu groß gewesen. Häberle beschied der Frau wortlos, stehen zu bleiben, während er sich vorsichtig nach vorne bewegte und die Humussäcke, bei denen er den Grund für die scharrenden Geräusche vermutete, fest im Blickfeld hielt. Wenn es in diesem alten Haus nächtlichen Spektakel gab, dann war er diesem nun auf der Spur. Gleich würde er die Frau von ihren Ängsten erlösen können.

Doch als er den Plastiksäcken Schritt für Schritt schleichend nah gekommen war, verstummte das Kratzen. Wieder verharrte er nahezu atemlos in der Bewegung. Jetzt konnte ihm aber nichts mehr entgehen. Das halbe Dutzend Säcke stand nebeneinander, war an die Wand gelehnt und links und rechts weit genug von anderem Gerümpel entfernt, um etwas Flüchtendes sehen zu können. Allerdings boten die ovalen Spalten zwischen den aufgeblähten Säcken ausreichend Schlupfwinkel. Weil sich minutenlang nichts mehr tat, entschied sich Häberle zum Angriff. Er stieß einen lauten Zischlaut aus und stampfte kräftig mit einem Fuß auf den Betonboden. Nichts. Keine Bewegung. Häberle schnappte einen der schweren Plastiksäcke nach dem anderen und zog sie ein kurzes Stück zur Seite, um die Zwischenräume sehen zu können. Doch da war nichts. Der schwarze Schatten war spurlos verschwunden.

»Wir haben uns doch nicht getäuscht«, sagte Mary, als sie näher kam.

»Wir haben uns nicht getäuscht«, bekräftigte Häberle, außer Atem vom Wegräumen der Säcke.

»Und jetzt?«

»Keine Panik, Frau Quinbek.« Häberle lächelte väterlich. »Das Ding war schwarz. Und Gespenster sind für gewöhnlich schneeweiß …«

30

»Heute Abend sollten Sie Nägel mit Köpfen machen.« Der Satz, den Marius Fletschinger im Büro des Bürgermeisters sprach, klang zischend und irgendwie bedrohlich. Er war an diesem Vormittag unangemeldet ins Rathaus von Unterhöllenstein gekommen, um sein Anliegen zum wiederholten Male vorzutragen. Heute jedoch mit deutlich mehr Nachdruck als in den vergangenen Wochen. Der Immobilienhändler, der schon vor langer Zeit einen dieser verlassenen Bauernhöfe gekauft hatte, war ungeduldig geworden. Denn wenn die Areale dort draußen in ein großes zusammenhängendes Gewerbegebiet einfließen sollten, dann war die Gelegenheit nie günstiger als jetzt: Es gab Investoren und ansiedlungswillige Unternehmen, auch wenn diese nicht alle dem Ideal entsprachen, das sich Bürgermeister Freudenreich vorgestellt hatte. Statt Betriebe aus der emissionsarmen Elektronikbranche war auch ein Unternehmen im Gespräch, das aus alten Lebensmitteln Gas machen wollte, und zudem ein chemischer Betrieb. Freudenreich befürchtete, dass er damit Widerspruch von den Bewohnern des kleinen Örtchens Unterhöllenstein provozierte.

»Wie weit sind Sie mit der Amerikanerin gekommen?«, wollte Fletschinger wissen, der wieder fein gekleidet war, unaufgefordert einen Stuhl vor Freudenreichs Schreibtisch schob und sich lässig setzte.

Der Bürgermeister im kurzärmeligen Hemd rückte instinktiv ein Stück zurück, obwohl ihn der Schreibtisch von dem selbstbewusst auftretenden Besucher trennte. »Ich bin nicht befugt, jemanden zu etwas zu zwingen«, erklärte er mit gespielter Gelassenheit. Sein Gegenüber konnte keinesfalls davon ausgehen, dass er dem Vorhaben uneingeschränkt zustimmte, obwohl er die involvierten Behörden durchaus auf die Planung vorbereitet hatte.

»Sie haben doch gesagt, die Sache mit Aubele lasse sich klären«, bohrte Fletschinger ungeduldig nach.

»Mit Aubele ja, das läuft. Aber die Frau Quinbek ist eine ganz andere Nummer.«

»Und das heißt was?«

»Sie fühlt sich, soweit ich weiß, zwar nicht sonderlich wohl auf ihrem Hof, aber trotzdem hält sie hartnäckig daran fest.« Freudenreich überlegte, inwieweit er sein Wissen preisgeben durfte, entschied sich dann aber, es zu tun: »Der Polizeiposten von Laichingen hat mich vertraulich wissen lassen, dass man ihr einen Autoreifen zerstochen hat, weswegen sie Anzeige gegen Unbekannt erstattet hat.«

Fletschinger zeigte sich davon nicht beeindruckt. »Das interessiert mich herzlich wenig.« Sein Ton wurde gemäßigter, aber umso eindringlicher: »Wenn Sie das Projekt heute Abend Ihrem Gemeinderat vorstellen, wäre es gewiss dienlich, Sie würden dies in positivem Sinne tun. Denken Sie an die Arbeitsplätze, die geschaffen werden. Dieses Argument läuft heutzutage immer. Und Sie wissen genauso gut wie ich, dass man für so einen Bebauungsplan ein öffentliches Interesse geltend machen muss.«

»Das ist nicht so einfach wie bei Straßen und Eisenbahnen«, konterte Freudenreich. »Auch das sollten Sie wissen. Einfach enteignen geht wegen eines Gewerbegebietes nicht. Da hilft nur Geld.«

Fletschinger lächelte und beugte sich zum Schreibtisch. »Geld, ja. Genau das habe ich doch Ihnen gegenüber schon mal angedeutet. Oder haben Sie das vergessen?« Weil der Bürgermeister schwieg, ergänzte der Immobilienhändler leise: »Zuwendungen können manchmal bei der Entscheidungsfindung sehr hilfreich sein.«

Freudenreich, zwischen dessen dünnem Haupthaar bereits wieder Schweißperlen glitzerten, überlegte einen Moment, um dann mannhaft zu wirken: »Bei Frau Quinbek werden Zuwendungen nicht helfen.«

Fletschinger erwiderte triumphierend: »Es gibt ja auch noch anderes als Geld.«

Währenddessen meldete sich bei Freudenreich eine innere Stimme, die ihn an die letzte Diskussion im achtköpfigen gemeinderätlichen Gremium erinnerte: Drei Mandatsträger, selbst größere Landwirte, spielten mit dem Gedanken, die kleingliedrigen Areale der alten Höfe für die eigene landwirtschaftliche Nutzung aufzukaufen, und die Vertreterin einer ökologischen Wählervereinigung lehnte jegliche Versiegelung und damit eine Gewerbeansiedlung kategorisch ab. Die anderen vier Gemeinderäte, die vor einigen Jahren nach Unterhöllenstein gezogen waren, hatten hingegen durchblicken lassen, dass ein Gewerbegebiet die Finanzen des Örtchens auffrischen könnte. Damit wären der Neubau eines Kindergartens und einer Gemeindehalle möglich. So einfach, wie sich Fletschinger das Projekt vorstellte, würde es also heute Abend gewiss nicht werden. Der Bürgermeister vermied deshalb Äußerungen, aus denen der Immobilienmakler hätte Zustimmung ableiten können. Fletschinger spürte dies, stand wortlos auf, wandte sich der Tür zu und murmelte: »Bei allem, was Sie heute Abend vorschlagen: Denken Sie an die Zuwendung, die nichts anderes wäre als eine Unkostenerstattung. Damit da kein Missverständnis entsteht ...«

31

Nachdem Häberle versprochen hatte, die folgende Nacht im Eulenhof zu verbringen, verabschiedete er sich, nicht ohne vorher Mary zu beruhigen: bei dem Tier, das sich in der Scheune herumtreibe, handle es sich bestimmt um nichts Gefährliches. Eichhörnchen, Wiesel, Siebenschläfer – irgendetwas Derartiges konnte es sein. Irgendwo gab es in dem alten Gehöft gewiss Schlupflöcher, durch die Tiere eindringen konnten. Mary hatte jedoch darauf bestanden, dass sie keine unverschlossene Öffnung kenne. Und falls es doch eine geben sollte, sei dies sehr beunruhigend, hatte sie gesagt. Zumal ja völlig unklar sei, ob nicht auch »anderes« eindringen könne. Was sie unter »anderes« verstehe, wollte Häberle nicht nachfragen. Er entschied, den jungen Grafen Ackerstein aufzusuchen und dann heimzufahren, um seine Frau Susanne von dem geplanten nächtlichen Einsatz zu überzeugen. Dass dies nicht einfach sein würde, war ihm durchaus bewusst. Susanne sah es nämlich nicht gerne, wenn er als Pensionär recherchierte und sich womöglich in Gefahr begab, obwohl es ihn jedes Mal reizte, ja ihm sogar schmeichelte, wenn ihn jemand um Rat und Beistand bat.

Als Privatmann standen ihm natürlich keine polizeilichen Rechte zu, und eine Waffe besaß er auch nicht. Allerdings hatte er diese auch während seiner aktiven Dienstzeit häufig nicht dabeigehabt. Und natürlich hätte er dienstlich niemals allein bei einer fremden Frau übernachten dürfen. Zum einen hatte er sich nie als Frauenheld nach dem Vorbild von James Bond gefühlt, und zum anderen hätte immer die Gefahr bestanden, womöglich einer versuchten Vergewaltigung bezichtigt zu werden.

Daran hatte er während des Gesprächs mit Mary nur für einen kurzen Moment gedacht. Doch er schätzte diese Frau nicht so ein, dass sie ihm in dieser Weise gefährlich werden konnte. Sie brauchte einfach nur Hilfe. Außerdem hätte die Kriminaltechnik heutzutage viele Möglichkeiten, einen erfundenen sexuellen Übergriff zu widerlegen.

Mary hatte keinen Augenblick gezögert, ihm die Übernachtung im Eulenhof anzubieten. Als sie dies sagte, war ihr wieder der Gedanke an Leo Temme gekommen – und die Vorstellung, wie es wäre, wenn er bei ihr im Haus nächtigen würde.

Über Häberles Aufenthaltsort während der Nacht gab es keine Diskussion. Er entschied sich fürs Wohnzimmer, wo er sich mit Fernsehen wach halten konnte. Außerdem war es vom Erdgeschoss aus möglich, sofort etwaigen Geräuschen oder Zwischenfällen auf die Spur zu kommen. Während der Fahrt zum Grafen von Ackerstein, den er telefonisch erreicht hatte, um seinen Besuch anzukündigen, versuchte er, sich die Worte auszudenken, mit denen er anschließend Susanne von diesem nächtlichen Einsatz überzeugen konnte.

32

Mary war durch Häberles Besuch mehr denn je motiviert, selbst etwas über die Vergangenheit ihres verschwundenen Verwandten herauszufinden. Es musste doch in den letzten Tagen vor seinem »Abtauchen« etwas gegeben haben, das auch andere bemerkt hatten. Vielleicht konnte dieser Krimi-Autor dazu etwas sagen. Laut Häberle handelte es sich um einen Journalisten, und dieser musste doch schon von Berufs wegen ein scharfer Beobachter sein. Über Google und das Internet-Lexikon Wikipedia hatte sie dessen Wohnort und schließlich über Facebook auch seine Adresse ausfindig gemacht. Glücklicherweise verschanzte sich dieser Georg Sander nicht hinter der Anonymität von geheimen Telefonnummern, weshalb sie ihn spontan angerufen hatte. Der Mann war zunächst schmallippig gewesen, doch nachdem sie ihm ihr Anliegen vorgetragen hatte, war er zunehmend interessiert und zu einem sofortigen Treffen bereit.

Nun saß sie in seinem Wintergarten, der direkt an die steil aufragenden, bewaldeten Hänge der Schwäbischen Alb grenzte. Sander, groß und sportlich-schlank, entsprach so gar nicht Marys Vorstellungen von einem Rentner. Zum zweiten Mal innerhalb kürzester Zeit wurden ihre Erwartungen in Bezug auf eine Person positiv übertroffen. Sander hatte sich genau wie Häberle eine gewisse jugendliche Frische bewahrt. Dasselbe galt für Sanders Frau, von der sie überaus freundlich begrüßt wurde und die sofort vorschlug, Kaffee zu servieren. Sander, der es als Journalist gewohnt war, spontan mit merkwürdigen Dingen konfrontiert zu werden, versuchte, das Gespräch locker zu beginnen, indem er die Besucherin auf den sommerprächtigen Garten verwies, der den gläsernen Anbau am Haus umgab: blühende Rosen, ein Teich und viele Stauden. Mary zeigte Interesse, lenkte dann aber das Gespräch schnell auf ihr Thema und knüpfte an das am Telefon Geschilderte an, um noch anerkennend zu ergänzen: »Sie haben schon über 20 Kriminalromane geschrieben. Das klingt sehr spannend.«

»Na ja«, wiegelte Sander bescheiden ab, »reich werden Sie damit nicht. Es ist Hobby, mehr nicht.« Er lächelte: »Immerhin kann ich übernächstes Jahr, also 2024, mein 20-jähriges Autoren-Jubiläum feiern.«

Mary staunte, dass er so lange durchgehalten hatte, war doch der Buchmarkt überall mit Kriminalromanen geradezu überschwemmt. Vermutlich auch in Deutschland, wo man aber, wie sie mal gehört hatte, insbesondere Übersetztes aus dem Englischen mochte. Überhaupt schien sich Deutschland, seit sie weg war, kulturell mehr denn je an den USA zu orientieren, anstatt sich seiner eigenen Tradition zu besinnen, mit der es offenbar, politisch motiviert, ziemlich fremdelte.

»Der Krimi, den Sie damals im Schloss vorgestellt haben, handelte von einem richtigen Mord«, fuhr Mary fort.

»Ja, überm Schloss von Ackerstein gibt's einen großen Felsen, und da ist eines Morgens ein junger Mann abgestürzt. Zuerst vermutete man einen Unfall, aber dann stellte sich heraus, dass der Mann von hinten mit einem Stück Holz gestoßen worden war.«

»Das hatte aber nichts mit den Ackersteins zu tun?«

»Nein, überhaupt nicht. Dieser Kommissar, August Häberle, den ich im Buch beschreibe, hat den alten Ackerstein nur als Zeugen vernommen, weil der an jenem Morgen in der Nähe dieses Felsens auf der Jagd war.«

Mary nickte zufrieden, zumal sie diese Schilderung auf

ähnliche Weise schon gehört hatte. Deshalb brauchte sie das Thema nicht zu vertiefen, weshalb sie in den Small-Talk-Modus überging:»Sie haben als deutscher Krimi-Autor mit solchen Geschichten Erfolg?«, staunte sie.

»Na ja, wie ich sage: Es ist Hobby. Leben könnte man davon nicht. Dafür bin ich mit meinen Geschichten auch viel zu brav und bieder. Wenig Sex and Crime. Nicht mehr Gewalt als notwendig. Sondern realitätsbezogen. Bei mir finden Sie keine Schilderung, wie man einer Frau ein Auge ausdrückt oder Storys weit unterhalb der Gürtellinie. So was kommt natürlich beim Publikum an. Je brutaler und sexistischer, desto besser.«

»Als Journalist hatten Sie's aber auch mit so was zu tun?«, stellte Mary fest.

»Glücklicherweise nicht ständig«, erwiderte Sander und nippte an seiner Tasse.»Außerdem bin ich froh, im Ruhestand zu sein und nicht über den ganzen Jammer dieses Landes schreiben zu müssen.«

Mary nickte.»Ich habe in den letzten Tagen in den Nachrichten gehört, dass viele Deutsche unzufrieden sind. Und dass in Deutschland vieles vernachlässigt wurde. Ein Kommentator hat sogar erklärt, in 18 Jahren Merkel sei vieles verschlafen worden.«

»So könnte man das ausdrücken.« Sander zählte auf, wie er das schon oft euphorisch getan hatte:»Digitalisierung verpennt, Infrastruktur verkommen – Brücken, Eisenbahn und Telekommunikation –, Gesundheitswesen heruntergewirtschaftet, mit der Energieversorgung den Russen vertraut, die Bundeswehr vernachlässigt, die Rentner ums Ersparte betrogen – und ansonsten haben die Parteien nur um ihren Machterhalt gestritten. Und alle, die jetzt laut aufschreien, waren mit Merkel mal in Koalitionen und haben die Misere mitverantwortet.«

»In den USA zerfleischen sich Republikaner und Demokraten und blockieren sich gegenseitig.«

»Immerhin ist der Trump weg«, entgegnete Sander.

»Da bin ich mir noch gar nicht so sicher«, seufzte Mary und sah in das nachdenkliche Gesicht von Sanders Frau, die dem Gespräch aufmerksam gelauscht hatte.

»Aber Sie sind gekommen, weil Sie wissen wollten, wie das vor 18 Jahren bei dem literarischen Abend im Schloss von Ackerstein war«, kam Sander zur Sache.

Mary wiederholte ihr Anliegen, herausfinden zu wollen, ob irgendjemandem etwas an ihrem Verwandten aufgefallen war.

»Ich kann mich an einzelne Besucher nicht erinnern«, erklärte Sander. »Nachdem Sie mich angerufen haben, hab ich mir alles noch mal genau durch den Kopf gehen lassen. Die meisten Gäste hatte ich eingeladen und einige weitere der Graf. Vermutlich persönliche Freunde oder Geschäftsleute, mit denen er es damals gerade zu tun hatte.«

»Es könnte also auch ein Gartengestalter darunter gewesen sein.«

»Könnte. Ja. Jedenfalls glaub ich mich zu entsinnen, dass der alte Ackerstein damals gesagt hat, er habe seinen Schlosspark endlich neu herrichten lassen, nachdem man ihm 30 Jahre zuvor für den Straßenbau einen Großteil weggenommen habe.«

»Namentlich erwähnt hat er den Gartengestalter nicht?«

»Nein, gar nicht. Erst später am Abend, als wir bei einigen Flaschen Wein zusammengesessen sind, hat Ackerstein von einer neuen Parkanlage geschwärmt. Aber da waren die meisten Gäste schon gegangen.«

Jetzt mischte sich Frau Sander ein: »Vielleicht sollten Sie den Junior-Ackerstein mal fragen. Denn der alte Graf ist zwei Jahre später verstorben.«

Sander ließ seine Frau jedoch kaum ausreden, um etwas loszuwerden, das ihm gestern nach dem Telefonat mit Mary bereits eingefallen war, das er zunächst aber für sich behalten wollte, um die Grafenfamilie in kein schiefes Licht zu bringen. Jetzt schien es ihm doch angebracht, dieser engagierten Frau etwas zu schildern: »Während des Gesprächs beim Wein hat Ackerstein im Zusammenhang mit seiner Parkanlage eine Bemerkung gemacht, mit der niemand etwas anfangen konnte. Ich auch nicht. Es klang eher witzig. Aber er hat sinngemäß gesagt: Jetzt soll mein Park noch mehr schrumpfen.«

Für ein paar Sekunden schwiegen sich die Personen in dem Wintergarten an, während draußen am Vogelhaus einige Spatzen von fetten Amseln vertrieben wurden.

»Der Park sollte noch mehr verkleinert werden?«, nahm Mary das Gespräch verwundert auf.

»Ich habe das auch nicht für wichtig erachtet. Und auch nicht verstanden.«

»Hatte diese Feststellung etwas mit dem Gartenanleger zu tun?«

»Nein, das glaube ich nicht. Der Park war fertig angelegt. Da gab es nichts mehr zu schrumpfen.«

33

Während Häberle auf der Fahrt zum Ackerstein'schen Schloss in dem kleinen Örtchen Eybach war, informierte ihn Mary telefonisch über ihren soeben beendeten Besuch bei Sander. Der Journalist, so schilderte sie das Gespräch, habe sich nicht an Aubele erinnern können. Aber der von Ackerstein später im kleineren Kreise geäußerte Hinweis, man wolle seinen neu gestalteten Park wieder schrumpfen, sei möglicherweise interessant. Häberle lauschte der Stimme aus der Freisprechanlage seines Autos, als er gerade in den Schlosshof einbog. Die Handyverbindung riss ab, weil es in dem engen Tal der Schwäbischen Alb auch jetzt noch, rund 15 Jahre, nachdem die Handys ihren Siegeszug um die Welt begonnen hatten, eine hundsmiserable Mobilfunkabdeckung gab. Häberle ärgerte sich darüber, zumal er bei seinen Österreich-Urlauben festgestellt hatte, dass es dort trotz der topografisch komplizierten Lage nahezu überall ein Mobilfunknetz gab.

Er parkte seinen dunkelblauen VW Tiguan im gekiesten Schlosshof, der mit historischem Gemäuer umgeben war. Begrenzt wurde der Platz auf zwei Seiten von dem rechtwinklig angeordneten markanten Hauptgebäude des Renaissanceschlosses, das sich mit seinem Übergangsstil vom Rokoko zum Klassizismus zweigeschossig erhob und einen herrschaftlichen Eindruck machte. Beim Anblick dieses Gebäude-Ensembles erinnerte sich Häberle, dass der als äußerst sparsam bekannte Ackerstein damals über die enormen Unterhaltskosten und die strengen kostspieligen Auflagen des Denkmalamts geklagt hatte.

Zuletzt war Häberle im März 2004 hier gewesen, als zur Krimi-Lesung sogar inmitten des Hofs ein echter Streifenwagen mit blitzendem Blaulicht gestanden war und die Besucher mächtig irritiert hatte. Damals war man durch die große Tür in den Querbau gegangen, hingegen befand sich der normale Eingang auf der linken Breitseite, wo Häberle einen Klingelknopf samt Sprechanlage entdeckte, über die er sich anmeldete. Wenig später wurde die Tür geöffnet, und ein schlanker Mann mittleren Alters stand in dezenter trachtenähnlicher Kleidung vor ihm. Es war der Junior-Graf, der inzwischen die 50 erreicht haben dürfte. Ackerstein begrüßte den Ex-Kommissar überaus freundlich und behauptete, sich noch gut an ihn erinnern zu können. Dann führte er ihn ein kurzes Stück zu einer Steintreppe, über die sie zur oberen Etage gelangten, wo die Tür zu einem hohen Raum nur angelehnt war. An den Wänden ringsum waren prall gefüllte Bücherregale angebracht. Es roch nach verstaubtem Papier, was Häberle unweigerlich an ein Archiv erinnerte. Mit dem Senior-Graf war er damals nicht hier oben gewesen. Der hatte Häberle in einem Saal im Erdgeschoss empfangen, dort, wo später die Krimi-Lesung stattgefunden hatte. Die Bibliothek, in der die beiden Männer jetzt an einem schweren Holztisch Platz nahmen, verströmte den Atem einer langen Familientradition.

Häberles Stuhl knarzte, als er die Arme verschränkte und ein paar nostalgische Sätze von sich gab. Dass er sich gerne an das Gespräch mit dem alten Grafen erinnere, obwohl der Mord am Himmelsfelsen nicht gerade erfreulich gewesen sei. Umso entspannter sei die Krimi-Lesung gewesen, bei der dieser Autor und Journalist Georg Sander jenen Roman vorgestellt habe, dessen Geschichte sich an einem wahren Verbrechen orientierte. Einige Monate danach, so erklärte Häberle, sei ein Gartengestalter spurlos verschwunden, der möglicherweise bei dieser Veranstaltung gewesen sei und der vielleicht in den Wochen oder Monaten zuvor im Schlosspark gearbeitet habe.

Ackerstein junior sah sein Gegenüber mit großen Augen an.

»Bei uns? Ich versteh nicht ganz, was Sie damit sagen wollen. Sollen wir etwas mit dem Verschwinden des Mannes zu tun haben? Entschuldigen Sie, Herr Kommissar …«, Ackerstein wurde förmlich, »… Sie wollen aber nicht, wie damals, unsere Familie ins Zwielicht bringen?«

Häberle wiegelte freundlich lächelnd ab. »Ich bin nicht mehr Kommissar. Und damals hat sich ja alles sehr schnell in Wohlgefallen aufgelöst. Ihr Vater war für uns lediglich ein wichtiger Zeuge.«

Ackerstein runzelte die Stirn. »Aber zuerst hat es sich so angehört, als hätten Sie ihn im Verdacht gehabt, den jungen Mann – es war doch ein Disco-Besitzer aus Ulm, wenn ich mich richtig entsinne – vom Felsen gestoßen zu haben.«

Häberle versuchte, das Gespräch zu entschärfen: »Ihr Herr Vater war damals auf einem Hochsitz gesessen und nah am Tatort, aber wir dachten, dass er ein wichtiger Zeuge sein könnte.«

»Und jetzt ist unsere Familie wieder nah an einem Verbrechen«, unterbrach Ackerstein, der die charmante Gelassenheit seines Vaters vermissen ließ.

»Ein Verbrechen liegt wohl nicht vor«, entgegnete Häberle. »Sonst wäre nicht ich als Pensionär hier, sondern die Kripo. Ich versuche nur, einer Frau zu helfen, die gern gewusst hätte, was vor 18 Jahren mit einem Verwandten geschehen ist.« Er erklärte, dass in dessen Nachlass ein Buch gefunden worden sei, »das der Autor und Ihr Herr Vater bei der Lesung im Schloss signiert haben.«

Ackersteins Augen wurden unruhig. »Mein Vater hat einen Kriminalroman signiert? Wieso das denn?«

»Na ja, er kommt immerhin in dem Roman vor. Da liegt es doch nahe, dass er einige Bücher davon signiert hat. Als Andenken.«

»Sie gehen also davon aus, dass Ihr Vermisster an diesem Abend bei uns im Schloss war«, konstatierte der aktuelle Hausherr.

»Ja«, bestätigte Häberle. »Ich bin auf der Suche nach jemandem, der über den damaligen Gemütszustand des Mannes etwas sagen könnte.«

»Und da dachten Sie an mich?«, entrüstete sich Ackerstein. »Ich war damals kaum 30, und das Geschäftliche hat alles mein Vater abgewickelt. An diesen Krimi-Abend habe ich so gut wie keine Erinnerung mehr.«

»Aber vielleicht sagt Ihnen der Name des Vermissten etwas«, meinte Häberle und wunderte sich, dass Ackerstein noch gar nicht danach gefragt hatte.

Der Schlossherr zuckte nur mit den Schultern, worauf Häberle antwortete: »Aubele heißt der Vermisste. Hans Aubele. War mal Landwirt und hat irgendwann mit Garten- und Parkgestaltung angefangen. Und hat das auch gemacht, als er Rentner war. Und außerdem war er Jäger wie Ihr Vater.«

»Aubele«, wiederholte Ackerstein und es schien, als höre er den Namen nicht zum ersten Mal.

»Sagt Ihnen der Name etwas?«, forschte Häberle nach, der im Laufe seines Berufslebens ein Gespür für unsichere Zeugen entwickelt hatte.

Ackerstein holte tief Luft, rutschte mit dem Stuhl näher an den schweren Eichentisch und rang sich zu einer Erklärung durch: »Aubele. Das war keine einfache Persönlichkeit.«

Häberle fühlte sich von diesen Worten, die er aus gräflichem Munde nie erwartet hätte, für einen Moment wie elektrisiert, ließ es sich aber nicht anmerken. »Sie kennen den Herrn Aubele?«

»Kennen nicht. Ich habe kein Gesicht dazu.« Die Stimme klang zischend und verriet Abscheu.

»Darf ich fragen, was mit Herrn Aubele war?«

»Er hat später, einige Wochen nach dieser Veranstaltung, versucht, meinen Vater zu erpressen.«

Häberle sah die Gelegenheit gekommen, eine weitere Frage nachzuschieben: »Ging es um die Größe des Parks?«

Ackerstein war blass geworden. »Was wollen Sie damit sagen?«

»Ihr Herr Vater hat an jenem Abend nach der Krimi-Lesung die Bemerkung fallen lassen, jemand wolle seinen Park schrumpfen.«

»Schrumpfen?«, echote Ackerstein. »Das hat Aubele gesagt?«

»Nein, Ihr Herr Vater hat das in geselliger Runde angedeutet, ohne einen Namen zu nennen.«

Es schien so, als lege Ackerstein nun zunehmend seine gespielte Gelassenheit vollends ab. »Wie gesagt, ich kenne diesen Aubele nicht persönlich. Ich weiß nur so viel, dass er meinen Vater drangsaliert hat und wir uns geweigert haben, seine letzte Rechnung zu bezahlen. Und mein Vater hat sich hinterher geärgert, diesen Kerl zu der Lesung eingeladen zu haben. Aber da war noch nicht vorauszusehen gewesen, was der Mensch im Schilde führte.«

»Sie waren mit seiner Arbeit am Park nicht zufrieden?«

»Anfangs schon. Aber dann hat er angeblich einen alten Grenzstein ausgegraben, der belegen soll, dass unser Park zehn Meter in der Länge auf kommunalem Grund liegt. Verstehen Sie, was das bedeutet: Wir müssten auf die ganze

Breite zehn Meter abgeben. Das wären fast 1.000 Quadratmeter.«

Häberle konnte sich durchaus vorstellen, dass dies dem alten Herrn nicht gefallen hatte. »Und wie ist das ausgegangen?«

Ackerstein sah den Ex-Kommissar irritiert an: »Nicht so, wie Sie jetzt wohl denken. Wir haben ihn nicht umgebracht, sondern einfach mit einem Anwaltsschreiben auf seinen Erpressungsversuch reagiert. Das muss im August 2004 gewesen sein. Ich war damals in Frankreich im Urlaub. Dann haben wir nichts mehr von ihm gehört. Auch nicht, als wir seine letzte Rechnung nicht bezahlt haben.«

»Und wie ist das mit dem Grenzstein ausgegangen?«

»Alles im Sande verlaufen. Sie werden doch nicht glauben, Herr Kommissar, dass sich unsere Familie ein fremdes Grundstück angeeignet hat.«

Häberle lächelte charmant. »Nein, niemals.« Er tat so, als interessiere ihn diese Affäre nicht sonderlich, weshalb er mit einer anderen Frage ablenkte: »Ihr Herr Vater war Jäger. Hatte er denn auch eine Jagd in der Nähe von Unterhöllenstein, droben auf der Alb?«

»Unterhöllenstein«, wiederholte der Junior-Graf. »In diesem Kuhdorf? Nein. Wir haben hier genügend Jagdgründe in der Gegend. Wenn Sie mich danach fragen, hat das doch einen Grund, oder?«

»Nein, überhaupt nicht«, log Häberle und wechselte das Thema, um dem Gespräch die Ernsthaftigkeit zu nehmen. »Als wir damals, im März 2004, nach der Lesung noch zusammengesessen sind und Wein getrunken haben, hat Ihr Herr Vater etwas von einer weißen Frau erzählt, die nachts im Schloss umgehe. Hat er denn an Spuk geglaubt?«

Ackerstein war sichtlich erleichtert, dass Häberle ein anderes Thema gefunden hatte. »Das hat er immer gerne erzählt, mein Vater. Aber fragen Sie mich nicht, ob da etwas dran war. Die Leute haben halt immer erwartet, dass es in einem Schloss Spukgeschichten gibt.« Weil Häberle spöttisch grinste, fügte Ackerstein an: »Sie dürfen aber gerne mal eine Nacht dort unten im Keller verbringen, wo die Frau mit weißem Gewand angeblich rumspukt. Ich habe sie jedenfalls noch nicht gesehen.« Er machte eine abwertende Handbewegung. »Aber ich gehe nachts da auch nicht runter.«

34

Als Mary auf der Fahrt nach Merklingen war, um ein paar Lebensmittel einzukaufen, hielt sie am Ortseingang an, weil das Handy klingelte und sie in dem Polo keine Freisprecheinrichtung hatte. Allein das charmante »Hallo«, mit dem sich eine Männerstimme meldete, ließ die Schmetterlinge in ihrem Bauch wach werden. Es war Leo Temme, der artig fragte, ob er sie denn störe, was Mary schnell mit »aber nein, gar nicht, ich freue mich doch« beantwortete. Temme wollte wissen, wie es ihr gehe und ob sie sich vor der nächsten Nacht in ihrem Hause fürchte.

Mary glaubte sofort zu verstehen, dass diese Frage eher rhetorisch gemeint war, um eine Gelegenheit für ein Treffen zu arrangieren. Am liebsten hätte sie sofort gesagt, wie sehr sie sich fürchte und wie gerne sie einen männlichen Beschützer um sich herum hätte, und sogar noch einen ehemaligen Polizisten. Doch die Freude darüber wurde mit dem Gedanken an Häberle jäh zerstört. Der Ex-Kriminalist hatte ihr versprochen, die kommende Nacht im Haus verbringen zu wollen. Den konnte sie unmöglich wieder ausladen und stattdessen Leo bei ihr nächtigen lassen.

»Hallo, bist du noch da?«, hörte sie Leo sagen, nachdem sie allzu lange geschwiegen hatte. »Ja, natürlich, gerne. Also – gerne rede ich mit dir.« Das Du kam ihr noch nicht so locker über die Lippen. Außerdem war sie durch den unerwarteten Anruf emotional aufgewühlt.

»Ich dachte nur«, fuhr Leo fort, »falls du dich allzu sehr fürchtest, würde ich mich bereit erklären, dein Haus zu bewachen.«

Jetzt hatte er es gesagt. Genau das, was sie sich seit gestern gewünscht hatte. Sie bräuchte nur Ja zu sagen, aber so einfach war das nun nicht. »Ach Leo«, seufzte sie enttäuscht. »Das geht leider nicht. Nicht heute.«

»Warum nicht? Ist etwas geschehen?«

»Nein, nein«, erwiderte sie aufgeregt und hatte eine Idee: »Können wir das mal persönlich besprechen? Nicht am Telefon. Was hältst du davon, wenn wir uns treffen? Ich bin gerade in Merklingen. Wo bist du?«

»Das trifft sich gut«, kam es erfreut zurück. »Ich bin gerade auf der Autobahn unterwegs von Stuttgart, fahre gerade den Aichelberg hoch und wär in einer Viertelstunde in Merklingen. Kennst du dich da aus?«

»Nur ein bisschen.«

»Pass auf. Ich brauche sowieso was zu essen. An der Autobahn-Zufahrt Merklingen gibt es gegenüber einige große neue Gebäude, auch eine Tankstelle.«

»Da stehe ich bei dem Kreisverkehr«, unterbrach ihn Mary.

»Wunderbar. Dann fahr zu dem Lokal, das ›Halbzeit‹ heißt. Da hat's Fahnen, wo das draufsteht.«

»Halbzeit«, wiederholte Mary und sah sich um, erkannte aber zunächst nur einen Fastfood-Anbieter.

»Ja, Halbzeit. Wie beim Fußball. Halbzeit. Ist ein großes Lokal, eine Art Raststätte. Geh rein, such einen Platz, ich werde dich finden.«

Mary fand das Gebäude, parkte davor und stellte fest, dass das Lokal nur halb besetzt war. Sie musste, wie ihr eine junge Frau am Eingang erklärte, eine handliche Karte entgegennehmen, auf der ihr Verzehr gebucht werde, den sie dann beim Gehen an der Kasse bezahlen solle. Mary hatte nur mit einem halben Ohr zugehört und strebte einem freien Tisch an der Glasfront zu. Dass hier Selbstbedienung herrschte, war ihr entgangen. Sie blieb einfach sitzen und behielt den Eingangsbereich im Auge – beobachtet von einem älteren Mann, der gegenüber allein an einem Tisch saß.

Sie spielte verlegen mit ihrem Handy, auf das Joe eine WhatsApp-Nachricht geschickt hatte: »Don't worry, be happy.« Sie solle sich keine Sorgen machen, sondern glücklich sein. Die Worte trafen sie wie ein Stich ins Herz. Wieso schickte Joe ausgerechnet jetzt diese Botschaft? Jetzt, da sie happy war, einen anderen Mann zu treffen! Sie klickte sich durch die Nachrichten und stellte fest, dass diese schon vor zwei Stunden eingetroffen war. Während sie das Gerät in ihre Freizeitjacke steckte, war er da: Leo. Groß, sportlich, hemdsärmelig, Jeans. Eine interessante, selbstbewusste Erscheinung.

Mary erhob sich und machte sich winkend bemerkbar. Leo kam rasch auf sie zu, schüttelte ihr die Hand und gab sich zurückhaltend, obwohl seine Gestik eine Umarmung hätte erwarten lassen. »Schön, dass du so spontan Zeit hast«, sagte er mit breitem Lachen und erklärte, zwei Kaffee zu holen. Schnell verschwand er in Richtung der Verkaufstheke und kam nach einigen Minuten mit einem Servierbrett samt Kaffeetassen zurück.

Als ob er sich entschuldigen müsste, erklärte er, dass er sich Sorgen um sie mache. »Als Polizist habe ich einige Male Menschen erlebt, die mit der Einsamkeit in verlassenen Häusern nicht zurechtgekommen sind.«

Mary rührte in dem heißen Kaffee. »Manchmal komm ich mir ziemlich verloren vor, Leo. Vielleicht rede ich mir das alles auch nur ein. Ich habe den Eindruck, dass man mich nicht mag und es vielleicht besser wäre, alles zu lassen und in die Staaten zurückzukehren.«

»Was sagt dein Mann?«

»Ach, Leo«, himmelte sie ihn an. »Der hört sich zwar an, wenn ich von dem Haus schwärme, aber ich befürchte, dass er nicht nach Europa umziehen will. Er hegt einen tiefen Hass gegen die Russen.«

»Gegen Putin und seine Clique«, verbesserte Temme. »Der Russe an sich ist nicht schlecht. Das Volk müsste sich nur gegen die Regierung auflehnen. Aber das Volk in Russland wird gerade von der Propaganda verdummt.«

»Ja, und Joe sagt, ihm sei die Nähe zu Russland suspekt. Aber das liegt sicher daran, dass er bei der Army war. In den 8oern, als sie sogar ganz hier in der Nähe Raketen aufgestellt hatten.« Der Bürgermeister hatte ihr erzählt, dass es knapp zwei Kilometer von Merklingen entfernt ein damals von den Amerikanern genutztes militärisches Waldstück gebe, das im Volksmund »Bombenwäldle« genannt worden sei.

Leo nickte einfühlsam. »Aber was macht dein Mann, wenn du nicht zurückkommst?«

Mary glaubte zu spüren, was hinter dieser harmlos klingenden Frage stand. »Warum sollte ich hierbleiben?«, wollte sie deshalb wissen.

»Nun ja«, überlegte Leo, »es könnte doch sein, dass dich nicht nur ein altes Gehöft hier hält, sondern ein neues Leben.«

»Du meinst, ich könnte mich neu verlieben?« Eigentlich hatte sie es nicht so deutlich aussprechen wollen, doch die Worte kamen wie von selbst aus ihrem Innersten.

Temme deutete ein Lächeln an. »Zum Beispiel«, sagte er. »Den alten Hof verkaufen und ein neues Leben beginnen.«

Verkaufen? Hatte Leo »verkaufen« gesagt?, schoss es ihr durch den Kopf. »Wieso sollte ich verkaufen?«, fragte sie leicht unterkühlt.

»Na ja. Du wirst ja wohl kaum eine Landwirtschaft anfangen wollen. Da gibt es Schöneres auf der Welt, glaube mir.«

Mary versuchte, aufkommendes Misstrauen zu verdrängen. »Ja, es gibt Schöneres, und manchmal frage ich mich, warum wir Menschen die paar Jahre, die wir auf der Welt sind, immer nur mit Arbeit und Ärger ausfüllen müssen.«

»Schön, dass du genauso denkst wie ich. Es kommt nicht oft vor, dass sich zwei wildfremde Menschen gleich so gut verstehen.«

»Tun wir das?«

»Ja, ich hab schon diesen Eindruck. Deshalb habe ich dir auch angeboten, dich eine Nacht lang zu beschützen.«

Wieder war Mary kurz irritiert. Ja, Leo hatte dies gestern bereits angedeutet, aber jetzt klang es viel direkter. »Was würde denn deine Freundin dazu sagen?«

»Die Amal«, erwiderte Leo, als sei diese Frage völlig abwegig, »die ist nicht meine Freundin, sondern eher eine

Mitarbeiterin. Bei manchen Aufträgen macht es Sinn, sie von einer Frau erledigen zu lassen.«

»Wie meinst du das?«

»Mit den Waffen einer Frau erreicht man bei Männern mehr als mit einer Kanone – wenn du verstehst, was ich meine.« Leo streichelte ihr sanft mit einer Hand übers schulterlange schwarze Haar.

»Du benutzt Amal als Waffe?«, fragte Mary verwundert und doch irgendwie erleichtert, dass es angeblich nicht seine Freundin war.

»Wir sind ein Dream-Team«, grinste er. »Ich fürs Grobe, sie fürs Feine.«

»Fürs Grobe?«

»Für den Körpereinsatz. Unser Job erfordert Tarnung in jeder Hinsicht.«

»Amal wird auf Männer angesetzt«, konstatierte Mary in einem Anflug von Verstimmung. Denn derlei Vorgehen empfand sie eher als abschreckend. Dass Leo mit solchen Methoden arbeitete, hätte sie ihm nicht zugetraut, weshalb sich in ihr Enttäuschung breitmachte.

»Amal macht das freiwillig«, stellte Leo klar, der Marys Stimmungswandel bemerkte. »Amal habe ich mal aus der Gosse gerettet. Vor vielen Jahren schon. Sie hat das Schmuddelgeschäft hinter sich gelassen und nutzt jetzt ihre, sagen wir mal, Erfahrungen, um auf ihre Weise an Informationen zu gelangen, die Männer üblicherweise im Normalzustand nicht von sich geben würden.« Marys Gedanken schweiften zu Joe ab. Würde der sich auch von einer Nutte anmachen lassen? Nutte. Nein, diesen Begriff hatte Leo nicht wirklich benutzt. Er war schließlich kein Zuhälter, sondern ein seriöser ehemaliger Polizist. Zumindest glaubte sie ihm das.

»Was ist das eigentlich für eine seltsame Tätowierung bei Amal?«, wollte Mary wissen.

»Von ihrem früheren Leben, wenn ich so sagen darf. Sie hat viel durchgemacht. Flucht als blutjunges Mädchen aus dem Irak. Menschenhändler. Falsche Versprechungen. Man hat sie quasi zur Sklavin gemacht und tätowiert. Gekennzeichnet, damit bestimmte Kreise sehen konnten, wem sie gehört. In dieser Szene herrschen autoritäre Strukturen.«

»Und was sind das für Buchstaben?«

Leo trank seine Tasse leer und ließ ein paar Sekunden verstreichen. Das Thema war ihm unangenehm. »Das ist nicht nur tätowiert, sondern sogar reingebrannt. Heißt ›Bitch‹.«

Mary kannte diesen englischen Begriff, der übersetzt »Hure« hieß. »Das ist doch furchtbar. Warum lässt sie das nicht wegmachen?«

»Haben wir versucht. Aber die Hautärzte sagen, wenn's reingebrannt sei, würde die Beseitigung eine große Narbe hinterlassen.«

»Narbe ist doch besser, als mit diesem Wort rumzulaufen. Die Arme kann doch so nicht mal ins Freibad gehen.«

»Inzwischen hat sie sich daran gewöhnt, sonst würde sie keine Shorts tragen. Wer nicht genau hinsieht, kann das Wort sowieso nicht lesen. Außerdem laufen mittlerweile so viele Frauen mit Tattoos rum, dass es nichts Außergewöhnliches mehr ist.«

»Aber das sind doch meist Symbole oder irgendwelche unleserlichen Schriftzeichen und kein solches Wort«, warf Mary ein.

»Unlesbare Schriftzeichen, du sagst es. Vielleicht sind manche der tätowierten Frauen ja auch von irgendwelchen Männern gekennzeichnet worden. Wer weiß das schon! Außerdem versucht sie manchmal, das Tattoo wegzuschminken.«

Mary wollte das Thema jetzt nicht vertiefen. Irgendwie hatte die Art, wie Leo davon sprechen konnte, etwas

Befremdliches. Ihre anfängliche Zuneigung schien von einer Sekunde auf die andere einen Knacks bekommen zu haben, und sie überlegte, welches Ziel er eigentlich mit ihr verfolgte.

Weil auch Leo ihre Gedanken zu lesen schien, versuchte er, das festgefahrene Gespräch zu lockern. »Du brauchst keine Sorge zu haben. Wenn ich dich eine Nacht lang beschützen würde, würde nichts geschehen, was du nicht auch wolltest.« Wieder dieses einnehmende Lächeln.

»Heute geht es nicht«, sagte sie bestimmend.

»Nicht?«

»Der Kommissar hat sich angesagt.«

»Häberle? Er wird bei dir übernachten?«

»Ja«, gestand Mary. »Aber nicht so, wie du denkst.«

»Was denk ich denn?«

Mary schwieg und wusste nicht, ob es gut gewesen war, Leo zu treffen.

35

Bürgermeister Max Freudenreich ahnte, dass es eine seiner schwierigsten Gemeinderatssitzungen werden würde – und dies am bislang heißesten Tag des Jahres. 33 Grad hatte es tagsüber gehabt. Das Thema, das auf der Tagesordnung stand, versprach kurz vor der Sommerpause nicht minder hitzig zu werden, denn es lockte ein gutes Dutzend Zuhörer in den kleinen Raum, weshalb aus allen Zimmern Stühle herbeigeschafft werden mussten. Während Freudenreichs Amtszeit war das Interesse an einer Sitzung nie so groß gewesen. Dass auch Marius Fletschinger und sein Kompagnon, Dennis Rossi, wie Fremdkörper in der Schar meist heimischer Landwirte saßen, irritierte ihn zusätzlich. Die acht Gemeinderäte, darunter drei Männer, die seit Jahr und Tag hier oben auf der Alb Landwirtschaft betrieben, aber auch vier Zugezogene, die zur Büroarbeit nach Ulm pendelten, sowie Silke-Laura Hintermaier-Holgenbrett, eine junge Frau, die sich der Ökologie zugewandt fühlte und deren Namen sich Freudenreich nicht merken konnte. Er hätte sich bei der letzten Wahl ohnehin gewünscht, nur bodenständige Personen am Ratstisch zu haben. Doch die Bevölkerungsstruktur war in den vergangenen Jahren durch ein Neubaugebiet, das viele auswärtige Häuslebauer angezogen hatte, und durch den Verkauf alter Gebäude stark verändert worden – wie überall in den kleinen Ortschaften.

Nachdem Freudenreich seine Räte und die Zuhörer begrüßt hatte, wies er vorsorglich darauf hin, dass nach der Gemeindeordnung nur die gewählten, am Ratstisch sitzenden Personen mitdiskutieren dürften. Er hatte Sorge, der im Ort brodelnde Streit über das Gewerbegebiet könnte heute Abend hier ausgetragen werden und sogar zu Tumulten führen.

Während er die Ausgangslage schilderte, vermied er den Blickkontakt zu Fletschinger und Rossi, die sich in die letzte Reihe gesetzt hatten.

»Bevor wir weitere Schritte in Richtung eines Bebauungsplans einschlagen, sollten wir ein einheitliches Stimmungsbild entwerfen und einen Grundsatzbeschluss fassen«, erklärte der Bürgermeister emotionslos, während er sich seines Jacketts entledigte und es über die Stuhllehne warf. Er berichtete von Investoren für ein Gewerbegebiet, mit dem Unterhöllenstein »rund 250 Arbeitsplätze« und finanzielle Vorteile bekäme. Auf diese Weise werde man vom nahen Merklingen unabhängig, das durch seine Gewerbe-Ansiedlungen »übermächtig« geworden sei. Und dass es gelungen sei, an der neuen Schnellbahntrasse Stuttgart-Ulm in Merklingen einen Bahnhof zu etablieren, an dem zwar keine ICEs, aber schnelle Regionalbahnen hielten, käme auch Unterhöllenstein zugute: »Die Schwäbische Alb ist jetzt ans internationale Schienennetz angebunden.«

Sofort meldete sich der Älteste aus der Runde zu Wort, ein in Ehren ergrauter Landwirt, dessen sonore Stimme zum voluminösen Körper passte: »Sie reden dauernd von den Vorteilen eines Gewerbegebiets, aber dass Unterhöllenstein ein landwirtschaftlich geprägter Ort ist, wollen Sie nicht wahrhaben. Wenn alle so denken wie Sie, Herr Freudenreich, dann stellt sich die Frage, wovon sich die Menschen eines Tages ernähren sollen. Sicher nicht von zubetonierten Flächen.«

Sein rotbackiger Nebensitzer ballte die dicken Fäuste und ergänzte: »Schaun Sie doch in die Ukraine! Sobald die Lieferungen aus dem Ausland mal unterbrochen sind – seien es Ersatzteile, Lebensmittel oder Gas –, geht unsere schöne Zivilisation in die Knie. Auf 15 Hektar kann man jährlich 120 Tonnen Getreide anbauen. Und 5.000 Menschen mit Brot versorgen!«

Schützenhilfe bekamen die beiden vom dritten Landwirt in der Runde: »Wir brauchen keine Managertypen, sondern Menschen mit einem Bezug zur Scholle.« Die junge Silke-Laura Hintermaier-Holgenbrett bekräftigte: »Auch aus

Sicht des Naturschutzes machen Neubaugebiete keinen Sinn. Wenn wir auf der Alb so weitermachen, ist von der Natur nicht mehr viel übrig.« Ihre Wortmeldungen waren gefürchtet, weil diese meist in lange Statements ausarteten. »Schauen Sie sich doch um: überall Landverbrauch fürs Gewerbe. In Merklingen, in Laichingen, drüben in Luizhausen, in Langenau, ja, sogar die Geislinger haben in bester sonniger Aussichtslage Hochregallager und eine Vergasungsanlage in die Landschaft geklatscht.« Wenn sie aufzuzählen begann, war sie kaum noch zu bremsen: »Oder drunten im Goißatäle, an der Anschlussstelle Mühlhausen der A8: Das Gewerbegebiet der einen Gemeinde geht fast nahtlos ins Gewerbegebiet der anderen über. Von der Tal-Aue ist nicht mehr viel übrig. Immerhin hat das Land Baden-Württemberg die Bedeutung heimischer Ackerflächen erkannt. Bis 2035 soll der Flächenverbrauch auf null reduziert werden. Derzeit werden täglich 6,2 Hektar verbraucht.« Freudenreich hob kurz die Hand, um die Frau zu unterbrechen – ohne Erfolg. Sie fuhr fort: »Die im Tal haben sich vor zwei, drei Jahren allen Ernstes für eine Landesgartenschau beworben. Zum Glück vergeblich. Wo hätte die denn stattfinden sollen? Auf den asphaltierten Parkplätzen der Gewerbebetriebe?«

»Jetzt mal langsam, Frau Kollegin«, unterbrach einer der zugezogenen Räte, ein Mann mittleren Alters, der dem Management eines Ulmer Betriebs angehörte. »Sie vergessen in Ihrem Eifer, dass es die Gewerbebetriebe sind, die für den Wohlstand in diesem Lande sorgen. Sind wir doch froh, dass sich Investoren für unseren gottverlassenen Ort interessieren.«

Freudenreich klopfte mit dem Kugelschreiber gegen ein Wasserglas, um sich Gehör zu verschaffen: »So kommen wir nicht weiter.« Sein Blick fiel auf Fletschinger, dessen Gesichtsausdruck großes Missfallen verriet.

Der Älteste am Tisch verlangte Klarheit: »Sagen Sie uns doch endlich, wer so großes Interesse daran hat, dass wir die vier Höfe da draußen – den Eulenhof, den Tannen-, Schatten- und den Erlenhof – einem Gewerbegebiet opfern sollen.«

»Von ›opfern‹ kann keine Rede sein«, konterte Freudenreich, der nicht nur der Schwüle im Raum wegen ins Schwitzen geriet. »Wenn die Hofbesitzer nicht mitmachen, brauchen wir gar nicht weiterzureden.«

»Soweit ich weiß«, erwiderte der Älteste genervt, »sind nicht alle bereit zu verkaufen.«

»Vielleicht kommt's nur auf den Preis an«, konterte der Bürgermeister, während aus den Zuhörerreihen ein Raunen durch den Saal ging.

Die Ökologin mischte sich, ohne Handzeichen zu geben, bissig ein: »Vielleicht hat ja der Herr Fletschinger gesteigertes Interesse – als Besitzer des Erlenhofs …«

Die meisten Zuhörer, die wussten, wer Fletschinger war, drehten sich zu ihm und Rossi um. Doch die beiden blieben ungerührt davon, worauf Freudenreich sofort das Wort ergriff, um betont sachlich zu erklären: »Herr Fletschinger ist zwar Immobilienmakler und würde uns, sagen wir mal, beratend zur Seite stehen, aber Einfluss auf unsere kommunalpolitische Entscheidung hat er keine.« Er räusperte sich.

»Ihr Wort in Gottes Ohr«, brummte der Altbauer, ohne Fletschinger eines Blickes zu würdigen. Einer der vier Männer, die als Zugezogene eine gewisse Zurückhaltung bewahrten, wagte einen Einwand: »Aber wir sollten an die finanziellen Möglichkeiten für die Gemeinde denken.«

»Wachstum um jeden Preis«, keifte Frau Hintermaier-Holgenbrett. »Gier, Gier, Gier.«

Jetzt regte sich unter den Zuhörern ebenfalls Unmut. Jemand klatschte Beifall, eine Männerstimme rief: »Pfui.«

Auf Freudenreichs Stirn glänzte der Schweiß. »Ich bitte um Ruhe.« Doch niemand folgte. Zwischen Zuhörern und Räten entbrannte eine hitzige Debatte, bei der keiner mehr dem anderen zuhörte. Die Landwirte plädierten vehement für den Erhalt der Anbauflächen und wurden lautstark von der Ökologin unterstützt, wenngleich diese bisher nicht müde geworden war, den Bauern die Verwendung von Pestiziden verbieten zu wollen. Freudenreich stellte verwundert fest, wie ein strittiges Thema doch seltsame Koalitionen hervorrufen konnte. Er schlug wieder mit dem Kugelschreiber gegen sein Glas, diesmal heftiger, bis sich die überhitzten Gemüter ein wenig beruhigt hatten. Noch einmal unternahm er den Versuch, eine sachliche Diskussion zu führen, musste jedoch ein zweites Mal um Ruhe bitten und stellte schließlich schweißnass geschwitzt fest: »Wir sollten trotz aller Gegensätze das Wohl unserer Gemeinde im Auge behalten und gemeinsam versuchen, das Beste für die Zukunft zu tun.«

Die Ökologin unterbrach ihn barsch: »Jawohl, das seh ich auch so. Das Beste für die Zukunft. Und das ist der Erhalt unserer schönen Natur.« Der erwartete Beifall blieb aus, weil offenbar ihr Ansinnen nicht unbedingt bei den Landwirten Anklang fand. Deshalb legte Silke-Laura Hintermaier-Holgenbrett nach: »Und was ist mit dieser Frau aus Amerika, die den Eulenhof liebevoll sanieren will? Wird die ganz vergessen?«

Betretenes Schweigen. Offenbar hatte niemand im Raum ernsthaft damit gerechnet, dass dieses lange Zeit verwahrloste Anwesen eine neue Besitzerin gefunden hatte. Freudenreich suchte Blickkontakt zu Fletschinger, der jedoch keine Reaktion zeigte. Stattdessen meldete sich einer der zugezogenen Verfechter des Bebauungsplans zu Wort: »Es wird doch Mittel und Wege geben, diese plötzlich aufgetauchte angebliche Erbin von der Übernahme des Hofs abzuhalten, oder?« Der andere Befürworter bekräftigte: »Vielleicht könnte uns Herr Fletschinger schon jetzt beraten. Als Makler kennt er sich doch in solchen Dingen aus, wie man ein bisschen Druck macht.« Mehr als Buhrufe erntete er damit allerdings nicht. Bürgermeister Freudenreich wischte sich mit einem Papiertaschentuch Schweiß von der Stirn, klopfte wieder gegen das Glas und entschied: »Ich werde jetzt abstimmen lassen.« Es sollte aber noch über eine Stunde dauern, bis er dies tun konnte. Die Debatte nahm immer hitzigere Formen an, doch hielten sich Fletschinger und sein Kompagnon, Dennis Rossi, weiterhin zurück. Fletschinger selbst erklärte nur einmal, dass er die Entscheidung dem Bürgermeister überlassen wolle: »Der weiß am besten, was zu tun ist.« Er sah ihn dabei durchdringend an.

Bei der Abstimmung allerdings rang sich Freudenreich zu einer Enthaltung durch. Die Frage, wer für die Vorbereitung eines Gewerbegebiets sei, führte erwartungsgemäß zu einem Patt: vier Befürworter, nämlich die zugezogenen Räte, vier Gegner, nämlich die drei Landwirte und die Ökologin. Freudenreich erklärte nach seiner Enthaltung: »Bei einer Patt-Situation ist der Grundsatzbeschluss abgelehnt.« Es folgte Beifall von den Zuhörern, vermischt mit vereinzelten »Feigling«-Rufen, die offenbar an den Bürgermeister gerichtet waren. Fletschinger und sein Kompagnon waren sofort aufgestanden und hatten den Saal verlassen. Vor dem Haus murmelte Dennis Rossi verärgert: »Der Dilettant hat die Frage falsch formuliert.«

36

Häberles Frau Susanne war von der Idee ihres Mannes, eine
Nacht in dem »Spukhaus auf der Alb« zu verbringen, nicht
begeistert gewesen. Allerdings kannte sie ihn lange genug,
um zu wissen, dass er sich von außergewöhnlichen Ein-
sätzen nicht abhalten ließ. Selbst im Ruhestand begeisterte
es ihn, wenn er gelegentlich um Hilfe gebeten wurde. Das
waren natürlich meist Fälle, für die sich die Polizei nicht
zuständig fühlte. Was hätten seine ehemaligen Kollegen
auch tun sollen, wenn eine Bäuerin mysteriöse Vorgänge
in ihrem alten Haus zu vernehmen glaubte. »Spinnerin«,
würden insbesondere die jungen Beamten sagen. Diese hatten ohnehin mit ihrem bürokratischen Schreibkram genügend zu tun, da konnten sie sich nicht auch noch mit nebu-
lösen Ängsten Einzelner befassen. Häberle hatte dies schon
oft seiner Frau erklärt, worauf diese jedes Mal süffisant und
resignierend anmerkte: »Erst wenn ein Toter mit dem Messer im Rücken rumliegt, interessiert es deine Kollegen.« Sie
hatte nicht mal so unrecht. Zwar war erst vor etwa einem
Jahr der Straftatbestand des »Stalkens« verschärft worden,
womit jemand, der einer anderen Person regelmäßig auf-
lauerte und diese wiederholt belästigte, schneller vor dem
Kadi landen konnte. Aber Häberle wusste, dass es juristisch
ein schwieriger Weg sein würde, dies einem mutmaßlichen
Täter nachzuweisen.

Er hatte ein paar Kleidungsstücke in eine Sporttasche
gepackt, sich wieder mal mit dem Versprechen, auf sich aufzupassen, von seiner Frau verabschiedet, und war in der weit
vorgeschrittenen Dämmerung auf die Alb nach Unterhöllen-

stein gefahren. Um sein Auto nicht beim Eulenhof abzustellen, was jeden Fremden auf die Anwesenheit eines Besuchers hätte hinweisen und somit abschrecken können, hatte er mit Mary vereinbart, ihn auf dem großen Parkplatz beim neuen Bahnhof abzuholen. Dort ließ er seinen Tiguan zurück.

Eine Viertelstunde später traf er mit Mary am Eulenhof ein, wo sie ihren Polo in die überwucherte Hofeinfahrt parkte und mit Häberle schnell ums Haus ging und darin verschwand. So hatte sie bestimmt niemand sehen können.

»Wir machen das so«, begann Häberle, nachdem sie die Fensterläden geschlossen hatten und sich bei württembergischem Rotwein im Wohnzimmer gegenübersaßen, »Sie schlafen oben in Ihrem Dachzimmer, und ich halte hier unten die Stellung und versuche, nicht zu schlafen.«

Mary, die mit angewinkelten Beinen auf dem Sofa mehr lag als saß, machte auf Häberle einen zufriedenen und ausgeglichenen Eindruck. Offenbar hatte er ihr alle Ängste vor der Nacht genommen. Mary fühlte sich zum ersten Mal, seit sie in diesem Haus wohnte, geborgen und beschützt. Ihre anfängliche Scheu vor einem Ex-Kommissar war schnell verflogen, und sie glaubte, in ihm einen väterlichen Freund gefunden zu haben. Sie konnte sich kaum vorstellen, dass dieser Mann einmal hartgesottene Gangster zur Strecke gebracht hatte.

Nach dem zweiten Glas Wein vertraute sie ihm all ihre Ängste und Befürchtungen an und gestand, immer noch nicht zu wissen, ob sie auch dann hierbleiben wolle, wenn ihr Mann nicht nach Deutschland komme. Dass sie dabei an Leo dachte, dessen Umgang mit der jungen Frau sie abgeschreckt hatte, wollte sie jedoch nicht preisgeben. Nur so viel: »Den Leo Temme kennen Sie aber auch?«

Häberle lehnte sich im Sessel zurück und musterte die Frau, die um einiges jünger sein musste als er. Für einen kurzen Moment ging ihm ein Gedanke durch den Kopf, der ihn selbst verwirrte: Wie würde jetzt wohl sein einstiger junger Kollege in dieser Zweisamkeit reagieren? Einige Male war dieser bei der Vernehmung von Frauen einen Schritt zu weit gegangen. Kein Wunder, hatte er doch meist Pech mit seinen Freundinnen gehabt. Häberle vertrieb die Erinnerungen daran und antwortete auf Marys Frage ruhig. »Leo Temme«, echote er, »das war mal ein Kollege von einer Spezialeinheit. Persönlich kenn ich ihn nicht, aber sein Ausscheiden aus der Polizei hat damals intern für Wirbel gesorgt. Der Fall ist von höchster Ebene untern Teppich gekehrt worden, und Temme dann, wie man so schön sagt, im gegenseitigen Einvernehmen aus dem Polizeidienst ausgeschieden.«

»Was hat er denn angestellt?« Marys Interesse stieg.

»Er war verdeckter Ermittler, falls Ihnen das was sagt. Ein spannender, aber sehr gefährlicher Job. Man schlüpft oft jahrelang in die Rolle eines Gangsters, kriegt dazu eine eigene Legende, wie es heißt, also: einen angedichteten Lebenslauf in einem bestimmten Milieu. So schleicht sich der Ermittler in Kreise ein, als sei er einer von ihnen. Temme hat sich im Drogen- und Rotlichtmilieu Vertrauen erworben, galt selbst als Dealer und Zuhälter. Doch dann hat er sich selbst ein faules Ei gelegt.« Häberle trank einen Schluck. »Natürlich wegen einer Frau. Einer sehr jungen Frau.«

Mary konnte sich ausmalen, wer gemeint war. Natürlich Amal.

»Dieses Mädchen«, fuhr Häberle fort, »war wohl in die Fänge von Menschenhändlern geraten und drogensüchtig gemacht worden. Temme hat sie dort rausgeholt, aber sich dann wohl in sie verknallt. Anders kann ich das nicht sagen. Denn sein gesunder Menschenverstand muss ausgesetzt haben.« Wieder ging ihm Linkohr durch den Kopf, doch er konzentrierte sich auf seine Schilderungen: »Temme hat wohl Vernehmungsprotokolle geschönt, um ihr eine langjährige Jugendstrafe zu ersparen. Was nicht geklappt hat. Dann aber hat er sich mit Briefen ins Gefängnis an sie herangemacht. Dies alles in Kombination hat ihn den Job gekostet. Man hat ihn als verdeckten Ermittler als nicht mehr zuverlässig eingestuft.«

Mary nickte verständnisvoll und wollte mit trockener Kehle wissen: »Aber dann ist er aus dem Rotlichtmilieu ausgestiegen und hat einen Security-Dienst gegründet.«

»So heißt es, ja. Ich weiß aber nicht, was aus dieser jungen Frau geworden ist. Ein Jahr Jugendstrafe hat sie gekriegt und einiges davon sicher absitzen müssen.«

Mary wollte keine weiteren Details dazu wissen, worauf sich Häberle dem eigentlichen Grund seines Besuchs widmete und rekapitulierte, was ihm die Frau im Vorgespräch über die anderen Hofbesitzer, den Bürgermeister und den Plan für ein Gewerbegebiet bereits dargelegt hatte. Aber auch, dass sich in dem alten Gemäuer Merkwürdiges abspiele, das ihr spukhaft vorkomme, obwohl sie an so etwas nicht glaube. Sie vergaß dabei auch nicht den Hinweis des Bürgermeisters auf ein Sühnekreuz, das an einen Mordfall erinnern sollte, nämlich dass Mitte des 14. oder 15. Jahrhunderts der damalige Hofbesitzer seinen Knecht mit einer Schaufel erschlagen habe, weil der die Frau des Bauern vergewaltigt hatte.

»Oh«, runzelte er beim Stichwort »Mord« die Stirn, um ironisch anzumerken: »Mord verjährt zwar nicht, aber nach 600 Jahren wird sich kein Staatsanwalt mehr dafür interessieren.«

»Ich bin ganz bestimmt nicht abergläubisch«, erwiderte Mary und setzte sich aufrecht aufs Sofa, um die engen Jeans auf den Oberschenkeln glattzustreichen. »Aber irgendetwas stimmt hier nicht. Mir geht auch das Tier nicht mehr aus dem Sinn, das wir heute Vormittag drüben in der Scheune gesehen haben.«

»Ach«, winkte Häberle ab, »das ist in so einem alten Gebäude mit Stall und Scheune nichts Beunruhigendes. Vielleicht verursachen ja diese Viecher das nächtliche Spektakel.«

»Tiere werfen keine Steine aufs Dach«, entgegnete Mary spontan, denn auch davon hatte sie dem Ex-Kriminalisten im Vorgespräch berichtet.

»Bei Nacht hört sich manches anders an als bei Tag. Wenn ein Waschbär übers Dach läuft, könnte sich das auch so anhören. Aber falls dies in dieser Nacht wieder geschehen wird, krieg ich den Täter. Darauf können Sie sich verlassen.«

Marys Gesicht deutete ein entspanntes Lächeln an: »Immerhin ist die Nacht heute hell. Wir haben vollen Mond.«

»Egal, was geschieht. Sie bleiben oben in Ihrem Zimmer«, ordnete Häberle an.

Nachdem die Flasche Wein leer getrunken war, verabschiedete sich Mary wie befohlen nach oben, und Häberle machte sich's im Sessel gemütlich, wo es ihm nach mehreren Versuchen gelang, dem altertümlichen Fernseher ein Bild zu entlocken. Allerdings waren nur ARD und ein verflimmertes ZDF zu empfangen. Und Häberle fand trotz des Herumzappens an der Fernbedienung keine anderen Sender.

Dass ihn Mary darauf vorbereitet hatte, innerhalb des Hauses kein Handynetz zu haben, machte ihm schmerzlich bewusst, was es bedeutete, in abgelegenen Gegenden zu wohnen. Wie selbstverständlich tippte er die Rufnummer von Susanne in sein Handy ein, um jedoch sofort zu merken, dass dies sinnlos war. Er steckte das Gerät wieder in die Brusttasche seines Jeanshemds und bekam im Fernsehen den Beginn der abendlichen Talkrunde mit Markus Lanz zu sehen, in der unter anderem der nordrhein-westfälische Innenminister, Herbert Reul, über die Flutkatastrophe vom Jahr davor diskutierte. Vermutlich hatten die Politiker den Betroffenen vollmundig unbürokratische Hilfe versprochen, und dann war alles im bürokratischen Sumpf versackt, dachte Häberle. Immer dasselbe. Ein paar Minuten später schaltete er das Gerät aus und lauschte in die Stille. Hier oben auf der Alb war wirklich nichts, was die Ruhe störte. Kein Auto, kein Flugzeug. Einfach nichts. Er konnte sich deshalb vorstellen, wie schon ein einziges Geräusch – ein Knacken im Gebäude – eine allein wohnende Frau aufschreckte.

Häberle genoss diese Ruhe und entsann sich einiger dienstlicher Aufträge, bei denen er einst ebenfalls hatte observieren und geduldig abwarten müssen. Damals war meist klar gewesen, welche Person auftauchen würde. Heute war das anders. Vermutlich gab es überhaupt niemanden, und Mary hatte sich alles nur eingebildet. Anderseits hatte sie derart bildhaft und überzeugend von den übers Dach kullernden Steinen erzählt, dass durchaus etwas dran sein konnte. Durch seinen Kopf zuckte das seltsame Tier, das er in der Scheune nur schemenhaft gesehen hatte.

Es war 23.35 Uhr, als ein Motorengeräusch die Stille durchbrach. Häberle, der sich in die Lektüre eines mitgebrachten Magazins über den unsäglichen Ukrainekrieg der Russen vertieft hatte, legte das Blatt beiseite und erhob sich. Die geschlossenen Fensterläden ermöglichten jedoch keinen Blick nach draußen, wo sich eindeutig ein Fahrzeug näherte. Dem Geräusch nach zu urteilen ein Pkw. Häberle eilte in den dunklen Flur, um vorsichtig die Haustür zu öffnen. Nur einen Spalt weit, damit es in dieser mondhellen Nacht nicht auffiel. Mit einem Auge konnte er ins Freie blinzeln und ein schwarzes Auto erkennen, das langsam in Richtung der anderen Höfe fuhr und offenbar mehrere große Aufkleber hatte. Was diese bedeuteten, war im fahlen Licht nicht zuzuordnen.

Häberle ließ die Tür wieder einrasten und entschied, in der nächtlichen Stille die Anbauten zu inspizieren. Er hatte sich zwar von Mary die Lichtschalter zeigen lassen, doch wäre es viel zu auffällig, die Innenräume zu beleuchten und nach außen hin zu signalisieren, dass sich hier jemand aufhielt. Häberle nahm einen Schluck aus der Mineralwasserflasche, die ihm Mary auf den Wohnzimmertisch gestellt hatte, und tippte auf seinem Smartphone auf die Taschenlampen-App. Sofort leuchtete ein greller LED-Strahl auf, der ihm auf dem Weg durch den Flur zur Stalltür Orientierung bot. Behutsam drückte er die Klinke, um keinen unnötigen Lärm zu verursachen, der Mary hätte beunruhigen können. Der Lampenstrahl tanzte nach dem Öffnen der Tür an kahlen Wänden entlang, während er hinter sich die Tür einrasten ließ und ihm der Duft der früheren Landwirtschaft entgegenschlug. Die Stille, die ihn umgab, hatte etwas Bedrohliches und doch Beruhigendes, dachte er, denn nichts deutete auf die Anwesenheit einer anderen Person hin. Er leuchtete entlang der Bodenrinne, über die einst Gülle abgeflossen sein mochte. An die Rinder, die in Reih und Glied gestanden waren, erinnerte ein lang gezogener hölzerner Futtertrog. Der Lampenstrahl fiel beim Weitergehen auf den Holzverschlag, in dem früher vermutlich Schweine gehalten wurden. Häberle malte sich in Gedanken aus, wie es in diesem Stall damals ausgesehen hatte.

Während er sich der morschen Tür zuwandte, die links in die Scheune führte, wurde seine Aufmerksamkeit auf etwas anderes gelenkt. Der Lampenstrahl hatte an der Stirnseite des Stalls eine weitere Tür getroffen, die ihm vormittags bei dem Rundgang mit Mary nicht aufgefallen war. Mit drei Schritten hatte er die schwere Metallklinke erreicht, um sie behutsam nach unten zu drücken. Doch die stabil erscheinende Tür, die nach außen führen musste, war fest verschlossen und gab keinen Millimeter nach. Häberle sah, dass der Rahmen zwar von Spinnweben umsponnen war, doch schienen die achtbeinigen Tierchen das hölzerne Türblatt bisher gemieden zu haben.

Während er sich abwandte und den Lichtstrahl auf die desolate Tür zur angrenzenden Scheune zucken ließ, erregte ein Geräusch seine Aufmerksamkeit: ein Fahrzeug. Der Motor näherte sich rasch und ebbte ebenso schnell wieder ab. Vermutlich war der Wagen von den anderen Höfen gekommen und entfernte sich nun in Richtung Unterhöllenstein.

Als es wieder still war, drückte er die marode Tür zur Scheune auf und sah sich dem gespenstischen Chaos der vielen Maschinen, Geräte und Werkzeuge gegenüber, über das er bei Tageshelle schon einmal gestaunt hatte. Jetzt, im scharfen Strahl der LED-Lampe und den Schlagschatten, wirkte alles viel verworrener. Häberle war nur ein paar Schritte eingetreten, sodass die Tür hinter ihm knarrend in die Ruheposition schwenkte und er in die Stille des Raumes lauschen konnte, in den das kalte Vollmondlicht durch schmutziges Glas vergitterter Fenster fiel.

Häberle hatte gehofft, zu mitternächtlicher Stunde ein paar Hinweise auf das Tier zu finden, das möglicherweise im Schutze der Dunkelheit sein Unwesen trieb. Aber nichts drang an sein Ohr, was auf etwas Lebendiges hätte schließen lassen. Vorsichtig stieg er über verrostete Gerätschaften, leuchtete sorgfältig aus, wohin er treten konnte, und ließ den Strahl über das gesamte chaotische Lager streichen, um es wie in einem Labyrinth zu durchqueren: zu den Humus- oder Rindenmulchsäcken, zwischen denen er heute Vormittag die Bewegung wahrgenommen hatte.

Während er sich darauf konzentrierte, zerriss ein metallisch klingender Schlag die Stille. Gleichzeitig ein Quieken. Kurz laut, dann sofort verstummend. Häberle war für den Bruchteil einer Sekunde in der Bewegung erstarrt. Sein Puls raste. Instinktiv lenkte er den LED-Strahl in die Richtung, aus der diese Laute gekommen waren. Von links vorne. Weil von seiner Position aus die Ursache nicht zu erkennen war, versuchte er hektisch, über alles, was ihm im Wege stand, zu steigen, stieß unsanft mit dem linken Knie gegen Metall und wäre beinahe gestolpert, konnte sich aber mit der freien Hand an irgendetwas festhalten, während er mit der anderen das Smartphone umklammerte. Augenblicke später sah er, was ihn erschreckt hatte: Eine der Mausefallen war zugeschnappt und hatte einen der grauen Nager mit großer Wucht erschlagen.

Häberle fühlte für einen Moment tiefes Mitleid mit der verblichenen Maus, doch Zeit zum Nachdenken blieb nicht. Seine Sinne wurden sofort auf etwas anderes gelenkt, drüben bei den Humussäcken. Ruckartig lenkte er den Lichtstrahl dorthin, wo er heute Vormittag Merkwürdiges zu sehen geglaubt hatte. Diesmal aber war es ganz real und deutlich sichtbar. Im Lichtstrahl seiner Taschenlampe reflektierten zwei Augen, die ihn vom Boden aus anzustarren schienen, um sich dann blitzartig abzuwenden. Was blieb, war ein davonhuschender tiefschwarzer Schatten. Irgendwohin, wo ihm Häberle mit dem Lichtstrahl gar nicht so schnell folgen konnte, weil das Gerümpel harte Schatten warf und eine völlig unübersichtliche Situation bildete. In einem aber war sich Häberle sicher: Das war eine Katze. Und zwar eine schwarze.

37

Die restliche Nacht war ohne weitere Zwischenfälle verlaufen. Häberle hatte sich's nach seinem Rundgang durch Stall und Scheune im Sessel gemütlich gemacht und krampfhaft versucht, wach zu bleiben. Trotzdem war er einige Mal in einen kurzen Schlummer gefallen, in dem schwarze Katzen eine Rolle spielten. Als um 5 Uhr der Morgen graute, war er froh, diese Nacht hinter sich zu haben. Denn statt des Wartens hätte er sich ein bisschen Abwechslung gewünscht, und wenn sie noch so gruselig gewesen wäre. So aber war er sich ziemlich sicher, die simple Ursache für die Geräusche der zurückliegenden Tage gefunden zu haben: eine Katze, die in der Scheune über all das Chaos kletterte und vermutlich gelegentlich so lautes Spektakel verursachte, dass es Mary oben in ihrem Schlafzimmer hören konnte.

Oder doch nicht? Als die Sonne über den Horizont stieg, öffnete Häberle die Fensterläden, trat dann aus der Haustür und sog die Frische des Sommermorgens in sich hinein. Dabei überlegte er, ob eine Katze tatsächlich ein derartiges Spektakel machen konnte, das von der angebauten Scheune aus bis ins Schlafzimmer im Obergeschoss zu hören war. Nachts vielleicht schon, wenn man in die Stille hineinlauschte, dachte er. Und außerdem war das alte Haus ziemlich hellhörig. Aber wie gelangte eine Katze in die gut verschlossene Scheune? Sogar durch den Stall war dies nicht möglich.

Wenig später kam Mary von ihrem Schlafzimmer herunter und wollte nach kurzem »Guten Morgen« wissen, was in der Nacht geschehen war. Sie selbst habe trotz des Vollmondes gut geschlafen und nichts Außergewöhnliches gehört. »Sie haben mich beruhigt«, stellte sie fest, um Häberle zu schmeicheln.

Während sie ein kurzes Frühstück zubereitete und Häberle neben ihr in der Küche stand, schilderte er seinen Rundgang und das Auftauchen einer Katze.

»Eine Katze?«, staunte Mary, ließ von ihrer Pfanne ab und drehte sich zu Häberle. »Dann war das gestern Vormittag eine Katze?«

»Davon gehe ich aus, ja. Und die treibt wohl nachts in der Scheune ihr Unwesen.«

»Aber wie kommt eine Katze in die Scheune? Und wo versteckt die sich tagsüber?«

»In alten Bauernhäusern, Ställen und Scheunen gibt es manche Schlupflöcher. Tiere haben dafür einen Spürsinn«, beruhigte Häberle, wohl wissend, dass Marys Ängste vor menschlichen Eindringlingen dadurch nicht gedämmt wurden. Ganz im Gegenteil.

»Die Katze braucht doch etwas zum Fressen«, gab Mary misstrauisch zu bedenken und bereitete Rühreier zu.

»Zu fressen dürfte es da draußen genügend geben. Allerdings ...«, Häberle erkannte den Widerspruch, »... mit Mäusen scheint sie's nicht so zu haben. Denn statt von ihr gefressen zu werden, wurde eine Maus von einer Falle erlegt.«

»Ach«, klang Marys Stimme bedauernd, obwohl sie doch die Fallen selbst aufgestellt hatte.

Häberle lehnte sich mit dem Gesäß gegen die Arbeitsplatte und ließ seine Frage beiläufig klingen: »Bei meinem Rundgang heute Nacht ist mir im Stall eine Tür aufgefallen, die vermutlich nach draußen führt.«

»Ach die«, erwiderte Mary, ohne sich vom Herd wegzudrehen. »Die ist noch im Original vorhanden. Der Schreiner hat gemeint, man brauche sie nicht zu ersetzen. Das war die Außentür des Stalls. Warum fragen Sie?«

»Die ist aber immer abgeschlossen«, stellte Häberle fest, als bedürfe es keiner Frage.

»Ja, natürlich. Das war mir wichtig.«

»Und das Schloss? Den Schlüssel haben Sie, nehme ich an?«

»Durch diese Tür gehe ich nie. Wenn ich im Stall was zu tun habe, gehe ich direkt von der Wohnung aus rüber. Ist da etwas unklar?«

»Nein, nein.« Häberle tat so, als sei dies alles nebensächlich. »Sie haben das alles wohnlich machen lassen«, stellte er fest und bestaunte die kleine Einbauküche.

»Ja. Alles ein bisschen provisorisch. Sollte ich hier richtig wohnen wollen, wird das anders eingerichtet.«

»Wenn Ihr Mann kommt«, ergänzte Häberle.

»Ja, *wenn* er kommt«, seufzte Mary und nahm die Pfanne von der Platte. »Aber das ist noch völlig unklar.«

»Und Sie? Sie würden gerne bleiben?«

Mary schob die Rühreier aus der Pfanne auf zwei Teller. »Ob ich bleibe, hängt von vielen Faktoren ab. Aber eines ist sicher, Herr Häberle: Vertreiben lass ich mich hier nicht.« Sie lächelte. »Auch nicht von Geistern.«

Häberle nickte. »Das würde ich auch so machen. Immerhin haben Sie ja schon einige Handwerker im Haus beschäftigt, um es wohnlich zu machen.«

»Oh ja, und ich habe dabei die Stundenlöhne der Handwerker kennengelernt.«

»Seien Sie froh, dass überhaupt welche kommen. Das ist momentan in Deutschland nicht so einfach. Kein Mensch will mehr auf dem Bau arbeiten. Alle wollen nur noch Mausklicken in den gläsernen Büropalästen.« Häberle drehte sich um und schaute aus dem Fenster. »Wie haben Sie das mit den Handwerkern zeitlich hingekriegt? Waren Sie die ganze Zeit hier?«

»Nein, natürlich nicht. Der Bürgermeister war so nett und hat mir anfangs beim Organisieren geholfen. Ich habe ihm den Hausschlüssel gegeben, damit ihn die Handwerker bei ihm abholen konnten, wenn ich nicht da war. Ich hatte doch jede Menge zu erledigen.«

»So was funktioniert nur auf dem Land«, zeigte sich Häberle erfreut. »Aber jetzt hat er keinen Schlüssel mehr?«

»Wieso sollte er?« Mary ließ kaltes Wasser in die heiße Pfanne zischen und gab sich verwundert: »Sie denken aber nicht, dass Herr Freudenreich hier in der Nacht rumgeistert?«

»Ach nein, überhaupt nicht. Diese Fragerei ist nur so eine Marotte von mir aus meiner aktiven Zeit bei der Polizei. Wenn was passiert ist, fragt man immer zuerst, wer einen Schlüssel und Zutritt zum Tatort hatte.«

»Tatort?« Mary war von der Nennung des Wortes geradezu schockiert.

»So sagt man halt bei der Polizei«, beruhigte Häberle und bemerkte gleichzeitig, dass die Frau in Gedanken woanders war, denn obwohl sie gerade die Teller mit den Rühreiern zum Tisch tragen wollte, blieb sie stehen. »Da fällt mir etwas ein«, entfuhr es ihr, und sie stellte die Teller auf die Arbeitsplatte.

Häberle verstand ihre Reaktion nicht.

»Sie haben mich nach dem Schlüssel dieser einen Tür gefragt«, begann sie langsam, »dazu fällt mir ein, dass es zu dieser Tür im Stall, von der Sie gerade gesprochen haben, gar keinen Schlüssel gibt.«

»Sie haben die Tür bisher nie aufgemacht?«, staunte Häberle.

»Ich bin doch froh, wenn alles versperrt ist. Aber den Schlüssel habe ich nirgendwo gefunden. Wahrscheinlich hat ihn Herr Aubele verschlampt. Irgendwo wird er bestimmt mal auftauchen.«

Häberle runzelte die Stirn, ohne sich anmerken zu lassen, was er jetzt dachte. Mary jedoch schien noch immer in Gedanken versunken zu sein. »Sie bringen mich auf etwas«, sagte sie leise, ging zu einer Schublade und holte, von Häberle verwundert beäugt, einen kleinen Gegenstand heraus. Erst als sie ihn hochhob, erkannte er, dass es ein alter Schlüssel war – einer mit wellenförmigem Bart und Zickzack-Struktur.

»Was ist das?«, fragte Häberle, der damit zunächst nichts anzufangen wusste.

»Den habe ich kürzlich vor dem Haus gefunden, im Gras«, erklärte Mary und überreichte ihn Häberle, der ihn vorsichtig entgegennahm, wie es Kriminalisten immer taten, wenn sie wichtige Spuren vermuteten. Er hielt ihn dicht vor die Augen, um ihn genau betrachten zu können. »Der lag einfach so rum?«

»Ja, da drüben.« Sie deutete in jene Richtung, wo die Außenseite des Stalls das Wohngebäude verlängerte.

»Haben Sie schon mal probiert, ob der Schlüssel irgendwo passen könnte?«

»So ein Schloss gibt's an den neuen Außentüren nicht.«

»An den neuen«, echote Häberle. »Und an der alten, drüben am Stall?«

»Daran hab ich noch gar nicht gedacht«, stutzte Mary. »Meinen Sie, Herr Aubele hat den Schlüssel da draußen mal verloren?«

»Dann müsste das Ding aber schon 18 Jahre dort rumgelegen sein. Er wäre längst so überwuchert gewesen, dass Sie ihn nicht hätten sehen können.«

»Er war nicht überwuchert. Er lag einfach so im Gras.«

»Kommen Sie mal mit«, entschied Häberle und war in Richtung Flur unterwegs. »Ich will mal testen, ob er zu dieser Stalltür passt.«

»Aber dann werden unsere Rühreier kalt«, wandte Mary ein, konnte damit aber den pensionierten Kriminalisten nicht aufhalten. In diesem Moment erinnerte sie der gefundene Schlüssel an ein anderes Objekt. »Ich habe übrigens noch etwas entdeckt«, sagte sie, worauf sich Häberle auf dem Weg zum Flur interessiert umdrehte: »Und das wäre?«

Mary wischte sich die feuchten Hände an einem Tuch ab, öffnete eine Schublade und hielt Häberle wortlos ein flaches, schwarzes Plastikteil entgegen. Der Ex-Kriminalist erkannte sofort: »Eine Diskette! Wo haben Sie die denn her?«

»Aus einer Bücherkiste von Aubele.«

»Und was ist da drauf?«

»Das müssten doch Sie rausfinden können. Dazu braucht man ein Lesegerät, das es sicher heute nicht mehr gibt.«

Häberle nahm die Scheibe und ließ sie vorsichtig in seiner Freizeitjacke verschwinden.

38

Wider Erwarten ließ sich der Schlüssel im Schloss mit geringem Kraftaufwand drehen. Häberle war davon überzeugt, dass dieser Mechanismus keinesfalls 18 Jahre lang nicht betätigt worden war. Auch die Tür schwenkte problemlos auf. Mary stand sprachlos daneben und rang sich erst, nachdem Häberle mehrfach das Schloss ver- und wieder entriegelt hatte, zu einer Bemerkung durch:»Wer den Schlüssel gehabt hat, konnte im Stall ein und aus gehen.« Häberle überlegte.»Ja, zweifelsohne. Aber der Schlüssel lag ja im Gras, sagen Sie.« Er verschloss die Tür wieder und begann, den Boden nach etwaigen weiteren Spuren abzusuchen. Dies konnte nur oberflächlich geschehen, denn das vermoose Gras stand knöchelhoch, und dazwischen wucherten allerlei Unkräuter. Häberles Suche war demnach eher einem beruflichen Reflex geschuldet, wonach an rätselhaften Orten sofort weitere Beweismittel vermutet wurden. Mary verfolgte sein Verhalten irritiert, während sich ein Motorengeräusch näherte und sie im Augenwinkel auf dem Weg, der weiter zu den anderen Gehöften führte, ein schwarzes Auto bemerkte. Gelbe Sterne draufgeklebt. Der Wagen stoppte vor dem schmalen Grünstreifen, der sich seitlich von Wohngebäude und Stall entlangzog. Häberle warf dem Auto zunächst nur einen kurzen Blick zu, doch dann waren es die aufgeklebten gelben Sterne, die ihn neugierig machten. Weil er sich dies nicht anmerken lassen wollte, setzte er mit gesenktem Kopf seine angestrengte Suche fort. Mary, so stellte er fest, wollte sich von den Insassen des Fahrzeugs nicht stören lassen, quälte sich dann aber trotzdem ein freundliches Lächeln ab und ging zu dem Auto, das Häberle als einen BMW älteren Datums einschätzte. An der Mary zugewandten rechten Fahrzeugseite glitt die Scheibe der vorderen Beifahrertür hinab, und ein schwarzer Wuschelkopf blickte heraus. »Hallo, Frau Quinbek!«, rief eine Frauenstimme so laut, dass Häberle aufblickte.

»Hallo, Frau Kalaric«, erwiderte Mary und empfand deren Frisur auch diesmal als völlig unpassend.

»Ist Ihnen etwas verloren gegangen? Können wir helfen?«, fragte die Assistentin des Magiers.

Mary winkte ab. »Nein, danke. Wir kommen allein zurecht.«

Inzwischen hatte sich Magier Petro über seine Partnerin gebeugt, um durchs Beifahrerfenster Mary ebenfalls sehen zu können. »Unser Angebot steht«, erinnerte er die näher gekommene Mary und meinte damit das »magische Auspendeln« von Aubeles Aufenthaltsort. Mary hatte sofort verstanden. »Kostenlos«, fügte Frau Kalaric an, deren schwarzes Kleid so kurz war, dass Mary durchs Seitenfenster die kräftigen Oberschenkel sehen konnte, zu denen dieses kabarettmäßige Outfit nicht so recht passen wollte. Aber, so dachte Mary, vermutlich waren die beiden schon wieder auf dem Weg zu einem Auftritt, und sie musste mit viel nackter Haut von den Zaubertricks ihres Mannes ablenken.

»Haben Sie denn eine Spur von Herrn Aubele?«, wollte Petro wissen.

Mary verneinte schmallippig, worauf die resolute Zauber-Assistentin voller Überzeugung erklärte: »Es gibt psychogeografische Phänomene. Also Häuser, die eine unheimliche Atmosphäre besitzen.«

Häberle hatte einige Gesprächsfetzen mitbekommen, weshalb er nun an das Auto herantrat. »Höre ich da etwas von Spukgeschichten oder gar Esoterik?«

»Wer sind Sie denn?«, raunzte ihn die Frau an und fuhr sich durchs schwarze Haar.

»Entschuldigen Sie«, gab sich Häberle charmant, »ich habe vergessen, mich vorzustellen. Mein Name ist Häberle. August Häberle. Sozusagen ein Freund des Hauses.«

»Ein Freund …?«, staunte die Angesprochene und wartete vergeblich auf eine Erklärung von Mary. Stattdessen schilderten die beiden Kalarics, dass sie quasi Nachbarn von Frau Quinbek seien, »drüben vom Tannenhof«, und sie den Herrn Aubele noch vor seinem Verschwinden kurz kennengelernt hatten.

Häberle knüpfte daran an: »Wie haben Sie den Aubele denn erlebt?«

»Ein Eigenbrötler«, erklärte Petro schnell. »Die Landwirtschaft war verwahrlost, und er hat sich wohl mit Garten- und Parkgestaltung durchgeschlagen. Mehr schlecht als recht. Gesprächig war er überhaupt nicht.«

Die Assistentin ergänzte: »Deshalb freuen wir uns jetzt umso mehr, mit Frau Quinbek eine charmante Nachbarin bekommen zu haben, der wir helfen wollen, Spuren ihres Verwandten zu finden.«

»Mit Pendeln und Hokuspokus«, erwiderte Häberle genervt. Es mochte zwar durchaus viele Dinge geben, die man wissenschaftlich nicht erklären konnte, aber seine berufliche Erfahrung hatte ihn gelehrt, bei Kriminellem nur an objektive Fakten zu glauben. Obwohl er, das fiel ihm spontan ein, vor schätzungsweise 15 Jahren auch mal einem Trugschluss erlegen war, worüber er in stillen Stunden noch immer grübeln konnte. Er hatte gelernt, dass manchmal auch Unmögliches möglich sein konnte.

Die Stimme der Frau holte ihn aus diesen Gedanken zurück: »Hokuspokus oder nicht. Ich bin davon überzeugt, dass uns Seelen von Verstorbenen umgeben, die noch immer auf der Erde weilen und nicht loslassen können, weil ihnen Unrecht geschehen ist und sie noch etwas zu erledigen haben.«

Häberle wollte etwas einwenden, aber Petro kam ihm zuvor:»Häuser können emotionsgeladene seelische Energie aufnehmen, was sensitive Menschen spüren.« Und seine Partnerin ergänzte:»Denken Sie an Kirchen. Deren Innenräume sind mit Gebeten positiv aufgeladen …«

»Darüber kann man lange diskutieren«, unterbrach Häberle den Redefluss der beiden.»Wenn Sie einen – sagen wir mal – wissenschaftlich fundierten Vorschlag haben, wie wir Herrn Aubele finden können – oder wenigstens das, was nach all den Jahren noch von ihm übrig ist –, dann dürfen Sie sich gerne bei Frau Quinbek melden.«

Frau Kalaric zog vergeblich ihr Kleidchen länger, als fühle sie sich darin unwohl, und sah Häberle in die Augen:»Wenn sich Frau Quinbek in dem Haus nicht gut fühlt, sollte man den Hof vielleicht mal gründlich durchsuchen. Es könnte doch sein, dass dort ein Untoter sein Unwesen treibt.«

»Ein …«, Häberle glaubte, nicht richtig gehört zu haben, »ein Untoter?« Er wandte sich wortlos ab und Mary folgte ihm.

Von hinten hörten sie die Stimme der Zauber-Assistentin:»Ich weiß, das hören Sie nicht gern. Aber denken Sie einfach mal darüber nach. Sonst könnte noch etwas Schlimmes geschehen.«

Häberle beruhigte Mary:»Einfach nicht hinhören. Die beiden sind doch völlig durchgeknallt.« Er zögerte und fügte an:»Künstler eben. Künstler.«

39

Häberle hatte sich von Mary zu seinem Auto auf dem Parkplatz beim Merklinger Bahnhof bringen lassen. Von dort aus fuhr er in das weite Land der vier Gehöfte zurück. Sein Ziel: der Schattenhof von Leo Temme. Obwohl ihm Mary dessen Handynummer gegeben hatte, wollte er unangekündigt auftauchen, und falls der Ex-Polizist nicht da sein sollte, würde er sich eben ein bisschen umsehen, dachte Häberle, den Mary über die dortigen Verhältnisse informiert hatte.

Der Schattenhof von Temme war in der weit auseinandergezogenen Kette der vier alten Gehöfte jener, der Marys Eulenhof am nächsten lag, aber immerhin auch eineinhalb Kilometer entfernt, getrennt durch sanft hügelige Getreidefelder. Der asphaltierte Feldweg, der die Höfe miteinander verband, war gesäumt von Hecken und einzelnen vom Sturm verkrüppelten Bäumen. Häberle ließ seinen Tiguan an ihnen entlangrollen und parkte auf einer geschotterten Fläche vor dem windschief erscheinenden Schattenhof, der von einigen mächtigen Baumriesen überragt wurde, vermutlich Eichen. Ein Auto war nicht zu sehen.

Häberle stieg aus, stapfte im grellen Sonnenschein durch hohen Grasbewuchs zur hölzernen Tür, an der es keinen Klingelknopf gab. Drähte, die aus dem Mauerwerk ragten, ließen auf eine noch nicht installierte Sprechanlage schließen.

Er blickte prüfend am abgebröckelten Verputz der Hauswand hinauf, wo am Dachtrauf eine rostige Rinne aus der Verankerung gebrochen war. Er rief: »Hallo, ist jemand da?«, doch weil er keine Antwort bekam, drückt er die schwergängige Türklinke nach unten, die ihm Zutritt in einen dunklen Flur ermöglichte. Offenbar war dieses Gebäude nach demselben Muster errichtet worden wie Marys Eulenhof. Während er sich orientierte und sich seine sonnengeblendeten Augen an die schlechte Beleuchtung gewöhnen mussten, drang eine unfreundlich klingende Frauenstimme an seine Ohren: »Wer bist du, was willst du?« Er blickte in die Richtung, aus der die Frage kam: nach rechts oben zu der steilen Treppe. Auf halber Höhe erhob sich dort eine Frauengestalt im geblümten kurzen Strandkleidchen, barfuß, schwarzhaarig, ungekämmt, etwas Schwarzes in der Hand haltend, das Häberle erschreckte, weil es fast wie eine Pistole aussah. Doch die Frau verbarg den Gegenstand schnell hinter ihrem Rücken.

Häberle kniff die Augen zusammen, um schärfer sehen zu können. »Entschuldigen Sie«, presste er verlegen hervor, »aber es gibt keine Klingel. Ich suche Herrn Temme.«

»Hast du einen Termin? Bist du angemeldet?«, blaffte die Frau, die er auf etwa 30 schätzte, ihm entgegen.

Häberle ließ sich von dem plumpen Duzen nicht beeindrucken. »Nein, ich habe keinen Termin. Ich wollte nur mal mit ihm reden.«

Amal blieb auf der Treppe stehen und schaute auf Häberle verächtlich herab. Trotz des schlechten Lichts sah er das unfreundliche Gesicht, das trotz vieler Schminke so gar nicht zum übrigen modelhaften Äußeren passen wollte. »Wann kann ich ihn denn sprechen?«, wollte er wissen.

»Er kann jeden Moment kommen – vielleicht aber auch erst in einer Stunde. Worum geht's denn?« Amal hielt sich mit einer Hand am Treppengeländer fest, während die andere den schwarzen Gegenstand hinter dem Kleid verbarg. Und sich Häberle schlagartig bewusst wurde, wer diese Frau nur sein konnte.

Gleichzeitig musste er an seinen ehemaligen Kollegen Linkohr denken, dessen Hormone bei einem solchen Anblick ungeachtet der komplizierten Verhältnisse vermutlich schwer ins Rotieren gekommen wären. Doch davon durfte sich ein Kriminalist, egal welchen Alters, nie ablenken lassen. Häberle entschied deshalb, den Rückzug anzutreten, was Amal bemerkte und deshalb einen versöhnlicheren Ton anschlug. »Wenn du einen Termin willst, ruf an. Du hast doch seine Handynummer, oder?«

Häberle schwieg, wandte den Blick von Amal und entdeckte erst jetzt beim Wegdrehen das Chaos im dunklen Flur, das ihn für ein paar Sekunden in den Bann zog. Amal bemerkte sein Interesse und sah sich zu einer Erklärung bemüßigt: »Pass auf und stolpere nicht. Ich bin gerade beim Entrümpeln. Nächste Woche kommt die Müllabfuhr vorbei.« Häberles Augen wanderten über prall gefüllte Müllsäcke und zerrissene Kartons, die mit aufgedrucktem Amazon-Logo auf reges Online-Bestellen hindeuteten. Andere Kartonüberreste ließen auf einen Elektronikversand schließen. Die Fetzen einer zerkleinerten Verpackung hatten vom Firmennamen oder der Inhaltsangabe nur die Buchstaben »bauer« lesbar gelassen.

Häberle drehte sich zu der Frau: »Keine Sorge, ich stolpere nicht. Ich geh wieder. Tschüss.«

»Kann ich Herrn Temme etwas ausrichten?«, zeigte sie sich nun doch an ihm interessiert. »Du kannst jederzeit einen Termin kriegen, wenn es dir passt.«

»Termin«, wiederholte Häberle. »Termin, wozu?«

Amals Stimme wurde wieder härter: »Für das, was du willst.«

»Bestellen Sie Herrn Temme einen schönen Gruß von August Häberle«, erwiderte der Ex-Kriminalist und drehte sich beim Hinausgehen nochmals zu ihr um: »Ach ja – wozu brauchen Sie denn das Ding? Haben Sie Angst?« Er hatte mit einer Hand auf sie gedeutet und sie sichtlich in Verlegenheit gebracht. Trotzdem verbarg sie den schwarzen Gegenstand, den er meinte, weiterhin hinter dem Rücken. Weil sie nichts sagte, grinste ihr Häberle zu, denn er war sich absolut sicher, was sie nicht zeigen wollte: »Sie können Ihren Elektroschocker wieder wegpacken. Also, tschüss.«

40

Gewisses Verständnis hatte Häberle gehabt: Wenn sich die Haustür nicht abschließen ließ und die Frau allein daheim war, konnte es durchaus Sinn machen, einen Elektroschocker parat zu haben. Falls man ungebetenen, möglicherweise nicht allzu feinen Besuch erwartete. Schließlich waren Dinge zur Selbstverteidigung nicht verboten, sofern sie das nötige Prüfzeichen aufwiesen. Aber musste es denn gleich so ein martialisches Notwehrinstrument sein?

Die Frau, von der er nicht wusste, wie sie hieß, hatte ihn tatsächlich an Linkohrs Eskapaden erinnert. Sein einstiger junger Kollege war mehrfach in die Bredouille geraten, weil er sich allzu intensiv, vor allem aber auch privat für weibliche Zeuginnen oder Angeklagte begeistern konnte. Vor allem, wenn sie mit ihren Reizen nicht gerade geizten wie diese junge, leichtgeschürzte Frau, die soeben auf der Treppe gestanden war. Häberle war vom Gedanken an Linkohr angetan. Wenn er diesem Ex-Kollegen von diesem Treffen vorschwärmte, würde er ihn vielleicht zu einer privaten Mitarbeit gewinnen können – es sei denn, Linkohr hatte inzwischen eine feste Freundin. Was eher unwahrscheinlich war, mutmaßte Häberle und rief ihn über die Freisprechanlage an, sobald er das Funkloch in der Senke der Hochfläche hinter sich gelassen hatte. Er erreichte ihn auf dem privaten Handy, was in solchen Fällen angeraten erschien. Linkohrs Stimme verriet sofort Begeisterung, als er Häberles Stimme vernahm, dann jedoch für einen Moment Geduld einforderte, weil er offenbar sein Büro verließ, um ungestört plaudern zu können. Nach den üblichen Frotzeleien kam Häberle zur Sache und erklärte kurz und knapp, woran er gerade arbeite, und dass er unbedingt fachmännische Hilfe von jemandem brauche, der sich an alten Computern auskenne. Häberle konnte sich zwar entsinnen, dass man nach dem Verschwinden Aubeles dessen Rechner durchforstet hatte, ohne Merkwürdiges zu entdecken. Aber damals war die Polizei nicht gut genug aufgestellt gewesen, um in die Tiefen eines Computers eindringen zu können. Außerdem lagen keinerlei Hinweise auf ein Verbrechen vor. Linkohr wusste sofort, was zu tun war: »Ich red gleich mal mit unserem Praktikanten. Der hat ein paar Semester das digitale Zeug studiert. Wenn er Zeit hat, tauchen wir morgen Vormittag bei Ihnen auf.« Häberle war über diese Auskunft hocherfreut und übermittelte seinem Kollegen die Adresse von Marys Gehöft, nicht ohne eindringlich zu ergänzen: »Das liegt weit außerhalb von Unterhöllenstein. An diesem Weg das erste Gehöft links.«

41

Mary wusste nicht so recht, ob sie sich freuen sollte oder ob sie den Mann, der plötzlich vor der Tür gestanden war, gleich wieder wegschicken solle. Leo Temme strahlte übers ganze Gesicht und hielt zwei Piccolos in die Höhe. »Kurze Verschnaufpause«, sagte er und kam ihr so nahe, als wolle er sofort ins Haus stürmen.

Mary blieb jedoch verwundert stehen, doch Leo mochte sich damit nicht abfinden: »Es wird Zeit, dass wir mal auf eine gute Nachbarschaft anstoßen.«

Eigentlich hätte sie sich über den spontanen Besuch freuen können, aber nach dem gestrigen Gespräch, das mit dem Hinweis auf Amal eine seltsame Wendung genommen hatte, waren ihre Gefühle zu Temme abgekühlt. Natürlich empfand sie ihn noch immer als attraktiv. Aber so, wie er über seine Partnerin gesprochen hatte, schien er ganz schön gerissen und kaltschnäuzig zu sein. Mary hatte vergangene Nacht auch über Häberles Worte nachgedacht, der Temme in die Nähe des Rotlichtmilieus gerückt hatte. Zwar angeblich nur rein dienstlich, aber wenn er wegen seiner Zuneigung zu einer drogensüchtigen Prostituierten aus dem Polizeidienst entlassen worden war, dann zeugte dies nicht gerade von einem starken Charakter.

Ihr kam ein Artikel in den Sinn, bei dem es um Menschenschmuggel für sexuelle Ausbeutung gegangen war. Menschenhandel sei viel profitabler als der Handel mit Waffen oder Drogen, die man nur einmal verkaufen könne, hatte es darin geheißen. Zudem würden auch vermehrt Menschen ausgebeutet, um sie als Arbeitskraft zu nutzen. Bei dem Gedanken ekelte es Mary.

Weil Temme natürlich nicht ahnen konnte, was Mary beschäftigte und dass sie an seinen Umgang mit der jungen Frau gar nicht mehr erinnert werden wollte, sagte er charmant: »Wir wollten doch unsere gestrigen Gespräche fortsetzen.« Jetzt war sie allerdings zu feige, ihn an der Haustür abzuspeisen. Sie machte ihm den Weg frei und führte ihn in das Wohnzimmer, wo er gleich damit begann, die beiden Prosecco-Fläschchen zu öffnen. Sein Wunsch nach zwei Gläsern klang wie ein Befehl und nicht wie eine freundliche Bitte. Mary gehorchte wortlos, sodass sie sich schließlich zuprosten konnten. »Auf uns«, sagte Temme, ohne eine Antwort zu erhalten.

»Geht's dir heute nicht gut?«, fragte Temme nach dem ersten Schluck besorgt, weil ihm Marys Stimmungswandel seltsam erschienen war. Sie wich seinen Blicken aus, weshalb er verunsichert erklärte: »Ich habe dir doch versprochen, mal eine Nacht lang hier drinnen Wache zu schieben.«

»Das hast du, ja«, bestätigte Mary kühl. »Aber ich glaube, das ist nicht notwendig.« Sie hatte sich zu dieser Erklärung durchgerungen, obwohl sie nicht wusste, ob dies wirklich ihrer innersten Überzeugung entsprach.

Temme war enttäuscht. »Du weißt, ich habe das ehrlich gemeint. Ganz ohne mehr zu erwarten.«

Er setzte sich auf die Couch, ohne dies angeboten bekommen zu haben.

»Vergangene Nacht war dieser Kommissar hier, und es gab keine Anschläge oder Ähnliches«, sagte sie und setzte sich Temme gegenüber.

»Schön für dich. Wahrscheinlich löst sich alles in Wohlgefallen auf, wenn deine Nerven zur Ruhe gekommen sind.« Temmes Stimme klang sanft und verständnisvoll.

»Wahrscheinlich hast du recht, Leo«, griff Mary seine Meinung auf.

»Kommt der Kommissar denn wieder – heut Nacht?«

»Nein. Das ist nicht nötig. Ich werd es allein versuchen.«

»Allein? Hat er dir nicht vorgeschlagen, irgendwelche Überwachungsanlagen zu installieren?«

Mary sah ihn irritiert an. »Alarmanlagen?«, stellte sie fragend klar. »Weißt du auch, wie aufwendig das wäre? Nein. Ich kann mir selbst helfen.«

»Wie willst du das können, wenn du nachts allein bist?«

»Pfefferspray«, entgegnete sie schnell.

»Du weißt aber schon, dass dies in geschlossenen Räumen auch dir selbst schaden könnte?«

»Mach dir keine Sorgen, Leo.«

»Du bist dir auch sicher, dass alle Türen, am Wohngebäude und drüben am Stall und in der Scheune, fest verriegelt sind?«

»Absolut«, sagte sie so überzeugend wie möglich.

»Alles verriegelt und alle Schlüssel da?«

Mary zögerte. »Ja, natürlich. Alles da. Alles okay. Der Kommissar hat's auch geprüft.«

Temme ließ ein paar Sekunden verstreichen. »Und wie stellst du dir deine Zukunft vor? Willst du länger hierbleiben?« Er lehnte sich mit dem Sektglas in der Hand zurück.

»Das entscheide ich später. Eines ist aber klar, Leo: Vertreiben lass ich mich nicht. Von niemandem.«

»Das habe ich auch gar nicht vermutet, liebe Mary. Du wärst mir als Nachbarin lieb und wert.«

Mary wollte diese Schmeichelei nicht akzeptieren: »Vielleicht solltest du dich mehr um deine junge Partnerin kümmern.«

»Oh«, entfuhr es Temme, »das klingt ja fast so, als seist du ein bisschen eifersüchtig.«

»Eifersüchtig kann man nur sein, wenn man sich gewisse Hoffnung auf etwas macht.«

»Machst du nicht?« Temme schien auf jede Situation wortgewandt reagieren zu können.

»Ich finde dich sehr sympathisch, Leo. Aber ich fühl mich gefangen in einem Gefühlskarussell …«

»Dann spring doch ab. Ich spüre es förmlich, dass dein Herz an dieser Gegend hängt und nicht an den USA«, wagte er einen Vorstoß. »Du könntest ganz neu anfangen. Stell dir vor: Wir verkaufen unsere beiden Höfe und beginnen ein neues Leben.«

Mary trank ihr Glas leer und stellte es auf den Tisch. »Leo, bitte, lass mich nachdenken. Ich brauche Zeit und Ruhe.« Sie erhob sich, um ihm zu signalisieren, dass sie nicht bereit war, länger mit ihm zu diskutieren. Obwohl sie innerlich bereits wieder von Zweifeln geplagt wurde.

42

Häberle war an diesem Samstagvormittag pünktlich gewesen. Sein ehemaliger Kollege Mike Linkohr traf mit dem jungen Praktikanten, Ingo Menig, eine Viertelstunde später ein. Mary bat die beiden Männer sofort ins Wohnzimmer, wo Häberle auf die Besucher wartete und sie herzlich begrüßte. Linkohr hatte sich in dem Jahr, seit sie sich zuletzt gesehen hatten, nicht verändert. Noch immer drahtig, Oberlippenbart, abgegriffene leichte Freizeitjacke, die er auch in der Hitze des Tages trug. Zu seinem Begleiter Ingo sagte er stolz:»Du hast die Ehre, den berühmten Kommissar Häberle kennenzulernen.«

Häberle reichte ihm die Hand und fügte süffisant-ironisch an:»Wenn schon, dann bitte den Titel richtig: Erster Kriminalhauptkommissar a. D.«

Ingo wusste aus lauter Ehrfurcht nicht, was er sagen sollte, weshalb Häberle das Wort ergriff:»Schön, dass ihr's möglich gemacht habt vorbeizuschauen.«

Während Mary vorschlug, Kaffee zu brühen, nahmen die drei Männer im Wohnzimmer Platz. Häberle erläuterte die Hintergründe ihres Treffens und zog die Diskette aus der Jacke.»Das kennen wir alle«, sagte er und schob sie über den Tisch dem Praktikanten zu, der sofort eifrig sagte, um sein Fachwissen zu beweisen:»Eine Diskette. Magnetischer Datenträger, auch ›floppy disk‹ genannt.« Er nahm sie vorsichtig in die Hand, als habe er es mit einem wichtigen Beweismittel zu tun, und dozierte weiter:»Dreieinhalb Zoll. Ab etwa 2003 wurde dieses Speichermedium aber zunehmend von USB-Sticks oder externen Festplatten abgelöst. Apple hat sogar schon ab 1998 seine Rechner ohne Diskettenlaufwerk ausgeliefert. Disketten haben nur eine Kapazität von etwa 1,4 MB. Das benutzt heute kein Mensch mehr.«

»Sagen Sie das nicht«, unterbrach Häberle und konnte sich eine ironische Bemerkung nicht verkneifen:»Ich wette, dass es deutsche Behörden gibt, die unter dem Begriff ›Digitalisierung‹ noch immer das Arbeiten mit Disketten verstehen.«

Linkohr lachte schallend, während Ingo vornehme Zurückhaltung übte und sich verlegen durchs zerzauste halblange Haar strich. Auf Häberle machte er den Eindruck eines in sich gekehrten Informatikers, der sich gewiss stundenlang mit einem Computerproblem auseinandersetzen konnte. Typen wie ihn brauchte die Polizei allemal, denn die Gangster heutiger Zeit bedienten sich einer digitalen Technik, von der man in den verstaubten Amtsstuben nur träumen konnte. Denn wo noch gefaxt statt gemailt wurde, was während der Corona-Pandemie aus den staatlichen Gesundheitsämtern bekannt wurde, dort war die moderne Technik spurlos vorbeigegangen.

Häberle wollte sich keine Blöße geben, weshalb er gegenüber dem Praktikanten feststellte: »Sie können das Ding sicher zum Leben erwecken.«

Ingo wagte keinen Widerspruch, sondern gab nur zu bedenken: »Disketten halten nicht ewig. Zehn bis 20 Jahre vielleicht. Kommt auf die Lagerung an. Die Dinger arbeiten sehr mechanisch. Aber ich werde mein Möglichstes tun.«

Linkohr frotzelte: »Manchmal macht Ingo auch Unmögliches möglich.«

Häberle nickte dem jungen Mann aufmunternd zu, während Mary den Kaffee servierte.

»Ingo kann alles Digitale wieder zum Leben erwecken«, lobte Linkohr seinen eher schweigsamen Kollegen noch einmal. »Sogar aus halb zertrümmerten Festplatten hat er schon Daten rausgekitzelt. Seitdem weiß ich, dass man einen alten Computer niemals aus der Hand geben darf, bevor man nicht die Festplatte rausnimmt, sie kurz und klein schlägt und die Einzelteile im Garten tief vergräbt.«

»So komplizierte Dinge habe ich nicht«, griff Häberle das Thema auf und verwies auf Aubeles alten Windows-Rechner, der seit etwa 18 Jahren nicht mehr in Betrieb gesetzt worden war. Und soweit er aus den Akten wusste, hatte man sich damals, nach dem Verschwinden Aubeles, zwar über den

Computer hergemacht, aber vermutlich nicht mit großem Aufwand, zumal ja kein Verbrechen vermutet worden war.

Ingo Menig wollte endlich loslegen und wandte vorsichtig ein: »Ich muss jetzt erst mal den Rechner in Gang setzen. Es kann sein, dass der gar nicht mehr anspringt, falls ein Kondensator eingetrocknet ist.« Niemand aus der Runde konnte damit etwas anfangen. Linkohr brachte einen positiven Aspekt ins Gespräch: »Das Passwort haben die Kollegen damals wohl geknackt. Ich habe in den alten Akten und Protokollen nachgeschaut und bin fündig geworden.« »Ach«, staunte Häberle. »Man hat Sie an die alten Akten rangelassen? Kein Datenschutz oder sonstiger bürokratischer Irrsinn?«

»Beziehungen«, brüstete sich Linkohr, und sein ehemaliger Chef vermutete, dass eine neue Flamme dahintersteckte. Derlei Netzwerke hatte Linkohr nämlich schon früher durch seine diversen Freundinnen gefunden. Wobei natürlich etwas anderes im Vordergrund stand, als an Informationen zu gelangen. Dies war dann eher ein Nebeneffekt, den er freilich bei Bedarf durchaus zu nutzen wusste.

Das Passwort, wie es in der Vermissten-Akte notiert war, lautete schlicht »Eulenhof«. Nachdem sie ihre Kaffeetassen leer getrunken hatten, führte Mary ihre Besucher in den kleinen Nebenraum, in dem Aubeles voluminöser Monitor auf einem Tischchen stand, unter dem sich der graue Blechkasten des eigentlichen Rechners befand. Seitlich davon, auf einem kniehohen Schemel, fristete ein kleiner Drucker sein Dasein. Vermutlich ein Tintenstrahler, dessen Patronen längst eingetrocknet sein würden, dachte Ingo, und es war ihm, als blicke er in die museale digitale Vergangenheit. Der Tisch mit Tastatur und schwarzer Computermaus sah so aus, als sei Aubele gerade erst nur mal kurz weggegangen.

Während sich der junge Experte auf den einzigen Stuhl setzte, um sich über den Blechkasten zu seinen Füßen herzumachen, schleppte Mary einige Holzstühle herbei, damit sie alle dem Mann sitzend über die Schultern blicken konnten.

Dass der Rechner nicht auf Anhieb sein Gebläse röhren und den dickbauchigen Monitor aufleuchten ließ, hatte der Informatiker erwartet. Er griff deshalb zu seiner mitgebrachten Werkzeugtasche, kroch unter den Tisch und schraubte das Blechgehäuse auf, aus dem ihm ein Schwall staubiger Luft entgegenkam.

Mary, Häberle und Linkohr verfolgten die Arbeit gespannt, zumal sie nie zuvor die Innereien eines solchen Computers gesehen hatten. Häberle staunte über die Platinen und andere winzige elektronische Einzelteile.

Ingo tauschte ein paar davon aus und hatte damit tatsächlich vollbracht, was Laien als ein digitales Wunder bezeichnen würden. Irgendwann tauchte auf dem Bildschirm das Logo von Microsoft XP auf. Ingo kommentierte beiläufig: »Ist sehr alt. 2001 erschienen.« Dann wurde das Passwort angefordert, das er eintippte, worauf ihm Word jede Menge Dateien auflistete. Häberle bückte sich näher zum Bildschirm und meinte: »Die Kollegen, die damals den Computer durchforstet haben, sind vermutlich so weit gar nicht vorgedrungen.«

Linkohr ergänzte aber: »In den Akten wird allerdings angedeutet, dass es auch verschlüsselte Dateien gegeben habe, die man jedoch«, dann zitierte er aus dem Gedächtnis, »der Komplexität wegen keiner weiteren Überprüfung zugeführt habe.«

Häberle brummte: »Was auf gut Deutsch heißt, dass man niemanden gefunden hat, der die Verschlüsselung hätte knacken können.«

»Oder man hat die Kosten gescheut, weil es keinerlei Hinweise auf ein Verbrechen gegeben hat«, kommentierte Linkohr und verfolgte gespannt, was Ingo vorhatte. Nach vielen Mausklicks war er offenbar auf eine Word-Datei gestoßen, die sich nicht öffnen ließ. »Das kriegen wir hin«, meinte er und stieg mit mehreren Tasten-Kombinationen tief in das Betriebssystem ein, worauf ein blauer Bildschirm mit weißen, ziemlich eckigen Buchstaben erschien, von denen er einige überschrieb. Ingo vernahm anerkennendes Raunen, dem er gleich seinen Rat hinzufügte: »Von diesem Modus sollten Laien die Finger lassen. Eine minimale Änderung kann das Betriebssystem komplett zum Abstürzen bringen.«

Linkohr hatte daran keinen Zweifel, zumal die dienstlichen Computer im täglichen Normalbetrieb bisweilen versagten.

Tatsächlich hatte Ingo innerhalb von zehn Minuten und mehrmaligem Hin- und Herwechseln zwischen verschiedenen Betriebszuständen die Datei geöffnet, die vermutlich nur zur Tarnung den genutzten Namen »Unwichtiges« trug. Dass eingescannte Schriftstücke erscheinen würden, hatte Ingo gleich gar nicht erwartet, denn es wäre ziemlich ungewöhnlich gewesen, wenn ein älterer Handwerker bereits vor 18 Jahren einen Scanner benutzt hätte. Und da es im Haus keinen Internet-Anschluss gab, waren gespeicherte E-Mails ebenfalls nicht zu erwarten.

Langsam öffnete der Computer die nacheinander angeklickten Dokumente und brachte mehrere Word-Texte zum Vorschein, deren Stichwort-Bezeichnungen allerdings wenig aussagekräftig waren. Ingo öffnete eines, das nur aus wenigen Stichworten bestand, die sich um die Zusammensetzung und Preise von Düngemitteln drehten. Die Informationsspalte datierte die letzte Bearbeitung des Textes auf den 13. April 2004, 21.37 Uhr.

Mary war mit Häberle und Linkohr näher an den Monitor herangerückt, um nun jedes Detail lesen zu können.

Ingo klickte sich durch eine Reihe weiterer nichtssagender, weil offenbar berufsspezifischer Themen, aber auch Rechnungen, die Aubele an verschiedene Kunden der näheren Umgebung geschickt hatte. Weshalb er diese Schriftstücke in eine verschlüsselte Datei geschoben hatte, wurde Häberle erst nach und nach klar, nachdem er mehrmals die Zusätze unter den Rechnungen gelesen hatte: »Ich bitte um Barzahlung.« Vermutlich hatte Aubele nicht alles, was er kassierte, in seiner Buchhaltung erfasst – sofern es überhaupt irgendwo eine unfrisierte Kassenführung gegeben hatte. Aber um eine Steuererklärung, so dachte Häberle, war er vermutlich nicht herumgekommen.

Als Ingo tief in solche Gedanken versunken war und eine Datei nach der anderen öffnete, schlug Häberles Gehirn Alarm, denn der Mauszeiger war auf keinem Stichwort gelandet, sondern nur auf einem schlichten »A«. »Stopp«, entfuhr es ihm, worauf Ingo erschrocken innehielt. »Da steht als Stichwort nur ein A«, erklärte Häberle seine Reaktion. »Machen Sie das mal auf.«

Sein Instinkt hatte den pensionierten Kriminalisten nicht getrogen. »Brief an Ackerstein«, war die Überschrift.

»Ist das wichtig?«, staunte Ingo.

43

Bürgermeister Freudenreich saß bisweilen auch vormittags im Büro, was am weit geöffneten Fenster von außen zu erkennen war. Fletschinger hatte dies im Vorbeifahren erkannt und spontan angehalten, um seinem Ärger von gestern Abend Luft zu verschaffen. Die Rathaustür war offen, und er konnte gleich ins Büro des Bürgermeisters stürmen. Dort war Rathaus-Chef Max Freudenreich vom plötzlichen Auftauchen Fletschingers alles andere als erfreut. Ohne anzuklopfen, hatte sich der Immobilienmakler Zutritt verschafft und sich, noch ehe Freudenreichs Unmut verklungen war, den Besucherstuhl an den Schreibtisch herangezogen und sich gesetzt. Der Bürgermeister fühlte sich unwohl, als Fletschinger sicht- und hörbar verärgert lospolterte:»Das ging ja ganz schön daneben. Sie hätten sich nicht enthalten dürfen. Ihre Stimme hat gefehlt.«

»Ich habe Ihnen doch erklärt, dass ich mich nach außen hin so neutral wie möglich verhalten will. Sobald auch nur der Anschein erweckt wird, ich würde mich energisch für das Gewerbegebiet einsetzen, habe ich das halbe Kaff gegen mich. Es sind doch nur die ›Reing'schmeckten‹, die das wollen.« Der Bürgermeister warf seinen Kugelschreiber auf den Schreibtisch.»Das sind auch die, die sich an Kirchenglocken, am Muhen der Kühe und am Gestank der Landwirtschaft stören.«

»Aber Sie selbst haben doch gesagt, dass dieses Unterhöllenstein neue Finanzquellen braucht. Gewerbesteuer, Arbeitsplätze, Fortschritt, Innovation. Mit den Kuhställen und den armseligen Bauern wird das nichts.«

»Ich bitte Sie um Sachlichkeit«, mahnte Freudenreich und wischte sich mit einem Handrücken Schweiß von der Stirn. Es war schon wieder unerträglich schwül heute Vormittag.

»Sie haben die Frage falsch gestellt«, meckerte Fletschinger. »Es war damit zu rechnen, dass es ein Patt geben würde. Da hätte ein Blick in die Gemeindeordnung gereicht, um das Ding umzudrehen.«

»Es ist üblich, die Frage zur Beschlussfassung so zu stellen, wie ich sie gestellt habe«, beharrte Freudenreich auf seiner Entscheidung, wohl wissend, dass es bei Abstimmungen durchaus einige bürokratisch-juristische Fußangeln geben konnte. In einer nahegelegenen Stadt – so wurde jedenfalls gemunkelt – war sogar ein Bürgerentscheid über den Bau eines Shopping-Centers durch eine für Laien etwas verklausulierte Fragestellung zugunsten des Verwaltungsantrags ausgegangen.

»Ach, machen Sie mir doch nichts vor! Mit der richtigen Fragestellung lässt sich bei einer befürchteten Patt-Situation ein bisschen manipulieren. Und zwar völlig legal«, behauptete Fletschinger eine Spur ärgerlicher. »Sie hätten fragen müssen, wer gegen das Gewerbegebiet ist.« Er betonte energisch: »Gegen, verstehen Sie. Nicht für! Bei ›für‹ ist der Antrag im Falle einer Patt-Situation abgelehnt. Bei ›gegen‹ wäre bei einer Patt-Situation der Antrag ebenfalls abgelehnt worden. Aber es wäre der Antrag gegen das Gewerbegebiet gewesen. Muss ich Ihnen das extra erläutern? Oder kapieren Sie das nicht?«

Freudenreich winkte mit einer Hand energisch und verächtlich ab. »Das sind doch juristische Winkelzüge …«

»Die aber legal sind«, unterbrach ihn Fletschinger.

Tatsächlich konnte sich Freudenreich an verwirrende Abstimmungen sogar auf Landkreis-Ebene entsinnen, als vor noch gar nicht so langer Zeit alle Fraktionen zum Thema Klinikschließung unterschiedliche Anträge gestellt hatten und es beim Abstimmungs-Wirrwarr, das der Vorsitzende vermutlich bewusst ausgenutzt hatte, letztlich nach dem Willen der Verwaltung ausgegangen war.

Aber einem derartigen Durcheinander, das musste sich der Bürgermeister eingestehen, wäre er nicht gewachsen. Er war schon immer für eine gerade Linie gewesen. Allerdings bekam er mit seinen Räten zunehmend parteipolitische und ideologische Strömungen zu spüren, die ihm das Leben schwer machten. Wenn er ehrlich zu sich selbst war, schlug sein Herz nämlich für die heimischen Landwirte, von denen er jeden persönlich kannte. Trotzdem war die Idee, die Finanzen der Gemeinde aufzufrischen, natürlich nicht von der Hand zu weisen.

»Und jetzt?«, fragte Fletschinger aufgebracht.

»Erst mal Ruhe bewahren«, versuchte Freudenreich, die einseitigen Wogen zu glätten. »Man muss in solchen Fällen einen Kompromiss finden.«

»Was heißt da Kompromiss? Nur ein halbes Gewerbegebiet, oder was?«

»Man könnte einen Bürgerentscheid anstreben, also die Einwohner von Unterhöllenstein befragen ...«

Fletschinger schüttelte den Kopf. »Unsinn. Die dickschädeligen Bauern werden zusammenhalten. Die sind in der Mehrzahl. Das wissen Sie genauso gut wie ich.«

»Es wäre aber demokratisch.«

»Ach, gehen Sie mir doch weg mit diesem demokratischen Gesülze. Sollen wir noch einen Runden Tisch machen und jahrelang diskutieren, wie man das in der großen Politik macht, wenn's um Themen geht, die man lieber nicht laut ansprechen sollte?«

»Ich will keine Spaltung der Gemeinde.«

»Spaltung der Gemeinde!«, höhnte Fletschinger. »Als ob nicht schon das ganze Land gespalten wäre! Aber in der Politik kräht kein Hahn danach. Die labern doch nur rum. Wenn die Reichen immer reicher und die sozial Schwachen immer schwächer werden, werden die Ausgaben fürs Soziale ins Unermessliche steigen.«

»Ich verstehe jetzt nicht so recht, was das mit unserem Problem zu tun hat.«

»Es hat!«, beharrte Fletschinger. »Nur wenn wir Arbeitsplätze schaffen, kann diese Schere, die zwischen den Schichten immer weiter auseinanderklafft, eingedämmt werden. Wenigstens bei uns hier.«

Freudenreich wollte sich in keine weitere Diskussion mehr hineinziehen lassen und konterte: »Was nützen mehr Arbeitsplätze, wenn die Menschen dann sowieso nicht genügend verdienen oder die Sozialabgaben einen Großteil des Lohns auffressen?«

»Soll ich Ihnen mal was sagen, Herr Freudenreich«, brauste Fletschinger auf, »die hohen Sozialabgaben sind wichtig, damit wir die sozial Schwachen gut versorgen können und davon abhalten, auf die Barrikaden zu gehen.«

Freudenreich griff zum Kugelschreiber und spielte nervös damit. »Darin sind wir uns einig. Unsere Sozialabgaben sind so etwas wie Schutzgeld, mit dem wir unsere Gesellschaftsordnung schützen.«

»Und deshalb brauchen wir Arbeitsplätze«, fühlte sich Fletschinger bestätigt. »Also, was ist zu tun?«

»Am einfachsten und verträglichsten wäre es, alle vier Hofbesitzer würden an einen Investor verkaufen.« Freudenreich atmete durch.

»Mit Spekulationsgewinn. Das meinen Sie doch«, bläffte Fletschinger. »Okay, dass ich dazu bereit wäre, ist klar. Meine Hilfe haben Sie. Auch bei diesem Temme könnte es klappen, obwohl er aus …«, Fletschinger grinste, »aus rein geschäftlichen Gründen gerne bleiben würde. Aber vielleicht könnten wir ihm etwas Adäquates im Außenbereich anbieten, wo er niemanden stört und niemand dumme Fragen stellt.« Freudenreich wollte lieber nichts dazu sagen, denn in Gerüchte mischte er sich nur ungern ein. Deshalb ging Fletschingers Redefluss weiter: »Was diese Kalarics anbelangt, scheint es etwas schwieriger zu werden. Aber Geld brauchen sie vermutlich dringend. Die haben während der Corona-Pandemie große Verluste erlitten. Theater- und Kabarett-Auftritte hat's lange Zeit keine gegeben.«

»Vergessen Sie Frau Quinbek nicht«, unterbrach Freudenreich.

»Da, glaube ich, wird der Preis eine Rolle spielen. Wenn ein Investor genügend bietet, wird sie schwach. Jedenfalls schätze ich das so ein.«

»Sie meinen, man müsste ein bisschen nachhelfen?«, überlegte der Bürgermeister zweifelnd.

Fletschinger grinste triumphierend. »Sie scheinen langsam zu kapieren. Geld regiert die Welt – und nicht irgendeine Ideologie.«

»Man müsste mit den Leuten da draußen mal offen und ehrlich reden«, seufzte Freudenreich. »Denn erst, wenn die Eigentümer zum Verkauf bereit sind, kann man das Thema kommunalpolitisch aufwärmen und es über den Regionalverband als überörtlich bedeutend ins Gespräch bringen. Vielleicht kann uns in Stuttgart die neue Ministerin für Landesentwicklung und Wohnen zur Seite stehen.«

Fletschinger erhob sich, beugte sich aber sofort wieder über den Schreibtisch, um Freudenreich aus kurzer Distanz in die Augen schauen zu können. »Ich merke, Sie haben Ideen. Vergessen Sie nicht: Ein paar kleine Zuwendungen sind Ihnen sicher, wenn etwas ganz Großes entstehen kann.«

Noch im Hinausgehen wandte sich Fletschinger um und erklärte mit gedämpfter Stimme: »Falls Sie das nächste Mal nicht mehr gewählt werden, gäb's bestimmt einen tollen Ruhesitz am Bodensee. Dort ist das Klima nicht so rau wie hier auf der Alb.« Freudenreich ignorierte diese Bemerkung und ließ Fletschinger wortlos abziehen. Dann wandte er sich seinem Computerbildschirm zu, wo die E-Mail einer Bürgerin eingegangen war mit der Bitte, im nächsten Amtsblatt eine Suchanzeige nach ihrer schwarzen Katze zu veröffentlichen. Auch das noch, dachte Freudenreich. Als ob er derzeit keine anderen Probleme hätte, als nach einer entlaufenen Katze suchen zu lassen. Außerdem, so sagte man doch, brachten schwarze Katzen Unglück. Manchmal jedenfalls. Wenn sie von links kamen …

44

Die Enttäuschung war groß. Was Aubele in der verschlüsselten Datei »A« verborgen hatte, war – nichts. Die drei Personen in dem kleinen Raum des Bauernhauses hatten sich um den Kriminal-Praktikanten in Erwartung auf eine höchst geheime Botschaft geschart, deren angebliche Abspeicherung laut Computer-Datierung am 2. Juli 2004 kurz vor Mitternacht erfolgt war. Ingo klickte noch einige Male hin und her, doch der Bildschirm blieb dort, wo üblicherweise ein Text zu erwarten gewesen wäre, weiß.

»Nichts«, kommentierte Häberle verwundert. »Was heißt das?«

Der junge Mann drehte sich zu ihm um und antwortete emotionslos: »Nichts.«

Linkohr vermutete: »Vielleicht hat Aubele hier zwar geschrieben, dann den Text ausgedruckt und gelöscht oder ihn anderweitig abgespeichert. Oder eine falsche Taste gedrückt.«

»Jedenfalls steht eines fest«, konstatierte Häberle, »der Aubele hat dem Grafen Ackerstein etwas mitgeteilt. Und ich kann mir auch denken, was.« Er berichtete von dem Treffen mit dessen Nachfolger, der von einer Erpressung gesprochen hatte. Der Kriminalist, der einst für seinen genialen Spürsinn bekannt war, schien von den Zusammenhängen begeistert zu sein. Und sein früherer Kollege Linkohr stellte insgeheim fest, dass sein Ex-Chef mal wieder »Feuer gefangen« hatte. Dies umso mehr, da er es zumindest vorläufig nicht mit einer Staatsanwaltschaft zu tun haben würde. Kein bürokratischer Ermittlungsapparat mit Befindlichkeiten jeglicher Art stand ihm im Wege.

Ingo griff, ohne zu zögern, nach der Diskette, die Häberle neben die Tastatur gelegt hatte. »Probieren wir's mal mit diesem Ding. Vielleicht hat er da was drauf gespeichert.«

Der junge Mann klickte die aufgelisteten Daten auf dem Bildschirm weg, bückte sich zu dem Blechkasten unterm Tisch und entdeckte sofort den erhofften Schlitz zum Einschieben der Diskette. »Die alten Geräte haben das noch«, murmelte er zufrieden, während es im Computer ein paar klickende Geräusche gab, was auf gewisse Aktivitäten des Rechners hinwies. Ingo klickte mit der Maus am Monitor auf den Explorer, der die Diskette im Laufwerk als erkannt meldete. Diesmal aber wurde nur eine einzige Word-Datei aufgelistet, die jedoch bei Häberle, Linkohr und Mary einige staunende Laute hervorrief. Nur Ingo blieb völlig emotionslos und erklärte:»Da haben wir's. Wieder das große A.« Linkohr ergänzte:»Wenn wir Glück haben, hat Aubele hier den Text versteckt.«

Kaum hatte er es gesagt, klopfte jemand kräftig gegen die Haustür. Mary sah reflexartig auf die Armbanduhr. 11.25 Uhr.»Entschuldigen Sie einen Moment«, sagte sie genervt,»aber ich habe niemanden erwartet.«

Während sich die Männer weiter mit dem Computer beschäftigten, verließ Mary den kleinen Raum, um die Haustür zu öffnen, und blickte ziemlich verwundert drein. Vor ihr stand eine dunkel gekleidete Gestalt, übergewichtig und mit hochtoupierten Haaren. Mary wusste sofort, wen sie vor sich hatte: Anja Kalaric, die ihr schon einmal wegen ihres plötzlichen Auftauchens unangenehm aufgefallen war. »Hallo, Frau Quinbek«, grinste die Bühnenkünstlerin, die wieder ihr unvorteilhaftes Kleid trug. Vermutlich war sie mit ihrem Mann, der am vorbeiführenden Feldweg in dem sternenbeklebten Auto wartete, auf dem Weg zu einem abendlichen Auftritt.»Ich sehe, Sie haben Besuch«, sagte sie und deutete auf die beiden Fahrzeuge: das eine von Häberle, das andere von Linkohr und Ingo.

»Ja, ich habe Besuch«, erwiderte Mary angesäuert. Sie hatte keine Lust auf Konversation.

»Ich wollte Ihnen nur etwas Wichtiges sagen, weil wir gerade vorbeifahren«, ließ sich Anja von ihrem Anliegen nicht abbringen.

»Es ist aber gerade ziemlich ungeschickt.«

»Aber vielleicht ist es für Sie wichtig, was ich Ihnen sagen will«, blieb Anja hartnäckig und starrte ihr Gegenüber durchdringend an. »Sie sollten nämlich vorsichtig sein, Frau Quinbek. Ich habe für Sie gependelt.«

Mary erschrak, drehte sich um und rief ins Haus: »Herr Häberle, bitte kommen Sie.«

Anja war ob dieser Reaktion gleichfalls erschrocken. »Entschuldigen Sie, ich wollte Sie nicht beunruhigen.«

Schon war Häberle zur Stelle, worauf Mary zur Seite trat, um ihm Platz zu machen. Anja wusste dies alles nicht zu deuten. »Ich … ich wollte Frau Quinbek nicht bedrohen. Wirklich nicht.«

Häberle verzog sein Gesicht zu einem verständnisvollen Lächeln. »Worum geht's denn? Sie dürfen mir gerne alles erzählen.« Er hatte die Frau sofort wiedererkannt.

Mary nickte eifrig und war froh, dass Häberle sich der Sache annahm.

Anja hatte jedoch ihr selbstbewusstes Auftreten verloren und erklärte schnell, dass ihr und ihrem Mann der übernächste Hof gehöre: der Tannenhof. Und dass sie sich beide seit Jahren um den Herrn Aubele sorgten, der ja spurlos verschwunden sei.

»Und dazu ist Ihnen jetzt etwas Wichtiges eingefallen, nehme ich an«, unterbrach Häberle sie verständnisvoll.

»Ja«, erwiderte Anja zögernd. Sie schien Hemmungen zu haben, mit ihm zu reden. »Sie müssen wissen, wir sind Bühnenkünstler, mein Petro und ich. Magier. Zusammen sind wir die ›Petakas‹.« Ihre Stimme wurde wieder selbstbewusster. »Aber ich befasse mich auch außerhalb unserer Show mit übersinnlichen Dingen.«

»Das ist mir bereits geläufig.« Häberle musterte die Frau, die offenbar ihr äußeres Erscheinungsbild diesem Metier angepasst hatte. »Und diese …«, Häberle suchte nach einer diplomatischen Formulierung, denn er ahnte, was kommen würde, »… diese übersinnlichen Dinge haben mit Herrn Aubele zu tun, nehme ich an.«

»Nicht direkt. Aber ich habe gependelt – wenn Sie wissen, was das ist.«

Häberle wusste dies sehr wohl. Einige Male hatte er während seiner beruflichen Laufbahn derlei Angebote bekommen, wenn vermisste Personen oder geflüchtete Täter verschwunden waren. Die wenigen Versuche, die damals gemacht worden waren, hatten jedoch zu keinem nachweisbaren Erfolg geführt. Manchmal hatten die »Pendler« ihre Aussagen derart schwammig formuliert, sodass der spätere Auffindeort der gesuchten Personen, egal, wo dies dann gewesen war, mit viel Fantasie dazu gepasst hatte.

»Ihr Pendel führt uns zu Herrn Aubele, wenn ich Sie richtig verstehe«, drängte Häberle auf ein Ende des Gesprächs.

»Vielleicht, ja. Das wollte ich Frau Quinbek schnell sagen. Ich glaube nämlich, Herr Aubele ist ganz in der Nähe.«

Häberle runzelte die Stirn. »Ihr Pendel sagt, dass er noch lebt?«

»Ob er noch lebt, habe ich nicht auspendeln können. Aber er muss ganz in der Nähe sein.«

»Tot oder lebendig?«, entfuhr es Häberle locker.

»Weiß ich nicht. Aber etwas von ihm ist hier. Vielleicht sogar in diesem Haus.«

Mary fühlte sich von diesen Worten wie elektrisiert. Hatte Anja gesagt »etwas von ihm«? Etwas? Noch hatte sie im Ohr, dass Anja ihr schon einmal den Rat gegeben hatte, »sich in Acht« zu nehmen. Sie wollte das Gespräch nun nicht länger mit anhören und ging wortlos zurück ins Haus zu den anderen.

Häberle blieb geduldig stehen. »Und was von Aubele soll in diesem Haus sein?«

Anja stutzte. Er hatte sich ihr kürzlich zwar als »Freund des Hauses« vorgestellt, aber nun kam er ihr mit seinen Fragen seltsam vor. »Darf ich fragen, weshalb Sie so großes Interesse daran haben?«

»Ach so, ja.« Häberle deutete eine höfliche Verneigung an und entschied, mit der Wahrheit herauszurücken. »Mein Name ist Häberle, ich war mal Polizist und kümmere mich nun ein bisschen um verzweifelte Menschen.«

»Polizist wie Temme?«

»Nein, nicht wie der«, erklärte Häberle, obwohl er den Hintergrund dieser Frage nicht verstand.

»Dann gebe ich auch Ihnen einen Tipp …«, erwiderte Anja.

»Auch einen ausgependelten Tipp?«, unterbrach Häberle süffisant.

»Nein, einen ganz realen. Der Temme da drüben ist mir nicht geheuer. Der kriegt häufig Besuch, auch nachts. Und die junge Frau, die bei ihm wohnt und angeblich seine Mitarbeiterin ist, passt schon gar nicht in diese Gegend hier.«

»Na ja, Bauern gibt's in diesen Gehöften aber doch sowieso keine mehr«, hielt Häberle dagegen.

»Das Vernünftigste wär doch, wir würden allesamt verschwinden und das alte Gelumpe meistbietend verkaufen«, meinte Anja und strich das für ihre Figur viel zu kurz geratene schwarze Kleid glatt.

»Sie wollen weg von hier?«

»Man mag uns nicht. Ja, wir alle, wir, Temme und dieser Immobilien-Heini, haben uns mal günstig hier eingekauft. Und wenn jetzt anderes geplant ist, könnte man doch Spekulationsgewinne mitnehmen. Würden Sie das nicht auch tun?«

»Und wenn einer bleiben will?«

»Sie meinen wohl: eine! Na ja, Frau Quinbek wird sich das auch noch überlegen müssen.« Anja lächelte und fügte beim Weggehen an: »So ein Sühnekreuz vor dem Haus kann viel Unheil bringen.«

Häberle hatte davon noch nichts gehört. Und abergläubisch war er ohnehin nicht. Mochte es zur Suche von Wasserquellen durchaus erfolgreiche Rutengänger geben, ans Pendeln wollte er nicht glauben.

45

Als Häberle ins Haus zurückkehrte, waren Mary und Linkohr bereits informiert. Ingo hatte inzwischen der Diskette eines ihrer Geheimnisse entlockt. Zwar gab es auch auf ihr einige Dateien mit belanglosen Bezeichnungen. Sein Interesse und das der Umstehenden galt aber jener mit dem großen »A«. Ein Doppelklick mit der Maus reichte, um ein Schreiben zutage zu fördern, das Aubele vier Monate nach der literarischen Veranstaltung im Ackerstein'schen Schloss an den Senior-Grafen gerichtet hatte. Ob der Text jemals ausgedruckt und tatsächlich verschickt wurde – natürlich mit der normalen gelben Post –, war daraus nicht ersichtlich. Häberle fühlte sich allerdings beim Lesen an manches erinnert, was ihm der Junior-Graf angedeutet hatte: dass das Verhältnis zwischen Graf und Aubele in diesen Sommermonaten 2004 nicht vom Feinsten gewesen sein dürfte. Ohne Anrede stand zu lesen:»Hiermit erfolgt Erinnerung an Zusage, die Rechnung vom 2. Juni und Entlohnung für Fundsache, die geheim bleibt. Wenn Zweifel, hebe ich an dieser Stelle Graben aus.« Häberle las den kurzen Text, der nicht gerade von großem Schreibtalent zeugte. Um sich den Inhalt einzuprägen, las ihn Häberle zweimal und rief sich gleichzeitig das Gespräch mit dem Junior-Grafen ins Gedächtnis.»Fundsache«, stand hier zu lesen. Und dem schlau kombinierenden ehemaligen Kriminalisten war klar, was gemeint war: der dubiose Grenzstein im Schlosspark, der nach Meinung Aubeles das gräfliche Areal um vermutlich 1.000 Quadratmeter verkleinern würde. Eine astreine Erpressung, wenn in dem Text von einer»Entlohnung für die Fundsache« die Rede war, die»geheim« bleiben solle. Dies hieß doch: Schweigegeld.

Ingo konnte mit dem Text nichts anfangen, Linkohr mutmaßte:»Der hat den Grafen in die Zange genommen.«

Mary starrte noch immer fassungslos auf den Bildschirm:»Und dann hat der Graf ihn umbringen lassen.«

Linkohrs Eifer stieg:»Einen Graben wollte Aubele ausheben, steht da. Graben.« Er hielt inne und löste mit der nächsten Bemerkung betretenes Schweigen aus:»Vielleicht sollten wir dort, wo der Graben gemacht werden sollte, mal genauer nachsehen …«

Häberle riet zur Vorsicht:»Nun mal langsam, Herr Kollege. So schnell vergräbt man keine Leiche im Schlosspark. In Kriminalromanen würde man das vermutlich so tun, aber die Realität sieht ein bisschen anders aus. Aubele war einige Monate vor diesem Schrieb im Schloss eingeladen. Da dürfte das Verhältnis noch relativ ungetrübt gewesen sein.

Es muss also in der Folgezeit etwas geschehen sein. Aber es muss nicht gleich alles auf Mord und Totschlag hinauslaufen. Außerdem hab ich die Grafen und die Gäste als eine sehr integre Gesellschaft kennengelernt.«

Ingo drehte sich zu Häberle: »Das schützt nicht unbedingt vor einer Dummheit. Man vergisst allzu leicht, dass es sogar in Adelshäusern menschelt. Siehe England.«

46

Mary war geschockt. Hatte man ihren Verwandten tatsächlich umgebracht und irgendwo verscharrt? Häberle und Linkohr beruhigten sie bei einer Tasse Kaffee, während Ingo seine Utensilien zusammenpackte und sich seine eigenen Gedanken machte. Diese kreisten aber eher um den museumsreifen Computer, dessen Blechgehäuse er festschraubte.

Häberle erklärte der innerlich zitternden Mary, dass er und seine beiden Kollegen beschlossen hätten, das Freigelände vor dem Eulenhof elektronisch zu überwachen: »Der Herr Menig hat ein paar unauffällige Kameras mitgebracht.«

»Sie wollen …?« Mary war das Wort im Halse stecken geblieben.

»Ja«, besänftigte Häberle. »Mir ist wohler, wenn wir beobachten können, was sich nachts um Ihr Haus herum abspielt.«

Linkohr ahnte, dass die Frau damit überfordert war: »Sie brauchen nichts zu tun. Es sind sogenannte Wildkameras, also wie sie Jäger im Wald einsetzen, um das Wild zu beobachten. Die Kameras speichern die Aufnahmen. Man braucht kein Kabel, keinen Aufwand – nichts. Und niemand bemerkt etwas.«

Häberle betonte: »Sie müssen uns aber versprechen, dass Sie niemandem davon erzählen. Keinem Menschen. Auch keinem von den anderen Höfen. Und auch dem Bürgermeister nicht. Niemandem. Es muss geheim bleiben. Das ist wichtig.«

Mary nickte stumm, worauf Ingo nun seine Werkzeugtasche zum Auto brachte und mit einem großen Karton zurückkam.

»Herr Menig hat diese Überwachung vorgeschlagen und die Technik mitgebracht«, zeigte sich Häberle erfreut, um gleich anzufügen: »Das macht er in seiner Freizeit und nicht als Polizist.«

Linkohr ergänzte: »Ich auch.«

Weil sie beide bemerkten, dass Mary mit diesen Feststellungen nichts anzufangen wusste, sah sich Häberle zu einer Erklärung veranlasst: »Die Datenschützer würden uns lynchen, wenn wir den öffentlichen Straßenraum heimlich mit Kameras überwachen.«

»Ist das verboten?«, wunderte sich Mary, während Ingo bereits eine der naturfarbenen kleinen Kameras mit Akkus bestückte und Kontrollleuchten blinkten.

»Das müsste richterlich angeordnet werden«, brummte Häberle, der ein Berufsleben lang nie verstanden hatte, weshalb es der Polizei in Deutschland so schwer gemacht wurde, derartige Überwachungssysteme zu nutzen, um Täter zur Strecke zu bringen. Er hatte nur Kopfschütteln dafür übrig, dass öffentliche Plätze nur dann mit Kameras ausgestattet werden durften, wenn sie sich zu einem Kriminalitätsschwerpunkt entwickelt hatten. Und selbst dann dauerte es lange, bis dies möglich wurde. Mit Grausen dachte Häberle an die sommerlichen Radau-Nächte vor zwei Jahren in Stuttgart am sogenannten Eckensee unweit des Landtags. Die Datenschützer, die nach Meinung Häberles nicht die Daten, sondern die Täter schützen wollten, beharrten in vielen Fällen darauf, dass die Kameras abmontiert werden, wenn sich der Kriminalitätsschwerpunkt aufgelöst habe. Welcher Irrsinn, schoss es ihm wieder durch den Kopf: Zuerst musste etwas passieren – und dann aber, wenn das Gesindel vorübergehend verscheucht war, die Kameras nix wie weg! In anderen Ländern, wie etwa in Italien, waren sogar in kleinen Gemeinden Plätze und Straßen videoüberwacht. Vom Gardasee her kannte er dies aus eigener Anschauung.

»Sie verstoßen also gegen solche Gesetze, die es in Deutschland gibt?«, hakte Mary verständnislos nach.

»So könnte man das sagen«, räumte Häberle ein, der nie einer Konfrontation mit bürokratischen Vorgesetzten aus dem Weg gegangen war. Manchmal staunte er rückblickend selbst darüber, dass er nie allzu großen Ärger gekriegt hatte.

Dann ließ er Linkohr erklären, was mit Ingo abgesprochen war: »Wir verstecken eine Kamera an einem dieser Bäume gegenüber dem Haus. Damit können wir das Umfeld des Hofs überwachen.«

»Und bei Nacht?«, wollte Mary wissen.

»Das sind feinauflösende Nachtsichtkameras«, antwortete Linkohr stolz. »In Kombination mit Bewegungsmeldern. Die schalten sich nur ein, wenn sich etwas bewegt, das aber Wärme abstrahlen muss. Wie etwa ein Mensch oder ein Fahrzeug oder ein Tier.«

Häberle konnte sich eine frotzelnde Bemerkung nicht verkneifen: »Gespenster ausgeschlossen.«

Mary war nicht nach Späßen zumute.

Linkohr blieb deshalb sachlich: »Die andere Kamera positionieren wir etwa 50 Meter entfernt, schräg gegenüber an diesem verkrüppelten Baum am Rande des Wegs, der rüber zu den anderen Höfen führt.«

Häberle ergänzte: »Damit verschaffen wir uns ein Bild von allem, was sich vorbeibewegt.«

Ingo hatte die beiden Kameras scharfgemacht und den rindenfarbenen Riemen eingefädelt, der um Baumstämme gewickelt und mit einem Klettverschluss zugezurrt werden konnte. »Wir müssen darauf achten, dass alles schnell geht und uns niemand sieht.«

Linkohr klärte auf: »Niemand darf merken, dass wir Kameras verstecken. Ingo macht das allein. Sobald jemand auftaucht, tarnt er sich als Spaziergänger.«

Mary wandte ein: »Hier draußen gibt es selten Spaziergänger. Und am Samstagmittag kommt selten ein Auto vorbei.«

»Okay«, sagte Ingo. Er hatte verstanden. Sowohl er als auch Häberle und Linkohr waren sich der Gefahr bewusst, dass dieser illegale Einsatz Folgen haben könnte.

47

Mary war nach dem Weggang der Kriminalisten wieder mal nach Merklingen zum Einkaufen gefahren und am frühen Abend, nach einem Teller Spaghetti mit Rotwein, gleich in ihr Schlafzimmer gegangen, um sich von den turbulenten Ereignissen des Tages zu erholen und ausführlich, aber mit der Müdigkeit kämpfend, eine Zeitung zu lesen. Draußen hatte der Vollmond bereits an Volumen verloren und sich erst spät überm Horizont gezeigt. Trotz der nächtlichen Mondhelle ließ sie die Fensterläden offen, um bei Bedarf jederzeit nach draußen sehen zu können. Die Überwachungskameras gaukelten ihr natürlich nur eine gewisse Sicherheit vor. Schützen aber konnten sie vor nichts. Dafür aber würden sie etwaige nächtliche Umtriebe aufnehmen und speichern. Ingo Menig hatte versprochen, die Speicherkarten morgen Vormittag auszutauschen und die heimlichen Aufnahmen auszuwerten.

Während sie in das Dunkelgrau des Zimmers starrte und ihr das Unterbewusstsein irgendwelche Ornamente, Schleier und zwischendurch sogar Gesichter vortäuschte, nahmen ihre Gedanken freien Lauf: an Joe, an Temme und an die Zukunft des Hofs. Eigentlich hatte sie Joe heute Abend noch anrufen wollen, doch war sie viel zu müde, um ihm die neueste Entwicklung zu schildern. Außerdem würde er sich nur sorgen, wenn sie ihm von Überwachungskameras und dem Besuch der Kriminalisten berichtet hätte. Dies würde ihn doch nur in seiner Einschätzung bestärken, dass ihr Vorhaben auf der Schwäbischen Alb Unglück, Schulden und Unruhe bringen würde. Zudem ließen die jüngsten

Meldungen aus der Ukraine kein schnelles Ende des dortigen Krieges erwarten. Der russische Kriegstreiber Wladimir Putin und seine verblendeten Mitläufer hatten sogar schon etwas vom Einsatz von Atomwaffen fabuliert. Das alles hatte Joe gewiss in seiner Einschätzung bestärkt, niemals wieder in die Nähe von Russland zu ziehen. Andererseits schien in diesen Tagen der ehemalige Soldat in ihm zu erwachen, denn er hatte zu Marys Erstaunen kriegerisches Vokabular von sich gegeben, nachdem zuvor im US-Fernsehen über die Massaker an der ukrainischen Zivilbevölkerung und die vorsätzliche Zerstörung der Infrastruktur berichtet worden war.

Mary befürchtete nach jedem Telefonat mit Joe ein bisschen mehr, dass sie den Traum vom historischen Gehöft auf der Schwäbischen Alb würde aufgeben müssen. Zumindest mit Joe. Und Leo Temme? Wieder geisterte der durch ihren Kopf. Wieder aber als gespaltene Persönlichkeit: einerseits der charmante, attraktive und höflich auftretende Mann, andererseits der kaltblütig erscheinende Herrschertyp, der sich eine junge Frau als Lockvogel hielt. Oder wofür sonst noch. Nein, sie durfte den männlichen Reizen nicht verfallen. Nicht bei Temme. Aber wenn Joe nicht kam und Temme hier war, der sich einen Neuanfang würde vorstellen können? Was hätte sie denn zu verlieren? Sie wäre wieder an den Ort ihrer familiären Wurzeln zurückgekehrt. Die beiden Kinder – Tochter und Sohn – waren erwachsen und hatten gute Jobs in den USA. Die waren gewiss nicht erpicht auf eine alte Immobilie in Deutschland, zumal sie sich für ihre deutsche Abstammung ohnehin nie interessiert hatten. Daran schuld war auch Joe. Der hatte nie etwas Positives über Deutschland gesagt, es abwertend als »künftiges Schlachtfeld im Dritten Weltkrieg« bezeichnet und es den Kindern vergällt.

Marys Vernunft sagte ihr, dass sie gar keine andere Wahl hatte, als in die Staaten zurückzugehen. Mit Leo gab es keine gesicherte Zukunft, und ohne Joe würde sie das alte Gehöft nicht umkrempeln und modernisieren können. Schon hatte er damit gedroht, keinen Cent mehr in diese Sache investieren zu wollen. Immerhin war er bisher großzügig bereit gewesen, regelmäßig Geld zu schicken. Nun aber hatte er im letzten Telefonat auf eine Entscheidung gedrängt, was den Verkauf des Gehöfts bedeuten würde.

Mary war es wenigstens gelungen, ihn zu vertrösten. Der Hinweis, ein schneller Verkauf würde wenig Geld einbringen, hatte ihn überzeugt, insbesondere als Mary anklingen ließ, dass ein Gewerbegebiet geplant sei und man deshalb fürs Grundstück später einige Dollars mehr erzielen könnte.

Den Gedanken an den Verkauf verwarf sie im Halbschlaf. Nein, sie wollte dieser verdammten Vernunft nicht nachgeben. Ein gnädiges Schicksal hatte ihr dieses Erbe beschert, das noch so viel Geheimnisse in sich barg, da gab man nicht einfach auf. Schon gar nicht, solange Hans Aubeles Verschwinden nicht geklärt war. Im Zustand zwischen Tag und Traum mahnte sie eine innere Stimme, dass Aubele vielleicht ganz in der Nähe war und alles mitbekam, was mit seinem Haus geschehen sollte.

Unfug, verwarf Mary dieses wilde Szenario, das sich in ihr Unterbewusstsein geschlichen hatte und nur die Fortsetzung der irren Schilderungen von dieser Anja war. Mehr nicht.

Der Schlaf hatte sie schließlich vollends übermannt, als ein Motorengeräusch die stille Landschaft erfüllte. So laut wie selten. Mary warf die Decke beiseite und war mit zwei Schritten am Fenster, wo sie zwei Scheinwerfer aus Richtung des nächsten Hofs herankommen und sich auf dem Weg nach Unterhöllenstein entfernen sah.

Ihre Armbanduhr zeigte 3.36 Uhr an, und der abnehmende Mond stand noch hoch. Mary war hellwach geworden und versuchte zum zweiten Mal in dieser schwülen Nacht einzuschlafen. Sie wälzte sich von einer Seite auf die andere, hörte alle paar Minuten das Knarzen und Knacken des hölzernen Dachstuhls. Inzwischen hatte sie sich zwar an diese unheimlichen Geräusche gewöhnt, doch kurz vor 4.30 Uhr war alles anders. Ein metallisches Scheppern durchbrach die Stille. Nur ganz kurz und aus einer gewissen Entfernung. Vielleicht von der Scheune. Mary war aufgeschreckt und lauschte, ihr Herz pochte. Wie bereits in den Nächten zuvor, konnte sie die Richtung, woher der Lärm gekommen war, nicht eindeutig zuordnen. Jedenfalls schien die Quelle irgendwo in diesem Gebäudekomplex zu sein. Etwas war umgestürzt oder herabgefallen. Natürlich konnte dies eine ganz normale Ursache haben. Wenn es in den frühen Morgenstunden kühler wurde, zog sich Material, das sich in der Tageshitze ausgedehnt hatte, wieder zusammen, und oft reichten ein paar Millimeter, um etwas von einem Regal stürzen zu lassen. Mary versuchte, sich mit solchen Gedanken zu beruhigen, doch wenig später gab es einen dumpfen Schlag. Als ob irgendwo eine Tür zugeworfen worden wäre. War also doch jemand im Haus? Der Gedanke an die Stalltür, deren verrosteter Schlüssel im Gras gelegen war, jagte durch ihren Kopf. Gab es noch einen Schlüssel – einen, den jemand besaß und der sich auf diese Weise Zutritt verschaffte?

Mary wagte kaum zu atmen. Schon glaubte sie, Geräusche zu hören, obwohl es keine weiteren gab. Denn es war nur ihr beschleunigter Puls, der in den Ohren hämmerte. Sie sah auf die Uhr. 4.49 Uhr. Bald würde der Morgen grauen. Und dann würden sie die beiden Überwachungskameras auswerten und sehen können, wer oder was hier sein Unwesen getrieben hatte.

48

Der Sonntag versprach wieder heiß zu werden. Sogar auf der Albhochfläche waren die Temperaturen seit einer Woche kräftig am Steigen. Kurz nach 9 Uhr tauchten Mike Linkohr und der polizeiliche Computerexperte Ingo Menig auf, um möglichst unbemerkt die Speicherkarten der beiden gestern versteckten Kameras auszuwerten. Offenbar hatten sie ihr Kommen mit Häberle abgesprochen, denn zwei Minuten später traf auch er ein. Nachdem sie sich davon überzeugt hatten, von niemandem beobachtet zu werden, tauschte Ingo mit wenigen Handgriffen die Speichermedien aus und brachte sie mit seinem Laptop ins Haus. Er stellte das Gerät auf den Wohnzimmertisch, um den herum sie sich gespannt gruppierten. Weil es einige Minuten dauerte, bis Ingo die Daten auf den Rechner geladen hatte, musste Mary ihr nächtliches Erlebnis loswerden. Es habe, so erklärte sie, ein schepp: erndes Geräusch gegeben, und wenig später habe es sich angehört, als sei eine Tür zugeworfen worden. Noch habe sie es nicht gewagt, in Stall oder Scheune nachzuschauen, fügte sie in der Hoffnung an, dass einer der Männer sie begleiten würde.

Häberle hatte dies verstanden und versprach: »Keine Sorge, wir gehen nachher durchs Haus. Vielleicht ist wieder eine Katze da.«

Auf dem kleinen Monitor erschien ein schwarz-weißes Standbild, das sofort die Aufmerksamkeit aller auf sich zog. »Dieses Bild, aufgenommen von der Kamera direkt am Weg, um 3.35 Uhr, zeigt uns ein beleuchtetes Objekt, das näher kommt.« Ingo klickte, und das Standbild wurde zum Video. »Die Wärmebildfunktion hat auf die Autoscheinwerfer reagiert, von denen allerdings das Objektiv geblendet wurde«, kommentierte er das herannahende und dann vorbeifahrende Auto. »Man kann leider das dunkle Kennzeichen nicht erkennen. Ich könnte es aber mit einer speziellen Software sichtbar machen.« Er stoppte das Video und ließ es ein paar Sekunden-Sequenzen zurückscrollen und anhalten. Die Fahrzeugfront war von schräg vorne zu sehen. Mehr nicht. Ingo ließ den Film wieder ein Stück vorlaufen, bis die linke Autoseite in Bewegungsunschärfe auftauchte und diffuse Ornamente vermuten ließ. »Da ist etwas aufs Blech geklebt«, stellte er fest. Mary bückte sich zum Monitor und klärte auf: »Das sind Sterne. Das Auto von den Kalarics. Denen gehört der übernächste Hof, der Tannenhof.«

»Die sind aber ziemlich früh losgefahren«, meinte Ingo und deutete mit dem Mauszeiger auf die Uhrzeit: 3.36 Uhr.

»Das sind Bühnenkünstler«, versuchte Mary eine Erklärung. »Vielleicht haben die auswärts einen Auftritt und einen langen Anfahrtsweg.«

Häberle brummte: »Na ja, Bühnenkünstler kommen um diese Zeit üblicherweise erst heim.«

Ingo klickte auf der Zeitschiene des Speichers weiter und entdeckte noch eine Aufzeichnung: 4.22 Uhr.

Die Kamera, die am Weg zu den anderen Gehöften installiert war, hatte mit der schwarz-weißen Nachtsichtfunktion eine nebulöse Bewegung festgehalten, die näher kam. Ohne Licht. »Was ist denn das?«, staunte Linkohr. Ein paar Sequenzen weiter zeichnete sich auf dem Bildschirm etwas Unbeleuchtetes ab, das zu schweben schien.

»Das sieht ja aus wie ein Gespenst«, flüsterte Mary, als scheue sie sich, dies laut zu sagen.

Keiner der drei Männer erwiderte etwas. Sie wandten den Blick nicht vom Monitor, als befürchteten sie, etwas zu verpassen.

Ingo stoppte, als das in Bewegungsunschärfe aufgenommene Objekt der Kamera sehr nahe gekommen war. »Das ist eine Person«, erklärte er das Gesehene. »Die Wärmebildkamera zeigt in Weiß, was wärmer als die Umgebung ist.« Sein Mauszeiger glitt über das, was ein Kopf sein musste, und über Beine, die sich ebenfalls in Weiß abzeichneten. Mehr war nicht zu erkennen. »Mann oder Frau?«, wollte Linkohr wissen.

»Kann man nicht sehen«, antwortete Ingo und stoppte das Video.

»Wieso schwebt die Person und zappelt mit den Beinen?«, fragte Mary, als Ingo das Video weiterruckeln ließ.

»Die Person schwebt nicht, sie bewegt sich mit etwas, das keine Wärme abstrahlt«, dozierte Ingo, während das unidentifizierbare Objekt den Erfassungswinkel der Kamera verließ. »Jetzt müsste es von der anderen Kamera erfasst worden sein«, erklärte er und deutete auf die zweite Speicherkarte, die neben dem Laptop lag. »Ich befürchte aber, man wird nicht viel mehr sehen.« Er tauschte die kleinen digitalen Speicher aus und klickte die Zeitschiene auf 4.24 Uhr. Wieder zeigte der dunkle Bildschirm ein ziemlich unscharfes Bild, auf dem sich die gesamte Vorderfront des Eulenhofs abzeichnete. »Da kann man sehen, wo überall Wärme aus dem Gebäude entweicht«, erklärte Ingo. »Morgens um diese Zeit kühlt's außen ab, und die Wärme von innen dringt nach außen. Ganz besonders gut sieht man das mit der Wärmebildkamera an diesen alten Häusern, die nicht gedämmt sind.« Diese Erläuterungen interessierten die Umstehenden allerdings wenig. Sie konzentrierten sich auf eine Gestalt, die sich auf die Längsseite des Gebäudes zubewegte, jedoch diesmal nicht schwebend, sondern eher gehend. Wieder waren Kopf und Beine als Wärmequellen weiß eingefärbt. Dann allerdings tauchte das Objekt in der Finsternis unter. Die Reichweite der Wärmebildkamera war zu gering. Zwei Minuten später kam das Objekt näher und entfernte sich dann schnell dorthin, wo es anfangs hergekommen war. Wieder sah es so aus, als würde es schweben.

»Da haben wir wohl nicht die feinste Technik«, meinte Linkohr resignierend. Ingo wollte sich als Praktikant nicht zur digitalen Ausstattung der Polizei äußern, zumal er die Geräte mit Hilfe seines direkten Vorgesetzten beim Polizeipräsidium Ulm »zu Übungszwecken« übers Wochenende erhalten hatte. Wozu er es wirklich nutzen wollte, hatte er mit schlechtem Gewissen verschwiegen, allerdings angedeutet, dass er daheim einen nächtlichen Einbruch simulieren und die Aufnahmen auswerten wolle. So ganz gelogen waren die Gründe für das Ausleihen der Ausrüstung also nicht. Er hatte allerdings unterschreiben müssen, dass er nicht gegen Datenschutzrichtlinien verstoßen werde. Das war den Bürokraten halt wichtig.

Nachdem die Geräte abgeschaltet waren und Ingo versprach, die Kameras eine weitere Nacht installiert zu lassen, machte sich betretenes Schweigen breit. Nur Häberle war zufrieden. Aber das wollte er nicht sagen. Noch nicht.

49

Ingo und Linkohr hatten versprochen, am morgigen Montag während ihrer Mittagspause zu kommen, die Kameras zu entfernen und die Aufnahmen der zweiten Nacht auszuwerten. Häberle beruhigte Mary mit dem Hinweis, dass es gelingen werde, die seltsamen Vorgänge in ihrem Haus aufzuklären. »Sie haben doch gesehen, dass die Kameras erfolgversprechend sind«, sagte er, nachdem die anderen weggegangen waren. »Es gibt keinen Spuk.«

»Auch wenn die Bilder so aussehen«, seufzte Mary, als sie bei einer Tasse Kaffee im Wohnzimmer beisammensaßen.

»Sie haben doch gehört: Das sind Aufnahmen einer Wärmebildkamera, die sehen immer so aus.«

»Und wer hat sich da rumgetrieben? Steht das im Zusammenhang mit dem Auto dieser Zauberkünstler, das eine halbe Stunde zuvor weggefahren ist?«

»Wir kriegen das raus«, blieb Häberle hartnäckig und freute sich insgeheim, wieder mal einen kniffligen Fall lösen zu dürfen. Ganz ohne Druck »von oben«. Er hoffte nur, dass Ingo und Linkohr keinen Ärger mit ihren Vorgesetzten bekamen, weil sie mit dienstlichen Gerätschaften private Ermittlungen anstellten. Aber wer weiß, vielleicht entwickelte sich daraus noch die Klärung eines alten Verbrechens. Manches konnte eben erst mit dem Abstand von Jahrzehnten geklärt werden, weil technische Möglichkeiten die Ermittlungsarbeit verändert hatten. Oft genug hatte Häberle erklärt, dass sich kein Verbrecher sicher sein konnte, nicht doch noch nach Jahrzehnten gefasst zu werden. »Da wird mancher schlaflose Nächte haben«, war eine seiner beliebtesten Bemerkungen zu diesem Thema.

»Eine Frage zu Ihrem Verwandten hätte ich noch«, wechselte Häberle das Thema. »Haben Sie denn eine Ahnung, ob er für seinen Gartenbaubetrieb einen kleinen Bagger hatte?«

»Bagger?«

»Ja, so einen Mini-Bagger, um in Gärten oder Parks Bäume pflanzen zu können oder einen kleinen Graben zu ziehen.«

»Keine Ahnung. Woher sollte ich das wissen? Drüben in der Scheune steht jedenfalls keiner. Warum fragen Sie?«

»Nur so«, wiegelte Häberle ab. »Ich will mir halt ein Bild von der Arbeit des alten Aubele verschaffen.« Er stand auf. »Aber jetzt lassen Sie uns mal rüber in die Scheune gehen. Vielleicht finden wir das, was Sie heute Nacht erschreckt hat.«

Auch Mary erhob sich und ging voraus in die Anbauten, wo sie sich im Stall zuerst jener Tür zuwandte, deren Schlüssel draußen gefunden worden war. Sie drückte die Klinke nieder und stellte fest: »Verschlossen.« Häberles Blick wanderte an der Tür hinauf, von der nur der Rahmen mit Spinnweben bedeckt war.

»Ist was?«, wunderte sich Mary, weil Häberle kurz stehen geblieben war.

»Nein, nichts. Von hier kann nichts geklappert haben«, sagte er abwesend und folgte Mary hinüber in die Scheune, wo sich ihm das bereits bekannte Chaos offenbarte. Jetzt, im gedämpft einfallenden Tageslicht, erschien es jedoch weniger gespenstisch als neulich in der Nacht. »Vielleicht taucht die Katze wieder auf«, flüsterte ihm Mary zu, als ob sie das Tier nicht erschrecken wollte.

Mary stieg vor ihm über die unzähligen Geräte und kleineren Apparate, um zielstrebig zu den Humussäcken zu gehen, die nah der aufgetürmten Strohballen vor der Werkbank lagerten. Häberle folgte vorsichtig, doch ehe er Mary eingeholt hatte, bemerkte er drüben an dem langen Wandregal, das sich über die ganze Länge der Werkbank erstreckte, eine Veränderung: Wo neulich ein undefinierbarer Metallbehälter und einige Blech- und Eisenteile über den Rand des Regals nach vorne hinausragten, herrschte nun eine auffällige Leere. Auch Mary schien es bemerkt zu haben, denn sie hatte in der Bewegung innegehalten und blickte in dieselbe Richtung.

Als Häberle bei ihr war, zeigte sie auf mehrere Gegenstände, darunter der Metallbehälter, die auf dem Boden lagen: »Das Zeug ist runtergefallen«, stellte sie irritiert fest.

Häberle nickte und bückte sich, um den verrosteten Metallbehälter anzuheben, der ihn an den Kraftstofftank eines alten Motorrads erinnerte. Doch er fühlte sich viel schwerer an, weshalb er ihn als Teil eines Traktors oder eines Baggers vermutete. Deshalb misslang der Versuch, den ovalen Behälter schnell mal locker mit einer Hand vor der Werkbank aus dem Weg zu räumen. Der metallische Gegenstand war, so vermutete Häberle, vom Regal zuerst auf die Werkbank gedonnert und dann auf den Boden gefallen. Dabei hatte er diverse Werkzeuge mitgerissen. Mary stand daneben und beobachtete, wie sich Häberle abmühte herauszufinden, was es mit diesem Behälter auf sich hatte. »Das Ding ist runtergefallen«, war alles, was Mary über die Lippen brachte.

»Sieht so aus«, erwiderte Häberle knapp. »Hat sich selbstständig gemacht, weil's zu weit an der Regalkante lag.« Er umklammerte den Metallklumpen mit beiden Armen, um ihn keuchend auf die Werkbank zu hieven. Doch kaum hatte er ihn aus der Hocke einen halben Meter angehoben, stieß Mary einen markerschütternden Schrei aus. Häberle erschrak und ließ den Behälter wieder auf den Boden knallen.

50

Ingo Menig war ein ehrgeiziger junger Mann, der frühzeitig erkannt hatte, dass die Polizei dringend Computerexperten brauchte. Noch immer nämlich fehlte es an entsprechender fachlicher Kompetenz. Die Möglichkeiten der Ermittler hatten lange Zeit nicht mit den Technologien Schritt gehalten, derer sich die Kriminellen in allen Bereichen bedienten.

Um sich und den Kollegen zu beweisen, dass er sich Einblicke in die digitale Welt angeeignet hatte, war er auch an diesem sommerlichen Sonntagmittag bereit, die Diskette von Mary genauer unter die Lupe zu nehmen. Gestern hatte nur die Datei mit dem großen »A« für Aufmerksamkeit gesorgt, nun aber klickte er nacheinander die restlichen etwa zwei Dutzend Dateien an, von denen die meisten Rechnungen an Privatkunden enthielten, denen Aubele Gärten angelegt hatte. Außerdem gab es stichwortartige Notizen über Preise und Angebote, vieles davon in fehlerhafter Grammatik und Rechtschreibung verfasst. Aubele war kein großer Schreiber, dachte Ingo, als er die Datei mit der Bezeichnung »Diverses« anklickte. Wieder war es offenbar ein Brief, der kein Adressfeld aufwies, jedoch ein Datum, und zwar den 8. März 2004, und war gerichtet an »Sehr geehrte Damen und Herren« ohne Nennung des Empfängernamens. Ingo vermutete, dass der Text ursprünglich auf dem alten Computer geschrieben, von dort ausgedruckt, auf die Diskette kopiert und dann auf dem großen Rechner gelöscht worden war. Den Brief hatte Aubele vermutlich in ein fensterloses Kuvert gesteckt und die Adresse außen draufgeschrieben. Oder das Schreiben vielleicht dem Empfänger persönlich gebracht.

Ingo las die wenigen Zeilen und war sich sofort klar, dass der holprig formulierte Text auch für Häberle von Interesse sein würde: »Ich weise hiermit Forderung und Mahnung zurück, weil Sie mich falsch über Bedingungen informiert haben. Kauf von Haus ist ungültig und ich widerrufe. Ich kann auch nicht bezahlen. Bitte bestätigen, dass Vertrag gestrichen wird.«

Ingo fotografierte den Text mit seinem Smartphone vom Monitor ab und kopierte ihn zusätzlich auf seinen Laptop. Für alle Fälle. Man konnte nie wissen, wie lange eine alte Diskette noch lesbar sein würde.

51

Mary war zurückgeschreckt und beinahe über ein altes Gerät gestolpert. »Keine Angst«, beruhigte Häberle, der selbst für einen Augenblick erschrocken war. Er hob den Metallbehälter wieder an und gab den Blick nun auf das frei, was Mary so sehr in Aufruhr versetzt hatte: ein totes Tier. Eine schwarze Katze, die aus einer Wunde am Hals viel Blut verloren hatte. Erschlagen von dem herabgestürzten Metallbehälter. »Das war wohl das Geräusch der vergangenen Nacht«, resümierte Häberle, während Mary auf Distanz blieb. »Die Mieze ist übers Regal da oben geklettert und mitsamt diesem komischen Metallding, das ganz am Rande gestanden ist, abgestürzt und erschlagen worden.«

»Die Katze soll das schwere Ding runtergeworfen haben?«, zweifelte Mary, ohne das tote Tier anzuschauen.

»Sie ist auf das Ding geklettert und hat es aus dem Gleichgewicht gebracht«, erklärte Häberle und ergänzte: »Mir ist dieses Regal schon in der Nacht zum Samstag aufgefallen, als ich mich hier umgesehen habe.«

Er versprach, den Katzenkadaver nachher ins Freie zu bringen und irgendwo neben dem Haus zu vergraben.

Mary nickte dankbar und ging mit Häberle in die Wohnung zurück, wo sie einen starken Kaffee brühte, während der pensionierte Kriminalist sich kurz entschuldigte, um vor dem Gebäude sein Handy einloggen zu lassen. Er hatte inzwischen ein schlechtes Gewissen gegenüber seiner Frau Susanne, die er an diesem wunderschönen Sommersonntag alleingelassen hatte. Wie schon während seiner aktiven Zeit als Kriminalist, als sie an den Wochenenden oft auf ihn hatte verzichten müssen, so zeigte sie jetzt am Handy wieder mal Verständnis, auch wenn ihre Stimme diesmal etwas zurückhaltender klang. Er versprach, so bald wie möglich zu kommen, damit sie am Abend, wenn's ohnehin nicht mehr so heiß sein würde, noch in eine Gartenwirtschaft zum Essen gehen könnten.

Nachdem er das kurze Gespräch beendet hatte, fühlte er sich wohler. Noch bevor er das Gerät einstecken konnte, meldete ein Signalton einen »Anruf in Abwesenheit«. Er tippte auf den Rückruflink und hatte sofort Ingo an der Strippe. Der Praktikant, der bisher ziemlich wortkarg gewesen war, mutierte zu einem Redner, der wie ein Wasserfall sprudelte. Stolz klang mit, als er von dem Fund auf der alten Diskette berichtete und kommentierte: »Der alte Aubele stand vermutlich unter massivem Druck. Jemand hat von ihm Geld für einen umstrittenen Hauskauf gefordert.«

Häberle versuchte, sich aus dieser Mitteilung etwas Logisches zusammenzureimen. »Aubele wollte demnach weg von diesem Hof und hat sich etwas Neues gekauft.«

»Kaufen wollen, ja, so könnte man das deuten«, meinte auch Ingo und beendete das Gespräch mit dem Hinweis auf den morgigen Montag, wenn er mit Linkohr die Überwachungskameras wieder abholen werde.

52

Häberle plauderte noch eine halbe Stunde mit Mary, um sie zu beruhigen. Denn der Grund für das nächtliche Spektakel war wohl die Katze gewesen. Insgeheim hegte Häberle allerdings daran Zweifel, ob damit alle merkwürdigen Geräusche zu erklären waren. Mary hatte doch von zwei dumpfen Schlägen gesprochen. Und eine Katze würde keine Steine über das Dach kullern lassen können. Doch dies wollte er nicht ansprechen, sondern schlug Mary vor, bis zur Aufklärung der mysteriösen Vorgänge in ein Hotel nach Merklingen zu ziehen. »Ich bin mir ziemlich sicher, dass es nicht mehr lange dauern wird«, verbreitete er Optimismus.

»Ich soll von hier flüchten?«, empörte sich Mary. »Niemals. Dann hätten die, die mich vertreiben wollen, doch ihr Ziel erreicht. Ich bleibe.« Allein schon gegenüber Joe wäre eine Flucht ein Zeichen von Angst und Resignation. Dann hätte sie nicht mehr die geringste Chance, ihn zu einem Flug nach Deutschland zu bewegen.

Häberle merkte ihr an, dass sie nun fest entschlossen war, sich gegen die Anfeindungen zu wehren. Die Überwachungskameras und das Auffinden der toten Katze als Ursache für einen Teil der merkwürdigen Umtriebe schienen sie nicht zu ängstigen, sondern ganz im Gegenteil erst richtig anzuspornen, der Sache auf den Grund zu gehen. »Haben Sie denn einen Verdacht?«, wollte sie von Häberle wissen. Der hielt sich aber bedeckt, wie er dies auch während seiner Dienstzeit getan hatte. Damals war es Taktik gewesen, um die Ermittlungen nicht gleich von vornerein in eine bestimmte Richtung zu lenken, die sich möglicherweise als Irrtum hätte erweisen können. »Wir sehen morgen weiter«, antwortete er zurückhaltend.

Nachdem er sich von Mary Spaten und Schaufel hatte geben lassen, beseitigte er im Schweiße seines Angesichts den Katzenkadaver hinter dem Scheunenanbau in einem Erdloch. Mary hatte ihm nicht zusehen wollen.

Es war schon 13 Uhr, als er seinen Tiguan bestieg, um das Gehöft zu verlassen. Mittlerweile hatte er sich einen festen Plan zurechtgelegt und schien fast zu vergessen, dass er keine dienstlichen Befugnisse mehr hatte. Aber er maßte sich schließlich auch nicht an, polizeiliche Ermittlungen zu führen. Noch gab es keine Anhaltspunkte für ein Verbrechen. Und dass Hans Aubele seit 18 Jahren vermisst wurde, musste nicht zwangsläufig auf einen Mord hindeuten.

Trotzdem war einiges an seinem Verschwinden merkwürdig. Denn die Vorkommnisse aus jüngster Zeit ließen darauf schließen, dass das unerwartete Auftauchen von Mary Quinbek einige Pläne durchkreuzt hatte.

Außerdem, so überlegte Häberle, als er an diesem Sonntagnachmittag das gräfliche Schloss in dem kleinen Örtchen Eybach ansteuerte, war Aubele in den Tagen und Wochen vor seinem Verschwinden offenbar in finanzielle Bedrängnis gebracht worden und hatte sich wohl eine illegale Geldquelle erschließen wollen: mit einer Erpressung des Senior-Grafen, der allerdings zwei Jahre später verstorben war.

Für einen Moment hatte Häberle überlegt, ob er seinen neuerlichen Besuch im Schloss hätte wieder telefonisch ankündigen sollen. Aber zum einen hatte er die Rufnummer nicht mehr parat und zum anderen wäre es umständlich gewesen, sie im Internet zu suchen. Möglicherweise wäre sie dort gar nicht zu finden gewesen, denn in den letzten Jahren hatte sich allgemein die geradezu panische Angst verbreitet, man könnte mit der veröffentlichten Privatnummer ins Visier von Ganoven geraten. Die Gesellschaft hat zunehmend Angst, dachte Häberle, als er durch den steinernen Torbogen in den gekiesten Schlosshof einbog, der ringsum von einem Gebäudekomplex umgeben war.

Er klingelte wieder an der Tür, an der er erst vorgestern gewesen war. Wieder meldete sich eine Stimme in der Sprechanlage, worauf Häberle sich vorstellte, für die sonntägliche Störung um Entschuldigung und um ein Gespräch mit Herrn Ackerstein bat. Ohne Antwort klickte es im Lautsprecher. Häberle überlegte, ob man ihn wortlos abservieren wollte, doch da drangen durch die Holztür herannahende Schritte auf Steinboden an sein Ohr. Augenblicke später stand er dem verdutzten Junior-Graf gegenüber, der blass und müde wirkte, jedoch in seinem Trachten-Outfit sehr gepflegt und sogar ein bisschen jugendlich aussah. Häberle entschuldigte sich nochmals für die Störung am Sonntagnachmittag, aber es seien ein paar Fragen aufgetaucht.

»Und warum kommen dann Sie schon wieder und nicht die Polizei?«, wurde Ackerstein misstrauisch.

»Weil es kein Fall für die Polizei ist. Kein Verbrechen und nichts Kriminelles. Ich kümmere mich nur um eine entfernte Verwandte von dem Aubele.«

Ackerstein überlegte kurz, als wäge er ab, ob er den Besucher abweisen oder hereinbitten sollte. Er entschied sich für ein Gespräch und führte Häberle wieder in den Bibliotheksraum im ersten Obergeschoss, wo sie sich an dem schweren Holztisch gegenübersaßen.

Häberle knüpfte an die Schilderungen Ackersteins vom Freitag an, wonach es mit Aubele nicht nur Differenzen über eine Rechnung gegeben haben sollte, sondern auch um eine Art Schweigegeld für einen aufgefundenen Grenzstein, der angeblich beweisen würde, dass sich die Grafen irgendwann einmal ihren Park illegal vergrößert hätten. »Das geht auch aus einem Schreiben hervor, das Herr Aubele offenbar Ihrem Herrn Vater geschickt hat.«

»Das ist kein Geheimnis«, erwiderte Ackerstein und wurde ärgerlich: »Muss ich das wiederholen?«

»Müssen Sie nicht«, beruhigte Häberle mit sonorer Stimme. »Ich habe inzwischen den Schriftverkehr Aubeles zumindest teilweise durchforstet …«

Ackerstein unterbrach: »Überschreiten Sie da nicht Ihre Kompetenzen? Sie können doch nicht einfach eine Hausdurchsuchung …«

»Bitte!«, stoppte Häberle den Redefluss. »Sie brauchen mich nicht zu belehren. Alles, was ich tue, tue ich im Auftrag einer Verwandten von Herrn Aubele. Alles ganz korrekt.«

»Und was ist dem Schriftverkehr zu entnehmen?«, gab sich Ackerstein versöhnlicher, aber mit gewisser Unruhe.

»Es muss nach Aubeles Einladung zu dieser literarischen Veranstaltung im Schloss eine gewisse Missstimmung gegeben haben. Denn bis dahin schien ja alles in Ordnung zu sein, sonst hätte Ihr Herr Vater Herrn Aubele gewiss nicht eingeladen.«

»So ist es, Herr Häberle. So ist es. Zwar gab's, soweit ich das weiß, vor der Veranstaltung einen kurzen Disput, aber mein Vater hat wohl gehofft, dass sich nach dieser Einladung alles in Wohlgefallen auflösen würde.«

»Hat sich aber offenbar nicht«, stellte Häberle fest. »Aubele hat Ihrem Herrn Vater einige Tage später dann vorgeschlagen, im Park ein Loch auszuheben, um ihm den Grenzstein, um den es ging, genauer zeigen zu können. Frage deshalb: War Herr Aubele mal mit einem Bagger hier und hat ein Loch gegraben?«

Ackerstein schien den Sinn dieser Frage nicht zu verstehen. »Ein Loch? Na ja, während der Umgestaltung des Parks war mal ein Bagger da. So ein kleiner, mit dem man in jeden Garten reinkommt.« Er sah Häberle misstrauisch in die Augen. »Und was meinen Sie mit einem Loch?«

»Wie ich es sage. Wenn Aubele extra ein Loch ausgehoben hätte, wäre die ganze Angelegenheit ja ziemlich aufwendig geworden. Und auch seitens Ihrer Familie aufmerksam verfolgt worden, nehme ich an.«

Ackersteins Gesicht verzog sich zu einem krampfhaften Lächeln, als habe er soeben einen schlechten Witz gehört. »Sie meinen aber jetzt nicht ernsthaft, Aubele habe sich sein eigenes Grab gebuddelt, mein Vater hätte ihn umgebracht, die Leiche reingeworfen, das Loch eigenhändig zugeschüttet und dann den Bagger irgendwie verschwinden lassen.«

Häberle grinste. »Wir sind nicht in einem Kriminalroman. Nein. Ihr verehrter Herr Vater – ich hab ihn ja noch kennengelernt – wäre niemals zu so etwas fähig gewesen.«

»Dann können Sie das Thema abhaken.« Ackersteins Stimme verriet Erleichterung.

»Trotzdem wäre es interessant, mal zu sehen, wo sich der Grenzstein befinden soll«, dämpfte Häberle die Freude.

»Das haben wir ausgiebig mit einem Anwalt geprüft. Den Grenzstein gibt es tatsächlich, doch hat der eine ganz andere Bedeutung. Stammt wohl noch aus dem Mittelalter, als unsere Familie nachweislich – da gibt es uralte Dokumente – den Park erweitert hat. Mit Brief und Siegel. Der Aubele hat sich da in irgendeinen Schwachsinn verrannt oder einfach nur ausgedacht, um uns zu erpressen. Wenn da etwas nicht gestimmt hätte, wäre das vor einigen Jahren bei der Vermessung der neuen Straße aufgefallen, für die man uns ein Viertel des Parks weggenommen hat.«

Häberle nickte verständnisvoll. »Sie wollen mir die Stelle nicht zeigen?«

»Das macht keinen Sinn, Herr Häberle. Da wurde kein Loch gebuddelt, und falls doch, ist nach 18 Jahren alles verwachsen. Die Natur holt sich so etwas schnell zurück.«

»Okay«, gab sich Häberle zufrieden. »Dann wünsche ich Ihnen, dass nicht eines Tages meine Kollegen auf die Idee kommen, dort graben zu lassen.«

»Wozu das denn?«, wollte Ackerstein schnell und erschrocken wissen.

Häberle riskierte eine schockierend klingende Ankündigung: »Um womöglich eine Leiche auszugraben.«

Ackerstein wusste nicht, ob dies ironisch oder ernst gemeint war. Er wollte lieber nicht nachfragen.

53

Mary hatte noch eine Zeit lang gebraucht, um sich von den Ereignissen des Vormittags zu erholen. Sie trank ein Glas eiskalte Milch und rang sich dazu durch, im chaotischen Durcheinander der Scheune das Schlupfloch zu suchen, durch das die Katze hatte eindringen können. Denn wenn ein Tier dieser Größe hereinkam, musste es irgendwo eine entsprechende Öffnung geben.

Die Tür im Stall!, durchzuckte es sie, als sie bei ihrem Gang in Richtung Scheune daran vorbeikam. Sie blieb davor stehen und musste an den aufgefundenen Schlüssel denken. Womöglich gab es einen zweiten, und jemand verschaffte sich damit nachts heimlich Zutritt zum Gebäudekomplex. Wer wusste schon so genau, wer alles einen Schlüssel hatte oder sich ein Duplikat hatte anfertigen lassen? Der Bürgermeister hatte doch davon gesprochen, dass in den vergangenen Jahren kleinere Reparaturen vorgenommen worden waren. Und außerdem hatte sie ihn gebeten, Handwerker einzulassen, wenn sie gerade nicht anwesend war.

Auch Häberle war, so entsann sie sich, nachdenklich vor dieser Tür stehen geblieben, ohne etwas zu sagen. Sie ließ deshalb ihre Augen über das glatte Holz gleiten, das frei von Spinnweben war, während der Rahmen und das bröckelnde Mauerwerk ringsum von Spinnen und allerlei winzigem Getier besiedelt waren. Mary trat näher heran und wurde sich langsam bewusst, was Häberle nachdenklich gestimmt hatte: Am seitlichen Türfalz, der lückenlos auf den Rahmen gepresst wurde und offenbar luftdicht abschloss, gab es keine einzige Spinnwebe. Ein Zeichen, dass die Tür öfter mal geöffnet wurde?

Mary wollte diesen beunruhigenden Gedanken verdrängen, doch er ließ sich nicht einfach löschen. Aber wenn auch Häberle dies aufgefallen war, warum hatte er es dann nicht gesagt? Vertraute er viel zu sehr auf die Überwachungskameras, die jedoch, wie sich gezeigt hatte, kein wirklich verwertbares Nachtsichtbild lieferten?

Tief in solche finsteren Gedanken versunken, betrat Mary das Chaos in der Scheune, wo sie sich zwischen all den Gerätschaften und Apparaturen, Säcken und langstieligen Gartenwerkzeugen einen einigermaßen hindernislosen Weg gemerkt hatte. Es roch penetrant nach Katzenkot. Nie zuvor war ihr in der Scheune dieser widerliche Gestank aufgefallen. Auch nicht heute Vormittag. Vielleicht war sie viel zu aufgeregt gewesen oder die Katze hatte erst kurz vor ihrem Tod ihren Kot hinterlassen, dessen Gestank sich allmählich in dem großen Raum ausbreitete.

Häberle hatte natürlich nur den Katzenkadaver beseitigt, aber weder Kot und Blut noch den schweren heruntergefallenen Metallbehälter. Mary bückte sich, um das silbern schimmernde ovale Objekt aus der Nähe betrachten zu können. Es lag auf der leicht abgeflachten Seite und bildete zu einer runden Öffnung hin eine Kegelform aus. Dieses Loch, so überlegte Mary, könnte als Standfläche des Objekts gedacht gewesen sein.

Vorsichtig und zögernd griff Mary mit spitzen Fingern an diese Öffnung und spürte, wie scharfkantig das kalte Metall war. Fest und stabil genug, um beim Sturz vom Regal eine Katze zu erschlagen.

Marys Blick fiel nur kurz auf den angetrockneten Blutfleck, den das Tier auf dem Betonboden hinterlassen hatte. Sie wollte die Spuren dieser nächtlichen Tragödie gar nicht sehen, sondern ging ein paar Schritte weiter, um trotz der nachmittäglichen Schwüle jeden Winkel abzusuchen. Sie entsann sich des Kabels, das an einer Mauerstütze im Boden verschwand. Der Elektriker hatte es vor einigen Wochen erwähnt, ohne ihm eine größere Bedeutung beizumessen. Einen Kellerabgang gab es jedenfalls nicht. Oder vielleicht doch?, durchzuckte Mary ein aufregender Gedanke. Verbarg das Haus im Untergrund ein Geheimnis? Sie hatte bisher weder im Wohnhaus noch in den Anbauten eine nach unten führende Treppe gesehen. Aber auch nicht wirklich danach gesucht.

Vielleicht war die Katze von außen in einen unterirdischen Zugang geschlüpft? In der Wohnung, da war sich

Mary ganz sicher, konnte es so etwas nicht geben. Und auch im leer geräumten Stall hatte sie nichts bemerkt. Dort wäre ein Keller kaum sinnvoll gewesen, weil die Gülle von Rindern und Schweinen nach unten hätte durchsickern können. Also war es naheliegend, dass ein Keller, sofern es überhaupt einen gab, unter der Scheune sein musste, die dem Anschein nach ohnehin viel später angebaut worden war.

Mary hatte als Farmersfrau den Umgang mit landwirtschaftlichen Anwesen gelernt, wenngleich es in den USA keine Jahrhunderte alten Anlagen dieser Art gab. Die Farmen waren ja erst mit der großen Auswanderungsbewegung Anfang des 20. Jahrhunderts entstanden. Und die ihres Mannes datierte aus den 60er-Jahren und war von dessen Eltern gebaut worden.

Mary ließ die lange Werkbank an der rechten Längsseite auf sich wirken. Diese stabile Konstruktion schien jüngeren Datums zu sein, ebenso die lange Regalreihe darüber, von der der Metallbehälter gefallen war. Unter der Werkbank, die auf einzelnen Holzstützen stand, hatte Aubele jede Menge lange Bretter, sperrige Metallteile, Rohre und aufgerollte Gitterzäune verstaut.

Mary knipste die Taschenlampenfunktion ihres Handys an und leuchtete diese dunklen Ecken aus, in denen Spinnweben so aussahen, als behüteten sie ein fremdes Reich aus weiter Vergangenheit.

An der Werkbank entlanggehend, die bis zur Stirnseite der Scheune reichte, blieb sie vor den hoch aufragenden Strohballen stehen. Mächtig, in Würfelform gepresst, waren sie übereinander getürmt, gut zwei Meter Kantenlänge. Diese gewaltige ockergelbe Wand, die geradezu drohend wirkte, ließ zur quer angrenzenden Werkbank nur einen schmalen Spalt frei. Mary hatte diesen schon einige Male bemerkt, ihm aber keine Bedeutung beigemessen. Vermutlich, so dachte sie, diente er zur Belüftung der Strohwürfel, die dem Anschein nach hinten nicht direkt die Außenwand berührten. Dahinter durchgehen konnte man allerdings nicht, überlegte Mary, denn am anderen Ende stieß dieser Strohberg direkt auf die dortige Querwand ganz ohne Spalt.

Mary leuchtete mit ihrem Handy zwischen Werkbank und erstem Strohwürfel in den finsteren Zwischenraum, der kaum einen Meter breit war. Prüfend blickte sie nach oben, wo drei dieser Ballen übereinander lagerten – ziemlich stabil, wie es schien. Denn schon einer würde vermutlich ausreichen, um einen Menschen zu begraben und zu töten.

Wenn diese kompakte Masse allerdings einen Treppengang bedeckte, würde man ihn nur mit großem Aufwand finden. Dazu müsste man die gesamte Scheune ausräumen und mit schwerem Gerät die Strohballen ins Freie bringen.

Mary überlegte, ob sie nicht doch lieber Häberle oder gar Temme bitten sollte, ihr bei der Durchsuchung behilflich zu sein. Der Kommissar wäre allerdings angesichts seiner Körperfülle nur schwer in der Lage, sich in diesen schmalen Spalt zu zwängen. Da bedürfte es gewiss einer Spezialeinheit, für deren Eingreifen es natürlich keinerlei Rechtfertigung gab.

Doch dann entschied sie, sich selbst in den engen Zwischenraum zu wagen, in dem rechts von ihr die Werkbank unverrückbar war, links jedoch das gepresste, hoch aufragende Stroh des ersten Würfels zumindest ein bisschen unter dem Druck ihres Körpers nachgab.

Zentimeterweise schob sie sich, das Handylicht angeschaltet, in seitlicher Haltung vorwärts, einen Anflug von panischer Platzangst verdrängend und damit auch die Sorge, der Strohturm könnte instabil sein, zusammenbrechen und ihr den Rückweg versperren.

Als sie sich vorsichtig zur rückseitigen Wand durchgezwängt hatte, tat sich links von ihr ein unerwartet breiter Zwischenraum auf. Die mächtigen Strohquader waren weit genug von dem Mauerwerk weg, um hinter ihnen ein Durchgehen zu ermöglichen.

Mary ließ den Strahl der Handylampe in diesen finsteren Spalt tanzen, der sich als viel breiter erwies als jener, den sie gerade hinter sich gebracht hatte. Unzählige Spinnweben wogten durch ihren Atem in der stickigen Luft.

Die lange Wand rechts von ihr, die aus roh belassenen und völlig verstaubten Ziegelsteinen bestand, verlor sich schon ein paar Meter weiter in der Finsternis der Strohwürfel. Mary drückte gegen sie und stellte zufrieden fest, dass sie sich nicht bewegten und somit standfest waren.

Weil das Lampenlicht nicht weit genug reichte, um den Betonboden auf die gesamte Länge hinter der aufgetürmten Strohwand auszuleuchten, entschied sie, sich weiter vorzuwagen.

Sie lauschte in die Stille, die vom Knarzen der hölzernen Dachkonstruktion gestört wurde, ausgelöst von der nachmittäglich starken Sonnenstrahlung.

Mary hatte sich inzwischen an die tageszeitlich unterschiedlichen Geräusche des Hauses gewöhnt, weshalb sie sich nicht scheute, langsam weiter in den Zwischenraum einzudringen, der gut eineinhalb Meter breit war.

Nach vier, fünf Schritten blieb sie abrupt stehen. Denn ihr Lampenstrahl erhellte eine kleine Unebenheit im betonierten Boden. Sofort war ihr Interesse geweckt, der Pulsschlag beschleunigte. Sie zielte mit dem Handylicht direkt auf das, was sie beim Näherkommen vor den Füßen hatte. Es war eine seltsame Erhebung, quadratisch, allenfalls einen Zentimeter hoch, aber nahezu die gesamte Breite des Durchgangs ausfüllend. Im Lampenlicht warfen die Kanten, die sich vom Boden abhoben, schwarze Schatten.

Mary ging in die Hocke und erkannte, dass es sich um eine Holzplatte handeln musste, vermutlich die Abdeckung eines Schachtes. Abdeckung?, jagte ein erschreckender Gedanke durch ihren Kopf. Sie strich mit einer Hand an den Kanten des Holzes entlang und fühlte, dass es zum umgebenden Betonboden hin einen schmalen Spalt gab. Mary spürte ihren Pulsschlag bis zum Hals. War dies das Geheimnis, das dieses Haus umgab? Sie legte das Handy mit der eingeschalteten Lampe neben sich und versuchte nun, an einer Seite des Brettes mit den Fingern beider Hände in den Spalt zu greifen, um es hochzuheben. Oder war es sinnvoller, dies nicht zu tun, jetzt ganz allein? Sie hielt für einen Moment inne, spürte Schweiß am ganzen Körper und stand auf, um tief Luft zu holen – eine schwül-staubige Luft, die nicht für die erhoffte Entspannung sorgte. Sie bückte sich zu ihrem Handy und leuchtete die hölzerne Erhöhung, die etwa einen Quadratmeter einnahm, an allen vier Seiten ab. Erst jetzt fiel ihr an einer Kante eine kleine Vertiefung auf, die so aussah, als handle es sich um einen ins Holz gefrästen Eingriff, um das Brett hochheben zu können.

Oder war es eine Falle?

Marys Gedanken rasten wie wild durch den Kopf – zwischen Neugier und Angst, zwischen entschlossenem Handeln und vorsichtiger Zurückhaltung. Aber sie hatte in den letzten Wochen genug durchgemacht, weshalb sie vor nichts zurückschrecken wollte. Nein, sie ließ sich nicht vertreiben. Trotz der albtraummäßigen Vorkommnisse. Schlimmer würde es ja wohl kaum noch kommen können. Oder täuschte sie sich da? Wenn es tatsächlich in einen Keller hinabging, dann könnte dies den Schock ihres Lebens geben …

54

Häberle wurde bei der Rückfahrt zu den Alb-Gehöften von der tiefer stehenden Sonne geblendet. Ihm war während des Gesprächs mit dem Grafen die Idee gekommen, den Sonntagnachmittag für weitere Recherchen zu nutzen. Seine Frau Susanne war am Telefon darüber wenig erfreut gewesen, machte ihm aber keine Vorhaltungen, weil sie wusste, dass sich August ohnehin nicht von seinen Ermittlungen abhalten ließ. Denn was einst Stress bedeutet hatte, war nun so etwas wie ein Hobby.

Er fuhr an Marys Eulenhof vorbei, um den nächsten Hof anzusteuern, den Schattenhof von Temme, dessen seltsame Freundin ihn gestern an der Haustür »abserviert« hatte. Jetzt ließ ein Jeep, der vor dem Haus parkte, erwarten, dass Leo Temme anzutreffen war. Weil es keine Klingel gab, klopfte Häberle gegen die Tür und drückte die schwere Klinke hinab, um in das Innere des Gebäudes zu rufen: »Hallo, ist da jemand?«

Aus der oberen Etage wurden Schritte hörbar, die sich der herabführenden Holztreppe näherten. Häberle sah zuerst nackte Beine und ein Tattoo und dann die schnellen Schrittes herabkommende junge Frau, die Shorts und ein luftiges Oberteil trug. Sie blieb ein paar Stufen vor Häberle stehen und sagte unfreundlich: »Du schon wieder? Ich habe Herrn Temme gesagt, dass du hier gewesen bist. Aber er sieht keinen Grund, mit dir zu reden.«

»Ist er denn da?«, fragte Häberle ebenso unfreundlich.

Amal überlegte kurz, doch bevor sie etwas sagen konnte, tauchte am oberen Treppenabsatz Temme auf und warf einen angesäuerten Blick herunter. »Ist das der Herr Häberle?«

»Bin ich, ja«, rief der Ex-Kommissar nach oben, vorbei an Amal, die sich ans Geländer lehnte.

»Um was geht's denn?«, wollte Temme wissen.

»Das können wir kurz miteinander bereden«, schlug Häberle mit versöhnlicherem Ton vor, als Temme mit sportlich-schnellem Schritt in kurzer Sporthose und T-Shirt die Treppe herunterkam und sich vor Häberle aufbaute. »Sie sind also der berühmte Kommissar«, stellte er süffisant fest.

»Kommissar, das war ich mal. Ich bin nur gerade dabei, die Frau Quinbek vom Eulenhof da drüben ein bisschen zu unterstützen. Rein privat.«

»Kommen Sie«, entschied Temme, ging im dunklen Flur zu einem Zimmer, das alles sein konnte: Wohn- und Esszimmer, aber auch Büro und ein bisschen Rumpelkammer. Während Amal nach oben verschwand, räumte Temme einige Aktenordner vom Tisch und bot Häberle einen Platz in einem abgegriffenen Sessel an. »Ich nehme an, dass Sie keine dienstlichen Befugnisse haben«, stellte er klar.

»So ist es. Sie kennen sich ja als ehemaliger Kollege mit den Vorschriften aus. Wenn man Pensionär ist, hat man keine polizeilichen Befugnisse mehr.«

»Aber man muss Verbrechen melden, wenn man davon erfährt«, gab sich Temme informiert. »Also, worum geht's?«

Häberle runzelte die Stirn. »Frau Quinbek ist besorgt, dass man sie zwingen könnte, ihren Eulenhof zu verkaufen, weil wohl ein Gewerbegebiet entstehen soll.«

»Das ist nichts Neues. Was soll ich damit zu tun haben?«

»Nichts«, erwiderte Häberle diplomatisch. »Aber Sie als ehemaliger Polizist beobachten die Situation vielleicht etwas kritischer als Frau Quinbek, die sich gewissen Anfeindungen ausgesetzt fühlt. Ist Ihnen in letzter Zeit zwischen Ihrem

Hof und dem Eulenhof etwas Merkwürdiges oder Verdächtiges aufgefallen?«

Die Antwort kam schnell: »Nein. Zu keiner Zeit. Wir – also Amal und ich – sind zwar nicht immer hier, aber da war bisher nichts, was uns hätte auffallen sollen.«

»Auch nicht nächtliche Fahrzeugbewegungen?«

Temme zuckte mit einer Wange. »Die Zauberkünstler von da hinten, die vom Tannenhof, die fahren manchmal früh weg oder kommen spät in der Nacht zurück. Wahrscheinlich von irgendwelchen Auftritten.«

»Und Sie selbst?« Während Häberle dies fragte, tauchte Amal auf, entschuldigte sich für die Störung und wandte sich an Temme: »Wichtiges Gespräch für dich. Der Fall Laichingen«, sagte sie, und in Häberles Ohren klang es wie auswendig gelernt. Ein verabredetes Zeichen, um ein unliebsames Gespräch abrupt beenden zu können?, überlegte Häberle und ließ seinen Blick an Amals Körper hinabgleiten, wo der Saum ihrer kurzen Hose auf einem Oberschenkel das auffällige Tattoo freigab, von dem nur drei Buchstaben zu erkennen waren. Häberle glaubte diese als »Bit« deuten zu können.

»Tut mir leid, Herr Häberle«, riss ihn Temme aus seinen Gedanken. »Aber ich habe ein wichtiges Gespräch.« Er erhob sich, um seinem Besucher zu signalisieren, dass er für ihn keine Zeit mehr hatte.

»Nur noch eine kurze Frage«, blieb Häberle hartnäckig, erhob sich aber ebenfalls, um mit Temme auf Augenhöhe reden zu können: »Bekommen Sie gelegentlich Besuch? Nachts oder zu ungewöhnlichen Zeiten?«

»Sie wissen, ich führe mit Amal einen Security-Service. Da wird vieles zu ungewöhnlichen Zeiten getan. Das sollten doch gerade Sie als Polizist wissen.«

Häberle verabschiedete sich.

55

Mary stand unentschlossen zwischen der Strohballenwand und der naturbelassenen Außenmauer der Scheune. Ihre Bluse war schweißgetränkt, ihre Haare klebten am Kopf. Die Sonne, die seit Stunden aufs Dach brannte, hatte die staubige Luft im Innenraum aufgeheizt. Noch immer war der Lichtstrahl des Handys auf den Boden gerichtet, wo eine Holzplatte etwas abdeckte. Oder war sie nur achtlos dorthin gelegt worden?, überlegte Mary, verwarf diesen Gedanken aber wieder, nachdem sie sah, dass es um alle vier Kanten herum eine Aussparung im Betonboden gab. Die Vertiefung, die an einer Seite in das Brett gefräst worden war, musste auch ihre Bedeutung haben. Damit konnte die Holzplatte offenbar ohne allzu großen Aufwand hochgehoben werden.

Mary besah sich diese seltsam anmutende Konstruktion im Lampenschein noch genauer, um dann zu entscheiden, nicht länger unschlüssig herumzustehen. Sie legte das Handy mit dem angeschalteten LED-Licht wieder auf den Boden, griff mit den Fingern einer Hand in die eingefräste Vertiefung, umklammerte sie und hob die Holzplatte ein paar Zentimeter an. Sie war leichter als gedacht.

Mary hielt das Brett ein paar Sekunden in dieser Position, weil sie nicht gleich wahrhaben wollte, was sich aufgetan hatte: undurchdringliche Finsternis, aus der ihr ein Schwall dumpf-modriger Luft entgegenschlug.

Noch während sie verunsichert und erschrocken das Brett fest umklammerte und nicht wusste, ob sie es ganz umklappen oder an die Strohwand lehnen sollte, schreckte sie ein metallischer Schlag auf. Als sei nebenan, jenseits des auf-getürmten Strohs, etwas umgefallen. Sie ließ das Brett wie-der vorsichtig und geräuschlos in die ursprüngliche Lage zurückgleiten. Dann erhob sie sich und lauschte: Da waren Schritte, und diese hörten sich so an, als steige jemand über die Apparaturen und Gerätschaften, stolpere und stoße dabei an Metall.

Mary wagte nicht mehr zu atmen. Sollte sie sich zu erken-nen geben? Oder abwarten? Durfte sie jemand in dieser Situation ertappen? Jetzt, da sie selbst nicht wusste, was sie gerade entdeckt hatte?

56

Häberle war nach dem Verlassen von Temmes Haus nur einen Hof weitergefahren, zum Tannenhof der beiden Bühnenkünstler. Von außen, so stellte er fest, waren die Gehöfte zum Verwechseln ähnlich. Vermutlich hatte man sie zur gleichen Zeit erbaut und dabei diesen Einheitsstil mit rechtwinklig angebauter Scheune bevorzugt. Der Tannen-hof schien jedoch ebenso vernachlässigt worden zu sein wie die anderen. Alles sah danach aus, als würden die Eigentümer kein großes Interesse daran haben, die Bausubstanz zu erhalten. Möglicherweise, so kam es Häberle in den Sinn, hatten sie alle – außer Aubele – die Gehöfte bereits weitsichtig als Spekulationsobjekt erworben. Ein Plan, der offenbar vor der Erfüllung stand. Wenn da nur nicht die hartnäckige Mary Quinbek wäre. Ein erschreckender Gedanke jagte durch seinen Kopf: War Mary womöglich in Gefahr? Nachdem ihr Verwandter, Hans Aubele, schon vor 18 Jahren verschwunden war, war nun sie an der Reihe zu verschwinden? Aber vor 18 Jahren, so beruhigte er sich, hatte gewiss niemand den Aubele verschwinden lassen, nur weil vielleicht irgendwann ein Gewerbegebiet entstehen würde. Die Logik sagte, dass es für sein Verschwinden eine andere Erklärung geben musste. Vorausgesetzt, er war nicht einfach abgetaucht.

Häberle parkte vor dem Tannenhof, befürchtete aber sofort, dass er dort niemanden antreffen würde: kein abgestelltes Auto zu sehen, die Fenster alle geschlossen. Er ging trotzdem zur Haustür, an der es einen Klingelknopf gab. Kaum hatte er ihn gedrückt, schreckte ihn ein alles durchdringender Sirenenton auf, der aus dem Inneren des Gebäudes drang. Ein Alarmton wie von einer auf und ab heulenden Luftschutzsirene. Häberle trat irritiert einen Schritt zurück und sah am bröckelnden Verputz des zur Straße hin giebelständigen Hauses hinauf. Dann ebbte die Sirene ab, und eine schaurig-tiefe und grimmig klingende Männerstimme dröhnte im Reim-Rhythmus leiernd durch die geschlossene Tür: »Simsalabim, es ist ganz schlimm: Wir sind nicht daheim, aber trotzdem präsent, denn die Magie führt hier 's Regiment.« Häberle hatte dieser dumpfen Lautsprecherstimme amüsant gelauscht und ging zu seinem Auto zurück, um den letzten Hof anzusteuern, an dem dieser asphaltierte Weg endete. Mary hatte ihm geschildert, dass dies der Erlenhof des Immobilienhändlers Fletschinger war, der von dort zusammen mit einem Kompagnon das Geschäft betreibe.

Häberle sah bereits von Weitem ein schwarzes Mercedes-Cabrio stehen, das sämtliche Vorurteile bediente, die er gegenüber einem Immobilienmakler hatte: reich, protzig, angeberisch. Da wirkte der Mercedes sogar noch bescheiden. Ein Porsche wäre zu erwarten gewesen, vielleicht sogar ein Maybach. Häberle parkte seinen VW-Tiguan daneben und war bereits vom Hausbesitzer bemerkt worden. »Wollen Sie zu uns?«, begrüßte ihn ein groß gewachsener schlanker Mann, dessen Haare so gegelt und glatt gekämmt waren, wie es jung-dynamische Banker zu tragen pflegten. Ihn schätzte Häberle auf etwa 50.

»Entschuldigen Sie bitte die Störung am Sonntagnachmittag«, gab sich Häberle höflich, stellte sich als »Bekannter von Frau Quinbek« vor und lächelte freundlich.

»Und was führt Sie zu mir?«, wollte der Mann wissen, der sich als Marius Fletschinger vorstellte und in kariertem Hemd und Bermuda-Shorts erschienen war.

Häberle erklärte, dass er gerne »ein paar Sätze über den verschwundenen Aubele« mit ihm gesprochen hätte. Fletschinger überlegte kurz und bat Häberle ins Innere des Gebäudes, dessen Ambiente sich von dem der anderen Höfe unterschied: helle, moderne Möbel, der Boden neu gefliest, das Wohnzimmer mit einer weißen ledernen Couchgarnitur ausgestattet, dazu eine Regalwand, in deren Aussparung offenbar ein Fernseher vorgesehen war, auf den man jedoch des schlechten Empfangs wegen wohl verzichtet hatte.

Als Fletschinger dem Besucher einen Platz anbot, sprang ein jüngerer, blasser Mann aus einem großen Sessel. »Das ist mein Kompagnon und guter Freund, Dennis Rossi.« Häberle schüttelte ihm die Hand.

Nachdem sie um einen marmornen Couchtisch Platz genommen und Häberle mit einem kurzen Small Talk die anfänglich steife Atmosphäre gelockert hatte, kam er gleich auf sein Anliegen zurück, das er vorsichtig anzugehen gedachte. »Ich nehme an, dass Sie den vermissten Herrn Aubele gekannt haben.« Mary hatte ihm dies zwar bereits geschildert, aber er wollte es von Fletschinger selbst hören. »Hab ich noch, ja, das hab ich Frau Quinbek schon gesagt«, bestätigte der Immobilienmakler.

»Ich versuche gerade, mit Frau Quinbek Aubeles letzte Tage vor seinem Verschwinden zu rekonstruieren. Dabei fällt auf, dass Aubele offenbar erhebliche Schulden wegen eines, ich nenn es mal so, verkorksten Hauskaufs gehabt hat.«

»Und deshalb kommen Sie zu mir?«, entrüstete sich Fletschinger, was Dennis aufschreckte.

»Keine Sorge«, besänftigte Häberle. »Ich komme zu Ihnen nur, weil Sie eine Art Nachbar von Aubele waren. Vielleicht hat er Ihnen von seiner prekären Finanzlage erzählt.«

»Hat er nicht. Wir hatten damals so gut wie gar keinen Kontakt. Wir sind erst kurze Zeit vor seinem Verschwinden hergezogen, der Dennis und ich.«

Häberle riskierte einen Vorstoß: »Sie haben mit ihm nie über einen Hauskauf gesprochen?«

Fletschinger und Dennis suchten Blickkontakt zueinander, was irgendwie hilflos wirkte.

»Ich verstehe Ihre Frage nicht«, wich Fletschinger aus, wollte dann aber schnell wissen: »Gibt es einen Anlass, dies zu fragen?«

»Gibt es«, konterte Häberle und erwähnte das Schreiben, das auf Aubeles Diskette mit dem Hinweis auf einen Hauskauf gefunden worden war. »Sinngemäß heißt es da, der Kauf sei ungültig, und er widerrufe, denn er könne nicht bezahlen.«

Dennis wollte etwas sagen, aber Fletschinger kam ihm zuvor: »Nur weil ich am nächsten zu ihm gewohnt habe, muss ich damit nicht gemeint sein.«

Häberle lehnte sich genüsslich zurück: »Herr Fletschinger, sind wir doch ehrlich: Da wohnt jemand nicht weit von Ihnen entfernt und hat ein Immobiliengeschäft getätigt. Liegt es da nicht nahe, zuerst Sie zu fragen?«

»Geht aus dem Schreiben nicht hervor, an wen es gerichtet war?«

»Noch nicht.« Häberle riskierte eine Lüge: »Aber wenn ich meine ehemaligen Kollegen der Spurensicherung einschalte, ist es kein Problem, dies herauszufinden.«

»Wieso Spurensicherung? Wurde Herr Aubele denn umgebracht?«

Häberle schwieg. »Es geht weder um Betrug noch um sonst etwas, Herr Fletschinger, sondern nur um die persönlichen Verhältnisse Aubeles zum Zeitpunkt seines Verschwindens. Dass er finanzielle Probleme hatte, weiß ich inzwischen. Und wenn ihm diese über den Kopf gewachsen sind, könnte dies dazu geführt haben, dass er abgetaucht ist.«

»Also nicht ermordet, sondern abgetaucht, freiwillig sozusagen«, wiederholte Fletschinger, als beruhige ihn dies. Er warf seinem Kompagnon einen fragenden Blick zu und erntete ein leichtes Kopfnicken. Sie waren sich also einig, etwas zu sagen, dachte Häberle und munterte die beiden auf: »Ich bin nicht als Polizist hier, sondern um für Frau Quinbek den Fall abzuschließen, damit sie eventuell das Anwesen verkaufen kann.«

»Verkaufen?«, wiederholte Fletschinger, als sei dies ein wichtiges Stichwort gewesen. »Die Frau will sich vom Eulenhof trennen?«

Häberle spürte, dass es nun auf die richtige Wortwahl ankam: »Wenn Aubeles Schicksal geklärt ist und ihr ein gutes Angebot gemacht wird, lässt sie mit sich reden. Also: Wie war das zwischen Ihnen und Herrn Aubele?«

»Erklär du es«, forderte Fletschinger seinen jüngeren Kollegen auf, der damit nicht gerechnet hatte. »Nun ja«, fing Dennis Rossi vorsichtig an, »das war, kurz nachdem wir hier einzogen. Er hat uns drauf angesprochen, seinen Hof verkaufen zu wollen. Ob wir Kontakte hätten. Alte Gehöfte waren damals bei großstädtischer Kundschaft sehr gefragt. Als Geldanlage oder aus Gründen der Spekulation. Geld in Steine anlegen, hieß es damals schon. Genau wie heute.«

Fletschinger schaltete sich ein: »Aubele hatte aber auch mit dem Gedanken gespielt, einen Teil seines Grundbesitzes an einen auswärtigen Bio-Betrieb zu verkaufen und einen Großteil der Ländereien an den Nabu, den Naturschutzbund, der mit Spendengeldern überall Ländereien aufkauft, um sie zu schützen. Also von Bebauung freizuhalten.«

Rossi ergänzte: »Was die Verwertung der anderen Flächen infrage gestellt hätte.«

Häberle begriff: »Also kein großes Gewerbegebiet.«

»Das damals aber noch nicht zur Diskussion stand«, behauptete Fletschinger schnell. »Diese Idee kam erst nach dem Verschwinden Aubeles auf.«

»Durch Sie, nehme ich an?«, warf Häberle ein.

»Wir hatten das mal beiläufig angedacht und es dem Bürgermeister zukommen lassen.«

»Der sofort Feuer und Flamme war«, ergänzte Häberle.

»Nicht sofort, nein«, warf Rossi ein. »Er scheute sich – und wohl bis heute –, die anderen Hofbesitzer, also die Kalarics und den Temme, zu überzeugen.«

»Wobei Temme die Sache inzwischen eher unterstützt«, erklärte Fletschinger.

»Und Sie natürlich auch«, unterbrach Häberle, ohne eine konkrete Antwort zu bekommen. Deshalb griff er das anfängliche Thema erneut auf:»Wenn ich alles richtig interpretiere, hat Aubele über Sie seinen Hof nicht nur versilbern, sondern auch ein anderes Haus kaufen wollen.«

Die beiden angesprochenen Männer zögerten, bis Fletschinger einräumte:»Ja, so war es ursprünglich gedacht. Er hat mit uns einen Kaufvertrag für ein Haus in Laichingen abgeschlossen. Wir haben das mit dem Vorbesitzer perfekt gemacht, und Aubele hätte zahlen müssen. Aber weil der Verkauf seines Eulenhofs nicht vorankam ...«

Rossi unterbrach:»Und er dauernd neue Ideen hatte, sich dann doch nicht vom Hof trennen wollte, aber bereits hoch verschuldet war, hat er alles rückgängig machen wollen. Der wusste nicht wirklich, was er wollte.«

Häberle brachte das Gespräch zu einem Ende:»Er hat's rückgängig machen wollen, nichts bezahlt, und dann ist er wenig später verschwunden. So war's doch, oder?«

Fletschinger nickte.»Und Sie schließen daraus, wir hätten den Aubele beseitigt, hab ich recht? Um einen unliebsamen Kunden loszuwerden und die Idee vom großen Gewerbegebiet realisieren zu können, das uns kräftig Knete gebracht hätte.«

Häberle wollte dies nicht dementieren, sondern fügte süffisant an:»Die große Knete kann ja noch kommen, wenn Frau Quinbek endlich verkauft.«

Er stand auf, um sich zu verabschieden, stellte nebenbei aber eine Frage:»Waren Sie mal drüben im Eulenhof, als er noch leer stand?«

Fletschinger war ein weiteres Mal erstaunt.»Ja, klar. Als Aubele verschwunden war, konnte man noch lange Zeit über die Scheune rein. Da hat jeder mal reingeschaut. Kinder, Jugendliche auch. Bis der Bürgermeister dafür gesorgt hat, dass die Türen verrammelt wurden.«

»Und er hatte die Schlüssel dazu?«

»Da müssen Sie ihn schon selbst fragen. Der hat gelegentlich Handwerker reingelassen, wenn's etwas zu reparieren gab. Nach einem Sturm oder einem Unwetter.«

57

Mary stand wie erstarrt hinter der Strohwand und war fest entschlossen, die Ursache für die Geräusche in der Scheune zu ergründen. Sie leuchtete sich den Weg zurück zu dem schmalen Spalt aus, durch den sie entlang der Stirnseite der Werkbank aus ihrem Versteck hervorkommen konnte. Das Knirschen und Kratzen des trockenen Strohs an ihrer Bluse musste jemanden, der sich in der Scheune aufhielt, längst stutzig gemacht haben. Egal, wem sie gleich gegenüberstehen würde, sie war jetzt gewillt, die Situation zu meistern. In den vergangenen Tagen hatte sie ihr verloren geglaubtes Selbstbewusstsein wiedergefunden. Seit Häberle, dessen Ex-Kollege Linkohr und dieser Praktikant Ingo da gewesen waren, hatte sie die großen Ängste abgelegt. Immerhin war das Haus videoüberwacht, und falls die Aufnahmen gut waren, konnte man im Ernstfall gewiss einzelne Personen erkennen. Auch wenn dies vorige Nacht nicht möglich gewesen war. Aber Ingo war sicher in der Lage, die unscharfen Videos so zu bearbeiten, dass verwertbare Bilder entnommen werden konnten.

Nach einer Minute hatte Mary den schmalen Spalt hinter sich gebracht und sich von Werkbank einerseits und Stroh andererseits befreit. Die Luft war schwül, hier aber ohne den Staub, den sie hinter der Strohmauer aufgewirbelt hatte.

Zögernd blickte sie im diffusen Tageslicht über das Chaos der scheinbar sinnlos abgestellten Geräte, Werkzeuge und Materialien, bis sie eine männliche Gestalt entdeckte, die ihr gleich zurief: »Hallo, Frau Quinbek. Da sind Sie ja.«

Dem ersten Schock über diese unerwartete Begegnung folgte Erleichterung: Es war Bürgermeister Freudenreich, der mühsam einen Weg zu ihr herüber fand. »Ich habe geklopft, die Tür war offen, Ihr Auto stand da, deshalb habe ich nach Ihnen gesucht. Ich hatte Sorge, Ihnen könnte etwas zugestoßen sein.«

»Was soll mir schon zugestoßen sein«, gab Mary leicht brüskiert zurück. Sie mochte es überhaupt nicht, wenn sich Besuch unerwartet Zutritt ins Haus verschaffte.

Freudenreich blieb vor einem verrosteten Heuwender stehen. »Tut mir leid, aber ich fühle mich ein bisschen für Sie verantwortlich«, begründete er sein Auftauchen.

»Schon gut, okay«, erwiderte Mary schnell. »Aber es ist alles in Ordnung.« Freudenreich bemerkte, dass Mary es eilig hatte, ihn loszuwerden. »Suchen Sie etwas?«

»Nichts Bestimmtes. Ich versuche nur, ein bisschen Ordnung zu schaffen. Mein Verwandter hat von Ordnung wohl nicht viel gehalten.«

»So könnte man es formulieren. Und vieles würde sich für ein landwirtschaftliches Museum eignen.«

»Das wäre wunderbar. Falls ich das hinterlasse, können Sie damit machen, was Sie wollen.«

Freudenreich wurde hellhörig. »Sie spielen mit dem Gedanken, uns zu verlassen?«

»Nur im äußersten Notfall«, gab sie selbstbewusst zurück. »Noch habe ich nicht vor, mich vertreiben zu lassen, von niemandem.«

»Aber momentan werden hohe Preise für Immobilien gezahlt.«

»Das ist mir egal, Herr Freudenreich. Vielleicht werden in ein paar Jahren sogar noch höhere Preise bezahlt. Mein Mann und ich nagen nicht am Hungertuch. So sagt man doch, oder?«

58

Der Bürgermeister war frustriert von dannen gezogen, und Mary überlegte, was er mit seinem kurzen Besuch eigentlich hatte bezwecken wollen. Sie aushorchen, wie es mit dem Verkauf des Hofs stand? Oder war es ehrlich gemeinte Sorge um sie? Oder hätte er nur allzu gerne gewusst, was sie an diesem Sonntagnachmittag in ihrer Scheune tat?

Mary wollte vermeiden, dass sie nochmals gestört wurde.

Sie riegelte sämtliche Türen ab und prüfte sorgfältig, ob besagte Tür im Stall ebenfalls geschlossen war.

Dann zwängte sie sich im Schein ihrer Handylampe durch den schmalen Spalt zwischen Werkbank und Strohwand, um sich dahinter über das Bodenbrett herzumachen, das sie vorhin kurz angehoben hatte. Jetzt wollte sie es wissen: Gab es einen Keller, oder war es ein Schacht, den das Brett abdeckte? Und wenn ja, wozu?

Sie kniete sich vor die Holzplatte, legte das Handy so geschickt auf den Boden, dass die LED-Leuchte die Szenerie erhellte und sie den eingefrästen Griff im Holz der Abdeckung sehen konnte. Den umklammerte sie mit den Fingern einer Hand und hob die Abdeckung zum zweiten Mal hoch, viel weiter als zuvor.

Wieder stieg dumpf-modriger Gestank in ihre Nase, wieder blickte sie in eine tiefschwarze Öffnung. Sie ließ das Brett langsam zu einer Seite sinken, bis es an einem Strohballen, schräg stehend, aber unverrückbar, Halt fand.

Mary nahm das Handy und ließ den LED-Strahl in die undurchdringliche Schwärze strahlen, wo sich hölzerne Stufen abzeichneten, die sich steil nach unten in der Dunkelheit verloren. Mary war von diesem Anblick verwirrt, betrachtete die morsch erscheinenden Stufen und versuchte, das Ende der Leiter zu erkennen. Ihre Augen gewöhnten sich nur langsam an die Dunkelheit, die ihr Geheimnis nicht preisgeben wollte. Doch dem modrig-kühlen Geruch nach zu urteilen, war die Abdeckplatte schon seit langer Zeit nicht mehr angehoben worden.

Wieder zögerte Mary. Angst und Neugier, Panik und Vernunft – all dies zerrte an ihren Nerven. Erst Häberle rufen – oder Temme? Warum hatte sie eigentlich den Bürgermeister vorhin nicht gebeten, ihr hilfreich zur Seite zu stehen? Aber der war ihr viel zu fremd, viel zu amtlich erschienen. Und außerdem hatte sie heute Zweifel an seiner Integrität. Auf wessen Seite stand er? Wollte er nicht doch das Gewerbegebiet erschließen und sie deshalb loswerden? Oder war seine Fürsorge um sie gut gemeint? Für einen Moment musste sie an Joe denken, der in solchen Fällen schnelle Entscheidungen treffen konnte und der in der Lage war, die Absichten anderer zu durchschauen. Das hatte man ihm vermutlich bei der Army beigebracht.

Mary nahm das Handy und schaltete auf dem Display auf eine andere Taschenlampenfunktion. Ihr war nämlich eingefallen, dass es mehrere Apps dafür gab und eine davon einen scharfen LED-Strahl auslöste. Damit würde sie die ganze Leiter ausleuchten können, bis hinab zum Boden dieses Schachtes oder Kellers.

Sie zielte mit dem scharfen Strahl abwärts, wo die einzelnen Trittstufen harte Schlagschatten warfen. Mary zählte etwa zehn Stufen, nach denen das Licht auf etwas fiel, das ihr beinahe das Blut in den Adern gefrieren ließ. Sie hielt den Strahl fest darauf gerichtet, obwohl es schockierend und gruselig gleichermaßen war: Sie sah Kleider. Eine angewinkelte Hose, Füße in Schuhen und ein Gewehr. Ein Mensch? Lag dort unten ein Mensch? Mary starrte sekundenlang in die Tiefe, versuchte, mit dem Lampenstrahl Genaueres zu erkennen. Doch das Licht war nicht stark genug, um das Dunkel dieses schachtartigen Raumes auszuleuchten. Aber so sehr sie sich auch bemühte, dieses entsetzliche Bild loszuwerden – es war keine Täuschung. Was sie dort unten sah, war Realität. War das pure Grauen.

59

Mary hatte das Loch nicht mehr abgedeckt und so schnell wie möglich das Versteck verlassen, um vom Funknetz im Freien Häberle anzurufen. Denn nach allem, was sie soeben gesehen hatte, wollte sie unter keinen Umständen allein in diesen Keller hinabsteigen. Sie atmete tief die würzig nach Heu riechende sommerliche Abendluft ein, aber der Versuch, Häberle von ihrem Bänkchen aus anzurufen, schlug fehl. Ihr Anruf wurde auf die Mailbox geschaltet. Entweder war Häberles Handy-Akku leer oder er befand sich gerade in einem der vielen Funklöcher. Sie musste es also später erneut probieren und hoffte inständig, dass er noch heute Abend herkommen konnte.

Innerlich aufgewühlt, wählte sie die Nummer von Joe, dem sie allerdings nicht sagen wollte, was sie gerade entdeckt hatte. Natürlich würde es ihr diesmal schwerfallen, wieder eines jener Gespräche zu führen, bei denen sie beide die künftige Verwendung dieses Gehöfts nach Möglichkeit aussparten. Joe wollte zwar jedes Mal wissen, wie lange sie noch in Deutschland zu bleiben gedenke, und sie wiederum versuchte dann, ihn zu einer Reise nach Deutschland zu bewegen, die er ihr seit Wochen versprochen hatte, doch war angeblich immer etwas dazwischengekommen. »Ich kann die Farm nicht so einfach alleinlassen«, war das häufigste Argument von ihm. Dabei hatten sie vor ihrer Abreise vereinbart, dass er nachkommen werde, um das geerbte Gehöft in Germany zu besichtigen. Und dass ein befreundeter Farmer dann während seiner Abwesenheit nach dem Rechten sehen würde. Aber Mary hatte inzwischen das ungute Gefühl, dass er gar nicht mehr gewillt war, sich mit einer Auswanderung nach Deutschland auseinanderzusetzen. Jeder weitere Kriegstag in der Ukraine bestätigte ihn offenbar in seiner festgefahrenen Meinung, dass man den »unberechenbaren Russen« niemals zu nahe kommen dürfe. Kürzlich hatte er gesagt, er werde erst, wenn der »Kriegsverbrecher Putin gehenkt« sei und in Russland normale Zustände herrschten, nach Europa kommen. Mary hatte dies eher als Ursache eines emotionalen Ausbruchs verstanden, zumal ein etwaiges Sondertribunal in Den Haag keine Todesstrafe aussprechen würde. Aber vielleicht, das wünschte sich auch Mary, würde Putin dort eines Tages wenigstens lebenslänglich eingekerkert. Solche Burschen hatten in einer friedlichen zivilen Gesellschaft, wie sie sich Mary für die ganze Welt vorstellte, nichts verloren. Auch jetzt musste sie an diese Worte denken, die sie seit dem widerlichen Angriff auf die Ukraine vor fünf Monaten schon so oft gebraucht hatte.

Dass sie auch Joe telefonisch nicht erreichte, machte sie zwar traurig, aber vermutlich hatte er bei der Feldarbeit kein Handy dabei. Immerhin war es in Arizona früher Morgen. Weil es dort im Gegensatz zu den umgebenden US-Staaten keine Sommerzeit gab, waren die Uhren in Arizona im Sommer an Kalifornien und im Winter an Colorado angepasst. Eine seltsame Konstellation, hatte Mary oft gedacht und sich deshalb nie über das europäische Gerangel um Winter- und Sommerzeit gewundert. Allerdings plante man in den USA gerade, auf Sommerzeit-Umstellungen gänzlich zu verzichten, was angesichts der West-Ost-Ausdehnung und somit vieler Zeitzonen schwierig sein würde.

Nach etlichen Ruftönen meldete sich nur seine Mailbox. Mary bat um einen Rückruf, verbunden mit ein paar lieben Sätzen, wonach sie sehr oft an ihn denke und ihn schmerzlich vermisse. Den Wunsch, er möge doch endlich nach Deutschland reisen, verkniff sie sich. Sie wollte ihn nicht auch per Mailbox unter Druck setzen.

Sie ging in das Wohnzimmer zurück, um später erneut zu versuchen, Häberle und Joe zu erreichen. Noch heute jedenfalls musste sie sich Klarheit über das Loch im Boden der Scheune verschaffen. Ob das Entsetzliche, das sie zu sehen geglaubt hatte, wirklich existierte.

Sie ließ sich in einen Sessel fallen und schaltete das flimmernde Fernsehgerät ein, wo gerade die sonntägliche Nachrichtensendung begonnen hatte.

Auf dem Bildschirm zuckten rote und blaue Einsatzlichter, es heulten Sirenen, die ihr von den USA her vertraut waren. Polizisten rannten um geparkte Fahrzeuge, im Hintergrund das Logo einer großen Supermarkt-Kette. Ein Sprecher erläuterte gerade, dass sich der »Tatort« unweit des stark frequentierten Papago Freeways Nummer zehn befinde, der von Phoenix westwärts führte.

Mary wurde hellhörig und drehte den Ton lauter. Auf dem Bildschirm war die Außenfront eines Supermarkts zu sehen, der ihr vertraut erschien. Drum herum ein riesiger Parkplatz, den sie von ihren Einkäufen her kannte. Auf dem Papago Freeway war sie schon oft gefahren. Er führte nahezu schnurgerade aus Phoenix heraus in Richtung Colorado River. An diese Entfernungen und Dimensionen hatte sie sich längst gewöhnt. 50 Meilen hinter Phoenix markierte der Kreuzungspunkt bei Tonopah mit seinen zwei Tankstellen, dass sie ihre Farm bald erreicht haben würde. Unweit einer großen Hühnerfarm, nach dem Ausläufer eines Bergrückens, hatte sie ihr Ziel von Weitem sehen können. Dort irgendwo war Joe vermutlich auf den riesigen Feldern unterwegs, die seine Eltern und er der wüstenähnlichen Landschaft von Arizona abgerungen hatten.

Vor Marys Augen liefen diese Erinnerungen ab, als der Moderator in den Nachrichten mithilfe einer Landkarte erklärte, wo Phoenix überhaupt lag. Dann die weitere Stimme des Nachrichtenkommentators: »Die Behörden von Phoenix sprechen inzwischen von elf Toten. Noch ist unklar, ob der Amokschütze einen oder mehrere Komplizen hatte.«

Mary wollte nicht noch mehr über diese schreckliche Bluttat hören. Amokläufer waren in den USA leider keine Seltenheit. Sie schaltete das Gerät ab, denn ihre Stimmung war heute nicht dazu angetan, auch noch solche Meldungen zu verkraften. Von innerer Unruhe getrieben, ging sie vors Haus, um einen neuerlichen Versuch zu unternehmen, Häberle zu erreichen.

Sie wollte jetzt endlich wissen, ob das Schreckliche, das sie von oben im fahlen Lampenlicht im Kellerloch gesehen hatte, real war. Oder vielleicht hatte sie sich auch nur getäuscht. Vermutlich hatte Aubele dort alte Kleider entsorgt und ein Jagdgewehr versteckt. Ja, so musste es gewesen sein, versuchte sie sich einzureden. Aber wieso sollte er ein Gewehr versteckt haben? Er besaß die Waffen als Jäger doch völlig legal.

Als Häberle sich unerwartet schnell am Handy meldete, schilderte sie ihm atemlos und aufgeregt, was sie entdeckt hatte. Er versprach, innerhalb einer Stunde bei ihr zu sein, und bat sie, Ruhe zu bewahren. Darüber erleichtert, tippte sie auf die Kurzwahltaste für Joes Handy. Doch auch diesmal schaltete sich nur die Mailbox ein. Und der anschließende Versuch, ihn übers Festnetz zu erreichen, schlug ebenfalls fehl. Sie steckte ihr Handy in die Hosentasche und sah über die weite Hochfläche der Schwäbischen Alb, die von der sommerlichen Abendsonne langsam in ein goldenes Licht gehüllt wurde.

60

Endlich tauchte Häberles VW-Tiguan auf. Mary hatte fast eine Stunde auf ihrem Bänkchen vor dem Eulenhof ausgeharrt. Niemand war in dieser Zeit vorbeigekommen. Kein Auto, kein Wanderer. Diesen Weg entlang der vier Höfe benutzten offenbar nur die wenigen Anlieger. Kein Wunder: Er war eine Art Sackgasse und endete hinter Fletschingers Erlenhof an einem Getreidefeld, über dem sich in weiter Ferne ein Kirchturm erhob. Mary hatte sich bisher nicht dafür interessiert, zu welcher Gemeinde dieser gehörte.

Häberle stellte seinen Wagen neben dem Bänkchen ab, kam mit ernstem Gesicht auf Mary zu und ließ sich schildern, was geschehen war. Die Worte sprudelten so schnell aus ihr heraus, dass er Mühe hatte, der Chronologie der Ereignisse zu folgen: wie sehr sie das plötzliche Auftauchen des Bürgermeister verwundert habe und dass sie sich nicht mehr sicher sei, ob das Gesehene im Kellerloch tatsächlich real gewesen sei.

»Einfach Ruhe bewahren«, empfahl er der aufgebrachten Frau, der er sofort durch Wohnung und Stall ins Chaos der Scheune folgte. »Haben Sie die Haustür abgeschlossen?«, fragte er vor dem Betreten der Scheune, worauf Mary zurück in das Wohnhaus eilte, um die Haustür fest zu verriegeln.

Häberle betrachtete unterdessen zum wiederholten Male die Unordnung, die Aubele vermutlich über längere Zeit hinweg angerichtet hatte. Aus dem Wirrwarr alter, teilweise verrosteter landwirtschaftlicher Vorrichtungen ragten bei genauerem Hinsehen auch Gartengeräte, ein Rasenmäher und ein Häcksler heraus. Häberle überlegte, welchen Weg es hinüber zu der Strohballenwand gab, ohne gleich schmerzhaft an etwas anzustoßen. Als Mary zurückkam, ging sie voraus, kreuz und quer, über kleinere Apparate steigend, genauso wie sie schon mehrfach einen Durchgang gefunden hatte.

Dort, wo die lange Werkbank an die aufgetürmten angrenzenden Strohquader stieß, blieb sie stehen und deutete auf den schmalen Spalt, den einzigen Zugang zur Rückseite der Strohwand.

»Da durch?«, fragte Häberle ungläubig, der befürchtete, seine Körperfülle könnte ihm dies verwehren.

»Sie müssen sich halt ein bisschen dünn machen. Drücken Sie links gegen das Stroh. Das gibt nach«, schlug Mary vor, um sogleich anzumerken: »Wenn wir ums Eck sind, haben wir dahinter mehr Platz.«

Häberle überlegte, ob es wirklich Sinn machte, diesen schwierigen Weg auf sich zu nehmen. Natürlich könnte er Linkohr anrufen – aber wohl nicht unbedingt am Sonntagabend. Und Verstärkung von den Kollegen des für Unterhöllenstein zuständigen Ulmer Polizeipräsidiums?

Nein, er musste sich erst selbst davon überzeugen, was Mary zu sehen geglaubt hatte. Würde er dies ungeprüft seinen Ex-Kollegen mitteilen, käme möglicherweise eine Spezialeinheit sinnlos daher, um die gesamte Scheune auf den Kopf zu stellen. Was bei dieser Unordnung ein ziemliches Spektakel wäre.

Also begutachtete er den schmalen Spalt zunächst kritisch, während Mary mit ihrem Handy hineinleuchtete. Wenn das Stroh tatsächlich nachgab, so dachte er, würde er es riskieren. Auch er holte sein Smartphone aus der Brusttasche seines Jeanshemds und tippte auf die Taschenlampen-App. Das aufflammende Licht war stärker als jenes von Marys

Gerät. »Also, gehen wir«, forderte sie ihn auf und zwängte sich unerschrocken in den Spalt, in dem trockenes Stroh an ihrer kurzärmeligen Bluse entlangstreifte und schmerzhaft auf der Haut der nackten Arme kratzte.

Häberle folgte in geringem Abstand, um die leichten Auswölbungen, die Mary vor ihm im Stroh hinterließ, zu nutzen und sich kräftig gegen die festen Strohwürfel zu stemmen. Wieder plagten ihn Zweifel, ob es wirklich notwendig war, sich einer solchen Gefahr auszusetzen und sich allein mit dieser Frau in dieses Versteck zu begeben. Aus polizeilicher Sicht ein reiner Schwachsinn, durchzuckte es ihn. Aber jetzt gab es kein Zurück mehr. Er wollte ihr helfen. Frau Quinbek schien völlig von der Rolle zu sein. Sie führte, davon war er überzeugt, gewiss nichts Böses im Schilde. Dass sie ihn in einen Hinterhalt locken wollte, schloss er aus. Nein, ließ er eine kritische innere Stimme verstummen, diese Frau hatte er in den letzten Tagen als seriös und anständig kennengelernt. Eine Frau, die nichts weiter wollte als herauszufinden, wo ihr entfernter Verwandter geblieben war. Und vielleicht fand sich in den nächsten Minuten tatsächlich eine Erklärung dafür.

Außerdem hatte er während der Herfahrt seine Frau davon unterrichtet, wen er aufsuchen wolle. Seit er privat recherchierte, war dies ohnehin üblich. Obwohl sie davon keinesfalls begeistert war, hatten sie beide vereinbart, dass er sie stets auf dem Laufenden hielt. Für alle Fälle. Sollte er in eine Falle tappen, wusste seine Frau Bescheid, von wo er sich zuletzt gemeldet hatte. Also auch heute.

Als ihm diese Gedanken durch den Kopf gingen, hatte Mary die Engstelle hinter sich gelassen und leuchtete ihrerseits mit nach unten gerichtetem Lampenstrahl Häberle entgegen. »Jetzt wird's besser«, sagte sie.

Häberle kam schwer atmend ums Eck geschlüpft und

blieb bei ihr stehen. »Verdammt eng hier«, stellte er fest, um überhaupt etwas zu sagen, doch Mary gönnte ihm keine Verschnaufpause und ging zwischen Backsteinmauer und Strohwürfeln weiter, bis ihr Lichtstrahl auf das hochgestellte Brett und das viereckige Loch im Boden traf. »Das ist es«, erklärte sie knapp, während Häberle langsam näher kam und auf die Knie ging. Ein Schwall modriger kühler Luft stieg ihm in die Nase, als er den Lampenstrahl auf die nach unten führende steile Leiter hüpfen ließ. Mary war kniend nah an ihn herangerutscht. »Sehen Sie es?«, fragte sie flüsternd, als könne jemand mithören.

Häberle kniff die Augen zusammen, um in der nur schummrig erleuchteten Tiefe Konturen zu erkennen.

»Und?«, hörte er die ungeduldig fragende Stimme von Mary.

Er zögerte, erwiderte dann langsam: »Da unten ist etwas.«

Beinahe hätte er reflexartig runtergerufen, ob da jemand sei. Doch sein Verstand mahnte ihn, dass es dort unten nichts Lebendiges gab. »Wie groß ist der Keller?«, fragte er stattdessen.

»Keine Ahnung. Ich habe gar nicht gewusst, dass es da unten etwas gibt.«

»Gibt es eine Lampe da unten?«

»Weiß ich nicht.« Mary musste an das Kabel denken, das irgendwo im Boden verschwand.

Häberle hatte kurz mit sich gerungen, dann jedoch entschieden, nach unten zu steigen. »Sie bleiben hier, ich gehe runter«, befahl er und wiederholte eindringlich: »Sie bleiben hier, egal was geschieht. Sie tun nur das, was ich Ihnen sage. Leuchten Sie mir nach.«

Mary war von dem Befehlston überrascht, musste sich aber eingestehen, dass es in dieser Situation völlig unpassend wäre, eine freundliche Diskussion zu führen.

Häberle steckte sein Smartphone mit eingeschalteter Lampe in die Brusttasche des Hemdes, drehte sich kniend mit dem Rücken zu der Bodenöffnung, um zuerst die Beine in das Loch zu stecken und mit den Füßen einige Trittstufen zu ertasten. Als er festen Halt gefunden hatte, zwängte er seinen restlichen Körper durch die Öffnung und hörte Mary sagen: »Passen Sie bitte auf sich auf.«

»Ich habe schon Schlimmeres erlebt«, brummte Häberle und stieg rückwärts vorsichtig Stufe für Stufe nach unten, verfolgt vom blendend-grellen Strahl, den Mary mit ihrem Handy zu ihm in die Tiefe warf. Gleich nach der engen Einstiegsöffnung fühlte er, dass ihn ein größerer Raum umgab, in den die Leiter frei stehend abwärts führte.

Je tiefer er stieg, desto modriger wurde der Geruch, der sich offenbar mit alter kühler Luft vermischt hatte. Nachdem er gefühlsmäßig eine der letzten Stufen erreicht hatte, blieb er stehen, um sich vorsichtig umzudrehen und mit der Handylampe die Schwärze zu durchdringen. Was er am Ende der Leiter, die noch zwei Stufen von naturbelassenem Erdreich entfernt war, direkt vor sich sah, ließ seinen Atem stocken.

Eine vollständig bekleidete Person. Die Beine angewinkelt, die Arme weggestreckt. Als sei sie in einen tiefen Schlaf versunken.

Häberle stieg die letzten Stufen hinab und ließ den Lampenstrahl von den Schuhen über die Arbeitshose und die blaue Arbeitsjacke bis zum Kopf wandern. Das Gesicht bräunlich, die Gesichtszüge erkennbar, die Haut wie mumifiziert, die Augen eingetrocknet. Eindeutig ein Mann.

Häberle hatte während seiner Laufbahn viele Leichen gesehen, aber jetzt hätte er nicht abschätzen können, wie lange dieser Tote hier schon lag. Von Insekten und Maden verschont, in diesem Kellerloch gekühlt und ohne äußere

Einflüsse, hatte kein Verwesungsprozess einsetzen können. An derlei Worte eines Gerichtsmediziners erinnerte er sich.

Marys Stimme von oben riss ihn aus diesen Überlegungen: »Herr Häberle! Sehen Sie etwas?«

»Ja, alles okay«, rief er mit belegter Stimme zurück. »Ich komme gleich wieder hoch.«

Er hatte genug gesehen und wollte auch nichts anfassen, was nachher die Kollegen der Spurensicherung und den Gerichtsmediziner interessieren könnte. Als er zur Treppe hin leuchtete und sich ihr zuwandte, traf der Lichtstrahl etwas, das er bisher unter dem Eindruck der Leiche gar nicht zur Kenntnis genommen hatte: Nur einen Meter von einem der abgewinkelten Knie entfernt lag ein Gewehr mit dem Lauf in Richtung des Toten. Häberle ließ diese schaurige Szene ein paar Sekunden auf sich wirken und wurde sich bewusst, dass er den gesamten Raum noch gar nicht ausgeleuchtet hatte. Er ließ den Lichtstrahl durch die Finsternis streifen und schätzte die Ausmaße auf etwa vier mal vier Meter. An jener Seite, die dem Toten am nächsten war, traf die Handylampe einen braunen Fleck, der sich von halber Wandhöhe bis zum naturbelassenen Boden erstreckte, nahe der Leiche.

Häberle wandte sich der steilen Leiter zu, steckte sein Handy in die Brusttasche und stieg nach oben, wo er Marys blasses Gesicht sah.

»Und was war?«, fragte sie ungeduldig, als seine Hände die Öffnung erreicht hatten.

Häberle sagte, schwer atmend, nur: »Sie haben recht.«

61

Sie hatten die Öffnung abgedeckt und waren aufgewühlt in das Wohnzimmer zurückgekehrt. Mary brühte Kaffee, und Häberle überlegte das weitere Vorgehen. Wenn er seine ehemaligen Kollegen anrief, würden sie sogleich mit großem Blaulicht-Aufgebot anrücken und die Bewohner aller Gehöfte einschließlich einiger Anlieger am Ortsrand von Unterhöllenstein aufschrecken. Dann wären weitere Ermittlungen zu Aubeles Vergangenheit ein für alle Mal hinfällig.

Und die Leiche im Keller sah nicht danach aus, als sei sie erst in jüngster Zeit Opfer eines Verbrechens geworden. Da kam es also auch auf ein paar Stunden nicht an, sinnierte Häberle, wohl wissend, dass er als Polizei-Pensionär verpflichtet war, den Verdacht auf Verbrechen zu melden. Aber wem wäre gedient, wenn er dies nun täte und Aubeles Tod für alle Zeit ein ungeklärtes Geheimnis blieb?

Nachdem Mary den Kaffee auf den Tisch gestellt und sie von draußen einen weiteren vergeblichen Versuch unternommen hatte, Joe telefonisch zu erreichen, setzte sie sich besorgt und verwirrt zu Häberle. »Mein Mann meldet sich seit Stunden nicht am Telefon«, seufzte sie und nahm einen Schluck Kaffee, um sich dann selbst zu beruhigen: »Wahrscheinlich ist er draußen auf den Feldern und hat mal wieder vergessen, sein Handy mitzunehmen.«

»Und auf dem Festnetz?«, zeigte sich Häberle interessiert.

»Auch nicht. Deshalb gehe ich davon aus, dass er ohne Handy unterwegs ist.«

»Altes Übel«, brummte Häberle. »Ich frage mich auch oft, wozu manche Leute ein Handy haben, wenn sie's daheim in der Schreibtischschublade liegen haben.«

Sie schwiegen sich eine halbe Minute lang an, bis Häberle das weitere Vorgehen darlegte: »Für morgen haben sich mein früherer Kollege Linkohr und der Praktikant angesagt, um die Kameras abzubauen und die Bilder der kommenden Nacht auszuwerten. Bei dieser Gelegenheit werde ich ihn einweihen.«

»Erst morgen?«, staunte Mary, worauf Häberle erläuterte, dass er keine Unruhe auslösen wolle, um eine weitere Nacht beobachten zu können, ob es neuerliche Zwischenfälle gäbe. »Die Leiche läuft uns nicht weg«, sagte er im sachlichen Ton eines lang gedienten Kriminalisten, für den so etwas nichts Außergewöhnliches war. Weil Mary nichts erwiderte, fuhr er fort: »Falls es für Sie wichtig wäre, würde ich auch noch mal eine Nacht im Wohnzimmer verbringen.« Er überlegte insgeheim, wie wohl Susanne darauf reagieren würde.

»Nein danke, Herr Häberle. Das ist sehr nett von Ihnen, aber ich kriege das hin. Ich habe mir vorgenommen, mich nicht vertreiben zu lassen.« Sie versuchte ein krampfhaftes Lächeln: »Auch nicht von einer Leiche im Keller.«

62

Als Häberle gegangen war, bereitete sich Mary Spiegeleier
mit Speck zu, gönnte sich ein Glas Rotwein und versuchte,
die Ereignisse des Tages zu überdenken. Dass Häberle von
der kommenden Nacht neue Erkenntnisse erwartete, beruhigte sie zwar nicht gerade, aber bevor er sich verabschiedet hatte, waren sie durch den ganzen Gebäudekomplex
gegangen, um zu prüfen, ob alle Türen fest verriegelt waren.
Es fiel ihr jedoch schwer, den Gedanken an den Toten zu
verdrängen. Aber der lag, so hatte es Häberle angedeutet, schon seit längerer Zeit in diesem unheimlichen Loch.
Wie ein Blitz durchzuckte sie der Gedanke an die Bühnenkünstlerin Anja Kalaric und das wenig erbauliche gestrige
Gespräch mit ihr. Sie hatte behauptet, Häuser könnten emotionsgeladene seelische Energie aufnehmen. Aber das war
doch, so versuchte Mary derlei Überlegungen abzustreifen,
nur Humbug und irgendein esoterischer Quatsch. Andererseits hatte sie in den USA davon gelesen, dass der Glaube
an Magie und Mystik sehr weit verbreitet war. Ein Satz von
Frau Kalaric hallte in ihrem Kopf deshalb nach: Es könne
doch sein, dass in dem Eulenhof »ein Untoter sein Unwesen« treibe. Und schon tauchte in Marys Kopf das Sühnekreuz auf, das an einen mittelalterlichen Mord an dieser
Stelle erinnerte. Gab es wirklich Verbindungen zwischen
Vergangenheit und Gegenwart? Konnte sich vergangenes
Unrecht bei heute Lebenden bemerkbar machen? Rache
aus der Vergangenheit? Jedenfalls gab es Geschichten über
Menschen, denen durch das Zusammenspiel vieler Zufälle
unglaubliches Leid zuteilgeworden war. Zufälle?, überlegte

Mary und spürte, dass ihr Kopf mit jedem Schluck Wein weitere ominöse Geschichten zutage förderte, von denen sie nicht wusste, ob sie auf wahren Begebenheiten beruhten. Sie musste an Joe denken, der den offiziellen Kirchen zwar den Rücken gekehrt hatte, jedoch auf seine Art gläubig war und an eine, wie er immer zu sagen pflegte, »übergeordnete Macht und Kraft« glaubte. Und wenn es das gab, was auch sie für möglich hielt, dann gab es vielleicht gar keine Zufälle. Dann war alles geregelt und vorher bestimmt, auch wenn alles aus menschlicher Sicht keinen Sinn ergab. Und schon nagten wieder Zweifel an ihr: Welchen Sinn sollte dann der folgenschwere russische Angriff auf die Ukraine haben? Mit tausendfachem Leid, dem Tod völlig unschuldiger Menschen und unzähliger junger Männer, die ein irrer Russe hemmungslos als Kanonenfutter an eine Front schickte, die er wie in einem Sandkastenspiel errichtet hatte? Warum sorgte diese angeblich große Macht und Kraft, also wohl ein Gott, nicht dafür, dass solche blutrünstigen Kriegstreiber, wie es sie schon mehrfach gegeben hatte, nicht auf der Stelle tot umfielen oder dass wenigstens ein Attentat auf sie klappte. Was machte das für einen Sinn? Neu war diese Frage natürlich nicht. Auch Hitler war von einem für ihn gnädigen Schicksal vor Attentaten bewahrt geblieben. Wieso hatten ihn Schutzengel davor bewahrt, getötet zu werden, damals, am 20. Juli 1944, von der Sprengladung, die Claus Schenk Graf von Stauffenberg im Führerhauptquartier Wolfsschanze deponiert hatte? Oder am 8. November 1939 durch Johann Georg Elser im Bürgerbräukeller in München, wo Hitler 20 Minuten vor der Explosion den Sitzungssaal verlassen hatte, um mit einem Sonderzug nach Berlin zu fahren. Mary hatte dies alles mal gelesen, weil für Joe der Aufstieg Hitlers immer noch ein Rätsel war. Und auch er konnte oft darüber nachgrübeln, weshalb die große Macht und Kraft Wahnsinnige nach oben kommen ließ, um neue Kriege anzuzetteln. Konnte man da noch an einen gerechten Gott glauben? Wie schwer musste es jedem Geistlichen fallen, wenn ihm eine solche Frage gestellt wurde! Joe hatte sich deshalb oft abfällig über Pfarrer geäußert, die mit allerlei »theologischen Verrenkungen« die angeblichen Gedanken Gottes nachzuvollziehen versuchten. »Aber«, so hatte er einmal gewettert, »keine dieser theologisch-theoretischen und unverständlichen Predigten kann den Sinn eines Kriege erklären.«

Mary war plötzlich über sich selbst erschrocken, dass Frau Kalarics Geschwätz über Untote ein solches Gedankenkarussell auszulösen vermochte.

Sie brachte das Geschirr in die Küche, löschte im Wohnzimmer das Licht und versuchte vor dem Haus erneut, Joe zu erreichen. Wieder nur Mailbox. Je häufiger ihre Anrufversuche ins Leere gingen, desto größer wurde ihre Sorge. Sollte sie Sohn oder Tochter anrufen, die beide weit entfernt wohnten – der Sohn in Alaska, die Tochter in Kalifornien –, oder war es besser, sie nicht auch zu beunruhigen und bis morgen zu warten? Sie ließ das Gerät sinken und zwängte es in die Hosentasche der engen Jeans. Zurück im Haus, verriegelte sie die Eingangstür, stieg ins Dachgeschoss, wo sie unter der Dachschräge an der Reihe alter Schränke und Kommoden entlang zum Schlafzimmer am Giebel ging und auch diese Tür fest von innen verschloss.

Im Zimmer verband sie zuerst ihr Handy mit dem Ladegerät, das auf dem Tischchen neben ihrem Bett lag. Sie musste sorgfältig darauf achten, dass der Akku ständig genügend Strom hatte, falls sie in der Nacht die Lampenfunktion brauchte.

Sie schlüpfte in ihr kurzes Nachtgewand, löschte das Licht und sah ein paar Minuten in die Nacht hinaus, wo jetzt, kurz nach 23 Uhr, die abnehmende Sichel des Mondes knapp überm Osthorizont erschienen war.

Nachdem sich Marys Augen an die Dunkelheit gewöhnt hatten, konnte sie den am Hof vorbeiführenden Weg schemenhaft erkennen. Noch während sie in Gedanken versunken am Fenster stand und den Toten im Keller nicht loslassen konnte, zuckten rechts unten Scheinwerfer auf. Ein Fahrzeug näherte sich. Es schien relativ schnell zu sein und entfernte sich in Richtung der anderen Höfe. Wie öfters mal in der Nacht, dachte sie. Weil sie den Wagen nicht erkannt hatte, vermutete sie, dass es die Bühnenkünstler waren, die von einem abendlichen Auftritt zurückkamen.

Mary zog den Vorhang zu und tastete sich in der Dunkelheit ins Bett. An Schlaf war aber nicht zu denken. Es waren wilde Bilder, die sich in ihrem Kopf formten, verschwanden und aufs Neue auftauchten: Häberle, wie er in das Kellerloch stieg. Die angewinkelten Beine, die sie von oben gesehen hatte. Dann Häberles Stimme, der gesagt hatte: »Die Leiche läuft uns nicht weg.« Dann die seltsame Frau Kalaric mit ihrem Hinweis auf Untote. Dann das Sühnekreuz, das zuerst der Bürgermeister und später Temme erwähnt hatten. Und immer wieder das dumpfe Gefühl, dass sich eine Leiche im Haus befand. Wie lange eigentlich schon? Womöglich seit 18 Jahren, sofern es Aubele war. Oder handelte es sich um jemand ganz anderen, jemanden, der in diesem Haus ermordet und im Keller versteckt worden war? Mumifiziert, hatte Häberle gesagt. Das konnte sehr lange her sein. In Ägypten gab es uralte Mumien. Aber die, so rief sie sich in Erinnerung, waren wohl speziell präpariert worden.

Irgendwann vermischten sich in Marys Kopf die schrecklichen Erlebnisse des Tages mit Albträumen, aus denen sie erwachte, dann auf die Uhr blickte und erschöpft feststellte, dass diese Nacht nicht vergehen wollte. Sie sehnte das Morgengrauen und den Vormittag herbei, wenn Häberle mit seinen beiden Kollegen kommen würde, um die Kameras abzubauen und die Speichermedien auszulesen. Dann aber war mit großem Polizeiaufgebot zu rechnen, sobald Häberle offiziell den Leichenfund dem Präsidium gemeldet hatte. Und je nachdem, was sich dabei ergab, war zu befürchten, dass Spezialeinheiten den ganzen Hof auf den Kopf stellten.

Dass in dieser Nacht weitere Autos am Hof vorbeifuhren, bemerkte Mary aber nicht mehr. Ihr Schlaf war zwar unruhig, aber bisweilen einer Ohnmacht gleich. Das änderte sich gegen 4 Uhr. Ob sie geträumt hatte oder ob es real gewesen war, vermochte sie nicht nachzuvollziehen. Jedenfalls hatte sie einen dumpfen Schlag wahrgenommen. Wieder einmal. Aber so laut und heftig wie nie zuvor. Ihr Puls raste, sie sprang aus dem Bett und sah das dunkelgraue Band des Weges, der sich im abnehmenden Mond von der Nachtschwärze der Umgebung abhob, die in einen sanften Bodennebel gehüllt war.

Ansonsten nichts. Mary starrte regungslos durch den Spalt, den der vorsichtig aufgezogene Vorhang bot. Oder war da doch eine Bewegung? Von ihrem Blickwinkel aus ganz links. Sie drückte die Stirn an die Glasscheibe, um so weit wie möglich zur Ecke sehen zu können. Doch, eine Bewegung. Etwas, das schnell im Bodennebel unsichtbar wurde. Eine hellgraue Silhouette. Ein Geist?, durchzuckte es Mary, die derlei abwegige Gedanken sofort verdrängte. Aber es hatte tatsächlich so ausgesehen. Wie aus einem dieser Horrorfilme im Kino. Als ob der Geist des Toten ... – nein, sie war über sich selbst erschrocken. Dass sich so etwas überhaupt ihres vernünftigen Verstandes bemächtigte. Das durfte sie nicht zulassen. Sonst wurde es gefährlich. Sie hatte es doch deutlich gesehen. Das war Realität. Oder war sie innerlich derart aufgewühlt, dass sie tatsächlich Gespenster sah? Sie musste sich dringend mit Joe besprechen. Aber all ihre Ängste durfte sie ihm auch nicht sagen. Denn dann würde er erst recht nicht kommen. Oder war es vielleicht doch besser, diesen albtraummäßigen Hof und damit den Traum von einem Altersruhesitz auf der Schwäbischen Alb aufzugeben?

Auch nach diesen Sekunden der wild aufgeblitzten Gedanken pochte ihr Herz rasend. Hatte sich soeben jemand am Haus zu schaffen gemacht? Mit etwas gegen eine Wand geschlagen oder gegen eine Tür? Die Katze konnte diese Geräusche diesmal nicht verursacht haben. Sie war längst tot.

Mary legte sich wieder aufs Bett und hielt das bereitstehende Döschen Pfefferspray in Händen, um gegen einen Eindringling gewappnet zu sein, auch wenn er zuerst die verriegelte Schlafzimmertür hätte eintreten müssen. Sie lauschte in die Nacht, die hoffentlich bald vom sommerlichen Morgengrauen vertrieben würde.

Wenn dann Häberle und seine Kollegen auftauchten und die Leiche im Keller einen polizeilichen Großeinsatz auslöste, würde es in den folgenden Nächten bestimmt niemand mehr wagen, sie zu ängstigen. Ob dann Ruhe einkehrte, daran zweifelte sie. Denn falls die Gerichtsmedizin einen Mord feststellte, würden die Ermittlungen wochenlang anhalten und jeden hier draußen in Verdacht bringen. Vielleicht sogar den Bürgermeister. Mary beruhigte sich: Sie selbst war natürlich außen vor, denn dass sie sich seit Jahren in den USA aufhielt und somit ein hieb- und stichfestes Alibi hatte, dürfte den Kriminalisten schnell klar sein.

Ihr wurde bewusst, dass sie Joe nicht länger über die neueste Entwicklung im Unklaren lassen durfte. Einen halben Tag schon hatte sie mehrfach vergeblich versucht, ihn zu erreichen. Deshalb wollte sie nun keine Rücksicht darauf nehmen, dass es in Arizona mitten in der Nacht war, wenn es auf der Schwäbischen Alb hell war und sie ihn anrief.

Sie lag noch eine Stunde lang wach, bis sich endlich das Fenster in der Dunkelheit des Zimmers abzeichnete. Der Morgen graute.

Sie schlüpfte in Jeans und einen Pullover und wartete, bis sich der helllichte Tag durchgesetzt hatte, der ihr jedes Mal wie eine Erlösung nach langer, unsicherer Nacht vorkam. Draußen, so stellte sie beim Blick durchs Fenster fest, hatte sich nichts verändert. Die Landschaft, die in sanften Bodennebel gehüllt war, erwachte und erschien friedlich wie eh und je.

Mary nahm ihr Handy vom Ladegerät und stieg langsam ins Erdgeschoss hinab, um sich prüfend umzublicken. Aber nichts deutete auf einen nächtlichen Einbrecher hin. Auch die Haustür war fest verriegelt. Als sie ins Freie trat, sog sie die kühle Luft eines Hochsommermorgens in sich hinein. Tau benetzte die Gräser und glitzerte an Spinnweben. Sie wischte mit dem Ärmel ihres Pullovers die Nässe von der Bank, setzte sich und prüfte, wie immer, wenn sie zum Telefonieren herauskam, ob es ein Handynetz gab. Von drei möglichen schwarzen Balken signalisierte nur einer, dass es ausreichend war. Doch dann stachen ihr drei Worte ins Auge: »Anruf in Abwesenheit.« Jemand hatte sie im Laufe der Nacht, als das Gerät im Funkloch lag, erreichen wollen. Joe? Sie klickte sich durch das Geräte-Menü, um die Nummer des Anrufers zu suchen: 001907, die Vorwahl. Das waren die USA. Aber nicht der Bundesstaat Arizona. Mary kannte sie, denn es war Patricks Nummer, die ihres Sohnes, der in Alaska lebte. Es kam nicht oft vor, dass er sie anrief. Seit sie in Deutschland war, sogar kein einziges Mal. Sie wusste nicht, ob sie sich darüber freuen, wundern oder ängstigen musste, entschied aber, ihn nicht, da es in Alaska später Abend war, gleich zurückzurufen. Joe war ihr im Moment wichtiger.

Sie tippte auf die Kurzwahl, doch mit jedem Rufton stieg ihre Nervosität. Warum ging er nicht ran? Wieder nur die Mailbox.

Deshalb versuchte sie es nun doch bei Patrick – ebenfalls erfolglos. Böse Gedanken bemächtigten sich ihrer. Was war geschehen? Warum hatte Patrick sie in der Nacht angerufen – und warum Joe nicht? Sie scrollte durch das Handy-Adressbuch und klickte auf Peggys Nummer in Kalifornien. Mary flehte zu Gott, das sie sich melden würde. Doch auch da schaltete sich nur die Mailbox ein: »The person you called is temporarily not available.«

Mary ließ ihr Handy sinken. Und dann war sie plötzlich da, die Nachricht, die sie gestern Abend im Fernsehen gehört hatte: Phoenix. Amoklauf in einem Supermarkt. Phoenix.

Nein. Sie wollte den schrecklichen Gedanken gleich gar nicht aufkommen lassen. Im Raum Phoenix, wo sich ihre Farm befand, lebten 1,6 Millionen Menschen … nur elf davon waren getötet worden. Nur elf?

63

Mary fühlte sich ausgelaugt und in einem wilden Gedankenkarussell gefangen. Der Appetit auf ein Frühstück war wie
weggeblasen, ihr Magen rebellierte, sie ging ziel- und plan-
los in der kleinen Wohnung hin und her, versuchte mehrere
Male, Joe, Sohn und Tochter zu erreichen, und kam sich vor,
als renne sie pausenlos gegen eine Wand. Mehr als die Nummern in den USA anzuwählen, konnte sie nicht. Wen sollte
sie um Hilfe bitten? Oder war alles nur ein schrecklicher
Zufall, dass sich niemand von ihrer Familie meldete? Diese
Ungewissheit nagte an ihrer Seele, zermürbte und lähmte sie.

Als Häberle eintraf, vertraute sie sich ihm an und wurde
mit sonorer Stimme getröstet, dass sich gewiss alles zum
Guten wenden werde. Häberle war den Umgang mit ver-
zweifelten Menschen gewohnt, wohl wissend, dass Schick-
salsschläge niemals vernünftig zu erklären waren. Auf seine
Frage, wie die vergangene Nacht verlaufen sei, schilderte
Mary emotionslos den dumpfen Schlag. Nachdem auch
Linkohr mit Ingo eingetroffen war und sie alle in Marys
Wohnzimmer saßen, erklärte Häberle ruhig und sachlich,
weshalb es Frau Quinbek heute so schlecht gehe. »Ich muss
euch aber noch etwas anderes sagen«, fuhr er fort und sah
in die betroffenen Gesichter von Linkohr und Ingo. Die
beiden Kriminalisten waren eigentlich davon ausgegangen,
dass sie lediglich die Überwachungskameras abbauen und
etwaige Aufnahmen auswerten sollten. Außerdem hatte
Ingo übers Wochenende die Bilder der Samstagnacht einer
genaueren Überarbeitung unterzogen und die Ergebnisse
als Erstes preisgeben wollen.

Doch Häberles ernster Tonfall ließ Zurückhaltung angeraten erscheinen. »Es ist an der Zeit, dass wir die Kripo offiziell einschalten.« Mary hörte mit geschlossenen Augen zu, Linkohr und Ingo sahen Häberle verwundert an. Der erklärte sachlich, was er gestern in der Scheune entdeckt hatte. Niemand aus der Runde wagte es, ihn zu unterbrechen oder eine Frage zu stellen. Nachdem er fertig war, durchbrach Linkohr die Sprachlosigkeit: »Die Leiche liegt also noch drüben im Keller.«

»So ist es. Und deshalb sollten Sie, lieber Herr Linkohr, nun alles in die Wege leiten, was notwendig ist.«

Der Angesprochene zögerte, weil ihm bewusst war, was ein einziger Anruf bei seinem Chef in Ulm auslösen würde. Praktikant Ingo überlegte, wie seine Anwesenheit in dieser Gesellschaft zu erklären war. Er hatte die Überwachungskameras doch nur zu »Übungszwecken« übers Wochenende erhalten, nicht aber zur Installation an einem öffentlichen Feldweg. Das war, obwohl von Linkohr geduldet, natürlich nicht legal gewesen. Wie wären deshalb Videos, die möglicherweise einen Mörder zeigten, zu erklären? War seine Karriere bei der Polizei in Gefahr? Die Sorge darüber ließ für ihn die Gespräche in den Hintergrund treten.

Linkohr schien dies bemerkt zu haben, denn er wandte sich an Häberle, seinen früheren Chef: »Wir beide, der Ingo und ich, haben Ihnen ein bisschen geholfen, weil dies alles kein Fall für die Kripo war. Aber jetzt müssen wir sagen, dass es offiziell wird.«

Häberles ernstes Gesicht entspannte sich: »Ich verspreche euch beiden, dass wir das intern auf dem kleinen Dienstweg regeln.« Er sagte dies, obwohl er wusste, dass seine Einflussnahme als Pensionär eher gering war. Aber immerhin hatte er mit dem heutigen Polizeipräsidenten noch keine Konfrontation gehabt. Und wenn auf diese Weise ein alter

Vermisstenfall aufgeklärt werden konnte, war das ja nichts Verwerfliches. Falls der Tote wirklich Hans Aubele war.

64

Es hatte keine halbe Stunde gedauert, bis die ersten Zivilfahrzeuge der Ulmer Kriminalpolizei eintrafen. Ingo und Linkohr waren bereits mit dem hastigen Abbau der beiden Überwachungskameras an den Bäumen fertig gewesen. Nachdem sie die Speicherkarten entfernt und die Geräte ordentlich verpackt in Linkohrs Auto verstaut hatten, halfen sie Häberle und Mary, in der Scheune einen einigermaßen passablen Durchgang für das halbe Dutzend angerückter Kriminalisten zu schaffen.

Häberle, an dessen aktive Dienstzeit sich nur noch ein älterer Mann aus der Gruppe erinnern konnte, erklärte ihnen, wo sich der Einstieg in das Kellerloch befand. Der Wortführer besah sich die aufgetürmten Strohquader kritisch und entschied, dass ein Teil davon abgebaut und der Rest zur Eigensicherung stabilisiert werden müsse. Keiner der Männer, von denen einige in Schutzkleidung geschlüpft waren und wie Astronauten aussahen, wollte vorher in das

Versteck schlüpfen. Da nützte es auch nichts, dass Häberle darauf hinwies, selbst schon dort hinten gewesen zu sein. Er spürte, dass sein Rat von der Mehrheit der jung-dynamisch auftretenden Beamten überhaupt nicht gefragt war. Während also auf eine entsprechend ausgerüstete Mannschaft des Präsidiums »Einsatz« aus Göppingen gewartet wurde, betonte der Wortführer, dass keine Eile notwendig sei, zumal auch ein Gerichtsmediziner die Lage der Leiche »in Augenschein nehmen« müsse.

Unterdessen räumte Ingo mit Mary viele der kreuz und quer herumstehenden Gartengeräte beiseite, und sie trugen einiges davon ins Freie. Denn wenn die Strohballenwand teilweise abgebaut werden sollte, musste genügend Platz für einen Gabelstapler oder ein ähnliches Gerät geschaffen werden.

Linkohr konnte sich lebhaft vorstellen, mit welch großem Gerätepark die Einheit aus Göppingen auftauchen würde. Von dort war sogar per Funk die Anfrage gekommen, ob man das Spezialeinsatzkommando schicken solle. Der Wortführer, der sich freute, den »großen Häberle« getroffen zu haben, hatte jedoch gleich Entwarnung gegeben: Es habe sich nirgendwo ein Täter verschanzt, denn der Tote liege möglicherweise fast zwei Jahrzehnte im Keller. Keine Gefahr in Verzug also.

Mary war über die Aufräumarbeiten froh, konnte sie sich doch auf diese Weise von ihrer Sorge um Joe ablenken. Als sie in der Scheune einen breiten Durchgang geschaffen hatten, schlich sie sich jedoch davon, um vor dem Haus ein weiteres Mal Joes Nummer anzuwählen. Aber auch diesmal meldete sich sowohl bei ihm als auch bei Sohn und Tochter die Mailbox.

Häberle bat Linkohr und Ingo, ihm in den Wohntrakt des Gehöfts zu folgen, wo der Praktikant zur Auswertung der beiden Speichermedien aus der vergangenen Nacht einen Laptop stehen hatte.

Ungeachtet der hektischen Geschäftigkeit, die draußen zwischen geparkten Kastenwagen und dem Querbau der Scheune herrschte, klickte sich Ingo unter den kritischen Blicken von Häberle und Linkohr routiniert durch ein Software-Menü, um das Innere eines der Speichermedien sichtbar zu machen. Wieder waren es verschwommene und kontrastarme Videos. Mit dem Mauszeiger strich er über die Zeitschiene jenes Speichers, dessen Kamera den Weg in Richtung der anderen Höfe aufgezeichnet hatte. Irgendwann waren einige Autoscheinwerfer zu sehen, die sich näherten und damit die Kamera blendeten. Zwei Stunden später bewegte sich ein Fahrzeug in die entgegengesetzte Richtung, sodass die roten Schlussleuchten das Kennzeichen überstrahlten.

Ingo verteidigte die schlechte Aufnahme. »Das Kennzeichen könnte ich bearbeiten, damit man es lesen kann.« Häberle war jedoch auf die 4-Uhr-Marke gespannt, jene Zeit, über die Mary ihm von einem dumpfen Schlag berichtet hatte. Drei Minuten vorher ließ Ingo das Video in Echtzeit abspielen, und aus dem Dunkel löste sich etwas Unbeleuchtetes, das die Wärmebildfunktion der Kamera nur schemenhaft aufgezeichnet hatte. »Wir hatten vergangene Nacht zum Morgen hin ein bisschen Bodennebel«, erläuterte Ingo, als müsse er sich für die schlechte Kameraqualität entschuldigen. Er stoppte den Videolauf, um einzelne Standbilder genauer zeigen zu können. »Das sieht wie in der Nacht zuvor aus. Eine Person scheint zu schweben. Ich habe das Video von gestern daheim bearbeitet. Wenn man es vergrößert und Kontrast dazu gibt, sieht man, dass sie sich auf einem Gerät bewegt, das keine Spuren auf dem Wärmebild hinterlässt.« Das Video ruckelte weiter. »Hier wird deutlich, dass es ein Fahrrad sein muss. Eines ohne Akku oder Elektromotor, weil beides eine Wärmespur hinterlassen hätte.« Ingos Stimme verriet Stolz. »Ich kann euch nachher mehr dazu sagen.«

Als der Schatten den Bildausschnitt verließ, klickte Ingo einen anderen Bereich der Software an, der die zweite Speicherkarte mit dem Blick auf die vordere Giebelfront des Eulenhofs zeigte. Wieder ließ er das Video von einem Standbild zum anderen ruckeln. Am rechten Rand des Monitors erschien wieder die helle geisterhafte Silhouette, die nicht nur einen Kopf, sondern auch einen hellen Unterkörper erkennen ließ. Häberle stutzte deshalb: »Wieso sind die Beine hell?«

»Das sind Wärmebereiche. Ist interessant«, erklärte Ingo. »Vermutlich hat die Person eine kurze Hose getragen.«

»Sportlich unterwegs am frühen Morgen«, staunte Linkohr und beobachtete, wie die Person nun offenbar ohne Fahrrad zur Breitseite des Eulenhofs ging, dabei einen länglichen Gegenstand in den Händen hielt und sich dem Stallanbau näherte. »Jetzt aufgepasst«, kommentierte Ingo. »Die Kamera ist zu weit weg. Aber es sieht so aus, als schlage die Person gegen die Hauswand.«

»Nicht Hauswand«, korrigierte Häberle, der sich mit den Örtlichkeiten auskannte. »Das ist die Stalltür.« Noch während er dies sagte, war Mary nach ihren vergeblichen Telefonaten ins Wohnzimmer gekommen. »Habt ihr etwas gefunden?«, wollte sie wissen und gesellte sich zu den drei Männern, die wie gebannt auf den Laptop starrten und nicht antworteten.

Ingo ließ die Szene wiederholen, worauf Häberle brummte: »Das ist unser Spuk.«

Mary konnte dem verschwommenen Bild nichts abgewinnen: »Was sieht man da?«

»Dass man den Spuk, mit dem man Sie geängstigt hat, auf simple Weise inszeniert hat. Und diese Person hat vermutlich auch die Steine aufs Dach geworfen.«

»Aber das sieht auf dem Bild doch aus wie ein Gespenst«, zweifelte Mary.

Häberle erläuterte ihr kurz die Funktion einer Wärmebildkamera, was Ingo zu einer zaghaften Ergänzung veranlasste: »Unsere Kameras sind nicht das neueste Modell. Es gibt inzwischen welche, die nachts astreine und scharfe Bilder machen.« Um nicht in den Verdacht zu geraten, als Jüngster in der Runde die Arbeitsmittel der Polizei schlechtzureden, fügte er, an Häberle gerichtet, triumphierend an: »Ich habe trotzdem etwas rausgefunden, da werden Sie staunen.«

65

Draußen trafen weitere Fahrzeuge ein, was Häberle veranlasste, die ankommenden Beamten zu begrüßen. Doch schon als er das Haus verließ, wurde ihm bewusst, dass er nicht mehr der Einsatzleiter war und eigentlich gar nichts zu sagen hatte. Er nickte den schwarz uniformierten Männern und Frauen zu, von denen ihn aber offenbar niemand kannte. Linkohr übernahm deshalb die Begrüßung und erklärte, worum es ging: Sicherung des Tatorts, damit eine Leiche, die sich in einem Kellerloch befinde, von einem Rechtsmediziner kurz begutachtet und danach geborgen werden könne. Der Mannschaftsleiter ließ sich die Räumlichkeiten zeigen, murmelte angesichts der Geräte, die in der Scheune verblieben waren, ein paar unverständliche Worte und entschied, einen Gabelstapler anzufordern, mit dessen Hilfe ein Teil der aufgetürmten Strohwand beseitigt werden konnte.

Sogleich begannen die Einsatzkräfte, die Scheune von den restlichen Gegenständen zu räumen, um Platz für einen Gabelstapler zu schaffen.

Häberles Vorschlag, ihnen schon jetzt das Kellerloch hinter den Strohwürfeln zu zeigen, stieß auf keine Begeisterung. Man wolle zuerst für einen sicheren Zugang sorgen, bekam er zur Antwort, weshalb er insgeheim bedauerte, dass es offenbar heutzutage niemanden mehr gab, der – wie er – bereit war, auch mal mutig voranzugehen. Aber die jungen Leute hatten natürlich recht: Eigensicherung ging vor Ermittlung. Vermutlich war es bei seinem gestrigen Vorgehen viel zu riskant gewesen, musste er sich eingestehen. Immerhin konnte Frau Quinbek mit dem Tod dieses Mannes zu tun haben. Sie hätte in den vergangenen Jahren theoretisch mehrere Male ihren entfernten Verwandten besuchen können. Ihre Behauptung, Aubele überhaupt nicht zu kennen, war bisher durch nichts bewiesen.

Ein weiteres Fahrzeug riss Häberle aus diesen Gedanken. Der Mann, der ausstieg, war ihm persönlich bekannt: Gerichtsmediziner Doktor Frank Kräuter, mit dem er früher oft zusammengearbeitet hatte. Ein fähiger Arzt, freundlich, jugendliches Aussehen, fachkundig, optimistisch gestimmt und mit sächselndem Akzent, dazu stets bereit, ausführlich über Obduktionen und allerlei Todesursachen zu dozieren. Häberle informierte ihn darüber, dass momentan der Zugang zum Fundort geschaffen werde. Kräuter ließ sich über die verwachsene Hoffläche, um die das Gehöft einen rechten Winkel bildete, zum jetzt weit geöffneten Scheunentor bringen. Im Freien lagerten inzwischen viele Geräte und Apparaturen, die die Einsatzkräfte aus dem Innenraum geschleppt hatten.

Kräuter musste trotzdem über einige verrostete Gegenstände steigen, um zu der Strohwand zu gelangen, zu der jetzt ein breiter, freigeräumter Zugang führte. Häberle erklärte, dass man auf einen Gabelstapler warte. Er nahm die Gelegenheit wahr, dem Gerichtsmediziner die bisherigen Erkenntnisse zu schildern, und dass von einer mumifizierten Leiche auszugehen sei. »Und da sind Sie einfach so runtergestiegen?«, fragte Kräuter anerkennend.

»Ja, warum nicht? Ich habe schon ganz andere Dinge gesehen«, erwiderte Häberle, als handle es sich um einen ganz normalen Vorgang.

Kräuter wusste, dass sich der ehemalige Kriminalist ein großes Fachwissen angeeignet hatte, weshalb er fragte: »Da drunten hat's keine Insekten und kein Ungeziefer?«

»Nein. Rundum Beton oder anderes Mauerwerk, nur der Boden ist naturbelassen, aber fest und trocken. Man ist schätzungsweise vier Meter tief im Erdreich, nicht luftdicht, aber geschlossen.«

»Und ein Gewehr ist auch dabei?«, vergewisserte sich Kräuter, nachdem ihm Häberle davon berichtet hatte.

»Ja, es liegt neben der Leiche. Mit dem Lauf auf sie gerichtet.«

Kräuter versuchte, sich diese Situation vorzustellen. »Blutspuren?«

Häberle zuckte mit den Schultern. »Dunkelbraune Flecken an der Wand.«

»Altes Blut«, meinte der Gerichtsmediziner knapp. »Kann es ein Suizid gewesen sein?«

Häberle sah sein Gegenüber süffisant lächelnd an: »Was glauben Sie, weshalb man Sie hierhergeholt hat? Sie sind der Experte, der diese Frage beantworten kann, oder?«

Häberle hatte den Gerichtsmediziner schon viele Male vor dem Ulmer Landgericht erlebt, wenn es darum gegangen war, Todesursachen und die Rekonstruktion einer Bluttat zu erläutern. Das waren geradezu wissenschaftliche Vorlesungen gewesen. Sogar Häberle hatte oftmals gestaunt, wie selbst aus kleinsten menschlichen Spuren erstaunliche Rückschlüsse möglich waren. Kein Mörder konnte sich angesichts dieser modernen Methoden sicher sein, niemals geschnappt zu werden. Und wenn auch erst nach vielen Jahrzehnten.

Für einen Moment war Häberle von diesen Gedanken abgelenkt gewesen, als sich Linkohr näherte, um ihm etwas zuzuflüstern. Kräuter trat verständnisvoll zur Seite und ging zu den Einsatzkräften an der Strohwand.

Häberle folgte hingegen seinem ehemaligen Kollegen aus der Scheune und hinüber in den Wohntrakt des Gehöfts, in dem Ingo mit Mary vor dem Laptop saß. »Herr Menig«, Linkohr meinte damit den Praktikanten Ingo, »hat uns gerade vorgeführt, was ihm bei den Überwachungsvideos von vorletzter Nacht aufgefallen ist.«

Häberle stellte sich hinter den jungen Mann und sah an dessen verstrubbelten Haaren vorbei auf den Bildschirm, der ein grau-weißes Durcheinander zeigte, etwa so, wie sich für Laien das Röntgenbild von Innereien darstellte, auf dem nur ein fachkundiger Arzt etwas erkennen konnte. Daran dachte Häberle, als Ingo zu dozieren begann: »Ich habe mir am Wochenende die Mühe gemacht und die Aufnahmen von dieser Gestalt nachbearbeitet. Mehr Kontrast, ein bisschen aufgeschärft, eine spezielle Software drüberlaufen lassen, und dann sieht das so aus …« Er klickte mit der Maus ein paarmal hin und her, und auf dem Monitor zeigten sich nun deutliche Umrisse einer Person, die auf etwas saß, das mit etwas Fantasie ein Fahrrad sein konnte. »Dass die Person auf einem Fahrrad gesessen sein musste, habe ich schon im Voraus geahnt. Der Kopf war hell und das hier unten«, er ließ den Mauszeiger an die entsprechende Stelle gleiten, »das sind Beine ohne lange Hose, weshalb die Wärmebildkamera sie deutlich abgezeichnet hat.«

»Also ähnlich wie auf dem Video der vergangenen Nacht«, kommentierte Häberle, der sich sofort jene Szene in Erinnerung rief, die ihm Ingo vor einigen Minuten aus den jüngsten Daten vorgespielt hatte.

»Leider lassen sich die Gesichtszüge nicht kontrastreicher darstellen«, bedauerte Ingo. »Da ist bei allen Einzelbildern eine erhebliche Bewegungsunschärfe drin.«

»Bei den Beinen nicht?«, hakte Häberle nach.

»Doch, natürlich auch. Aber es gibt zwei Einzelbilder, als die Person ganz nah war und nicht mehr in die Pedale getreten hat, kurz bevor sie mit dem Fahrrad angehalten und vermutlich gebremst hat.«

»Vom Anhalten gibt's kein scharfes Gesichtsbild?«

»Da hat sich die Peson weggedreht und war dann außerhalb des Erfassungswinkels der Kamera, und als man sie wieder sieht, ist sie zu weit weg.« Ingo formulierte diplomatisch, weil er sich nicht erlauben wollte, das Equipment der Polizei schlechtzureden: »Ich habe ja bereits gesagt, die Kameras sind nicht neuesten Datums.«

Häberle wusste auch so Bescheid. Nicht nur die Bundeswehr hatte man in den letzten Jahren totgespart, sondern auch die Polizei vernachlässigt und aus panischer Angst vor den wilden Aufschreien der Datenschützer keine adäquaten elektronischen Systeme angeschafft. Was nur die Täter schützte, nicht aber deren Opfer.

»Leider kann man mit Beinen niemanden identifizieren«, brummte er.

»Das stimmt nicht ganz. Man kann Rückschlüsse auf Statur und Größe ziehen, vielleicht auch auf das Geschlecht und das Alter.«

Häberle lag eine süffisante Bemerkung in Richtung seines ehemaligen Kollegen Linkohr auf der Zunge, dem jahrelang der Ruf vorausgeeilt war, sich besonders mit dem weiblichen Geschlecht auszukennen. Ob Linkohr noch immer so vom Pech mit Frauen verfolgt war wie damals, als sie noch bei den Ermittlungen als Dream-Team gegolten hatten, wusste er allerdings nicht. Deshalb beschränkte er sich nun auf den Dialog mit Ingo, der nur auf seinen Laptop und das Digitale fokussiert zu sein schien. »Und was ist an diesem Bild nun so interessant?«

Ingo klickte wieder. »Erlauben Sie, dass ich Ihnen intimere Bereiche zeige.«

Häberle schielte zu Linkohr, dessen Kopf ein paar Zentimeter dem Bildschirm näher kam.

Das grau-schwärzliche Bild zoomte nun an die Schnittstelle zwischen Schwarz und Hell. »Hier haben wir den Saum eines Kleidungsstücks«, erklärte Ingo und fügte hinzu: »Typisch Wärmebildkamera: Kleidung kalt und dunkel, Haut warm und hell.«

»Also kurzer Rock oder Shorts«, konstatierte Linkohr, ohne zu sehen, dass Häberle über diese Bemerkung grinste.

Mary, die bisher schweigend zugehört hatte, meinte: »Ungewöhnliche Bekleidung frühmorgens um 4 Uhr, wenn Bodennebel sogar jetzt im Sommer frische Temperaturen und Tau hinterlässt.«

»Ein Sportler vielleicht«, brummte Häberle, während Ingo mahnend einen Zeigefinger erhob und erklärte: »Die Beine sind schlank, so viel kann man sagen. Und es gibt da – sogar auf zwei Standbildern erkennbar – eine etwas seltsame Stelle ...«

»Und das wäre?«, wollte Häberle wissen.

»Hier.« Wieder rückte Ingo mit dem Mauszeiger das Standbild zurecht. »Das ist der Bereich Oberschenkel, von der Person aus gesehen links unterhalb des Rock- oder Hosensaums.«

Linkohr, Häberle und Mary taten sich schwer, überhaupt etwas zu erkennen.

»Ein Stofffetzen? Ein Verband?«, suchte Linkohr eine Erklärung.

»Wohl kaum«, entgegnete Ingo, »dann wäre die Stelle dunkler. Vielleicht ist es etwas, das die Körperwärme kompensiert, vielleicht ein Muttermal oder eine Narbe. Ich kenn mich da viel zu wenig aus.«

»Oder Dreck?«, fragte Mary dazwischen.

Ingo zuckte mit den Schultern. Häberle dachte an Doktor Kräuter. Der konnte vielleicht Aufschluss darüber geben.

66

Die Strohquader waren schneller weggeräumt, als die Einsatzkräfte erwartet hatten. Der Gabelstapler, von einem Handwerksbetrieb in Unterhöllenstein erbeten, hievte die einzelnen Würfel mühelos auf den Boden und stapelte sie hintereinander, sodass nun ein bequemer Zugang zu dem freigelegten Bereich hinter der ursprünglichen Strohwand geschaffen war. Häberle und Linkohr, die eigentlich den Gerichtsmediziner zur Begutachtung des Videobildes hatten holen wollen, staunten, als sie die völlig verändert wirkende Scheune betraten. Inzwischen hatten sich mehrere schwarz Uniformierte um die Holzplatte versammelt, die in der Aussparung des Bodens lag. Es erschien ihnen aber angeraten, das Brett nur unter Anwesenheit von Linkohr und Doktor Kräuter hochzuheben. Für beide war weiße Schutzkleidung, darunter Helme mit durchsichtigem Visier, hergebracht worden.

Häberle musste sich eingestehen, dass er gestern wohl viel zu sorglos in das Loch hinabgestiegen war, ohne einen Gedanken an Giftgase und gefährliche Viren oder Bakterien verschwendet zu haben. Heute freilich wurde an alles gedacht. Man konnte ja nie wissen, was sich Verbrecher so alles ausgedacht hatten.

Doktor Kräuter schlüpfte schnell in diese Schutzkleidung, die ihm nicht fremd war. Linkohr tat sich schwerer, und ein Beamter der Einsatzkräfte, offenbar der Chef, hatte sich bereits damit eingekleidet.

Häberle, über dessen Funktion inzwischen alle informiert waren, hielt sich zurück, ging jedoch mit zu dem Abdeckbrett, zeigte dort, wie es am besten zu entfernen war, und erklärte, was zu erwarten war: eine steil nach unten führende hölzerne Leiter, abseits derer die Leiche mitsamt dem Gewehr liege.

Der Einsatzleiter hob lässig das Brett aus der Vertiefung im Boden und reichte es einem Kollegen weiter, der es zur Seite legte, während sie alle den modrigen Geruch wahrnahmen, der an alte Keller oder gar an eine Gruft erinnerte. Grelle Scheinwerfer erhellten die Leiter, als sich der sportlich gewandte Einsatzleiter mit Stirnlampe und Helm rückwärts in das Loch gleiten ließ, mit den Beinen voraus die ersten Trittstufen ertastete und dann schnell nach unten stieg, wohin sein Körper im Licht der von oben herableuchtenden Strahler einen harten Schatten warf. »Alles okay«, meldete er über das am Helm angebrachte Headset per Funk nach oben, von wo sich nun auch Linkohr auf die Leiter zwängte.

Als der Einsatzleiter festen Boden unter den Füßen hatte, machte er dem nachkommenden Linkohr und dem dann folgenden Gerichtsmediziner Platz. Die Stirnlampen-LEDs tanzten an den roh belassenen Betonwänden entlang und trafen auf den Toten. Der Einsatzleiter deutete den beiden anderen an, kurz stehen zu bleiben. Er fingerte sein Handy aus der Schutzkleidung und knipste mehrere Fotos, um die genaue Lage der Leiche zu dokumentieren.

Linkohr leuchtete auf das Gewehr, das schräg neben den angewinkelten Beinen lag, aber mit dem Lauf auf den Toten zeigte. Während der Einsatzleiter sein Handy verstaute, ging der Doktor unerschrocken vor dem Leichnam in die Knie, griff mit behandschuhten Fingern nach einer der steifen Hände, deren Haut seltsam dunkelbraun verfärbt war. Ähnlich hatte sich das Gesicht verfärbt, dessen Knochen zwar deutlich hervortraten, das aber trotzdem merkwürdig lebendig erschien, wenngleich die geschlossenen Augen in ihren Höhlen vertrocknet und die Kopf-haare vollständig vorhanden waren. Kräuter zerrte sanft an einem der Arme, worauf sich der ganze Körper unter der Kleidung leicht bewegte. »Vollständig mumifiziert«, sagte der Gerichtsmediziner gelassen. »So wie es aussieht, liegt er schon lange Zeit hier.« Dann ließ er den Lampenstrahl über die gesamte Bekleidung streifen: blaue Arbeitsjacke, blaue Hose, festes Schuhwerk. Doch am Hals, unterhalb des Kieferknochens, eine Wunde. »Das ist ein Schuss. Zumindest sieht es so aus«, erklärte Kräuter seine Entdeckung und leuchtete zu der Wand dahinter, auf der sich ein dunkelbrauner Fleck abzeichnete, der sich, schmaler werdend, bis zum Boden erstreckte. »Das ist altes Blut«, stellte der Gerichtsmediziner emotionslos fest. »Alles Weitere muss die Obduktion ergeben.« Und an den Einsatzleiter gewandt: »Meinetwegen können Sie die Leiche holen lassen und in die Gerichtsmedizin bringen.«

Zur Leiter gehend, erteilte er einen Ratschlag: »Aber vorsichtig damit umgehen, sonst bricht ein Arm oder ein Bein ab. Der Körper ist wie vertrocknetes Holz. Deshalb wird der Mann auch nur 15 bis 20 Kilo wiegen.« Damit stieg Kräuter die Leiter zum Einstiegsloch hinauf.

67

Mary war inzwischen vors Haus gegangen, um zum wiederholten Male Joe oder ihre Kinder zu erreichen. Weil sich auf allen drei Nummern erneut nur die Mailbox-Stimme meldete, rasten der Frau Tausende schlimme Gedanken durch den Kopf. Sie ließ das Gerät in den Schoß sinken und überlegte, ob sie ihre Sorgen Häberle anvertrauen sollte. Aber was konnte der schon tun? Sie allenfalls trösten und ihr sagen, dass sie längst verständigt worden wäre, wenn sich etwas Schreckliches ereignet hätte. Aber dann hätten sich die Kinder doch wenigstens gemeldet. Oder zumindest auf ihren Handys die dauernden Anrufversuche sehen müssen. Sie beschloss, bis morgen Vormittag zu warten. Und dann? Wen konnte sie anrufen? Bei der Farm in Arizona gab es keine Nachbarn, und von den wenigen Menschen, zu denen sie und vor allem Joe Kontakt hatten, wusste sie meist nur die Vornamen und Telefonnummern, die sie aber in der deutschen Handy-Speicherkarte nicht drin hatte.

Aber wenn sie ihre Familie nicht erreichen konnte, dann musste irgendwann dieser Häberle über seine Kanäle – vielleicht über die Botschaft oder Konsulate – etwas in Erfahrung bringen können. Mary fühlte sich machtlos und alleingelassen.

In diesem Zustand bemerkte sie den Jeep von Temme erst, als er kurz vor ihr zum Stehen kam und er und seine wesentlich jüngere Begleiterin ausstiegen. »Was ist denn los?«, begann Temme und deutete auf die vielen Fahrzeuge, die ungeordnet am Wegesrand und im Zugang zur Scheune parkten, vor der viele undefinierbare Gegenstände lagerten.

Die Fahrzeuge, darunter zwei weiße Kastenwagen, trugen allesamt zivile Kennzeichen. Kein Blaulicht und keine Aufschrift.

Mary erhob sich mit weichen Knien und musterte Temme und die Frau, die beide freizeitmäßig gekleidet waren und lange Hosen mit vielen Seitentaschen trugen. »Wir haben wahrscheinlich Aubele gefunden«, sagte Mary mit schwacher Stimme.

»Wer hat …?« Temme brachte den Satz vor lauter Verwunderung nicht zu Ende.

»Erkläre ich dir später. Das ist alles Polizei«, erklärte sie und deutete in Richtung des Wegs zur Scheune.

»Er ist …?«

»Tot, ja. Er ist tot.«

»Wie – tot? Hat man ihn …«

»Nein«, ließ Mary ihn wieder nicht ausreden. »Er liegt in einem Kellerloch. Mit seinem Gewehr.«

»Er hat sich selbst erschossen?«, entfuhr es Amal, der jungen Frau.

»Ja, danach sieht es aus. Bis jetzt.«

Temme zog eine ernste Miene. »Wenn du Hilfe brauchst, liebe Mary, du weißt, wo du mich erreichst. Ich bin immer für dich da.« Seine Begleiterin warf ihm einen kritischen Blick zu.

»Danke, ja, Leo«, flüsterte sie, weil sie dieses Angebot niemals annehmen würde. Wenn sie Hilfe brauchte, dann würde sie sich an Häberle wenden, den sie vertrauenserweckender einschätzte.

»Weiß man denn, wann das geschehen ist – mit Aubele?«

»Nein. Aber es muss schon länger her sein. Außerdem ist unklar, ob er's überhaupt ist. Ich kann ihn nicht identifizieren. Ich kenne ihn ja gar nicht.«

Leo überlegte. »Ich könnt's auch nicht. Ist ja 18 Jahre her, dass ich ihn zuletzt gesehen habe.« Während er dies sagte, näherte sich Häberle. Sichtlich irritiert, ging Temme in die Offensive: »Ach, der Herr Kommissar ist auch da. Ich dachte, Sie könnten sich nicht mehr in die Ermittlungen einmischen.«

»Richtig erkannt, Herr Ex-Kollege«, konterte Häberle. »Wie ich Ihnen schon sagte: Ich stehe Frau Quinbek ein bisschen zur Seite.«

Mary blickte weg, als gehe sie die Konversation gar nichts an.

»Sie sollten Ihre Kompetenz als Pensionär nicht überschreiten«, keifte Temme in Richtung Häberle, der schlagfertig reagierte: »Was es bedeutet, Kompetenzen zu überschreiten, sollten Sie doch selbst am besten wissen.« Er zwinkerte der jungen Begleiterin zu, die seinen Blicken jedoch verschämt auswich.

68

Als ein herbeigerufener Leichenbestatter die sterblichen Überreste des Mannes versorgt hatte, um sie möglichst unbeschädigt in Kräuters Institut nach Ulm zu bringen, begann sich die allgemeine Anspannung zu lösen. Auch einige Kriminalisten der Spurensicherung, die sich längere Zeit im Kellerloch aufgehalten hatten, waren inzwischen mit ihrer Arbeit fertig.

Linkohr entledigte sich seines Schutzanzugs und hielt Häberle einen durchsichtigen Plastikbeutel entgegen. »Hat der Leichenbestatter unter der Leiche entdeckt«, erklärte er, worauf Häberle sofort erkannte, dass es sich um eine Diskette handelte: »Ich gehöre noch zu der Generation, die damit was anzufangen weiß.«

Linkohr nickte: »Kein Kunststück. Das hatten wir dieser Tage doch schon mal. Aber das hier ist eine andere.«

»Das gespeicherte Tagebuch von Aubele?«, gab Häberle ironisch zurück. »Dann geben Sie's mal dem Ingo. Der hat ja das passende Gerät dazu.«

»Vielleicht sind in manchen Amtsstuben sogar noch Disketten im Einsatz«, meckerte Linkohr zurück, und Häberle dachte, dass sein Ex-Kollege mit dieser Vermutung gar nicht so falschlag. Schließlich war hierzulande Digitalisierung nichts weiter als ein Wort. Häberle wollte es nicht aussprechen. Er hatte während seiner aktiven Dienstzeit oft genug die Obrigkeit kritisiert, was nicht immer gut ankam. Aber jetzt hätte er sich zumindest nicht mehr um seine Karriere sorgen müssen.

»Bei der Waffe handelt es sich um ein Jagdgewehr«, hörte er Linkohr sagen. »Die Kollegen haben es sichergestellt.«

Häberle klopfte seinem ehemaligen Mitarbeiter auf die Schulter: »Ich bin davon überzeugt, dass die Sache abgeschlossen ist. Der Mann ist da runtergestiegen, hat den Deckel von unten zugemacht und sich mit seinem Jagdgewehr erschossen. Ohne großes Aufsehen erregen zu wollen. Und um viele in seinem Umfeld im Unklaren zu lassen. Warum auch immer.«

»Vielleicht kann unser Freund Ingo dieser Diskette das Geheimnis entlocken.«

69

Häberle spürte, dass mit Mary etwas nicht stimmte. Seine vorsichtige Nachfrage blieb jedoch unbeantwortet. Der Rummel und die Hektik des Tages hatten sie mitgenommen – und vielleicht die Ungewissheit, ob der Tote wirklich ihr Verwandter war. Nachdem die Einsatzkräfte abgezogen und Linkohr mit Ingo auf der Fahrt zum Ulmer Präsidium war, hatte Häberle der erschöpften Frau geraten, sich erst mal hinzulegen und die Ereignisse zu verarbeiten. Mary jedoch konnte keinen klaren Gedanken fassen, sondern tippte nacheinander auf die Kurzwahltasten für Joe, Sohn Patrick und Tochter Peggy. Wieder nur Mailbox. Die quälende Ungewissheit erfasste ihren ganzen Körper. Ihr Magen rebellierte, ihr Puls schlug unregelmäßig. Wie lange sollte und konnte sie noch warten? Aber worauf? Vielleicht war es doch besser, Häberle zurate zu ziehen.

Der jedoch war weggefahren, sodass ums Gehöft eine geradezu drohende Stille eingekehrt war. Nachdem ihre neuerlichen Anrufe unbeantwortet geblieben waren, zog sie sich ins Haus zurück. Sie wollte nicht noch einmal von jemandem gestört werden und lästige Fragen beantworten müssen.

Häberle hatte vom Auto aus seine Frau Susanne über die Ereignisse informiert. Sie schien jedoch nicht sonderlich daran interessiert zu sein und bat ihn, sich nicht allzu tief in diese Angelegenheit einzumischen. »Lass doch den Linkohr machen«, pflegte sie zu sagen. Und diesmal gab sie zu bedenken: »Wenn's ein Selbstmord war, dann gibt's doch nichts mehr zu ermitteln, oder?«

Häberle ging nicht darauf ein, versprach aber, am Nachmittag daheim zu sein, sobald er einige »abschließende Gespräche« geführt habe.

Eines davon hatte er mit dem Bürgermeister geplant, den er im Rathaus überraschte. Freudenreich wusste nicht so recht, wie er den Besuch deuten sollte, zumal Häberle gleich erklärte, dass er zwar ein ehemaliger Kriminalist sei, aber nun Frau Quinbek »ein bisschen geholfen« habe. Noch bevor er die Ereignisse des Vormittags schildern konnte, gab sich Freudenreich informiert: »Da draußen am Eulenhof war einiges los.« Er berichtete, dass sich der Leichenfund bereits herumgesprochen habe.

Häberle nickte, überlegte aber, durch wen der Polizeieinsatz fernab des Orts in einem einsamen Gehöft an den Bürgermeister herangetragen worden sein könnte.

»Ob es Aubele ist«, erwiderte er ruhig, »das werden die DNA-Abgleiche zeigen. Man hat ja nach seinem Verschwinden entsprechendes Material in seinem Haus sichergestellt.« Häberle konnte sich gut entsinnen: »Bart aus dem elektrischen Rasierer, Haare und Schuppen von einem Kamm und etwas von einer Zahnbürste.«

»Wie ist der Mann umgekommen?«

»Vermutlich hat er sich selbst erschossen. Mit seinem Jagdgewehr.«

»Das man damals fieberhaft gesucht hat«, gab sich der Bürgermeister informiert. »Gibt's einen Abschiedsbrief?«

»Nein«, erwiderte Häberle und entschied, die aufgefundene Diskette nicht zu erwähnen. »Aber es gibt Hinweise darauf, dass Herr Aubele ziemlich verschuldet war.«

»Das ist mir auch zu Ohren gekommen. Er hat wohl seine kleine Rente nebenher mit Gartenarbeiten aufbessern wollen, was nicht sehr erfolgreich gewesen sein soll.«

»Eine Frage an Sie«, wurde Häberle deutlicher. »Wie weit

sind die Pläne für ein Gewerbegebiet dort draußen voran-
geschritten?«

Freudenreich hatte mit diesem Thema nicht gerechnet.
Nicht hier und nicht jetzt. Deshalb wurde er schmallippig:
»Mein Gemeinderats-Gremium hat es abgelehnt. Mehr kann
ich dazu nicht sagen.«

»Kann es sein, dass außer Frau Quinbek, die den Eulenhof geerbt hat, die anderen drei Hofbesitzer nicht abgeneigt
wären, ihre Anwesen zu verkaufen?«

»Ich verstehe nicht, was dies mit dem Tod Aubeles zu
tun haben könnte«, wurde Freudenreich gereizt.

»Interessiert mich nur am Rande. Vielleicht kann
ich Frau Quinbek davon überzeugen, dass es sinnvoll
wäre, den sanierungsbedürftigen Hof zu versilbern«, log
Häberle.

»Natürlich wäre es sinnvoll, das alte Gelumpe herzuge-
ben. Derzeit sind die Immobilienpreise hoch. Versuchen
Sie Ihr Glück und überzeugen Sie die Dame! Aber denken Sie daran, dass es einen Ehemann im Hintergrund gibt.
Einen Ami in Arizona, glaube ich.«

Häberle bemerkte, dass sein diplomatisches Vorgehen
zündete. »Halten Sie es für denkbar, dass jemand versucht
hat, Frau Quinbek einzuschüchtern, um sie sozusagen vom
Hof zu jagen? Damit sie dem Gewerbegebiet nicht im Wege
stehen kann?«

Freudenreich legte die Stirn in Falten und warf seinen
Kugelscheiber, mit dem er nervös gespielt hatte, energisch auf die Schreibtischplatte. »Herr Häberle! Ich bitte
Sie! Glauben Sie im Ernst, dass da draußen jemand solche Methoden anwenden würde? Das sind alles grundso-
lide Leute: ein ehemaliger Kollege von Ihnen, ein Immobi-
lienunternehmer und ein Künstler-Ehepaar. Die haben die
alten Höfe damals nicht als Spekulationsobjekte gekauft,

sondern aus Liebe zu solch alten Gebäuden.« Der Bürgermeister verfiel in einen sprudelnden Wortschwall:»Alte Höfe sind gefragt, landauf, landab. Schauen Sie doch mal in die Scheunen und ehemaligen Ställe rein! Die meisten vermietet als Stellplatz für Wohnwagen, Wohnmobile, Boote, Segelflugzeuge. Die Bühnenkünstler vom Tannenhof haben dies gemacht. Der Herr Temme vom Schattenhof ebenso. Da müssen Sie mal reinschauen. Mit solchen Vermietungen kann man heutzutage sehr viel Geld nebenher verdienen.« Freudenreichs Gesicht lief rot an:»Da wird immer davon geredet, man müsse die Landwirtschaft unterstützen. Aber was tun die Bauern mit ihren aufgegebenen Hühner- und Schweineställen? Zweckentfremden!«

Häberle wollte keine Diskussion darüber anzetteln, dass vielen kleinen Landwirten durch den Trend zu immer größeren Höfen die Existenzgrundlage entzogen wurde. Er überraschte den sichtlich erzürnten Bürgermeister mit einer Frage:»Vermisst in Ihrem Dorf eigentlich jemand eine schwarze Katze?«

»Eine …?«

»Schwarze Katze. Könnte ja sein, dass sich das Verschwinden einer Katze bis zu Ihnen herumgesprochen hat«, meinte Häberle süffisant.

»Wieso fragen Sie das? Ja, so ein Tier wird seit einigen Tagen vermisst. In der Tat!«

Häberle erklärte, worauf seine Frage abzielte: dass eine solche Katze in der Scheune von Frau Quinbek aufgetaucht und leider inzwischen von einem Metallbehälter erschlagen worden war.

»Sie wollen damit sagen, jemand hat die Katze benutzt, um Frau Quinbek einzuschüchtern?«

»So genau will ich das nicht sagen, aber komisch erscheint mir das trotzdem.«

»Dann müsste jemand die Katze im Dorf eingefangen und zu dem Hof rausgebracht haben. Von alleine strolcht eine Katze wohl nicht kilometerweit über die Felder.«

»Denke ich auch«, pflichtete Häberle bei.

»Und wie soll das gehen? So eine Katze packt man doch nicht unter den Arm und bringt sie da raus!«

»Vielleicht im Kofferraum eines Autos. Oder in einer Schachtel.«

»Na ja, Herr Häberle«, winkte der Bürgermeister ab, »wäre das nicht ein bisschen viel Aufwand, um eine Frau mit einer schwarzen Katze zu erschrecken? Einfach in einen Karton rein oder in einen Käfig oder gar reingequetscht in einen Vogelbauer. Nein, Herr Häberle, so einfach lässt sich eine Katze nicht transportieren, um sie in ein fremdes Haus zu sperren.«

70

Mary Quinbek schoss der Schreck durch den ganzen Körper. Gerade war sie im Haus auf der Toilette gewesen und jetzt, als sie ins Freie trat, traf sie ein elektronischer Ton wie ein Donnerschlag. Das Handy! Ein Anruf. Sie zog das Gerät aus der engen Jeanstasche und starrte auf das Display, auf dem im grellen Sonnenlicht die übermittelten Buchstaben kaum zu lesen waren. »Patrick ruft«, stand da. Marys Puls raste, als sie sich schnell meldete und lauschte. Es war die Stimme ihres Sohnes – mit einem seltsam ernsten Unterton. Für Mary war schlagartig klar: Etwas Schlimmes musste geschehen sein. Patrick hatte, seit sie in Deutschland war, noch kein einziges Mal angerufen. Gleich würde er etwas sagen, das sich nicht mehr würde rückgängig machen lassen. Etwas Endgültiges. »Eine traurige Nachricht«, hörte sie ihn sagen. »Ganz schlimm.« Seine Stimme klang wie in Tränen erstickt. Dann die drei Worte des Entsetzens: »Vater ist tot.«

71

Auch Fletschinger und seinem Kompagnon, Dennis Rossi, war an diesem Tag nicht entgangen, was vorne am kilometerlangen Zufahrtsweg beim ersten Gehöft geschehen war. Sie hatten am späten Vormittag beim Vorbeifahren zwar nicht angehalten, aber seitlich und am weit offen stehenden Scheunentor schwarz uniformierte Personen und einen Leichenwagen stehen sehen.

Noch von unterwegs hatte Fletschinger sofort den Bürgermeister über diese Beobachtung informiert, der seinerseits kraft seines Amtes daraufhin das Polizeipräsidium in Ulm angerufen und um eine kurze Erklärung gebeten hatte. Anschließend hatte er die erhaltene Auskunft, wonach man wohl den seit 18 Jahren vermissten Bauern tot aufgefunden habe, an Fletschinger weitergegeben. Der hatte die Nachricht emotionslos zur Kenntnis genommen und dem Bürgermeister im Befehlston zu verstehen gegeben: »Wir müssen reden, und zwar sofort.«

Wenig später saß er dem eingeschüchterten Freudenreich gegenüber. »Sie sollten nicht einfach hierherkommen. Nicht heute«, meckerte der Bürgermeister entnervt.

»Jetzt darf nichts anbrennen, verstehen Sie«, konterte Fletschinger, der sich in Freizeitkleidung auf den unbequemen Besucherstuhl gelümmelt hatte. »Wenn der Alte nun ganz einfach vollends für tot erklärt werden kann, dann können wir diese Quinbek weichkochen.«

»Das nützt nichts, wenn mein Gemeinderat bei seinem Nein bleibt.«

»Dann müssen wir halt der Alten ein besseres Angebot machen – oder den Druck erhöhen. Die Schmerzgrenze, meine ich.«

»Damit kann man den Gemeinderat auch nicht umstimmen.«

Fletschinger wurde ärgerlich: »Dann denken Sie sich etwas aus, damit der Beschluss wiederholt werden kann. Mit keiner so dusseligen Fragestellung wie beim ersten Mal.«

Freudenreich war kurz vor der Schnappatmung, schluckte trocken und vermied eine weitere Eskalation. »Wir sollten keine überstürzten Handlungen vornehmen. Dieser Häberle schnüffelt mir zu viel herum.«

»Ach was, das ist ein Wichtigtuer. Ein Pensionär, der's nicht lassen kann. Wenn er es zu weit treibt, schalte ich den Polizeipräsidenten in Ulm ein. Dieser Häberle hat keinerlei Befugnisse. Fehlt bloß noch, dass er sich irgendwo als Kriminalist ausgibt. Dann ist er dran. Wegen Amtsanmaßung oder was weiß ich!« Fletschingers giftiger Unterton war nicht zu überhören.

Freudenreich hatte sichtlich Mühe, gelassen zu wirken: »Zum gegenwärtigen Zeitpunkt ist Ruhe angebracht.« Weil Fletschinger etwas erwidern wollte, fuhr er ihm brüsk über den Mund: »Und mit geklauten Katzen werden wir eine Frau Quinbek nicht beeindrucken können. Um das mal ganz deutlich zu sagen!«

72

Häberle freute sich auf die abendliche Ruhe daheim. Doch während der Rückfahrt riss ihn ein Telefonat aus den Gedanken an Susanne. Zuerst tat er sich schwer, die weinerliche Frauenstimme aus der Freisprechanlage des Autos zu verstehen, doch als er die Worte »Joe« und »tot« heraushörte, war ihm sofort klar, wer ihn anrief: Mary Quinbek.

Er stoppte den Wagen am Straßenrand, weil dieser Anruf seine ganze Konzentration erforderte. Er ließ die verzweifelte Frau reden und hörte ihr zu. Demnach war ihr Mann gestern bei einem Amoklauf in einem Supermarkt in Phoenix erschossen worden. Ihr Sohn Patrick habe ihr das mitgeteilt und gesagt, dass es elf Tote gegeben habe, nachdem mehrere Männer wild um sich geschossen hätten. »Er ist tot, verstehen Sie, er ist tot!«, wiederholte sie mehrfach, hysterisch, panisch heulend. Häberle suchte nach passenden Worten, ohne sie zu finden. »Das tut mir aber leid. Das ist furchtbar«, war alles, was ihm einfiel, um anzufügen: »Ich komme zu Ihnen. Wir reden drüber.«

Mary schluchzte hemmungslos und presste ein »Ja, danke« hervor. Er beendete das Gespräch, drehte seinen Tiguan um und rief Susanne an, um ihr wieder mal zu sagen, dass er etwas Dringendes zu erledigen habe und später komme. Sie verlangte eine Antwort, doch er sagte nur, dass es wichtig sei und er zum Eulenhof müsse.

Als er dort eintraf, warf die Abendsonne bereits lange Schatten. Mary hatte ihn herfahren sehen und winkte ihn wortlos ins Haus. »Das tut mir so leid«, wiederholte Häberle, als er der schluchzenden Frau im Wohnzimmer gegenübersaß. »Ich hab's gespürt, ich hab's gespürt. Ich hab's gewusst«, flüsterte sie in ihr Taschentuch und wischte sich die geröteten Augen. »Joe ist tot, verstehen Sie! Totgeschossen von einigen Idioten, von Terroristen, Gangstern. Unschuldige und unbeteiligte Menschen einfach erschossen.«

Häberle ließ ein paar Sekunden verstreichen und sagte mit leiser Stimme: »Ich bitte einen Notfallseelsorger, sich Ihrer anzunehmen.« Von einem Heulkrampf geschüttelt, konnte sie nichts erwidern, weshalb Häberle vors Haus ging, Linkohr anrief, ihm die Situation schilderte und ihn bat, einen Notfallseelsorger zu schicken. Linkohr versprach, dies sofort zu veranlassen. Als Häberle zurückkam, sah ihn Mary erschöpft an und sagte mit zitternder Stimme: »Ich gebe das hier alles auf. Ich muss sofort heim. Ich brauche das nicht mehr.«

»Das ist jetzt nebensächlich«, beruhigte Häberle. »Sie brauchen hier nichts zu entscheiden. Ich werde mit dem Bürgermeister alles Weitere für Sie klären.«

»Ich muss sofort heim«, wiederholte sie. »Morgen kommt Patrick, mein Sohn, aus Anchorage. Er hat ein Privatflugzeug. Er will morgen Vormittag losfliegen. Nach Phoenix. Auch Peggy will kommen, meine Tochter.«

Häberle nickte. »Ich werde mich um eine Flugverbindung für Sie ab Stuttgart kümmern«, versprach er Mary. »Aber so kurzfristig für morgen wird das nicht mehr möglich sein. Frühestens übermorgen, am Mittwoch.«

»Ich will hier nicht mehr wohnen«, flüsterte Mary. »Ich muss weg hier. Bitte helfen Sie mir, ein Hotelzimmer zu finden. Drüben in Merklingen.«

Häberle versprach auch das.

73

Nachdem er Mary in einem Merklinger Hotel untergebracht und den Notfallseelsorger zu ihr geschickt hatte,
war Häberle nach Hause gefahren. Auch er brauchte Zeit,
die Ereignisse zu verarbeiten. Dass Susanne ihm wieder mal
geduldig zuhörte, empfand er als wohltuend. Sie war während seines Berufslebens oft der Ankerpunkt gewesen, wenn
er nach einem turbulenten Tag innere Ruhe gebraucht hatte.
So wie heute.»Und wenn der Tote gar nicht der Aubele
ist?«, fragte sie, als sie bei einem Glas Wein zusammensaßen.
Häberle war von dieser Frage ergriffen. Zwar hatte er diesen
Gedanken auch schon gehegt, ihn aber angesichts der logi-
schen Zusammenhänge verworfen.»Wer soll es sonst sein?«

»Du hast doch gesagt, Aubeles Auto sei verschlossen
irgendwo am Waldrand gestanden. Es könnte doch sein, er
hat jemanden ermordet, ihn in diesem Kellerloch versteckt
und dann sein Verschwinden im Wald vorgetäuscht.«

Häberle folgte ihren Gedankengängen, fand diese aber
abwegig:»Dann würde er wohl kaum seine Jagdwaffe, die
ihm, wie festgestellt wurde, nachweislich gehört hat, neben
die Leiche legen und beides im eigenen Keller verstecken.
Nein, das glaube ich nicht.« Häberle sprach leise, denn er
wollte Susanne nicht kränken, hatte sie ihm doch früher
aus der Sichtweise einer Außenstehenden wertvolle Tipps
gegeben.

Sie ließ auch jetzt nicht locker:»Und dieser Graf Ackerstein, dein ›alter Bekannter‹? Der hat doch auch mit der
Jägerei zu tun …«

»Würde keinen Sinn machen. Okay, der alte Graf hat

sich wohl mit ihm zerstritten, aber einen Mord, nein, den trau ich dem nicht zu. Und schon gar nicht dieses Vorgehen, wie du es vermutest.«

»Und die anderen auf den Höfen, von denen du mir erzählt hast?«

Häberle kam sich wie bei einem Gespräch bei Staatsanwälten vor, die ihn oftmals mit Fragen dieser Art gelöchert hatten, wenn's zu klären galt, ob gegen einen Verdächtigen ein Haftbefehl beantragt werden konnte.

»Von den Hofbesitzern!«, seufzte Häberle in sich hinein. »Wenn du mich so fragst, hätte jeder von denen, einschließlich der Frauen, einen Grund gehabt.« Er fügte schnell an: »Aus heutiger Sicht! Das mag vor 18 Jahren anders gewesen sein. Da hatten die allesamt die alten Höfe erst gekauft – und von einem Gewerbegebiet, also mit Spekulationsgewinnen aus den Grundstücken, war noch lange nicht die Rede gewesen.«

»Aber ein Immobilienhändler wohnt doch auch dort«, gab Susanne zu bedenken, die sich so ziemlich alles aus Häberles bisherigen Erzählungen gemerkt hatte.

»Stimmt, einen Immobilienhändler gibt es auch. Ein bisschen unsympathisch dazu, und vielleicht hat der sogar den alten Aubele mit einem Hausverkauf über den Tisch gezogen.«

Susanne nahm einen Schluck Wein und lächelte: »Das würde aber eher dafür sprechen, dass Aubele *ihn* hätte umbringen können.«

»Siehst du: Es gibt Gründe, die sich bei genauerem Betrachten ins Gegenteil drehen. Und diese Bühnenkünstler, diese Zauberer, die nagen möglicherweise nach der Corona-Pandemie am Hungertuch und hätten vielleicht großes Interesse, ihren Hof zu versilbern. Aber erst jetzt und nicht, als Aubele noch lebte.«

»Und dein Ex-Kollege mit dieser jungen Frau, von der du erzählt hast?«

»Ein Aufschneider. Dem kann's doch ganz recht sein, so weit draußen in der Pampa zu wohnen. Wenn der echte Nachbarn hätte – so schwäbische Aufpasser und Nörgler –, dann hätte man sehr schnell rausfinden können, was der eigentliche Geschäftszweck seines angeblichen Sicherheitsdienstes ist.« Er grinste. »Sicherheit weniger, aber Dienstleistung vielleicht anderer Art – unter Zuhilfenahme seiner jungen Frau, die es nötig hat, sich mit einem Elektroschocker verteidigen zu können.« Als Häberle dies jüngst seiner Susanne geschildert hatte, war sie auf einen ähnlichen Gedanken verfallen.

Häberle schenkte die Gläser noch einmal voll. Ihm gefielen diese Gespräche mit seiner Frau. Doch als er auf Frau Quinbek und den Tod ihres Mannes zu sprechen kam, legte sich ein emotionaler Schatten über sie beide. Häberle hatte zuvor im Internet nach Meldungen über den Amoklauf in Phoenix im US-Bundesstaat Arizona gesucht. Auf der Tagesschau-App war zu lesen gewesen, dass »mehrere Männer grundlos das Feuer auf die Kunden eines Supermarktes eröffnet« hätten. Der Polizei sei es aber gelungen, fünf der Gangster festzunehmen. Ein sechster sei erschossen worden. Zu den Hintergründen der Tat gebe es noch keine Erkenntnisse. Der Sheriff schließe aber einen terroristischen Anschlag nicht aus.

Susanne konfrontierte ihn mit einer Frage, die ihm derart abwegig erschien, dass sie vermutlich dem Weingenuss geschuldet war: »Diese Verbrechen in der Stadt, in deren Nähe die Quinbeks ihre Farm haben, haben aber nichts mit diesem Aubele zu tun?«

Häberle runzelte die Stirn. Auch er spürte, dass er ein bisschen zu viel Wein getrunken hatte.

74

Häberle hatte schlecht geschlafen. Mehrmals war er von Albträumen hochgerissen worden. Wenn er dann wach lag, quälten ihn Fragen: Was geschah nun mit dem Eulenhof? Wie konnte er sich der Bitte von Frau Quinbek entziehen, dort für sie eine Zeit lang nach dem Rechten zu sehen? Er musste sich so schnell wie möglich von diesem »Fall« verabschieden und, falls weitere Ermittlungen angestellt werden mussten, alles seinem ehemaligen Kollegen Linkohr überlassen. Aber ein Suizid bedurfte keiner weiteren Recherchen, schon gar nicht nach so langer Zeit. War der Tod von Marys Ehemann ein zufälliger Schicksalsschlag oder ein böses Omen? Häberle verdrängte im Halbschlaf derlei Gedanken, die ihn an jenen uralten Fall erinnerten, den er mit der Bezeichnung »Trugschluss« in Verbindung brachte.

Der Dienstagvormittag begann mit einem Anruf von Linkohr, der ihn in alter Verbundenheit bisweilen illegalerweise über einige Ermittlungsergebnisse informierte. »Es war mit hoher Wahrscheinlichkeit ein Suizid«, hörte er ihn sagen. War dies wenig überraschend, so steigerte sich Häberles Interesse mit den weiteren Worten Linkohrs: »Ingo hat die Diskette zum Laufen gebracht.«

»Und? Etwas Brauchbares drauf?«

»Das kann man wohl sagen. Eine Art Abschiedsbrief. Ingo hat ihn ausgedruckt, und ich habe ihn kopiert.« Linkohr sprach leise, als habe er Angst, jemand könnte mithören. Was natürlich, rein dienstlich gesehen, kaum zu befürchten war, weil er nicht übers Festnetz von seinem Büro aus angerufen hatte, sondern über sein privates Handy, wie Häberle an der übertragenen Nummer erkennen konnte.

»Was steht drin?«, wollte Häberle schnell wissen.

»Wenn wir uns zu Mittag irgendwo treffen, kann ich Ihnen die Kopie geben«, antwortete Linkohr, wohl wissend, dass er sich damit auf dünnes Eis begeben würde. Aber auf Häberles Diskretion war zu 100 Prozent Verlass.

»Vorschlag?«

»Auf halber Strecke.«

Häberle, der in Göppingen, rund 50 Kilometer nördlich von Ulm, wohnte und ohnehin heute nach Unterhöllenstein wollte, entschied sich für die dort nahegelegene Autobahn-Ausfahrt Merklingen der A8. »Bei der Jet-Tankstelle am Kreisverkehr«, sagte er. »Gegen 12.30 Uhr.«

Linkohr bestätigte.

75

Auch Mary hatte kaum geschlafen. Obwohl das Zimmer in dem Hotel in der Merklinger Ortsmitte komfortabel und modern war, fand sie keine Ruhe. Ihre Gedanken kreisten unablässig um Joes Tod und ihren raschen Flug nach Hause. Was geschah mit der Farm? Patrick hatte am Telefon versichert, dass er große Anstrengungen unternommen habe, einen guten Bekannten von Joe zu erreichen, der nach den Rindern sehen und den Hund füttern würde. Für einen Zugang zum Stall hatten sie im Außenbereich einen Schlüssel deponiert, dessen Versteck er dem hilfreichen Farmer verraten habe.

Beim Frühstück beließ es Mary bei einer Tasse Kaffee und einem Brötchen. Mehr ließ ihr rebellierender Magen nicht zu. Einem höflichen Angestellten fiel offenbar ihre schlechte körperliche Verfassung auf, weshalb er fragte, ob sie sich nicht wohlfühle und ob man helfen könne. Sie behauptete wenig glaubhaft, dass alles in Ordnung sei, und ging wieder in ihr Zimmer. Da es sowohl in Anchorage, wo Patrick wohnte, als auch in Peggys kalifornischer Heimat mitten in der Nacht war, verwarf sie den aufkommenden Gedanken, dort anzurufen. Außerdem war es wenig sinnvoll, dies zu tun. Patrick hatte einen langen Flug mit seiner Privatmaschine vor sich. 4.000 Kilometer. Obwohl sein kleiner Jet, wie er einmal gesagt hatte, um die 600 Stundenkilometer erreichte, würde er mit Zwischenlandung zum Tanken allemal fast zehn Stunden unterwegs sein, hatte sie sich in der Nacht ausgerechnet. Dass er mit seiner Maschine so weite Strecken zurücklegen musste, war schon einige Male vorgekommen. Als Software-Spezialist war ein Flug von Alaska nach Kalifornien beinahe Routine, denn im sogenannten Silicon Valley hatte er bei den großen Konzernen viele lukrative Aufträge, mit denen er sich so ein privates Flugzeug leisten konnte.

Sie wollte nun Häberle bitten, für sie einen Flug von Stuttgart nach Phoenix zu buchen. Mary wollte nicht den ganzen Tag im Hotelzimmer verbringen, sondern entschied, zum Eulenhof rauszufahren. Vielleicht hatte Häberle eine passende Flugverbindung von Stuttgart nach Phoenix gefunden.

76

Leo Temme war an diesem Dienstagvormittag mit Amal langsam in Richtung Eulenhof gefahren, der unbewohnt erschien. Wären da nicht die vielen landwirtschaftlichen Utensilien im Hof vor der Scheune gelegen, wohin sie gestern geschleppt worden waren, hätte nichts mehr an das ungewöhnliche Ereignis erinnert. Während der Jeep an der Hofeinfahrt vorbeirollte, hatte Amal vom Beifahrersitz aus etwas entdeckt: »Halt mal an, da ist jemand.« Temme trat reflexartig auf die Bremse, worauf der Wagen sofort zum Stillstand kam. Tatsächlich erkannte er rechts drüben, wo auf der Zufahrt zur Scheune sämtliche Stauden niedergetrampelt waren, eine Person. Und eine zweite. Ein Mann und eine Frau. Sie schienen sich für die Geräte und Apparate zu interessieren, die ins Freie geschafft worden waren. Amal wusste sofort, um wen es sich handelte: »Das sind doch die komischen Magier.«

Die beiden Personen hatten inzwischen bemerkt, dass Temmes Jeep angehalten hatte und sie beobachtet wurden. Temme sprang aus dem Wagen und hatte mit seiner sandfarbenen Bekleidung das Aussehen eines Rangers, während seine junge Begleiterin mit ihren engen Shorts und ihrem T-Shirt auf dem Weg in ein Freibad hätte sein können.

»Guten Morgen«, rief Temme den dunkel gekleideten Kalarics zu, die ihrerseits nun auch grüßten und ein bisschen verlegen wirkten.

»Frau Quinbek ist wohl nicht da«, stellte Petro fest, und Anja, seine unvorteilhaft kurzberockte Partnerin, ergänzte: »Ist mit ihr etwas passiert? Da war gestern hier so viel los.«

Temme schilderte, was geschehen war, während Amal sich für die verrosteten Utensilien zu interessieren begann.

Die Kalarics erklärten ihr Betreten des Eulenhof-Grundstücks mit »reiner Neugier«, weil ihnen die antiquarisch anmutenden landwirtschaftlichen Geräte ins Auge gestochen seien. Manches davon könne man doch auf Flohmärkten verkaufen oder über eBay »verscherbeln«, meinte Petro.

»Ich würde Ihnen aber raten, die Hände von diesen Sachen zu lassen«, sagte Temme streng. Noch immer fühlte er sich ein bisschen für Mary verantwortlich.

»Und was macht Frau Quinbek nun mit dem Hof?«, erkundigte sich Anja Kalaric mit energischem Unterton.

»Keine Ahnung. Es kommt ja drauf an, was deren Mann in Amerika dazu sagt«, meinte Temme, der über die jüngste Entwicklung nicht informiert war.

»Dann steht uns der auch noch im Wege«, bemerkte Petro und sah zu Amal hinüber, die sich über eine Egge gebückt hatte.

Temme wollte zu Petros Bemerkung nichts sagen, sondern rief seine Begleiterin ziemlich ruppig zurück. »Los, komm jetzt. Du darfst dich nicht verspäten.« Sie folgte artig und kletterte in den Jeep.

77

Während Mary sich auf den Weg nach Unterhöllenstein machte, traf Häberle am Treffpunkt mit Linkohr ein. Die Jet-Tankstelle am Kreisverkehr zur Auffahrt zur A8 war nicht zu übersehen. Häberle war um 12.25 Uhr eingetroffen, steuerte eine Zapfsäule für E10 an und befüllte den Tank seines Tiguans. Kaum waren 45 Liter gezapft, tauchte schon Linkohr mit seinem privaten roten Ford Fiesta auf und parkte abseits der Zapfsäulen, wo er niemanden behinderte. Häberle winkte ihm zu, ging zum Bezahlen und fuhr dann seinen Wagen hinüber zu Linkohr, der sich nicht allzu lange aufhalten wollte, weil er nach der Mittagspause wieder im Dienst in Ulm sein musste. Mit einem blauen Schnellhefter, der einige bedruckte Blätter enthielt, setzte er sich in Häberles Auto. »Hier, das sind die Ausdrucke von dem, was auf der Diskette drauf ist«, erklärte er und reichte seinem ehemaligen Chef die Dokumente. »Das muss aber unter uns bleiben«, fügte er an, was Häberle sofort versprach, jedoch wissen wollte: »Was steht denn drin? Nur ganz kurz bitte.«

»Gehen wir mal davon aus, dass Aubele dies selbst geschrieben hat, dann ist es ein astreiner Abschiedsbrief. Verfasst am 20. August 2004 und unter diesem Datum auf der Diskette abgespeichert, schreibt er sinngemäß …«, Linkohr deutete auf den Schnellhefter, »dass er sich heimlich und leise von einer Welt verabschieden wolle, die für ihn keinen Platz mehr biete. Er sei krank, könne seinen Beruf nicht mehr ausüben, womit er wohl die Gartengestaltung meinte, habe Schulden und kein Einkommen mehr. Er habe vergeblich versucht, den Hof seiner Vorfahren zu verkaufen, sei von dem Immobilienmakler Fletschinger beim Tausch gegen ein Haus in Laichingen betrogen worden …« Häberle unterbrach verwundert: »Steht der Name Fletschinger so da drin?«

»Ja, Sie können das nachlesen!«, bekräftigte Linkohr und hielt inne, weil in diesem Moment ein Streifenwagen in die Tankstelle einbog. Er drehte den Kopf zur Seite. »Was soll denn das jetzt?«

Häberle beobachtete den blau-weiß lackierten Wagen, der direkt vor dem Eingang zum Tankstellen-Shop anhielt. »Keine Sorge, die sind nicht wegen uns da«, beruhigte er seinen ehemaligen Kollegen, der nicht unbedingt mit Häberle gesehen werden wollte. »Machen Sie ruhig weiter. Was steht da noch drin?«

»Er schreibt ziemlich viel. Unter anderem, dass man ihm verzeihen möge, den Grafen Ackerstein um Geld angegangen zu sein – wegen eines angeblich aufgefundenen Grenzsteins.«

»Ach«, staunte Häberle. »Dann war die Behauptung, die Grafen hätten ihren Park illegal vergrößert, frei erfunden?«

339

»Danach sieht es aus. Und offensichtlich hat den alten Aubele das so geplagt, dass er dieses Geständnis dazu hinterlassen hat.«

»Hat er denn etwas dazu geschrieben, weshalb er sich zum Suizid in dieses Kellerloch zurückgezogen hat?«

»Das klingt etwas verschroben«, erwiderte Linkohr. »Er habe keine Angehörigen und niemanden auf der Welt, dem er sich anvertrauen könne, schreibt er. Er wolle den Familienbesitz nicht einfach aufgeben, sondern es dem Zufall überlassen, wie es mit dem Eulenhof weitergehe. Deshalb werde er, so heißt es in dem Text, ganz still aus dieser Welt verschwinden. Ich zitiere, das habe ich mir gemerkt«, fuhr Linkohr zitierend fort: »Mein Auto hab ich draußen im Wald abgestellt. Soll man mich halt in der Natur suchen, wenn man mich vermisst.«

Häberle sah nachdenklich zum Tankstellen-Shop hinüber, aus dem zwei Uniformierte kamen, in den Streifenwagen stiegen und davonfuhren. Weil er schwieg, fügte Linkohr an: »Er schreibt dann noch, er werde sich zum Sterben in den ›geheimen Keller‹ zurückziehen, die Holzklappe schließen und sich erschießen.«

»Unglaublich«, kommentierte Häberle betroffen. »Wie verzweifelt muss jemand sein, der dies so cool plant?«

»Es kommt noch schlimmer, Sie werden es nachlesen können: Er schreibt an die Menschen, so steht es da, in der Zukunft, die mich finden werden.« Man solle ihn würdig – wörtlich – in der Heimaterde bestatten und in Liebe seiner gedenken.«

Häberle schluckte. Ein ganz armer Mensch, dachte er, legte den Schnellhefter in die Mittelkonsole und resümierte: »Damit ist es endgültig kein Fall für Sie.«

»Kein Mörder, kein Verbrechen«, entgegnete Linkohr. »Nur ein ganz tragischer Fall. Was wird jetzt aus Frau Quinbek?«

Diese Frage riss Häberle aus seinen Gedanken. »Frau Quinbek?«, echote er und sagte mit trockenem Mund: »Auch ein ganz tragischer Fall. Sehr tragisch.«

78

Nachdem Häberle informiert war, fuhren sie beide weg: Linkohr auf der A8 nach Ulm zurück und Häberle über kleine Seitenstraßen nach Unterhöllenstein, wo er auf der Zufahrt zu den vier Gehöften von Weitem Marys Polo stehen sah. Sie war also zurückgekehrt. So, wie er es vermutet hatte. Er stellte sein Auto vor der Haustür ab, was Mary offenbar sofort bemerkte und heraustrat. Ihr Gesicht war übernächtigt, ihr Auftreten matt und erschöpft. »Danke, dass Sie kommen«, sagte sie, als er auf sie zuging und erklärte: »Ich wollte Ihnen die Flugverbindung erklären.«

Sie führte Häberle in das Wohnzimmer, wo einige Blätter mit handschriftlichen Aufzeichnungen lagen. »Ich muss alles aufschreiben, was ich erledigen muss«, sagte sie, schob das Papier beiseite und erklärte: »Wenn ich weggehe, muss doch jemand nach dem Rechten sehen. Und da … habe ich an Sie gedacht, Herr Häberle.« Sie hatte dies mal angedeutet, weshalb der Ex-Kriminalist damit gerechnet hatte, wollte sich dazu aber jetzt nicht äußern. Deshalb lenkte er auf die Flugverbindungen ab. »Es gibt morgen früh einen Flug ab Stuttgart um 6.40 Uhr über Frankfurt und Chicago. Dann wären Sie um 18.30 Uhr Ortszeit in Phoenix«, las Häberle von einem Zettel ab, den er aus der Brusttasche seines Jeanshemds gezogen hatte. »Da kann man online noch einen Flug buchen. Für etwa 1.500 Euro.«

»Okay, tun Sie das bitte. Ich bin dazu heute nicht in der Lage. Ich gebe Ihnen gleich meine Personalien und alles, was Sie brauchen. Bankverbindungen, Kreditkartennummer und so weiter. Ich bin US-Staatsangehörige. Brauche kein Visum.« Häberle versprach, sich um alles zu kümmern, und rang sich dazu durch, sie auch über den Text auf der Diskette zu informieren. Wider Erwarten vergrößerte dies ihren psychischen Schmerz nicht mehr, sondern schien ihn zu mildern. »Damit findet Aubele endlich seine Ruhe«, sagte sie, und Häberle bestärkte sie, musste aber ehrlicherweise einschränken: »Allerdings werden wir endgültige Klarheit erst haben, wenn wir das Ergebnis der DNA-Untersuchung haben. Es gibt ja niemanden, der den Leichnam zweifelsfrei identifizieren könnte. Obwohl die Gesichtszüge relativ gut erhalten sind.«

Mary schüttelte den Kopf, als wolle sie damit sagen, dass auch sie Aubele zu seinen Lebzeiten nie gesehen hatte. Und wieder tauchten Bilder von Joe auf. Wie würde er als Toter aussehen? Wo hatten ihn die Schüsse des Verrückten getroffen?

Dann brach es aus ihr heraus: »Es ist doch furchtbar, wie Menschen zueinander sind.« Häberle konnte diese Worte für einen Augenblick nicht in einen Zusammenhang mit dem bringen, was er soeben gesagt hatte, hakte aber ein: »Ich habe sehr oft erlebt, wie grausam das Schicksal sein kann.«

»Die Welt wird immer schlimmer.«

Häberle nickte. »Leider ist es so. Und leider unternehmen die Guten viel zu wenig, um sich gegen das Böse zu wehren. Die Welt ist wie ein Garten: Wenn man das Unkraut nicht rechtzeitig bekämpft, überwuchert es einen und es gibt keine Blumen und kein Gemüse mehr.«

»Aber das Böse wuchert überall«, sagte Mary schnell. »Schauen Sie doch in die Ukraine, was das Böse aus Russland dort anrichtet.« Wieder musste sie an Joe denken, der schon immer vor den Russen gewarnt hatte.

Häberle wollte sich auf keine weitere Diskussion zu diesem Thema einlassen. Er hätte noch viel mehr sagen können: dass sich das Böse nicht nur in der Politik ausbreite, sondern auch im Kleinen, überall: auf der Straße, ja in der gesamten Gesellschaft. Man zeigte für alles und jeden Verständnis, fand für jeden Kleinkriminellen in dessen Kindheit einen Grund, weshalb die Strafe nicht allzu hart sein dürfe. Die Liberalität kannte kaum noch Grenzen. Häberle musste oft an seinen Vater denken, der als Soldat den Zweiten Weltkrieg mit der ganzen Grausamkeit erlebt hatte und den in den 50er-Jahren kein Mensch wegen eines Kriegstraumas behandelt hatte. Häberle konnte sich an kein einziges Gerichtsverfahren erinnern, bei dem sich ein Kriegstrauma mildernd auf ein Urteil ausgewirkt hätte. Häberle wusste natürlich, dass es heutzutage nicht der »political correctness« entsprach, schärfere Strafen zu fordern, weil man dann von den unverbesserlichen Gutmenschen sofort in die Ecke derer gerückt wurde, die »mehr Zucht und Ordnung« verlangten und die darin gleich den Ruf nach einem »Führer« vermuteten. Nein, deshalb hielt sich Häberle zurück, zumal es völlig unangebracht gewesen wäre, Mary damit zu belasten.

Um sie von finsteren Gedanken abzulenken, schlug er vor, mit ihr zum Bürgermeister zu gehen und ihn über die veränderte Situation zu unterrichten. Der Eulenhof würde jedenfalls eine Zeit lang wieder leer stehen. »Aber ich will keine Entscheidung treffen, wie es weitergeht«, betonte Mary auf der gemeinsamen Fahrt zum Rathaus von Unterhöllenstein.

Bürgermeister Freudenreich war hinter seinem Schreibtisch sofort aufgesprungen, nachdem es geklopft und er entnervt »Ja, bitte« geknurrt hatte.

Beim Anblick der beiden Besucher war er verunsichert. Hatte er zuerst noch gehofft, es gehe ihnen um den Verkauf des Eulenhofs, so ließ Marys bleiches und ernstes Gesicht etwas anderes befürchten. Häberle ergriff deshalb das Wort und erklärte, dass Frau Quinbek den Tod ihres Mannes verkraften müsse. Sie werde morgen in die USA zurückfliegen und sich vorerst nicht zur Zukunft ihres Gehöftes äußern können.

Freudenreich wusste nicht, was er sagen sollte. Häberle fuhr deshalb fort: »Frau Quinbek möchte Sie um Verständnis dafür bitten, dass sie momentan keine Entscheidung treffen kann.«

»Das verstehe ich voll und ganz«, entgegnete Freudenreich höflich, obwohl es wenig überzeugend klang.

Weil Mary in sich versunken und still dasaß, erklärte Häberle: »Deshalb möchte Frau Quinbek Sie bitten, vorübergehend nach dem Eulenhof zu schauen. Wie Sie das in den vergangenen Jahren auch getan haben.«

Häberle sah seinem Gegenüber fest in die müden Augen und überlegte, was sich im Kopf von Freudenreich gerade abspielte. Fühlte er sich insgeheim erleichtert, dass er das Thema Gewerbegebiet auf diese Weise vorläufig zu den Akten legen konnte? Oder sah er sich am Ziel seiner Wünsche?

Häberle wollte deshalb klare Verhältnisse schaffen: »Frau Quinbek kann sich doch auf Sie verlassen, dass während ihrer Abwesenheit nichts geschieht, was nicht deren Willen entspräche?«

Freudenreich holte tief Luft, als sei die Antwort Schwerstarbeit:»Ohne die Flächen des Eulenhofs wird es kein Gewerbegebiet geben. Es werden 60 Hektar am Stück gebraucht.«

»Tut mir leid, wenn damit alle Anstrengungen vergeblich waren.«

»Welche Anstrengungen?«, wollte Freudenreich reflexartig wissen.

»Na ja«, gab sich Häberle vielsagend und wissend:»Katze, Spuk, zerstochener Reifen, zerstörtes Kruzifix, Einschüchterungen …«

Mary wagte es nicht, ein Wort zu sagen, denn Freudenreich unterbrach Häberle und brauste auf:»Reden Sie nicht weiter, Herr Häberle. Und unterlassen Sie solche Behauptungen, sonst melde ich das Ihrer ehemaligen vorgesetzten Dienststelle.«

»Das dürfen Sie gerne tun, Herr Bürgermeister«, brauste Häberle ebenfalls auf und nannte spontan den Namen des derzeitigen Ulmer Polizeipräsidenten, der sich bestimmt über eine solche Beschwerde freuen würde.»Im Übrigen«, entlud Häberle seinerseits seine Verärgerung,»wäre es nicht möglich, dass sich die Staatsanwaltschaft auch einmal um die Art und Weise kümmern könnte, wie manche Kreise Einfluss auf Entscheidungen im Rathaus nehmen?«

Freudenreich stieg die Zornesröte auf die schweißnasse Stirn.

Häberle erhob sich und nahm Mary am Arm, um das Büro zu verlassen.

79

Draußen musste Häberle die sichtlich erschrockene Frau
wieder beruhigen. Er fuhr sie zurück zum Eulenhof, wo sie,
wie sie sagte, noch einiges für ihren morgigen Flug in die
USA zusammenpacken müsse. Außerdem werde sie ihren
gemieteten VW Polo zurückgeben und für die Fahrt morgen früh zum Stuttgarter Flughafen ein Taxi bestellen. Als
Häberle seinen Tiguan vor dem Gehöft anhielt, erklärte sie,
die kommende Nacht wieder im Hotel in Merklingen verbringen zu wollen. Dann bedankte sie sich bei Häberle für
die Hilfe der vergangenen Tage und versprach, sich bald
wieder bei ihm zu melden, sobald sie mit Sohn und Tochter das weitere Vorgehen mit dem geerbten Hof besprochen
habe. Dann werde sie ihm für seine Hilfe auch »einige Dollars« überweisen. Ob sie aber jemals wieder nach Deutschland kommen werde, könne sie nicht sagen.

Häberle wünschte ihr für morgen »einen guten Flug«.
Dann lächelte sie ihm zu, stieg aus und ging, ohne sich
umzudrehen, zur Eingangstür ihres Hofs.

Häberle beschlich ein seltsames Gefühl. Vermutlich
würde er diese Frau nie wiedersehen. War damit für ihn
alles abgeschlossen? Der Bürgermeister hatte trotz der kurzen Auseinandersetzung versprochen, von Amts wegen vorübergehend die Verantwortung für den Hof zu übernehmen.
Alles Weitere war die Privatangelegenheit von Frau Quinbek. Falls sie anrief und ihn um weitere Hilfe bat, würde er
ihr raten, sich juristischen Beistand zu suchen.

Häberle nahm sich vor, nach Hause zu fahren und seiner
Frau zu sagen, dass der Fall für ihn beendet sei. Doch eines

wurmte ihn noch: dass es hier oben auf der Alb Machenschaften gab, die nun gänzlich ungestraft blieben. Lug und Trug, Bedrohungen und womöglich Korruption. Als einst erfolgreicher Kriminalist hatte er in den vergangenen Tagen so viel gehört und gesehen, das sich zwar nie in einer juristischen Anklageschrift finden würde, aber dennoch ausreichte, den Betroffenen eine moralische Mitschuld vorzuhalten. Nicht natürlich am Tod von Aubele oder Frau Quinbeks Mann, aber an allem, was diese Frau durchlitten hatte. Häberle war zutiefst davon überzeugt, dass der Bürgermeister unter Druck gesetzt worden war, das Gewerbegebiet durchzuboxen. Und weil wahrscheinlich außer Mary alle Hofbesitzer an einem lukrativen Verkauf ihrer schäbigen Gebäude interessiert waren, bedurfte es eines Anführers, eines Kämpfers, der wusste, wie so etwas anzugehen war. Der eher verängstigte Bürgermeister war dafür kaum geeignet, dachte Häberle, und doch war es gerade der gewesen, der gestern Nachmittag, ohne es zu ahnen, ein interessantes Stichwort gegeben hatte. Und dieses passte exakt zu den Beobachtungen, die dieser Kriminal-Praktikant Ingo auf einer der Videoaufnahmen gemacht hatte.

Häberle wollte dies nicht auf sich sitzen lassen, entschied aber, zuerst eine Nacht darüber zu schlafen. Denn er würde damit gewiss in bestimmten Kreisen großen Aufruhr verursachen. Aber irgendwie verspürte er sogar Spaß daran, etwas aufdecken zu können, von dem die Beteiligten geglaubt hatten, es würde nie ans Tageslicht kommen. Außerdem war er es Mary und vielleicht sogar dem toten Aubele schuldig, nicht einfach aufzugeben.

80

Mary hatte in der Nacht mehrfach von ihrem Hotelzimmer aus versucht, Patrick zu erreichen. Doch wie so oft in den vergangenen Tagen schallte ihr nur die monotone Stimme der Mailbox entgegen. Vielleicht, so dachte sie, war nach seiner Landung in Phoenix der Akku des Handys leer und er hatte es noch gar nicht bemerkt. Natürlich war es ein weiter Flug von Anchorage nach Phoenix. Mit seiner Privatmaschine musste er mindestens einmal zum Tanken zwischenlanden. Aber für Patrick, der häufig mit seiner zweistrahligen Cessna Citation 510 Mustang geschäftlich unterwegs war und oft sogar zwei, drei Passagiere mit an Bord hatte, dürfte es ein Leichtes gewesen sein, diese Strecke zurückzulegen. Mary entsann sich, wie er von solchen Flügen schwärmen konnte, wie traumhaft es sei, die Pazifikküste entlang über Kanada zum kalifornischen San José zu fliegen, das dem Sitz wichtiger Unternehmen in Cupertino nahe war.

Mary hatte all ihre wichtigen Dinge am Abend zusammengepackt, die beiden Hotelübernachtungen mit der Kreditkarte bezahlt und versucht, mit möglichst wenig Gepäck auszukommen. Das Taxi hatte sie auf 3.45 Uhr bestellt, um pünktlich am Stuttgarter Flughafen sein zu können. Der Fahrer, ein ziemlich beleibter und stattlicher Herr, den sie auf Anfang 70 schätzte, hatte ein charmantes und höfliches Auftreten, verstaute ihren Koffer und die Handtasche im Kofferraum eines SUVs und zwängte sich hinters Steuer der Luxuslimousine. Nachdem sich auch Mary auf dem Ledersitz angeschnallt hatte, ließ er den Wagen aus

Merklingen hinaus zur Autobahn A8 in Richtung Stuttgart rollen. »Sie fliegen in die USA?«, begann der Fahrer ein Gespräch, während im Hintergrund im Radio das Nachtprogramm lief.

»Ja, Phoenix, Arizona«, antwortete Mary mit schwacher Stimme, sodass er ihre düstere Stimmungslage bemerkte.

»Geht's in den Urlaub?«, fragte er, um ein Gespräch in Gang zu bringen, denn er wollte nicht eine Dreiviertelstunde lang schweigend neben ihr am Steuer sitzen.

»Nein, ich wohne in den Staaten. Ich habe in Unterhöllenstein ein paar private Sachen erledigen müssen. Eine Erbschaftsgeschichte.«

»Hoffentlich eine positive. Dann sind Sie schon öfters nach Deutschland geflogen?«

»Eigentlich nicht. Mein Mann ist Amerikaner …« Kaum hatte sie es gesagt, wurde sie von tiefer Traurigkeit befallen. Aber sie brachte es nicht über die Lippen, von ihrem Mann in der Vergangenheitsform zu reden.

»Aber so ein langer Flug macht Ihnen nichts aus?«, fragte der Taxifahrer und beschleunigte seinen Mercedes auf der linken Spur, sodass rechts die kriechenden Sattelzüge den Anschein erweckten, hier zu parken.

»Flüge mag ich eigentlich nicht. Alles so eng, so laut. Wenn's dann wackelt, fühle ich mich unwohl. Und wer weiß, wer alles an Bord ist? Die Kontrollen sind zwar streng, aber es gibt leider genügend Irre, die wild um sich schießen können.« Wieder waren es Bilder eines Amoklaufs, die sich in ihrem Kopf formten, obwohl sie keinen Filmbericht von dem Verbrechen in Phoenix gesehen hatte.

Der Taxifahrer musste sich viel zu sehr auf den starken Lkw-Verkehr auf der Autobahn konzentrieren, als dass er hätte merken können, dass sie keine Konversation wollte.

»Gegen eine Bombe an Bord«, so schwadronierte er weiter,»gibt es übrigens ein einfaches Mittel: Schmuggeln Sie selbst eine Bombe an Bord, dann sind Sie statistisch gesehen absolut sicher.«Er grinste und erklärte:»Dass nämlich zwei Bomben an Bord eines Flugzeugs sind, ist statistisch gesehen sehr unwahrscheinlich.« Er lachte schallend über den eigenen Witz, verstummte aber schlagartig, als er kurz den Blick zu der Frau neben sich wandte. Ihr Gesicht zeigte keine Regung. Der Fahrer entschied, bis zum Flughafen zu schweigen. Gerade jagte er den Mercedes auf dem engen Autobahnteilstück des Drackensteiner Hangs an der schleichenden Lkw-Kolonne entlang hinab, ohne die Tempobeschränkung zu beachten. Um das gegenseitige Anschweigen zu durchbrechen, drehte er an der folgenden Anschlussstelle Mühlhausen im Täle das Radio lauter, in dem die 4-Uhr-Nachrichten kamen. Wieder ging's zuerst um den russischen Angriff auf die Ukraine und den befürchteten Lieferstopp von russischem Gas:»Die EU-Kommission will die Mitgliedsstaaten zu deutlich geringerem Gasverbrauch verpflichten.« Und Baden-Württembergs Ministerpräsident Kretschmann schlug den Menschen vor, einen»persönlichen Beitrag zur Einsparung beim Gasverbrauch« zu leisten, indem man»nur noch zwei statt zehn Minuten duschen solle.« Der Taxifahrer brummte:»Seien Sie froh, dass Sie wieder in die USA zurückkehren.«

Mary sagte nichts, doch dann wurde sie von einer weiteren Meldung im Radio aufgeschreckt: Nur knapp sei ein Golfklub im kanadischen Vancouver einer Katastrophe entgangen. Beim Landeanflug auf den nur vier Kilometer entfernten Flughafen sei gestern Nachmittag ein Privatjet auf das Golfgelände gestürzt. Dort hätten sich jedoch zu diesem Zeitpunkt keine Menschen aufgehalten. Der Pilot, der allein an Bord war, sei jedoch getötet worden.

Mary fühlte sich wie elektrisiert.

Der Taxifahrer drehte zum Wetterbericht das Radio lauter. Die hochsommerlich heiße Wetterlage würde andauern. »Auch in Arizona wird's heiß sein«, versuchte er, wieder einen Gesprächsfaden zu seiner Kundin zu knüpfen. Doch Mary schwieg bis zum »Departure«-Parkplatz, wo sie dem Taxifahrer reichlich Trinkgeld gab und mit Koffer und Handtasche in die Abflughalle verschwand. Er blickte ihr nachdenklich hinterher und überlegte, dass die Frau vermutlich problembeladen über den Atlantik flog.

81

Häberle musste an diesem Mittwochvormittag auch an Mary denken, die gegen 7 Uhr abgeflogen sein musste und die erste Zwischenlandung in Frankfurt vermutlich hinter sich hatte. Auf dem langen Flug zum Ort ihrer Trauer.

Noch einmal hatte Häberle am Abend mit seiner Frau Susanne die Verhältnisse in Unterhöllenstein besprochen und ihr das Verständnis dafür abgerungen, sich dort nur noch einmal umzusehen. Mochte es juristisch niemanden geben, der für den Tod von Aubele verantwortlich zu machen wäre, so hatten doch einige Menschen moralische Schuld auf sich geladen. Das war dann kein Fall für die Kriminalpolizei, aber für einen wie ihn, der es nicht ertragen konnte, wenn Unrecht geschah. Es war ihm deshalb gelungen, seinen ehemaligen Kollegen Linkohr für die äußeren Umstände zu interessieren. »Vielleicht haben wir's mit Betrug, Bestechung und Korruption zu tun. Und ...«, das weckte Linkohrs Interesse besonders, »... mit dieser Dame in kurzen Hosen.«

»Was hat die mit Frau Quinbek zu tun?«, kam die Rückfrage, worauf Häberle schlagfertig antwortete: »Denken Sie doch mal nach, Herr Kollege: einsames Bauernhaus, weit außerhalb des Orts; ein Mann, der sich als Polizist einst in einem bestimmten Milieu bewegt hat, und dann eine junge Frau, die er aus dem Sumpf geholt hat ...«

»Prostitution«, unterbrach ihn Linkohr spontan.

»Exakt. Frau Quinbek hat mir davon berichtet, dass ihr Temme erzählt hat, wie er mit diesem Mädel zusammengekommen ist, das er aus dem Zuhältermilieu gerettet haben soll. Und dass ihr die skrupellosen Menschenhändler ein Wort auf den Schenkel tätowiert hätten.«

»Ach«, staunte Linkohr. »Das ist ja interessant. Das muss ich sofort dem Ingo sagen.«

Häberle bemerkte, das sein Gesprächspartner die Brisanz erkannt hatte.

Linkohr fragte zurück: »Was für ein Wort ist es denn?«

»Bitch«, antwortete Häberle und buchstabierte es. »Frau Quinbek war hell entsetzt darüber.«

Schon eine Stunde nach diesem Gespräch trafen sich Häberle und Linkohr beim verlassen im heißen Sonnenschein stehenden Eulenhof, um dann in Häberles Tiguan gemeinsam den etwa einen Kilometer entfernten Schattenhof von Leo Temme aufzusuchen. Der Jeep, der davorstand, ließ die Anwesenheit des ehemaligen Polizisten vermuten.

Häberle suchte gleich gar nicht nach einem Klingelknopf,

sondern klopfte kräftig gegen die Tür, öffnete sie einen Spalt und rief:»Hallo, Besuch ist da.« Beim ersten Blick ins Innere vermisste er sofort das Karton-Chaos von neulich: keine Schachteln, keine Verpackungen mehr.

Wie vor einigen Tagen, so tauchte auf der Treppe, die nach oben führte, die junge Frau auf, diesmal in langen Jeans und grellgelber Bluse.»Seid ihr angemeldet?«, giftete sie wieder und sah die beiden Männer an, von denen sie Häberle sofort erkannte:»Du warst doch kürzlich schon mal hier.«

»So ist es. Sie können den Elektroschocker diesmal in der Tasche lassen«, bläffte Häberle ihr zu.»Wir kommen in friedlicher Absicht. Wir hätten uns nur gerne mit Ihnen und Herrn Temme unterhalten.«

»Darf ich fragen, worum es geht?« Kaum hatte sie dies gesagt, tauchte hinter ihr Temme auf und gab sich gesprächsbereit:»Der Kommissar geht um«, spöttelte er in Anlehnung an einen bekannten Schlager. Häberle wiegelte ab:»Nicht als Kommissar, sondern um meinen ehemaligen Kollegen mit etwas vertraut zu machen.«

Temmes Gesichtszüge erstarrten, die junge Frau verschwand im Obergeschoss. Dann stieg er langsam die Treppe herab.»Ich denke, die Sache mit dem Aubele hat sich jetzt erledigt.«

»Hat sich«, sagte Häberle, stellte Linkohr höflich namentlich vor und ergänzte:»Aber es gibt manchmal Randerscheinungen, über die wir uns gerne mit Ihnen unterhalten hätten.«

»Amtlich oder einfach nur so?«

»Das kommt ganz drauf an«, erwiderte Häberle freundlich.»Da es vermutlich um nichts strafrechtlich Relevantes geht, können wir uns einfach so unterhalten.«

Temme zögerte und führte die beiden Besucher ins Wohnzimmer, in dem er zunächst einige Zeitschriften beiseite räumte, auf deren Titelblättern leichtgeschürzte Frauen abgebildet waren. Auf einem Sideboard trafen Linkohrs aufmerksame Blicke auf metallene Handschellen, er tat aber so, als habe er sie nicht gesehen.

Häberle begann das Gespräch mit ein paar Schilderungen über die Ereignisse der vergangenen Tage und dass Frau Quinbek derzeit auf dem Flug nach Amerika sei. Demzufolge sei noch nichts über das weitere Schicksal des Eulenhofs entschieden. »Auch wenn dies von einigen so gewünscht wäre.«

Temme stutzte. »Vom Bürgermeister – oder von wem?«

Häberle zuckte mit den Schultern. »Von allen eben, die sich von einem Gewerbegebiet auf diesem Gelände hier ein gutes Geschäft versprechen.«

»Das ist schließlich nicht verboten. Aber drauf angewiesen wäre ich nicht. Die Scheune drüben«, er deutete in eine Richtung, »steht voll mit Wohnwagen, Booten und Wohnmobilen. Das sind ein paar Miet-Nebeneinnahmen. Aber alles fein säuberlich versteuert, falls Sie dies meinen.«

»Und die anderen?«, fragte Häberle süffisant.

»Die anderen was?«

»Einnahmen«, erwiderte Häberle schnell. »Ihr Security-Dienst mag heutzutage gefragt sein, aber vermarkten ließe sich auch etwas anderes.«

Linkohr war gespannt, wie sein ehemaliger Chef dieses pikante Thema anging.

»Das wäre?« Temmes Gelassenheit schwand.

»Na ja, manchmal kommt die Kundschaft auch außerhalb der üblichen Bürozeiten.«

»Wie darf ich das verstehen?«

Häberle legte die Stirn in Falten. »Ihre hübsche Begleiterin, die Sie manchmal gerne als Lockvogel bei Observierungen bezeichnen, schmückt eine interessante Tätowierung.«

»Leider, ja. Aus Zeiten, als ich sie aus ihrem damaligen Milieu geholt habe.«

»So ein Tattoo kann manchmal hilfreich sein, jemanden zu identifizieren.«

Temme schluckte und schwieg, von Linkohr scharf beobachtet.

»Da sollte man sich dann weder allzu sportlich kleiden noch sportlich betätigen«, fuhr Häberle fort.

»Ich verstehe kein Wort. Was soll das jetzt?« Temme wurde ärgerlich.

»Wer mit dem Fahrrad unterwegs ist, hat zwar kein Nummernschild, aber vielleicht etwas anderes, das die Identifizierung ermöglicht.«

Häberle gab Linkohr ein Zeichen, das zu sagen, was Ingo herausgefunden hatte: »Ein Tattoo am Schenkel.«

»Das ist doch Unsinn, was Sie da reden«, fauchte Temme.

Häberle entschied sich für eine klare Aussage: »Ihre Partnerin ist zum Eulenhof geradelt und hat dort Radau gemacht, um Frau Quinbek zu ängstigen und sie zum Verkauf des Hofes zu nötigen. Man hat auch einen Reifen zerstochen.«

»Halten Sie sich mit solchen haltlosen Anschuldigungen zurück!«

»Ich sage nicht, dass dies strafrechtlich relevant ist, Herr Ex-Kollege! So ein bisschen inszenierter Spuk – Steine aufs Dach werfen, Schläge gegen die Tür, geklaute Katzen ins Haus scheuchen. Okay, Reifen zerstechen ist nicht die feine Art und kann als Sachbeschädigung gelten, falls man's nachweisen kann. Aber wenn Ihre Partnerin auch ins Haus eingedrungen sein könnte, durch die Stalltür, zu der sie einen Schlüssel hatte – von wem auch immer –, dann könnte man einen Hausfriedensbruch draus konstruieren.«

»Das haben Sie sich genial ausgedacht, Herr Häberle.«

»Keine Sorge«, entgegnete er sarkastisch, »es ist auch nicht verboten, anderen Leuten eine schwarze Katze ins Haus zu bringen.«

Weil Temme verwundert dreinschaute, erklärte Häberle, wie er das gemeint hatte: »Eine Katze in Unterhöllenstein einfangen und dann in einem Käfig – einem Vogelbauer – zum Eulenhof transportieren.«

»Fantasieren Sie ruhig weiter!«, entfuhr es Temme.

»Diesen Vogelbauer haben Sie extra bei Amazon bestellt, stimmt's? Oder was ist in dem Karton, der vor einigen Tagen auf der Treppe da draußen zerrissen gestanden ist, sonst drin gewesen? Das Wort ›bauer‹ war noch zu entziffern. Und der Karton schien ursprünglich die Größe gehabt zu haben, um einen Käfig zu verpacken.«

»Das ist doch alles Unfug«, wurde Temme jetzt lauter, als würde er gleich einen Wutanfall bekommen.

»Es ist genau so gewesen, wie ich es sage«, beharrte Häberle auf seiner Darstellung. »Davon bin ich nach allem, was ich gesehen habe, felsenfest überzeugt. Und zu dem Tattoo gibt es sogar einen Videobeweis.« Er sagte dies, obwohl die Bilder undeutlich und so unscharf waren, dass sie ein cleverer Anwalt für nicht gerichtsverwertbar bezeichnen würde. Aber darauf kam es gar nicht an. »Sie hatten natürlich auch einen Schlüssel zu der Stalltür, durch die Ihre Helferin die Katze in den Stall gelassen hat. Der Originalschlüssel, soweit ich das sehe, ist der jungen Dame dann leider einmal vor dem Eulenhof verloren gegangen. Aber ich schätze Sie, lieber Herr Temme, so ein, dass Sie vorher vorsichtshalber ein Duplikat haben anfertigen lassen.«

»Das ist absoluter Unsinn. Hören Sie doch damit auf!«

Häberle ließ sich nicht beirren: »Und woher Sie den Originalschlüssel hatten, dazu habe ich eine eigene Theorie, die ich Ihnen aber nicht verraten möchte.«

Temme sprang mit rotem Kopf auf. »Und jetzt machen Sie, dass Sie verschwinden, und zwar mit Ihrem Kollegen. Sonst rufe ich das Polizeipräsidium in Ulm an und sage, dass ich mir Besuche dieser Art ein für alle Mal verbitte. Nur weil ich mal Ärger mit diesem scheiß Bullenapparat hatte, schnüffelt man mir hinterher. Und welche Besuche Amal empfängt, das geht Sie gar nichts an. Sie empfängt diese Besuche freiwillig. Damit habe ich gar nichts zu tun. Gar nichts, verstehen Sie! Sie ist kein Kind mehr und kann für sich selbst entscheiden. Und ein bisschen Taschengeld kriegen, von wem sie will.« Er brüllte, so laut er nur konnte, sodass die junge Frau vorsichtig die Tür einen Spalt öffnete, um einen schüchternen Blick hereinzuwerfen. Temme bemerkte nichts davon, denn die Tür wurde sofort wieder leise geschlossen. Der Frau schien es offenbar nicht angeraten, zwischen die Fronten zu geraten. Das Thema »Schlüssel«, das sie von außen vernommen hatte, war ihr noch allzu unangenehm in Erinnerung. Insbesondere Temmes Wutanfall, der für sie schmerzhaft geendet hatte.

Häberle hatte aus seiner Perspektive die junge Frau an der Tür kurz gesehen, ließ sich aber nicht ablenken, sondern giftete energisch gegen Temme: »Wenn Sie's auf die Spitze treiben, dann werden vielleicht mal die Kollegen vom Sittendezernat richterlich eine Inaugenscheinnahme des Tattoos anordnen.«

Linkohr musste sich in diesem Moment eingestehen, dass er diese Aufgabe gerne übernehmen würde. Aber er hatte sich zum eigenen Schutz einmal dagegen gewehrt, ins Sittendezernat versetzt zu werden.

Häberle legte gegen Temme nach: »Im Übrigen hätte sich Ihre sogenannte Geschäftspartnerin das Tattoo längst entfernen lassen können, wenn sie nicht das wäre, was es bezeichnet.«

»Wenn Sie mich der Zuhälterei bezichtigen wollen, zeige ich Sie wegen Verleumdung an«, brüllte Temme nun hemmungslos.

»Tun Sie das. Dann wird hier mal richtig ermittelt und Tabula rasa gemacht. Zeigen Sie mich ruhig an. Ganz offiziell. Ich bitte darum! Manches wird auch die Steuerfahndung interessieren.«

82

Häberle und Linkohr hatten, ohne sich zu verabschieden, den Schattenhof Temmes verlassen, um auf dem asphaltierten Feldweg drei Kilometer weiterzufahren, vorbei an reifenden Ährenfeldern und auf einen weit in der Ferne aufragenden Kirchturm zu.

»Dem Temme haben Sie ganz schön eingeheizt«, stellte Linkohr unterwegs anerkennend fest. Er hatte seinen ehemaligen Chef selten so aufgebracht erlebt.

»Als Pensionär kann ich mich auch ein bisschen weiter aus dem Fenster lehnen. Ich rede ja nur als normaler Bürger und muss nicht alles auf die juristische Goldwaage legen. Außerdem: Was habe ich zu befürchten?«

In diesem Augenblick machte Linkohrs privates Handy mit einem kurzen Signalton auf sich aufmerksam. Eine der üblichen Nachrichten-Meldungen von Welt, ZDF oder ARD, dachte er, zog dann aber das Gerät doch neugierig aus der Jackentasche und las eine Sofortmeldung auf dem Display: »IT-Manager auf Golfplatz gestürzt.« Ohne Ortsangabe.

Schnell tippte er auf die Meldung, um weitere Details lesen zu können. Häberle, der sein Auto langsam über die Hochfläche rollen ließ, bemerkte die Unruhe seines Beifahrers und sah kurz zu ihm herüber: »Hat man endlich den Putin erschossen?«

Linkohr schwieg, denn er las den kurzen Meldungstext, um dann zusammenzufassen: »Beim Landeanflug auf Vancouver ist der Privatjet eines IT-Managers abgestürzt, der Chef eines weltweit agierenden börsennotierten Konzerns in Alaska war.«

»Tot?«, entfuhr es Häberle.

»Ja. War wohl allein an Bord.«

»Steht da, wie der Pilot heißt?«

»Moment, ja …« Linkohr wischte übers Display des Smartphones. »Quinbek.« Linkohr begriff, was dies bedeutete: »Quinbek. Der heißt Quinbek. Patrick Quinbek.« Linkohr sah zu Häberle hinüber: »Ist das unser Quinbek? Also der Mann von Frau Quinbek?«

»Nicht der Mann«, erwiderte Häberle. »Der ist vor einigen Tagen beim Amoklauf in Phoenix erschossen worden. Der Patrick ist der Sohn.« Auch der Kriminalist, der es während seiner Laufbahn mit vielen Schicksalsschlägen zu tun gehabt hatte, brauchte ein paar Sekunden, um zu begreifen, was dies bedeutete. »Frau Quinbek wollte den Sohn heute Abend in Phoenix treffen. Um die Beerdigung für ihren Mann zu organisieren.«

83

Häberle hatte am Wegesrand angehalten, um das Gehörte mit Linkohr zu besprechen und zu verarbeiten. Konnte es so ein schreckliches Schicksal geben? Die Frau auf dem Weg zur Beerdigung ihres Mannes – und gleichzeitig kommt der Sohn bei einem Flugzeugabsturz ums Leben?»Man könnte fast meinen, der Eulenhof bringt nur Unglück«, stellte Häberle fest und überlegte, ob dies alles nur Zufall sein konnte. Allerdings hatte er sich während seiner Laufbahn hin und wieder diese Frage gestellt. Er konnte sich an einen Fall erinnern, als ein Bauernhof innerhalb kürzester Zeit zweimal hintereinander abgebrannt war und dann auch noch der Sohn dieser geschädigten Familie einen tödlichen Verkehrsunfall erlitten hatte.

»Auf zum nächsten Gefecht«, murmelte Häberle, das Kampflied der sozialistischen Arbeiterbewegung zitierend, und fuhr weiter zum letzten der vier Höfe, die an diesem Feldweg lagen.»Zum Erlenhof des Immobilienmaklers Fletschinger«, erklärte er seinem Ex-Kollegen und deutete beim Vorbeifahren auf den Tannenhof:»Den haben diese Bühnenkünstler gekauft, auch vor 18 Jahren ungefähr. Bisschen skurril die beiden. Sie haben die Frau doch am Samstag auch kennengelernt, als sie plötzlich bei Frau Quinbek aufgetaucht ist.«

»Die mit dem Pendel«, gab sich Linkohr informiert.

»Ja, die behauptet hat, ihr Pendel habe gemeldet, dass Aubele in der Nähe sei.«

»Hatte sie ja wohl gar nicht so unrecht«, meinte Linkohr.

»Er war ja ganz in der Nähe. Nur halt tot.«

Häberle beschleunigte seinen Tiguan bis zum Erlenhof, vor dem das Mercedes Cabrio in der Sommersonne glänzte. »Wir haben Glück, er ist da«, sagte Häberle und wendete sein Auto gleich, um hinter Fletschingers Wagen zu parken. Beim Aussteigen erklärte er Linkohr: »Jetzt versuchen wir mal den Showdown.«

Sein Ex-Kollege wusste damit nicht viel anzufangen. Aber wenn Häberle zu etwas entschlossen war, dann ließ er sich ohnehin nicht mehr bremsen. Schon gar nicht, wenn ein so heftiges Gespräch vorausgegangen war wie soeben bei Temme.

Nachdem Häberle geklingelt hatte, öffnete Marius Fletschinger, der mit Anzug und Krawatte nicht zum Ambiente eines alten Bauernhauses passen wollte. Er sah nacheinander die beiden Männer an, die vor ihm standen. »Was verschafft mir die Ehre?«, fragte Fletschinger nicht sonderlich freundlich. Häberle war ihm vom sonntäglichen Gespräch gut in Erinnerung, Linkohr aber war ihm fremd, weshalb ihn Häberle als »ehemaligen Kollegen« vorstellte.

»Hätten Sie sich nicht anmelden können?«, meckerte Fletschinger und führte die beiden widerwillig ins Wohnzimmer, wo Dennis Rossi an einem Laptop arbeitete, das Gerät dann aber zuklappte und sich zu den anderen an den Couchtisch setzte. »Wir haben Ihnen doch am Sonntag schon alles erzählt«, begann Rossi verwundert.

»Und der Fall Aubele ist auch abgeschlossen«, ergänzte Fletschinger. »Also, was steht noch an?« Es war der typische Tonfall eines überheblichen Managers.

»Es steht nichts an, was meinen Kollegen in seiner Eigenschaft als Kriminalist interessieren könnte«, begann Häberle. »Aber jedes Ereignis, bei dem jemand das Leben lassen musste – sei es freiwillig oder durch äußere Umstände –, hat eine moralische Seite.«

»Ich wüsste nicht, was uns das angehen soll«, fuhr ihm Fletschinger über den Mund.

»Um es gleich vorweg zu sagen«, blieb Häberle ruhig, »die Sache mit dem Eulenhof ist noch lange nicht ausgestanden, falls Sie das meinen. Frau Quinbek ist heute früh kurzfristig in die Staaten geflogen. Aber das wird sie nicht daran hindern, in ein paar Wochen wieder hier aufzutauchen. Sie zu vertreiben war also nicht von Erfolg gekrönt.«

»Vertreiben?«, echote Fletschinger. »Wer um alles in der Welt wollte die Frau vertreiben?«

»Wenn Sie mich so fragen: Sie!«

Fletschinger empörte sich: »Das ist eine böswillige Unterstellung. Nur weil ich Immobilienmakler bin, will ich doch die arme Frau nicht vertreiben.«

»Sie nicht allein«, relativierte Häberle seine Aussage. »Aber vielleicht zusammen mit anderen, die Sie als Helfer eingespannt haben, weil auch diese von einem Verkauf dieser Höfe profitiert hätten.«

Fletschinger wandte sich an seinen Kompagnon: »Müssen wir uns solche Unterstellungen gefallen lassen, Dennis?« Der Jüngere schüttelt den Kopf.

»Um alles zu verstehen, muss man ein paar Jahre zurückgehen«, fuhr Häberle unbeirrt fort. »Sie haben mir selbst erzählt, dass der alte Aubele seinen Hof verkaufen wollte und Sie ihm ein Haus in Laichingen vermittelt haben. Der Deal kam aber nicht zustande, wie wir wissen. Aubele war hochverschuldet, und Sie haben ihn unter Druck gesetzt. So sehr, dass er verzweifelt Geld gesucht hat und sogar einen seiner Auftraggeber, den Grafen Ackerstein, mit einer fragwürdigen Sache erpressen wollte.«

»Was wollen Sie mir eigentlich anhängen?«, brach es aus Fletschinger heraus. »Dass ich den alten Aubele umgebracht habe? Oder worauf wollen Sie hinaus?«

»Keine Sorge. Auf kein Verbrechen. Ich sagte doch: Es geht um moralische Schuld. Der Aubele war so verzweifelt, dass er sich heimlich, still und leise das Leben genommen hat. Um sein Verschwinden rätselhaft erscheinen zu lassen – vielleicht auch, damit einige Personen ins Zwielicht geraten sollten –, hat er sich für den Suizid in ein Kellerloch zurückgezogen.«

»Eine tolle Story, Herr Häberle. Gratulation. Schreiben Sie doch einen Kriminalroman darüber«, giftete Fletschinger. »Titel vielleicht: Albtraum auf der Alb oder so ähnlich. Wie wäre das?«

Rossi lachte, doch seinem Kompagnon und Häberle war nicht danach.

»Nachdem Aubele von der Bildfläche verschwunden war, Sie aber die Idee mit dem Verkauf des Eulenhofs gar nicht schlecht fanden, reifte ein neuer Plan. Für Sie als Immobilienmakler doch ein gefundenes Fressen: dem Bürgermeister ein Gewerbegebiet schmackhaft zu machen.«

»Hören Sie doch auf«, brauste Fletschinger auf. »Der Bürgermeister ist ein Dorftrottel. Der hat doch, ich darf das so sagen, keinen Arsch in der Hose. Einerseits will er, andererseits macht er in die Hose.«

Häberle fühlte sich bestätigt. Sein Konfrontationskurs hatte dazu geführt, dass Fletschinger im unbeherrschten Zorn indirekt etwas entfahren war, das tiefe Rückschlüsse zuließ: dass er den Bürgermeister offenbar zu einem Gewerbegebiet hatte überreden wollen. Linkohr hatte dies ebenfalls bemerkt und zwinkerte seinem ehemaligen Chef zu.

Häberle blieb gelassen: »Sie haben den anderen Hofbesitzern den Verkauf der alten Gebäude mit dem Hinweis auf Spekulationsgewinne schmackhaft machen wollen: also vor 19 Jahren preisgünstig gekauft, und nun teuer verkaufen. Die Zeit wäre reif, jetzt, da die Immobilienpreise astronomische

Höhen erreicht haben. Gerade hier oben in der Nähe von Merklingen und Laichingen, vor den Toren Ulms.«

»Das ist doch Schwachsinn, was Sie da behaupten«, verteidigte sich Fletschinger, der seinen Krawattenknoten löste, weil ihm zu heiß geworden war.

Häberle fuhr unbeirrt fort: »Der Bürgermeister hat immerhin das Problem mit dem verschollenen Aubele lösen wollen, um an den verwaisten Eulenhof zu kommen. Doch leider, leider …«, Häberles Worte klangen zynisch, »war die Suche nach entfernten Verwandten von Erfolg gekrönt. Frau Quinbek war wider Erwarten nicht bereit, den verwahrlosten Eulenhof zu verkaufen. Ganz im Gegenteil: Sie möbelte ihn ein bisschen auf und bat den Bürgermeister sogar, ihr Handwerker zu vermitteln.«

»Er hilft ihr also, während er andererseits den Hof gern für die Gemeinde aufgekauft hätte«, unterbrach Fletschinger. »Das ist doch ein Widerspruch in sich. Merken Sie gar nicht, wie seltsam Ihre Theorie ist?«

»Das ist kein Widerspruch. Dem Bürgermeister blieb gar nichts anderes übrig, als der Frau zu helfen. Auf diese Weise konnte er aber immer mal wieder dezent einen Verkauf ansprechen. Und er hatte einen Schlüssel, um gelegentlich Handwerker einlassen zu können.«

»Und den Schlüssel hat er dann mir gegeben, um Frau Quinbek nachts Angst einzujagen, damit sie möglichst schnell verschwindet, was?«, höhnte Fletschinger.

»Nein, so war es nicht«, erklärte Häberle. »Den Schlüssel haben Sie an jemanden weitergegeben, der selbst seinen Hof versilbern wollte und sich mit Observationen und mysteriösen Szenerien auskennt: Leo Temme, der Polizist, der mal verdeckter Ermittler war. Der hat seine hübsche Mitarbeiterin – oder was immer die Amal ist – für diese Aufgabe missbraucht. Leider hat das Mädel den Schlüssel bei einer nächtlichen Aktion verloren. Aber Sie können sich denken, dass Temme ein Duplikat hat anfertigen lassen.« Fletschinger versuchte, sich zu beruhigen. »Und was soll das jetzt? Weswegen wollen Sie mich festnehmen? Heimtücke – wofür? Ist es verboten, nächtliche Späße zu machen? Nachts bei Vollmond auf der Schwäbischen Alb?«

»Ersparen Sie mir solche Witze!«, befahl Häberle unwirsch. »Mir ist es egal, ob mein Kollege, der Herr Linkohr, der bei der Kripo in Ulm in Amt und Würden ist, demnächst prüfen lässt, inwieweit ein Fall von Korruption vorliegen könnte.«

Linkohr nickte eifrig und ergänzte: »Den Tod von Herrn Aubele kann man Ihnen strafrechtlich nicht anlasten, aber wenn versucht worden sein sollte, Einfluss auf den Bürgermeister zu nehmen, dann kann es trotzdem unangenehm für Sie werden.«

»Aber auch für den Herrn Temme«, fügte Häberle an, »und dessen Partnerin. Aber die hat das Gefängnis ja schon mal von innen erlebt. Schade, da wird sie ihren Nebenjob wohl nicht weiterbetreiben können.«

Zumindest Linkohr ahnte, was Häberle mit dieser Bemerkung meinte.

84

Sie waren beide ziemlich erschöpft, als sie zwei ziemlich konsternierte Immobilienmakler zurückließen und zum Eulenhof zurückfuhren, wo Linkohr sein Auto geparkt hatte. Bevor sie sich voneinander verabschiedeten, wollten sie an diesem Mittwochmittag eine Kleinigkeit essen. Linkohr schlug das Lokal Halbzeit in Merklingen vor, das unweit der Autobahn-Auffahrt nach Ulm und somit auf dem Weg zu seiner Dienststelle lag. An der Selbstbedienungstheke des rasthausartigen Lokals bestellten sie Linsen mit Spätzle und ließen sich mit ihren Tabletts an einem der gemütlichen Tische an der großen Fensterfront nieder.

»Da hat man Sie aber in eine turbulente Sache reingezogen«, bilanzierte Linkohr, dem es allerdings Freude gemacht hatte, wieder mal mit seinem ehemaligen Chef zusammenarbeiten zu können.

»Und Sie«, erwiderte Häberle während des Essens, »Sie können Ihrem Chef in Ulm nun mit Fug und Recht sagen, Sie seien dienstlich unterwegs gewesen. Denn die Sache mit Fletschinger und dem Bürgermeister ist nicht hasenrein, glauben Sie mir das. Korruption und so.«

»Unterhöllenstein ist sicher kein Einzelfall«, meinte Linkohr. »Wenn's um Grundstücksgeschichten geht, um Immobilien und Spekulationsgewinne, sind überall Abenteurer unterwegs, die das Eurozeichen im Auge haben.«

Häberle ließ sich die schwäbische Speise mit Saitenwürstchen, Spätzle und den Linsen, die man »Alb-Leisa« nannte, genüsslich munden. In diesem Moment störte nur der Signalton von Linkohrs Smartphone. Dass er sofort nach dem

Gerät griff, war für Häberle ein Zeichen dafür, dass sein ehemaliger Kollege möglicherweise auf eine weibliche Botschaft fieberte. Aber auch diesmal schien es eine andere Nachricht zu sein. Linkohr wischte mit dem Zeigefinger über das Display und las, bis Häberle neugierig fragte: »Schlechte Nachricht?«

»Sieht so aus«, flüsterte Linkohr und schob Häberle das Gerät über den Tisch. »Lesen Sie. Kommt von der ARD-Nachrichten-App.«

Häberle wischte sich den Mund mit einer Serviette ab und nahm das Gerät in die Hand, um den Text genauer lesen zu können: »Flugzeug über dem Atlantik vermisst.« Eine in Frankfurt am Main gestartete Maschine mit Ziel Chicago gelte als verschollen. Der Kontakt zu ihr sei rund 100 Meilen westlich von Irland abgerissen.

Häberle las die Meldung mehrmals, weil er deren Tragweite nicht wahrhaben wollte. Er hatte doch Marys Flug gebucht: heute früh mit Zwischenstopps in Frankfurt und Chicago. Aber, so versuchte er sich zu beruhigen, es gab bestimmt jeden Morgen mehrere Flüge in die USA und nach Chicago.

85

Auf der Heimfahrt hatte Häberle den Radionachrichten entgegengefiebert. Erste Meldung im Südwestrundfunk war tatsächlich die über dem Atlantik vermisste Maschine. Die Behörden, so hieß es, gingen inzwischen von einem Absturz aus. Noch aber seien an der vermuteten Absturzstelle von Besatzungen verschiedener Ozeanfrachter keine Trümmerteile gesichtet worden. Auch habe man von keinem der Schiffe aus ein abstürzendes Verkehrsflugzeug beobachtet, hieß es in den Nachrichten weiter. Ein Korrespondent meldete sich vom Frankfurter Flughafen und erklärte, dass die Maschine kurz vor 7 Uhr zahlreiche Reisende von Zubringerflügen, unter anderem aus Stuttgart, aufgenommen habe mit dem Ziel Chicago, das als beliebtes Drehkreuz für Weiterflüge in den Westen der USA gelte. Häberle zuckte ein schrecklicher Gedanke durch den Kopf: in den Westen der USA, also auch nach Phoenix.

Daheim bei Susanne angekommen, konnte er seine Sorge um Mary Quinbek nicht zurückhalten. »Wenn die an Bord war, dann habe ich den Glauben an Zufälle verloren«, sagte er und drückte seiner Frau einen Kuss auf die Wange. Es wäre nicht das erste Mal, dass ihr August an schicksalshaften Zufällen zweifelte. Tagtäglich gab es Verbrechen oder schlimme Unglücksfälle, bei denen sich immer die Frage auftat, warum gerade an einem bestimmten Ort und warum gerade mit dieser Person? Oft entschieden ein paar Sekunden über Leben und Tod. Ein Überholvorgang auf der Straße mit Frontalzusammenstoß. Zur falschen Zeit am falschen Ort. Da stellten sich oftmals Fragen, denen nachzuhängen sinnlos und mühselig war: Was hatte den Verunglückten vor der Fahrt aufgehalten, dass er nun ausgerechnet zu jenem Zeitpunkt an genau der Stelle war, wo ein anderer waghalsig überholte? Oder warum hatten heute alle Ampeln Grün gezeigt und die Fahrt nicht verzögert? Zwei Autos hatten sich schicksalshaft treffen müssen.

Und warum traf drei Personen aus einer Familie ein furchtbares Schicksal? Häberle goss sich ein Glas Rotwein ein und grübelte in seinem Lieblingssessel über die Ereignisse der letzten Tage nach. Seine Frau Susanne wusste, dass er Ruhe brauchte, wagte aber trotzdem eine Bitte: »Wäre es nicht besser, du würdest dich in nichts mehr hineinziehen lassen?«

»Wahrscheinlich hast du recht«, brummte er.

»Versprichst du mir, dass dies das letzte Mal war?«

Häberle nickte. »Es war das letzte Mal«, wiederholte er, um sich dann lächelnd seiner Frau zuzuwenden: »Vielleicht.«

86

Die Nachricht, dass Mary Quinbek in dem verschollenen Flugzeug gesessen war, hatte in Unterhöllenstein große Bestürzung ausgelöst. Bürgermeister Freudenreich bekam jedoch zwei Wochen später Besuch von Fletschinger, der wissen wollte, wie es nun mit dem Eulenhof und den Plänen für das Gewerbegebiet weitergehe. »Ihr Schaden wird es nicht sein«, sagte er, und Freudenreich wusste, was damit gemeint war.

»Ich habe mich mit der einzigen Hinterbliebenen, dieser Peggy Quinbek, in Verbindung gesetzt«, erklärte er an diesem heißen Augusttag und fächelte sich hinter seinem Schreibtisch mit einem Schnellhefter Luft zu. »Diese Peggy will auf den Hof verzichten und uns diese Entscheidung notariell beglaubigt zukommen lassen.«

»Wie?«, staunte Fletschinger. »Verzichten? Die will auch kein Geld dafür?«

»Sie hat mir eine Mail geschickt und geschrieben, es klebe viel zu viel Blut an dem Hof. Für sie sei das deutsche Kapitel ihrer Vorfahren abgeschlossen.«

»Na wunderbar«, freute sich Fletschinger. »Dann kommen wir kostenlos in den Besitz des Eulenhofs, und die anderen beiden, der Temme und die Kalarics, werden sich freuen, ihre Höfe versilbern zu können.«

»Des einen Freud, des anderen Leid«, seufzte Freudenreich in sich hinein. Nun würde es ihm auch noch gelingen, den Gemeinderat umzustimmen. Mit einer passenden Fragestellung, die ihm Fletschinger formulieren würde. Der freilich verdarb ihm die Hochstimmung: »Sie sollten alles beseitigen, was unsere Zusammenarbeit anbelangt. Alles, verstehen Sie! Die Mails löschen und so weiter. Alles.«

»Warum denn das?«

»Weil damit zu rechnen ist, dass die Kripo wegen angeblicher Korruption Ermittlungen aufnimmt.«

»Wegen diesem Häberle?«

»Ja, der wird nicht lockerlassen.«

»Na ja«, gab sich Freudenreich selbstsicher. »Da werde ich mal meinen alten Schul- und Parteifreund im Innenministerium anrufen.« Er lächelte überlegen: »Auch ein Inspektionsleiter will befördert werden.«

Fletschinger lächelte auch: »Sage ich doch immer, Herr Bürgermeister: Beziehungen sind alles.«

87

Häberle würde diese Sommertage nie vergessen. Das Flugzeug blieb über dem Atlantik vermisst, und bald würden selbsternannte »Ufologen« behaupten, Außerirdische hätten den Jet womöglich »mitgenommen«, dachte er. Hingegen waren wenigstens die Laborergebnisse zu den DNA-Proben der Leiche aus dem Eulenhof wissenschaftlich verlässlich: Demnach war der Tote tatsächlich Hans Aubele. Und die Kriminaltechnik hatte festgestellt, dass Aubele mit der bei ihm vorgefundenen Jagdwaffe erschossen worden war. Dass sich Aubele den Schuss selbst verpasst hatte, legte der Gerichtsmediziner in einem mehrseitigen Gutachten dar. Die Mumifizierung der Leiche lasse vermuten, dass der Tod vor etwa 20 Jahren eingetreten war.

Wieder ein paar Tage danach, am 8. August, einem erneut schwülheißen Montag, klingelte kurz nach 10 Uhr am Vormittag, als Häberle mit Susanne gerade beim Frühstück saß, das Telefon. Es war Linkohr, der ihm außer Atem mitteilte: »Der Eulenhof ist heute Nacht abgebrannt. Total und lichterloh. Bis auf die Grundmauern. Nichts ist mehr da.«

Häberle war geschockt und erklärte reflexartig, als ginge ihn dies etwas an: »Ich komme gleich hoch.«

Seine Frau erinnerte ihn vergeblich an das kürzlich gegebene Versprechen, sich nicht mehr in alles einzumischen. »Nur noch dieses eine Mal«, rief er ihr zu und war mit seinem Tiguan auch schon weg. Als er von Merklingen her auf dem Feldweg in die Nähe der Gehöfte kam, glaubte er bereits, den kalten Rauch zu riechen, der auf einen gelöschten Großbrand hindeutete.

Mit erhöhter Pulsfrequenz näherte er sich auf dem Asphaltweg jener Stelle, an der der Eulenhof gestanden war. Ein schwarzes Durcheinander angekohlter Balken lag kreuz und quer zwischen eingestürzten Mauerresten. An zwei Stellen stiegen schwache Qualmwolken auf. Die Scheune war vollständig in sich zusammengebrochen, und an den Wohntrakt erinnerte nur noch die Hälfte des vorderen Giebels. Zwei Feuerwehrautos standen abseits, einige Schläuche lagen im niedergetrampelten Bewuchs vor dem Haus.

Häberle stoppte in einigem Abstand und ging auf die Brandstelle zu, was zwei Feuerwehrleute verhindern wollten. Gaffer sollten ferngehalten werden. Doch Häberle versicherte glaubhaft, dass er ein ehemaliger Kriminalbeamter sei, was Linkohr bestätigte, der ihn von Weitem kommen gesehen hatte.

»Kurz nach Mitternacht hat dieser Temme vom nächsten Hof die Feuerwehr alarmiert. Ihm ist der Feuerschein aufgefallen«, erklärte Linkohr.

»Erkenntnisse zur Brandursache?«, fragte Häberle nach alter Ermittlermanier, natürlich wohl wissend, dass es in diesem verkohlten Chaos schwer sein würde, überhaupt eine Ursache ausfindig zu machen.

Während er die Trümmer auf sich wirken ließ, wurde ein schwarzes Auto mit aufgeklebten goldenen Sternen an den Schläuchen und Einsatzfahrzeugen vorbeigeleitet. Der Mann am Steuer, es war Petro Kalaric, stoppte vor Häberle, ließ die Seitenscheibe hinabgleiten und fragte mit belegter Stimme: »Da war aber niemand mehr drinnen?«

»Nein«, bestätigte Häberle. Dass Mary Quinbek vermutlich überm Atlantik bei einem Flugzeugabsturz ums Leben gekommen war, wollte er nicht sagen. Doch dann mischte sich Anja vom Beifahrersitz in das Gespräch ein. Sie beugte sich über den Arm ihres Mannes und sagte mit schriller Stimme: »Ist Ihnen schon aufgefallen, was die Feuerwehr heute Nacht umgefahren hat?«

Häberle wusste keine Antwort und sah sich irritiert um, ohne etwas Besonderes zu erkennen.

»Drehen Sie sich um«, schlug Anja Kalaric vor, »direkt da drüben. Die Feuerwehr hat das Sühnekreuz umgefahren.«

»Oh«, machte Häberle, als ob ihn dies in diesem Moment interessiere, doch Anja beharrte auf ihre Ansicht der Dinge:

»Der Fluch von damals, Herr Häberle. Das Sühnekreuz. Jetzt haben die Toten ihre Ruhe.«

Häberle dachte: Gott möge all den Toten gnädig sein.

ÜBERRASCHUNG IRGENDWANN IM HERBST

Irgendwann im Herbst wurde Häberle nach einer ausgedehnten Radtour über die Alb von einem Einladungsschreiben überrascht. Der Absender war ihm hinlänglich bekannt: Georg Sander, der Autor jenes Krimis, zu dessen Premiere-Lesung er vor 20 Jahren ins Schloss Ackerstein eingeladen worden war. Er, der das Vorbild für den Roman-Kommissar war, wurde zur bevorstehenden Jubiläumslesung ebenfalls eingeladen. Der Brief war an »alle Krimifreunde*innen« gerichtet, an die »Leser*innen und Fan*innen« von Häberle.

Der runzelte ob so vieler unlesbarer Sternchen die Stirn und hätte das Schreiben deshalb beinahe gleich weggeworfen, wäre ihm nicht etwas Handschriftliches ins Auge gestochen, das Sander angefügt hatte. Der Autor teilte ihm persönlich mit, dass er bereits damit begonnen habe, über den mysteriösen Fall des Eulenhofs einen weiteren Kriminalroman zu schreiben. Als Titel eigne sich ein makabres Wortspiel. Sander schrieb: »Weil seit der Rechtschreibreform vom August 2006 der böse ›Alptraum‹ nicht mehr mit ›p‹, sondern allen Ernstes mit ›b‹ wie die Schwäbische Alb geschrieben wird, ist eine merkwürdige Doppeldeutung entstanden: Der Traum von der Schwäbischen Alb wird nun mit einem schlimmen ›Albtraum‹ gleichgesetzt.«

Häberle hatte den Text seiner Frau laut vorgelesen und meckerte: »Wirklich dummes Zeug. Für mich ist die schöne Schwäbische Alb weiterhin ein ›Albtraum‹. Mögen die beim

Duden sagen, was sie wollen. Aber der Duden ist auch nicht mehr das, was er mal war, seit er das Gendern angefangen hat. Wahrscheinlich darf man in diesen genderverrückten Zeiten auch nicht mehr ›der‹ Duden sagen – es heißt sicher die Dudin.« Häberle witzelte: »Oder sogar das Dudel.« Susanne nickte und pflichtete ihrem August bei: »Die deutsche Sprache wird verhunzt. Sei froh, dass du diesen Schwachsinn nicht mehr mitmachen musst. Womöglich gendert die Polizei auch schon.«

Häberle nahm zufrieden zur Kenntnis, dass seine Frau zu der Mehrheit jener gehörte, die das Gendern mit Sternchen oder Hoch- und Tiefstrichen zwischen dem maskulinen und femininen Wortstamm rigoros ablehnte. Er grinste süffisant: »Die Sternchen erinnern mich immer an Weihnachtskarten. Und den ›Alptraum‹ schreibe ich weiterhin mit ›p‹. Denn unsere Schwäbische Alb bleibt für mich traumhaft schön.«

DANK FÜR TIPPS UND HINWEISE

Um einen Krimi möglichst realitätsnah schreiben zu können, bedarf es oftmals vieler Helfer, die bereit sind, mir Tipps und Hinweise zu geben. Mein Dank gilt deshalb an erster Stelle meinem langjährigen medizinischen Berater Oberstarzt Dr. med. Frank Joachim Reuther, Klinischer Direktor der Klinik für Psychiatrie, Psychotherapie und Psychotraumatologie am Bundeswehrkrankenhaus Ulm. Ohne ihn wäre es mir kaum möglich, Verletzungen und Todesart von Verbrechensopfern darzustellen – obwohl ich es vermeide, Gewalttaten detailgenau zu schildern. Mein Dank gilt ebenso Anwalt-Mediator (DAA) Roland Funk, dem Fachanwalt für Familien- und Erbrecht sowie dem Wirtschaftsjuristen Arno Braunschmid.

Aber ohne die einfühlsame und geduldige Lektorierung durch Claudia Senghaas wäre auch dieser Krimi nicht zustande gekommen. Wie schon bei 22 vorausgegangenen Büchern, so ist sie mir auch dieses Mal wieder mit Rat und Tat zur Seite gestanden – und hat mich ermuntert, meine Serienfigur, den Kommissar August Häberle, im Ruhestand erneut ermitteln zu lassen. Und dies wieder ganz bodenständig auf der Schwäbischen Alb und rechtzeitig zu meinem 20-jährigen Autorenjubiläum.

*Weitere Titel finden Sie auf den
folgenden Seiten und im Internet:*

WWW.GMEINER-VERLAG.DE

August Häberle ermittelt:

1. Fall: Himmelsfelsen
ISBN 978-3-89977-612-6

2. Fall: Irrflug
ISBN 978-3-89977-621-8

3. Fall: Trugschluss
ISBN 978-3-89977-632-4

4. Fall: Mordloch
ISBN 978-3-89977-646-1

5. Fall: Schusslinie
ISBN 978-3-89977-664-5

6. Fall: Beweislast
ISBN 978-3-89977-705-5

7. Fall: Schattennetz
ISBN 978-3-89977-731-4

8. Fall: Notbremse
ISBN 978-3-89977-755-0

9. Fall: Glasklar
ISBN 978-3-89977-795-6

10. Fall: Kurzschluss
ISBN 978-3-8392-1049-9

11. Fall: Blutsauger
ISBN 978-3-8392-1114-4

12. Fall: Mundtot
ISBN 978-3-8392-1247-9

13. Fall: Grauzone
ISBN 978-3-8392-1385-8

14. Fall: Machtkampf
ISBN 978-3-8392-1515-9

15. Fall: Lauschkommando
ISBN 978-3-8392-1663-7

16. Fall: Todesstollen
ISBN 978-3-8392-1858-7

17. Fall: Traufgänger
ISBN 978-3-8392-2020-7

18. Fall: Nebelbrücke
ISBN 978-3-8392-2239-3

19. Fall: Blumenrausch
ISBN 978-3-8392-2364-2

20. Fall: Schlusswort
ISBN 978-3-8392-2590-5

21. Fall: Die Gentlemen-Gangster
ISBN 978-3-8392-2815-9

22. Fall: Albtraumhof
ISBN 978-3-8392-0450-4

weitere:
Eine Minute nach zwölf
ISBN 978-3-8392-0118-3

SPANNUNG

GMEINER

WWW.GMEINER-VERLAG.DE
Wir machen's spannend

Claudia Schmid
Blumenlust
Kriminalroman
336 Seiten, 13,5 x 21 cm,
Premiumklappenbroschur
ISBN 978-3-8392-0754-3

Edelgards Buchhandlung »Bücherhimmel« wird
anlässlich des Mannheimer Luisenpark-Jubiläums
erneut zum beliebten Treffpunkt. Dort macht sie die
Bekanntschaft eines charmanten Herrn. Wenn nur ihr
Ehemann Norbert nicht wäre ... Als eine Mordserie
die Stadt erschüttert, ist Edelgard tief getroffen, denn
sie kannte eines der Opfer persönlich. Kurzerhand
widmet die Miss Marple von Mannheim den »Bücherhimmel« zur Schaltzentrale ihrer Ermittlungen
um. Denn auch ihre kräuterkundige Freundin Luisa
bittet sie um Nachforschungen, wittert sie doch er-
bitterte Konkurrenz von der pfiffigen Kräuterhexe
Chloé.

GMEINER SPANNUNG

WWW.GMEINER-VERLAG.DE
Wir machen's spannend